Jakob Wassermann

# Die Juden von Zirndorf

Roman

Jakob Wassermann: Die Juden von Zirndorf. Roman

Erstdruck: Paris, Leipzig, München (Langen) 1897.

Neuausgabe mit einer Biographie des Autors
Herausgegeben von Karl-Maria Guth
Berlin 2016

Der Text dieser Ausgabe folgt:
Jakob Wassermann: Die Juden von Zirndorf, 6. bis 20. Aufl., Berlin, Wien:
Fischer, 1918.

Die Paginierung obiger Ausgabe wird hier als Marginalie zeilengenau
mitgeführt.

Umschlaggestaltung von Thomas Schultz-Overhage unter Verwendung
des Bildes: Rembrandt Harmensz van Rijn, Bildnisstudie eines jungen
Juden, 1658

Gesetzt aus der Minion Pro, 11 pt

Verlag: Henricus - Edition Deutsche Klassik GmbH
Mörchinger Str. 33, 14169 Berlin, info@henricus-verlag.de
Druck: Libri Plureos GmbH, Friedensallee 273, 22763 Hamburg

Die Ausgaben der Sammlung Hofenberg basieren auf zuverlässigen
Textgrundlagen. Die Seitenkonkordanz zu anerkannten Studienausgaben
machen Hofenbergtexte auch in wissenschaftlichem Zusammenhang
zitierfähig.

ISBN 978-3-8430-8930-2

Bibliografische Information der Deutschen Nationalbibliothek

Die Deutsche Nationalbibliothek verzeichnet diese Publikation in der
Deutschen Nationalbibliografie; detaillierte bibliografische Daten sind im
Internet über www.dnb.de abrufbar.

*Dem Andenken meines Vaters*

# Vorspiel

Gemächlich schwebt die Zeit hin über die Länder und über die Geschlechter, und wenn sie auch Städte zertritt und Wälder zerstampft und neue
Städte und neue Wälder hinwirft mit gleichgültiger Gebärde, so vermag
sie doch dem heimatlichen Boden niemals seine Lieblichkeit zu rauben
oder seine Rauheit, kurz jene Gestalt und jenes Antlitz, womit die Heimat
ihren Sohn erfüllt, indem sie ihn gleichsam als ihr Eigentum in Anspruch
nimmt und ihm auf den Weg seines Lebens die Worte ins Herz sät: aus
meinem Ton bist du gemacht.

Die süße und einschmeichelnde Linie des Horizonts, die von den
Mauern Nürnbergs über Altenberg nach der Kadolzburg zieht, hat sicherlich im Lauf der Jahrhunderte keinerlei Veränderung erlitten; es sei denn,
daß ein gewitterreicher Sommer eine einsame Pappel gefällt, oder daß
eine ungestüme Überschwemmung einen stillen Fichtenhain mit fortgerissen hätte. Dort, wo Rednitz und Pegnitz zusammenfließen, haben
freilich die letzten zweihundert Jahre den Flor der Wälder vernichtet,
aber weiter hinüber, jenseits der alten Veste mit ihren Steinbrüchen und
ihren dunklen Tannen, dehnt sich der fränkische Gau seit Urandenken
als eine weite, breite, friedliche, fruchtbare Ebene, wo das Korn gedeiht
und die Kartoffel gedeiht und der Mohn blüht und die weiße Rübe reift.

Aber in jenem Winkel zwischen den beiden Strömen haben die Kriege
des siebzehnten Säkulums dem natürlichen Schmuck des Bodens gar
sehr Abbruch getan. In den dreißiger Jahren befand sich hier das große
Lager der Schweden, und der geängstigte Bauer fand seine Äcker mit
Blut gedüngt. Schnellfüßig hastete der Kriegsschrecken durch Franken,
und die kurfürstlich Onolzbachischen und die Nürnbergischen sahen
sich gleicherweise gedrängt, Mut und Gottvertrauen nicht fahren zu
lassen. Lange Jahre gingen hin, bis die zertretenen Felder wieder zu ihrer
natürlichen Fruchtbarkeit erstarkten, und selbst nach dem Friedensschluß
lag noch manches Stück Land verödet. Überall zeigten sich Spuren frecher

Feindeshände. Unweit der Kapelle Karls des Großen, die am Schießanger in Fürth steht, ragt ein mächtiger Steinhaufen in die Höhe, und man sagt, die Schweden hätten ihn aufgerichtet als ein Wahrzeichen ihrer Siege: nämlich jeder Stein bedeutet ein geplündertes Haus. Langsam entfaltete sich der Frieden wieder; schüchtern wuchs er heran und sah mit ungläubigen Augen ins ebene Land der Regnitz hinauf. Das Volk begann zu vergessen, und es kam die Zeit, wo schon die Väter und die alten Veteranen von den Schrecken der Schlacht erzählten, und sie ließen sich die Mühe nicht verdrießen, die erlittenen Fährlichkeiten phantasievoll auszuschmücken, und was sie an Heldentaten von andern vernommen, sich selbst zuzuschreiben. So war es Kriegerbrauch seit Kriege bestehen, und auch die von Franken waren mit ihrer Zunge mehr Helden als mit ihrem Arm. Der Krieg gewinnt an Buntheit und an Froheit, wenn ihn die Jahre fortgetragen haben, und gar mancher erzählt schmunzelnd von denselben Gräueln, die ihn einst erzittern ließen bis in seine tiefste Seele.

Auf jenem Schwedenstein bei der Kapelle befand sich unter vielem andern Gemäuer ein gut zubehauener Granitblock, welcher mit seltsamen und fremdländischen Lettern bemalt war. Es war eine jüdische Inschrift auf einem Grabmonument; die Schweden hatten ihn vom Gottesacker der Juden gestohlen und ihn mitten unter die Steine rechtgläubiger Christen geworfen. Kein Christ wagte es aber, den Stein zu entfernen, denn ein großes Befremden ging von seinen verschnörkelten Lettern aus und sie hatten Furcht, daß sie dem Bann eines Zauberspruchs verfallen möchten, wenn ihre Hand den verruchten Judenblock berührte. Mehr als drei Jahrzehnte lag der Grabstein so; wollte man seine Inschrift in die Sprache jener Zeit übersetzen, so lautete sie: »Der schöne Joseph, den man nur gern angesehen, unsere Augen-Lust ist nicht mehr vorhanden. Jetzt sind ihm Gabriel und Michael als Hüter zu seiner rechten und linken Hand zugegeben worden. Die Jahre seines Lebens waren wenig und boeß. Er brachte sie nicht höher als auf siebzig. Er war ein solcher Regent, der wie Barak und Deborah das Volk mit großem Ruhm regieret. Er suchte seine Lust in dem Studieren, sein Sterben war wie seine Geburt, nemlich ohne Sünde. Als seine Seele am fünften Tag in der Woche von ihm geschieden, hörte man Heulen und Weinen. In Bamberg ist er freudig gestorben, den achtundzwanzigsten Tag des Sivans. Jetzt ist dies die Zeit, da wir vor Jammer und Herzeleid unsere Kleider zerreißen und unserer Augen Tränen fließen lassen. Nach seinem Abscheiden hat man ihn zu Fürth zur Grabesruhe gebracht. Seine Seele soll gebunden sein in das Bündelein der Lebendigen mit der Seele Abrahams, Isaaks und Jakobs und der Sara.«

Lange Zeit hindurch war es der Kummer der Juden, einen Stein aus ihrem Heiligtum solcher Entweihung preisgegeben zu wissen. Sie glaubten, die Seele des schönen Joseph, des Naphtali Sohn, hätte keine Ruhe und wandle allnächtlich klagend zum Schwedenstein. Denn auch sie wagten nicht, den Stein zu entfernen, weil der Schwedenstein als eine Art von Friedens-Symbol galt, und jede Beschädigung einer Vorbedeutung neuen Krieges gleichgeachtet wurde. Schwer trug der Bürger und der Bauer noch an Kriegeslasten, und viele ließen vom Pfaffen ein Bittgebet um langen Frieden sprechen.

So stand also das Grabmal der Juden unter ungleichartigen Genossen wie ein Fremdling aus weiter Ferne. Es sprach eine unbekannte Sprache und seine edlere Form ließ es zu besserem Dienst berechtigt erscheinen. Es blickte nicht hinaus auf die Ebene, sondern sah herein gegen die niederen Häuser und in die krummen, winkeligen Gassen von Fürth. Unfern rauschte der Fluß hinunter ins Bistum Bamberg, und wenn er im Herbst die gelben Fluten zum Uferrand und noch weit darüber hinauswälzte, so mußten bisweilen einige Linden am Schießanger ihr Leben lassen. Das Wasser brach sie wie dürre Zweiglein und trieb sie ins Mainland hinab, innig gesellt mit Balken und Astwerk und Hausgeräten und allerlei spaßhaften Dingen, die der wildgewordene Strom aus der Stadt Nürnberg mit sich führte.

Wenn der Stein des schönen Joseph an Gottesfrieden verlor, so gewann er hingegen an Weltweisheit und Kenntnis der Dinge und Menschen.
Ernst besah er sich das Treiben der Leute, die um ihn herumwandelten wie Sperlinge um einen gedeckten Tisch; Gewitter und Schneegestöber, Regen und Sonnenhitze, er hielt sie mit gleicher Geduldigkeit aus, und wenn die sanfte Nacht seine graue Stirn beschattete, so schien darauf noch ein süßer Abglanz der letzten purpurnen Sonnenröte zu haften oder ein Vorglanz des kommenden Morgenrots. Denn die Sonne strahlt diesem Erdstrich beim Aufgang und beim Niedergang mit einer unerhörten Glut, was die Gelehrten dem Dünstereichtum des Landes zuschreiben.

Fest, Tanz und Kirmesspiel waren von jeher üblich bei den Fränkischen, die einen leichten Sinn haben und ihre Pfennige gern zum Schenkwirt tragen. An einem Kirchweihtag im Oktober, siebzehn Jahre nach dem großen Friedenspakt, – das Volk jubelte auf dem Schießanger, zum Tanze schwangen sich die Mädchen und lustige Weisen spielten die Zigeuner und Spielleute – ging ein alter Mann, nachdem er lange Zeit nachdenklich vor der jüdischen Inschrift am Schwedenstein gestanden, gegen den Anger zu. Der Abend sank schon herab und der Himmel war von einem matten Rot getränkt. Blaue Schatten fielen auf den rauschenden Fluß, Schmiedehämmer tönten von fernen Gassen her, und der schrille Laut verklang erst weit draußen in den Wiesen. Dann setzte wieder die Musik ein: Orgel und Fiedelbögen, die Maultrommel und die Wasserpfeife. Die Buben lachten und sprangen wild um die alten Bäume, und die Mädchen hatten glänzendere Augen an diesem festlichen Tag. Die Nürnberger Kaufleute boten niegesehene Waren aus, und Seiltänzer, Taschenspieler und Zigeuner versprachen Wunder ihrer Kunst zu bieten. Als die Dämmerung herabsank, wurden Pechfackeln an die Stämme und die fahrenden Häuser der Komödianten befestigt, und der schwere braune Rauch erhob sich in weiten Wellungen, zog hinüber gegen den Strom, zog über die Wiesen hin, und einzelne Funken sprangen knisternd in die Lindenäste. Die dumpfe Glut gab den Gesichtern der Menschen ein abenteuerliches Farbenspiel und die Sterne am Himmel verblaßten für jeden, der sich in dem trüben Lichtkreis befand. Der alte Jude hielt die rechte Hand wie einen Schirm über die Augen und blickte finster und forschend in das heitere Getümmel. Sein Gesicht war von grünlichweißer Färbung und ein roter Bart floß mager um Wangen und Kinn, so daß er nur eigentlich eine Art von Rahmen bildete und dem Gesicht etwas Fremdes, etwas erschreckend Deutliches verlieh. Die braunen Sterne seiner Augen irrten unruhig in dem geröteten Weiß umher, und bisweilen erweiterten sich die Pupillen rasch wie die eines Raubtieres. Es waren Judenaugen: voll Hast, voll Unfrieden, voll von unbestimmtem Flehen, von einer gedrückten Innigkeit, bald in Leidenschaft flackernd, bald in Schwermut alle Glut verlierend, die Augen des gehetzten Tieres, das angstvoll und kraftlos die Blicke dem Verfolger zuwendet, oder in bebender Sehnsucht hinausstarrt in das ferne Land der Freiheit. »Das Volk ist wild,« murmelte er, »da tanzen sie und blasen Schalmeien und morgen schon wird Gott ein Gericht halten.« Er blieb stehen, verbeugte sich tief nach Osten und lispelte ein kurzes Gebet durch die schmalen Lippen.

Unter den Linden des Angers tanzte ein Zigeunermädchen einen wunderlichen Tanz und zwei Burschen spielten die Geige dazu. Eine Menge von Zuschauern hatte sich im weiten Kreis versammelt und alle waren atemlos vor Schaubegierde. So war es immer in den Tagen Remigius, Leodegar und Lukretia in Fürth; die Menschen erwachten aus dem drückenden Traum ihrer Sorgen und dünkten sich freigeboren und glückbestimmt einmal im Jahr.

Nach der Zigeunerin kam ein junges Mädchen von großer Schönheit langsam in die Mitte des Kreises. Sonderbar irrten schmale Schatten auf ihren bleichen Wangen und auf ihrer Stirn, und sie war schlank wie jene Frauen, die man zu Florenz malte. Ein langes Gewand floß an ihrem Leib herab, und sie begann, ohne die Arme zu bewegen, ohne die Augen vom Boden zu erheben, mit klagender Stimme ein Rezitativ:

> Ich weiß nicht, wo's Vögelein ist,
> ich weiß nicht, wo's pfeift.
> Hinterm kleinen Lädelein,
> Schätzlein, wo leist?
>
> Es sitzt ja das Vögelein
> nicht alleweil im Nest,
> schwingt seine Flügelein,
> hüpft auf die Äst'.
>
> Wo ich gelegen bin,
> darf ich wohl sagen.
> Hinterm grün Nägeleinstock
> zwischen zwei Knaben.

Doch sang sie diese Worte leise und melancholisch. Ihre Lippen zitterten und sie senkte den Kopf tief gegen die Brust. Der Harlekin kam und äffte sie, aber sie blieb starr wie eine Bildsäule; er begann an ihr herumzuschnuppern und erklärte endlich grinsend, das sei ein feines Aschenputtel für sein Ehegespons. Er wollte sie umfassen und davontragen, da kam ein Ritter in glänzender Rüstung, um sie zu befreien. Der Hanswurst verwandelte sich und stand nun in seiner wahren Gestalt da: als der Teufel. Er kämpfte mit dem Ritter und als er nahe daran war, zu siegen, zog jener ein elfenbeinernes Kruzifix heraus und hielt es dem Bösen hin. Der Satan stieß ein schreckliches Geheul aus und sprang in großen Sätzen davon.

Da trat aus einer Lücke in dem Kreis der Zuschauer der alte Jude, stieg über die niedrige Planke hinweg und sein langer Kaftan flatterte im Abendwind, als er auf das blasse Mädchen zuschritt. Sie schlug ihre Augen zu ihm auf und schüttelte sich plötzlich wie im Fieberfrost; seine Blicke bohrten sich gleich Nadeln in sie ein und sie las etwas in dem flackernden Feuer dieser Augen, das lange schon ihre Seele mit grüblerischer Furcht erfüllt hatte. Es war, als ob ihre Seele auf einmal von frühen Erinnerungen der Kindheit ergriffen würde und darüber erschüttert wäre. Der rotbärtige Jude hatte seine Finger um ihren Arm gelegt, daß sie wie Spangen sich schlossen, und er blickte sie unverwandt an, als ob er einen Wunsch, einen unwiderstehlichen Befehl tief in ihr Herz zu senken wisse, so daß kein Wesen daran zu rühren vermochte. Die Musik schwieg, 15 der Lärm in der nahen Runde dämpfte sich zum Gemurmel, viele empfanden ein zielloses Grauen, viele nur Neugier und Erwartung. Den Fluß hörte man rauschen, der Wind strich durch die Bäume; er warf gelbe Blätter herab und eine leichte Kühlnis ging herbstahnend über den Anger. Der Jude beugte sich nieder und murmelte in des Mädchens Ohr: »Gedenkst du noch an den Feuerbrand in deiner Heimat, Zirle? An den Vater, an die Mutter, an die Brüder und an alle andern, die tot sind? Zirle, denkst dus noch?« Tränen flossen über des Mädchens Wangen und es schaute völlig verloren in eine vergangene Nacht. Und der Alte fuhr fort: »Um die Mitternacht des nächsten Vollmondes mußt du zu mir kommen; du wirst Zacharias Naar zufinden wissen, wo es auch sei. Den Messias verkündige ich, dem die geheimnisvollen Tiefen der Wesenheiten offenbar geworden sind.«

Ein unwilliges Murren erhob sich über die Störung des Festes und der Fröhlichkeit. Zacharias Naar wandte sich ab von dem Mädchen und schritt bald darauf langsam dem Ausgang des Angers zu. Niemand kannte ihn, alle wichen ihm aus und schnell lief ein Wort von Mund zu Mund: Ahasverus. »Ja ja, er laufft umher wie der tolle Judt,« sagte ein verschrumpftes Weiblein und schnüffelte mit der dünnen Nase in der Luft umher. Sie wisse einen Spruch, erzählte sie mit klirrender Stimme den jungen Leuten, die sie umstanden:

> Der Jud' Ahasverus weit und breit
> vor alters und vor dieser Zeit
> bekannt, geht nun durch alle Welt,
> red't alle Sprachen, veracht' das Geld     16
> Was er von Christo reden tut,
> kannst hören hie, doch mit Unmut.

Veracht' ihn nicht, laßt wandern ihn,
weil Gott ihm geben solchen Sinn:
daß er von Christo, seinem Sohn,
red't alles Guts und ohne Hohn
Ihn zehret ungemessne Pein,
es ängstet ihn der Sonnenschein,
dein Urtel, wie es auch mag sein,
laß Gott, der kennt das Herz allein.

Zacharias Naar schritt durch die dunklen Straßen des Orts zum Tempel der Juden. Dort war noch Gottesdienst, denn es war der Vorabend des Versöhnungsfestes. Bald stand er unbeachtet unter der Menge der Gebete Murmelnden, den Tallis um die Schultern, und starrte mit glühenden Augen gegen den Altar. Keine friedliche Feststimmung herrschte in diesem Raum. Jeder schien seinem Gott für sich zu dienen, und bisweilen entstand ein unbestimmter Lärm, in dem sich eine schreiende oder keifende Stimme abhob. Ein dumpfer Höhlengeruch erfüllte das Gotteshaus; es roch nach altem Leder, nach alten Gewändern, nach Rauch und faulem Holz. Kinder standen umher und glotzten mit stumpfsinniger Andacht in Bücher mit gebräunten Blättern. Der Raum glich einem unterirdischen Gemach für Verschwörer, einer Büßerklause für Asketen; nichts von Lebensfreude und nichts von Gottesfreude war hier zu finden. Die Lichter qualmten und wer aus freier Luft hereinkam, glaubte alsbald in eine schwül-qualmende Schlucht zu versinken.

Das letzte Kaddisch war beendet; alle rüsteten sich zum Aufbruch. Da schritt Zacharias Naar dem Altar zu und erhob die Hand: ein Zeichen, daß er zu reden wünsche. Es wurde still und aller Augen wandten sich dem Fremdling zu. Der begann, – nicht laut und scheinbar mehr für sich selbst. Er sprach zuerst in hastig hingeworfenen Worten von der Niedrigkeit und Erbärmlichkeit des jüdischen Volkes; von der Unterdrückung, die es erlitten, und von der Zerstreuung in alle Teile der Welt. Dann, als er gewiß war, daß alle aufmerksam lauschten, wurde seine Stimme lauter, sie verlor den belanglosen Ton und seine Augen begannen zu blitzen. Er rief den alten Gott der Juden an, der Verheißung auf Verheißung gehäuft und die Armut über sein erwähltes Volk geschüttet habe und die Qualen der Heimsuchung, ärger als zur Zeit der ägyptischen Plagen. Es wurde totenstill. Selbst die Mauern schienen zu lauschen und die Worte mit Begierde einzusaugen. Der Redner fuhr fort: »Der Zorn

17

des Herrn ist entbrannt wider sein Volk, und er streckt seine Hand aus und er schlägt es, so daß die Berge erzittern und ihre Leichen wie Kehricht auf den Straßen liegen. Haben sie uns nicht beschuldigt: ihr vergiftet unsere Brunnen? haben sie nicht unsere Brüder hingeschlachtet zu Tausenden? Haben sie nicht geschrien: ihr nehmt das Blut unserer Kinder zum Opfer beim Passahfeste? Ihr nehmt das Blut und braucht es für euere schwangeren Weiber? haben sie uns nicht ausgewiesen aus ihren Städten und unsere Häuser verbrannt? und unsere Güter geraubt? Müssen wir nicht vogelfrei dahinwandern und viele finden keine Hütte, wie Kain, der seinen Bruder erschlug? Haben sie uns nicht aufs Rad geflochten und den Henkern im Land preisgegeben wie krankes Vieh? nicht unsere Kinder verbrannt, nicht unsere Weiber geschändet und als die Pest kam, nicht schlimmer unter uns gewütet, denn die Pest? Bei alledem hat sich der Zorn des Herrn nicht gewandt. Doch jetzt, jetzt wird er ein Panier aufrichten dem Heidenvolk aus der Ferne und wird ihm pfeifen vom Ende der Erde und siehe, eilends, flugs kommt es. Kein Matter und kein Strauchelnder ist darunter; nicht gibt es sich dem Schlummer noch dem Schlafe hin; auch springt nicht der Gurt seiner Lenden, noch zerreißt der Riemen seiner Schuhe. Die Hufe seiner Rosse sind wie Kiesel zu achten und seine Räder wie der Sturmwind. Gebrüll hats wie die Löwin und brüllt wie die jungen Löwen und knurrt und packt den Raub und trägt ihn davon und niemand vermag zu retten. Und es wird über Juda dröhnen wie Meeresdröhnen und blickt er auf das Land hin, siehe da ist angsterregende Finsternis und das Licht ward dunkel in dem Gewölbe darüber. Nahet euch, ihr Heiden, um zu hören, und ihr Völker, merket auf! Es höret die Erde, was sie erfüllet, der Weltkreis, und alles, was ihm entsproßt. Denn einen Groll hat der Herr auf alle Heiden, er hat sie bestimmt für die Schlachtung und ihre Erschlagenen werden hingeworfen, und ihre Leichen, – aufsteigen soll ihr Gestank, und es sollen die Berge zerfließen von ihrem Blut. Die Sterne sollen zerbröckeln und wie ein Pergamentum soll der Himmel zusammengerollt werden. Aber unsere Trift soll lustig sein, frohlocken soll unsere Steppe und blühen wie die Narzisse. Sie soll blühen, ja blühen und frohlocken, frohlocken und jubeln! Die Herrlichkeit des Libanon wird ihr geschenkt und die Pracht des Karmel. Stärkt die erschlafften Glieder und die wankenden Knie macht fest! Sagt zu denen, die bekümmerten Herzens sind: seid stark! Aufgetan werden die Augen der Blinden und die Ohren der Tauben geöffnet! Dann wird wie ein Hirsch der Lahme springen und jubeln die

Zunge des Stummen. Denn seht: ein Mann ist aufgestanden in der kleinasiatischen Stadt Smyrna, das ist der wahre Messias und das Himmelreich ist nah! Ja, ich sehe eure Blicke leuchten und eure Hände beben! Habt ihr ihn nicht rufen hören von den Gestaden des Mittelmeers? Ein neues Erlösungswerk geht ihm voran und Olam ha Tikkun wird erstehn. Das göttliche Wesen hat er allein erkannt, er, Sabbatai Zewi! Sammelt euch, Brüder, richtet euch empor, richtet eure Weiber empor, lehrt eure Kinder seinen Namen aussprechen und eure Waisen tröstet mit seinem Wort! Im Jahre fünftausendvierhundertundacht der Welt begann die Erlösungszeit zu tagen, und in diesem Jahre hat sich Sabbatai Zewi uns offenbart. Wunder über Wunder hat er verrichtet und die Juden des Morgenlandes jauchzen ihm zu.«

Ein furchtbarer Tumult unterbrach den Redner. Lange schon war die Kunde von dem Ereignis nach Franken gedrungen, aber stets waren es nur dunkle Laute gewesen, geheimnisvolle Andeutungen: von wandernden Mönchen, von wandernden Juden oder von Zigeunern hergetragen. Es war nur das dumpfe Geräusch eines sehr fernen Wetters gewesen, das die Gemüter wohl in nächtlicher Stille und Träumerei zu ergreifen vermag, aber das Licht des Tages machte zweifeln und ungläubig. Zum ersten Male nun war es wie ein Trompetenstoß in die Ohren der Juden gefahren, wie ein heller, schmetternder Schlachtruf, wie ein Klirren von tausend Schildern und Schwertern, ein Auferstehungsschrei. Es wurde leuchtend um ihre Augen, rings herum ward es Tag, das bange Los der Unterdrückung schien dem Ende nahe: Sonne, Freiheit, göttliches Auserwähltsein zu großen Dingen, Glanz und Freudigkeit und verzückte Sehnsucht, – eine wundervolle Erfüllung tausendjähriger Glaubensdienste. In ihre bedrückten Seelen fuhr es wie der Aufruf zu einer neuen Weltordnung; Knaben sahen sich zu Männern geworden, Männer ballten ihre Fäuste und es rieselte ihnen kalt und heiß über den Rücken. Und als der erste Taumel sich gelegt, drängten sie sich um den Fremden, bestürmten ihn um Einzelheiten und lauschten, lauschten. Vergessen war die Stunde der Heimkehr, vergessen die Gebote des Fasttags; die Weiber drängten sich aus ihren Verschlägen und hörten mit erhitzten Wangen zu. Sie sahen ihn in ihrer Phantasie lebendig werden, den geheimnisvollen Propheten von Smyrna, der am hellen Tag der Geschichte wie ein glühendes Meteor hinwandelte und, ergriffen von lurjanischer Mystik, das Ende der Zeitalter herbeizuführen glaubte. Zacharias Naar erzählte, versunken und hingegeben gleich einem Träumenden: wie Sabbatai seinen Leib kasteite und

Sommer und Winter, bei Tag oder bei Nacht im Meer badete. Wie sein Leib vom Wasser des Ozeans einen Wohlgeruch erhielt und sein Auge 21 klar davon wurde. Niemals hatte er ein Weib berührt und obwohl er zwei Frauen vermählt worden war, mied er sie und verstieß sie bald. Ernst und einsam war sein Wesen, und er hatte eine schöne Stimme, mit der er die kabbalistischen Verse oder seine eigenen Poesien sang. Das Jahr sechszehnhundertsechsundsechzig bezeichnete er als das messianische Jahr; den Juden sollte es eine neue Herrlichkeit bringen und sie sollten nach Jerusalem zurückkehren. Seine Seele ergab sich jauchzend dem süßen Rausch des Gottesbewußtseins. Man hatte ihn von Smyrna verjagt, aber da brach das glimmende Feuer zur verheerenden Flamme aus: seine Demütigung war seine Größe geworden und seine Verklärung. Er ließ zu Salonichi ein Fest bereiten und vermählte sich in Gegenwart seiner Freunde feierlich mit der heiligen Schrift: Thora, die Himmelstochter, ward mit dem Sohn des Himmels in unzertrennlichem Bund vereinigt. Fünfzig Talmudisten speisten an seiner Tafel und kein Armer ging hungrig von seiner Türe. Er vergoß Ströme von Tränen beim Gebet, und nächtelang sang er bei hellem Kerzenlicht die Psalmen. Er sang auch Liebeslieder. Er sang das Lied von der schönen Kaisertochter Melliselde:

> Aufsteigend auf einen Berg
> und niederschreitend in ein Tal,
> kam ich zur schönen Melliselde
> in des Kaisers Krönungssaal.
> Mild kam sie einher
> mit flutendem Haar
> und ihr Antlitz milde,
> süß ihre Stimme war; 22
> ihr Antlitz glänzte wie ein Degen,
> ihr Augenlid wie ein Bogen von Stahl,
> ihre Lippen waren Korallen,
> ihr Fleisch wie Milch so fahl.

Die Kinder folgten ihm auf den Straßen, indes die Mütter seinen Namen lobpriesen. Er ließ verkünden, daß er vom Flusse Sabbation aus die zehn Stämme nach dem heiligen Lande führen werde: auf einem Löwen reitend, der einen siebenköpfigen Drachen werde im Maule haben …

Wie von einem ergreifenden Zauber umschlungen, wanderten die Juden nach Hause. Das Fieber der Erwartung hatte sie gepackt, das von Land zu Land floß wie ein berauschender Strom. In dieser Nacht konnte keiner schlafen.

Man sagte damals, der Herr der Welten öffne seine Tore, den Propheten zu empfangen, oder er pflücke die Sterne vom Himmel, als wären es Trauben am Rebstock, das Volk sähe ein edles Licht, und die Todesschatten verschwänden neben ihm; hinabgestürzt sei die Pracht der Könige und das Rauschen ihrer Harfen; der Prophet steige zum Himmel empor und oberhalb der Gestirne errichte er seinen Thron; viele Stimmen schrien zu ihm empor: Wächter, wie weit ists in der Nacht? Da verkündete er schon das Morgenrot. In seiner Nähe gab es nichts alltägliches mehr, der Fürst schien dem Bauer gleich, der Bettler dem Richter, keine liebende Hand streckte sich dem Kranken hin, und es war erhaben, alle Pein der Kasteiung zu erdulden und der aufgehenden Gnadensonne zerknirscht entgegenzuwinseln. Die Schule der Kabbalisten glaubte die Verkündigung klarer zu verstehen. Aus dem göttlichen Schoß hatte sich die neue göttliche Person entfaltet, der wahre König, der Messias, der Erlöser und Befreier der Welt und die Herrschaft des Metatron ist zu Ende. Es steht aber im Buche Sohar, sagten sie: Metatron ist das erste der Geschöpfe, der Abglanz Gottes; er ist die mittelste Säule, die das Himmlische vollkommen macht; er ist das Vereinigende in der Mitte. Denn der wahre Messias ist der verkörperte Urmensch, der Adam Kadmon der Schrift, ein Teil der Gottheit.

Der Tag brach an, ein trüber und dunstiger Herbstmorgen. Kühler trockner Wind ging durch die Gassen. Die christlichen Einwohner waren verwundert über das aufgeregte Wesen der Juden. Der Rabbi Bärmann rannte bleich von einem Haus ins andere. Der Rabbi Salman Klef stand, ein vergilbtes Pergament lesend, stundenlang vor seinem Haus. Salman Ulman Käsbauer rief mit lebhafter Stimme nach dem Fremdling von gestern. Hutzel Davidla hinkte nachdenklich umher und Boruchs Klöß wurde nicht müde, an den heiligen Fasttag zu erinnern und daß man zur Schul gehen müsse. Gegen neun Uhr kam ein staubbedeckter Bote aus der Richtung der Stadt Nürnberg. Er brachte ein Sendschreiben. Michel Chased, der Chassan, nahm es entgegen und die Juden, Männer, Weiber und Kinder in stets wachsender Anzahl, sammelten sich um ihn, als er mit lauter Stimme vorlas. Das Schreiben kam von dem berühmten Samuel Primo, einem Jünger des Sabbatai, und lautete: »Der einzige und erstgeborene Sohn Gottes, Sabbatai Zewi, Messias und Erlöser des jüdischen Volkes, bietet allen Söhnen Israels Frieden. Nachdem ihr gewürdigt worden seid, den großen Tag und die Erfüllung des Gotteswortes durch den Propheten zu sehen, so müssen eure Klagen und Seufzer in Freude und eure Fasten in frohe Tage umgewandelt werden. Denn ihr werdet nicht mehr weinen. Freut euch mit Gesang und Lied und verwandelt den Tag der Betrübnis und der Trauer in einen Tag des Jubels, weil ich erschienen bin.«

Ein Todesschweigen folgte diesen Worten. Die Zumutung des Propheten war für dies Volk, das mit unerschütterlichem Fanatismus am Hergebrachten, am überlieferten Gesetz hing, etwas Furchtbares und Unerhörtes. Wolf Käsbauer wurde weiß wie Schnee und stotterte ein hebräisches Gebet. Viele andere, besonders Frauen, beteten ihm nach. Aber es waren doch auch solche da, die von Mut erfüllt waren für die neue und große Sache. Sie riefen Hallelujah und ihre Augen leuchteten dem Kommenden froh entgegen. Der Messias, weil er so fern war, wuchs ins Unermeßliche vor ihren Augen, sein Haupt stand golden in den Morgenwolken, ihre Seele war ausgefüllt von ihm, weil der Druck niederer Dienstbarkeit auf ihnen lastete, die Verachtung eines ganzen Volkes, einer ganzen Welt. Tagelang wohnte eine dumpfe Angst über den Juden in Fürth; sie wagten nicht aus ihren Häusern zu gehen, sie ergaben sich ganz den Gefühlen der Zerknirschung oder der Erbitterung oder der Reue oder der Hoffnung.

Da kam am zweiten Tage nach dem Fest die Kunde aus Norden, der berühmte Hamburger Jude Manoel Texeira, der Vertraute der Königin Christine von Schweden, habe sich öffentlich in der Synagoge für den Messias erklärt. Aus Amsterdam, aus London, aus Prag, aus Mainz, aus Frankfurt und aus Wien gingen Huldigungen an den Propheten ab, und seltsame Zeichen am Himmel machten auch den Christen das Herz schwer. Der Jude Wassertrüdinger in Fürth, genannt Weiber-Lambden, der bei schwangeren Weibern herumging und mit lauter Stimme Gebete las, sah nämlich am Samstag Abend, dem ersten des Monats Tibeth, einen großen anwachsenden Feuerschein am nördlichen Himmel. Seine Augen wurden naß vor Grauen und mit seinem Hinkbein lief er, so schnell es ging, in die Häuser der Juden und schrie mit halberstickter Stimme, daß Gott ein Zeichen gegeben habe. Viel Volk sammelte sich schweigend an den Ufern der Regnitz und Pegnitz, und Christen und Juden standen in gleicher Furcht, in gleicher mystischer Andacht Schulter an Schulter.

Zacharias Naar tauchte auf, fiel am Schilf des Flusses nieder und wandte sein gelbes Gesicht mit den weiten Augen dem himmlischen Feuer zu. Er begann ein flehendes Gebet zu singen, eine klagenvolle Anrufung des Gottessohnes zu Smyrna und die Gemeinde fiel im Chorus beim letzten Vers mit ein. Einsilbig rauschte der Fluß durchs Land und die erblassende Röte des Firmaments beleuchtete unsicher die dunklen Talare der in süßer Verzückung heimkehrenden Juden.

In derselben Nacht erhob sich ein gewaltiger Sturm, riß das heilige Kreuz von der katholischen Kirche herab, und als die Juden in der Morgenfrühe zum Gebet gingen, sahen sie über dem niederen Portal der Synagoge die Anfangsbuchstaben vom Namen des Sabbatai Zewi in goldenen Lettern stehen.

Nun lebte ein Mann in Fürth, den man Maier Knöcker nannte; er hieß auch Maier Nathan und bei den Christen Maier Satan. Er hatte einen offenen Mund und eine häßliche Nase und war wegen seines Schacherns verhaßt. Knöckern heißt bei den Juden stammeln und ein Stammler war Maier Knöcker, der Nathan. Er sah mit scheelen Augen in das erregte Treiben seiner Glaubensbrüder, und inmitten des allgemeinen Rausches blieb er nüchtern und kalt. Er war nur besorgt, daß er von seinem Geld nichts verliere und beriet sich oft mit seiner Frau, wie man die Kasse am besten verwahren solle. Er wohnte in einem alten Haus mit vielen Löchern und Winkeln und jeden Tag in der Woche brachte er sein Geld in ein anderes Versteck. Sobald eine Nachricht von auswärts kam über irgend einen bedeutsamen Vorfall, irgend ein unerklärliches Ereignis, begann Maier Knöcker zu zittern und lief in sein Haus, um seine Schätze nachzusehen. Und als die Flut der Ereignisse schwoll und sich ausbreitete und die Länder bedeckte, wuchs auch in der Seele des Knöckers die Furcht vor dem Verluste seines Vermögens, und er konnte keinen ruhigen Schlaf mehr finden und mußte seine Bissen bei den Mahlzeiten in Unfrieden hinunterwürgen. Er betete sogar weniger, um seinem Hab und Gut ein besserer Wächter sein zu können. Er verdammte diese unruhigen Zeiten und es gab Tage, wo er sich nicht mehr über die Gasse wagte und die Türen versperrte, um einen geheimnisvollen Feind abzuhalten.

Aber es war noch eine andere Furcht in diesem schiefen und winkelreichen Haus, das in jeder Stunde einzufallen schien und das beim hellen Mondschein der Herbstnächte einer Ruine glich. Der Maier Knöcker hatte eine Tochter. Sie war nicht gerade schön, aber sie hatte die üppigen

Formen und die äußerliche Leidenschaft der jüdischen Weiber, und in ihren Augen war etwas dumpf Sinnliches, das die Männer zu ihr trieb. Rahel hatte nun vor langem ein Liebesverhältnis mit einem christlichen Studiosus aus Erlangen angeknüpft und war in dessen Armen gefallen. Seit Monaten fühlte sie ein junges Leben in ihrem Leib, und so oft sie daran dachte, was Vater und Mutter sagen würden, wenn sie es entdeckten, wurde ihr das Herz wund. Ratlosigkeit und Traurigkeit verdunkelten ihr Dasein und machten ihre Jugend finster und bereuenswert. Aber als die Woge der Messiasbegeisterung in den stillen Hofmarkt stürzte, sah das gequälte Mädchen darin eine Art Erlösung. Sie fand es leichter als sonst, ihren leiblichen und seelischen Zustand geheim zu halten, denn die Erregung der Gemüter wandte sich nichts Einzelnem mehr zu. Trotzdem rückte die Zeit immer näher, wo nichts mehr zu verbergen war, wo sie, ohne zu reden, ihr Geheimnis offenbar werden lassen mußte. Sie sann und sann in schlaflosen Nächten und endlich fand sie durch angeborene Schlauheit einen verwegenen Ausweg aus ihrer Bedrängnis, und sie beschloß, ihren Geliebten um Hilfe zu bitten.

Maier Knöcker war von der Abendschul nach Hause gekommen und erzählte finster, daß er mit vier andern unverrichteter Sache wieder gegangen sei. Die Juden vergäßen, sich zum Gebet zu versammeln; er sah darin ein schreckliches Zeichen. Beklommenen Herzens lugte er hinaus auf die Straße, als erwarte er Stunde für Stunde den unerbittlichen Gegner des häuslichen Friedens von Angesicht zu Angesicht zu schauen. Da läutete die Hausglocke und Itzig Gänßhenker kam und berichtete atemlos, daß sich ein wahrhaftes Gotteswunder begeben habe. An der Küste von Nordschottland habe sich nämlich ein Schiff gezeigt mit seidenen Segeln und seidenen Tauen und die Schiffsleute, die es führten, hätten hebräisch gesprochen und die Flagge habe die Inschrift getragen: die zwölf Stämme oder die Geschlechter Israels. Dies Schiff sei für die Braut des Messias bestimmt.

Sie sprachen nun von vielen Dingen, auch Thelsela, das Weib des Knöckers, mischte sich in die Unterhaltung, bis Boruchs Klöß kam und man im Talmud lesen wollte. Auch Klöß wußte von dem geheimnisvollen Schiff und alle, alle draußen wußten es schon. Es kam nicht zum Studium des Talmuds, da Boruchs Klöß manche neue Seltsamkeiten zu berichten wußte: wie ein jüdischer Schneider zu Mailand in einen Zustand der Raserei gefallen sei und sich seitdem in prophetischen Verzückungen winde; stundenlang liege er am Boden und spreche bald lachend, bald weinend von der nahen Erlösung und von Sabbatais Macht im Himmel und auf Erden. Ferner erzählte er, daß sein Oheim aus der Türkei nach Hause zurückgekehrt sei und gänzlich betäubt sei von dem Großen und Wundervollen, das er dort gesehen. Das Volk von Smyrna sei wie im Wahnsinn und jauchze dem Befreier zu, der in Prozessionen von nie gesehener Pracht durch die Straßen ziehe. Die Ungläubigen, die Chofrim, seien ihres Lebens nicht sicher; Chajim Peña sei vom Volk fast zerfleischt worden, als er gegen Sabbatai aufgetreten war; des Peña eigne Tochter habe mit verzückten Sinnen das Heil des Erlösers ausgerufen, habe geweissagt und sei wie berauscht gewesen. Da gaben sie Chajim Peña frei, und er wurde später zum Jünger. So wurde erzählt und Boruchs Klöß wußte immer noch erstaunlichere Dinge als Itzig Gänßhenker. Maier Knöcker aber schwieg mit schwerem Herzen. Ringsum sah er den wilden Tanz sich gestalten; seine Klugheit warnte ihn davor, zu widerstehen, um so mehr, als noch in derselben Nacht das Gerücht laut wurde, Zacharias Naar stehe in Verbindung mit dem Propheten selbst. Er erhielt dadurch eine förmliche Weihe; er ging in die Häuser der Juden, überzeugte die Zweifler und entflammte die Hoffenden. Überall schritt er umher, überall fand man ihn, oft hob er sich gegen den dunklen Himmel der Felder ab, einsam im Abend.

Die Glocke verkündete die Mitternacht. Ein junger Mensch schlich über den Lilienplatz in die Wassergaß zum Haus des Knöckers. Er hatte ein langes Rohr unter seinem Mantel verborgen, und sein Kopf war sorglich in eine Kapuze gehüllt. Der rote Mond senkte sich gegen Westen und schien ein zauberhaftes Blühen auf die Dächer zu breiten. Gelbe Blüten, zarte Nebelschleier, er hauchte sie hin, daß es keiner sah, und die Steine waren nicht mehr Steine, sondern Knospen von Mondblüten und jeder Zaunpfahl erwachte aus einem traumlosen Schlaf und guckte schwermütig in die Welt. Die windschiefen Häuser sahen unbekleidet, hilflos und gottverlassen aus; manche erschienen rührend in ihrer trostlosen Verfallenheit, während ihre Fenster traurigen Augen glichen, die in die dunstige Glasglocke des Himmels hineinstarrten, als ob sie geblendet wären von dem sanften natürlichen Licht.

Der junge Mensch überkletterte einen niederen Zaun und erstieg eine schmale morsche Treppe, von wo er auf ein Dach kam, und dort schritt er auf den Zehen weiter. Vor einem grünen Fensterladen stand er still und steckte sein Rohr durch einen schmalen Spalt. Nun rief er mit dumpfer und verstellter Stimme in das Sprachrohr: »Boruch ado adonai elohim! O ihr gerechten und gottliebenden Eheleute Maier Nathan und Thelsela! freuet euch, denn eure Tochter, die eine Jungfrau ist, hat eine Tochter in ihrem Leib empfangen, die wird die Braut sein dem Erlöser des Volkes Israel, dem Messias zu Smyrna.«

Der Knöcker, der vergebens seine Kissen um Schlaf zerwühlt hatte, und dessen Phantasie in wilder Bewegung war, weckte sein Weib. »O meine Liebste,« flüsterte er beklommen, »hast du die himmlische Stimme gehört? Es ist ein Engel dagewesen; stehe auf, wir wollen beten, daß du die himmlische Stimme auch zu hören gewürdigt werdest.« Zitternder Leibes erhob sich die Frau; sie lauschte in die Nacht hinaus, legte die vermagerte Hand auf die klopfende Brust und kniete nieder. Da ertönte die Stimme von neuem: »Ihr sollt eure Tochter in hohen Ehren halten und großen Fleiß anwenden, daß sie wohl versorgt werde. Denn aus ihrem jungfräulichen Leib wird die Messiasbraut geboren werden.«

Da packte Thelsela ihren Mann und zog ihn hinüber in das Zimmer, wo die Tochter schlief. Sie schien ruhig zu schlummern, sah abgehärmt aus und ihre Lider zuckten ein wenig. Als die Mutter ihr die Decke vom Körper ziehen wollte, stieß sie einen heiseren Schrei aus und krampfte die Hände von tödlicher Angst erfaßt, in den Stoff. Doch der Knöcker streichelte ihr die Wangen und stotterte unverständliche Zärtlichkeiten, während Thelsela den Leib des Mädchens befühlte, ernst nickte und von Andachtsschauern durchrieselt wurde. Eine große Freude hatte den Maier Nathan befallen: sein Haus war zu solch vorzüglichen Dingen auserwählt worden, daß er in diesen Stunden sogar der Sorge um sein Geld vergaß und mit seinem Weib am Lager der Tochter sitzen blieb, um ungeduldig den Anbruch des Tages zu erwarten. Über Rahels Wangen flossen bittere Tränen. Mit weitgeöffneten Augen sah sie beständig auf einen Punkt. Böse Gesichte schienen sie zu foltern; das Licht tat ihr weh, jede Tröstung schmerzte sie.

Der Maier Nathan indessen, dem eine ganz neue Welt aufgegangen war, sah sich schon als den Patriarchen der Gemeinde, gepriesen als den Vater eines unerhörten Glückes. Er nahm sein Weib bei der Hand, führte sie in das Schlafgemach zurück, stammelte trunken, fuhr sich in die Haare, lachte, tänzelte und ging endlich fort, um zuerst seinen Freund Boruchs Klöß und dann den Chassan aufzusuchen.

Der Morgen war nahe. Eine drückende Öde lag auf den Gassen. Fern in der Ebene rauschte der Fluß, und bisweilen klang es herein wie das Klappern eines Mühlenrades oder das Geläute von Kuhglocken. Den

Zenit belagerten große Wolken. Wie Raubtiere lagen sie und schienen bereit, sich auf das Land zu stürzen.

Fast in allen Judenhäusern war Licht. Wo auch Maier Knöcker das neugierige Ohr an einen Türverschluß oder an eine dünne Mauerwand legte, hörte er Gebete murmeln, Klagen, Anrufungen und Lobpreisungen.

Als der helle Tag angebrochen war, kam wunderbare Kunde. Es hieß nämlich, die Juden in dem Städtchen Avricourt rüsteten sich, nach Jerusalem zu ziehen. Dann hieß es auch, Jakob Sasportas, der wütende Feind des Zewi, sei plötzlich zum glühenden Anhänger geworden, und mit der heiligen Schrift im Arm tanze er verzückt durch die Straßen von Worms. Ferner kam die Nachricht, Manoel Texeira sei mit zehn Ältesten nach Smyrna gepilgert und habe sich dem Messias zu Füßen geworfen. Ein gewisser Nathan Ghazati war von Sabbatai zum König von Griechenland und Elisa Levi, ein Bettler, zum Kaiser von Afrika bestimmt worden. Die Palästiner, die durch Jakob Zemach eine Huldigung an den neuen König der Juden abgeschickt hatten, schmückten ihren Tempel und zogen psalmensingend und blumenstreuend durch die Städte, als ob Davids Zeiten sich erneuert hätten. Der berühmte Sabbatai Raphael in Polen und Mathatia Bloch seien vom heiligen Geist erfaßt, so daß sie wahrsagten auf offenem Markt in Warschau und in Thorn.

So kommt der Föhn im Frühjahr über das deutsche Hochland wie all diese Botschaften nach Fürth. Selbst die Christen wurden miterregt von der Wucht der fremdartigen Ereignisse. Ein Taumel ging durch Europa; die alte Welt schien aufzuwachen aus einem Schlaf. Der Bedrücker fürchtete den Bedrückten, der Knecht träumte von Freiheit. Kein Tag verging, an dem nicht Kunde von Außerordentlichem eintraf, wäre es nur auch ein geheimnisvolles, deutungsreiches Wort des Messias gewesen. Er steht auf einer Terrasse am Meer, streckt seine Hand aus und spricht: Seht, ich gebe euch heute das Leben und den Tod. So wurde von wandernden Juden berichtet. Sendschreiben liefen durch die Städte; wunderliche Dinge lagen in der Luft.

Maier Knöcker, der Nathan, der das unerwartete Glück, dessen er teilhaftig geworden, voll Entzücken weitergetragen hatte, traf zuerst auf Mißtrauen, dann auf Verwunderung, dann auf blinden Glauben. Er fand einen begeisterten Apostel in Boruchs Klöß und dieser beredsame Mann erwies sich in der Tat als der beste Anwalt einer so begnadeten Sache. Die Ältesten der Gemeinde kamen zu Rahel, um sie durch Gebete heilig zu sprechen. Am gleichen Abend wurde ein großes Festmahl unter dem

Vorsitz des Ober-Rabbis abgehalten, und das Haus des Stammlers wurde als eine fromme Zuflucht erklärt. Aber Rahel selbst blieb finster und verschlossen. Sie wich jedermann aus und hatte es verlernt, Vater und Mutter gerade ins Gesicht zu sehen. Wenn einer länger mit ihr redete, begann sie zu zittern. Ihre Hände waren feucht, ihre Lippen trocken und aufgesprungen, ihre Augen gerötet. Sie konnte in keiner Nacht mehr schlafen; die Finsternis nahm eine purpurne Färbung an, so daß es wie ein Vorhang vor ihren Blicken lag, undurchdringlich und beängstigend. Oft bevor noch der Tag anbrach, erhob sie sich vom Lager und schleppte sich hinauf in die Bodenkammer, um an irgend einer Luke zu kauern und starren Blickes stundenlang zu brüten. Sie freute sich, wenn sie fror; sie wünschte zu frieren, wünschte zu leiden, ein äußerer Schmerz verlieh dem inneren Milderung. Am Sabbat nach der Schul kamen die Weiber zu ihr; aber sie war so bedrückt, daß sie vor den Besucherinnen in lautes Weinen ausbrach. Sie rang die Hände, stöhnte, warf sich zu Boden, fletschte die Zähne, und murmelte Worte ohne Sinn und Klang. Das war ein sehenswertes Schauspiel, eine Bestätigung des Wunders, das mit dieser Jungfrau vorgegangen. Sie brachten Geschenke, doch das Mädchen warf sie ihnen vor die Füße und schalt und drohte fassungslos. Auch viele Männer kamen: Thurathara, Wolf Batsch Seligman Schrenz, Seligman Rumpel, Hirsch und Herz, die Rumpeln, Wolf Bieresel, Joel und David, die Bieresel, Maier Anschel und Itzig Gänßhenker, ja sogar Moses Bock aus Würzburg und Michael bar Abraham aus Markt Erlbach. So schnell hatte sich die Kunde im Lande verbreitet Alle brachten sie Geschenke: Güldene Schleier oder Sternlein oder durchgezogene Sternlein oder Umhänge von Drapd'or oder gestickte von Gold, von goldenen oder silbernen Blumen, Kleider von Samt mit einer Blumenbordüre, einen Mantel von Damast, Schuhe oder Pantoffeln mit gutem oder schlechtem Gold verbrämt, Bänder von schwarzem oder gefärbtem Leder, Kartelsteine oder andere Gehänge, auch Hand- und Leibschnallen, güldene Gürtel und einen Gürtel von Gold, der mit Diamanten besetzt war, Ringe und Ohrgehänge, Handschuhe von Pelz und Halstücher bis auf zwei Gülden Wert.

Das waren festliche Tage für Maier Knöcker, den Nathan. Mit zittern-den Händen tastete er über den Reichtum; nahm die Tücher, faltete sie wieder zusammen, liebkoste die Schuhe und Ringe, legte die Gehänge um seinen Hals und stolzierte im Zimmer damit auf und ab; auch stellte er sich damit vor einen Spiegel, machte Bücklinge, schnitt lächerliche

Grimassen und ging dem finsteren Schicksal mit kindischer Heiterkeit entgegen.

Am Tag Dionysius war die Luft so klar, daß man die Kirchenglocken von Nürnberg vernahm. Ein gelber Schimmer lag auf den Wiesen und der Himmel war mit weißen, feinen, runden Wölkchen marmoriert. Ein Zug jüdischer Spielleute, die von der Domprobstei Bamberg verwiesen worden waren, brachte die Nachricht der Messias sei von Smyrna aufgebrochen und käme nach Deutschland, die Gläubigen um sich zu versammeln und an ihrer Spitze ins heilige Land zu ziehen.

Als Rahel dies vernahm, erwachte sie aus ihrer langen Apathie. In ihr war nur ein Gedanke: daß sie fort sollte aus dem Land, wo der Geliebte wohnte; denn in ihrer heißen und erregten Phantasie war ein Gerücht schon einem Geschehnis gleich. Mit glühenden Augen eilte sie auf die Gassen; niemand beachtete sie heute. Viele schienen in einer Tollheit befangen, wie eine Schar Verschmachtender, denen man feurigen Wein gegeben hat. Kein Ritus wurde mehr beachtet, weder das Abend- noch das Morgenminjan, weder der Socher, noch der Bund der Beschneidung. Über den Lilienplatz lief ein junger Mensch mit nacktem Oberkörper; er hatte sich auf die Brust die Worte gemalt: wir empfahen was unsere Taten wert sind, wir leiden Pein in heißen Flammen. Der Schmuel, der Richter der Gemeinde, ein Mann von siebzig Jahren, der sonst Tag und Nacht den Talmud studiert, hatte sich im Schulhof bis an den Hals in Erde eingegraben, und sein Leib war beinahe erstarrt. In hebräischen Worten schrie er leidenschaftlich das Lob des Messias und viele Menschen standen bleich und andächtig um ihn her. Rahel eilte hinaus zum Schießanger, wo noch von der Kirchweih die Wagen der Zigeuner standen, und dann lief sie hinüber zum Schwedenstein, wo sie kraftlos ins Gras sank. Sie hörte die Zigeuner schreien in ihrem Rotwälsch und sah sie gestikulieren, trotz des Nebels, der über der Landschaft lag. Der Schulklopfer und der Totengräber liefen an der Kapelle vorbei, aber sie nahm es nicht wahr. Ihr war zu Mut, als läge sie schon tagelang hier, ohne Sinn für die Flucht der Zeit, und als müsse sie noch tagelang und wochenlang hier kauern, unfähig zu begreifen, was in ihr vorging. Der Himmel bedeckte sich mit Wolken und ein feiner Perlenregen fiel. Eine dieser Wolken, die heraufzogen vom Vestner-Wald, hatte die Gestalt und die Züge des jungen Studenten, den sie liebte. Sie sah es genau: die Wolke trug einen schwarzen Bart, der zierlich um Kinn und Wangen stand und kokett zugespitzt war. Sie sah auch den kleinen Mund und die kleine Nase und die unsteten Augen. Und dann stand er plötzlich bei ihr, Thomas Peter Hummel, und ihr war, als könne sie seine Hand fassen. Er sprach ihr zu, fein und schnell und geschickt und wenn er überzeugte, war es nicht in dem, was er sagte, sondern in seiner Stimme, in seiner gewandten, schlangenhaften Art, in seiner heiteren Geschwätzigkeit. Er wählte seine Worte wie ein scharfer Politiker und spielte taschenspielerhaft mit den Gefühlen. Aber wie es in der Welt geht, sie liebte ihn.

Ein Mann und ein Weib kamen vom Anger her. Ihr gemächlicher Schritt zeigte, daß sie den Regen nicht achteten. Rahel erkannte Zacharias Naar und jenes schlanke Mädchen, das sie bei den Schaustellungen am Schießanger gesehen hatte. Sie war schön. Man muß die Augen zumachen, wenn man sie sieht, dachte Rahel. Sie war blaß und krank, wie verzehrt von einer geheimen Sehnsucht. Jede Linie an ihrem Körper hatte etwas Leidendes und die Form ihres Mundes verriet Geduld und Lieblichkeit. Dennoch war etwas an ihr, das all dies Lügen strafte, vielleicht in der Heftigkeit und dem Trotz ihrer Augen. Bald verschwanden sie an der Biegung des Wiesenwegs. Rahel blickte starr in die leise dämmernde Landschaft hinein und war froh, daß sie nicht gesehen worden war. Sie fühlte nicht Kraft genug, wieder nach Hause zu gehen und fürchtete, die einbrechende Nacht könne sie noch immer hier finden. Sie erschien sich ausgestoßen und verfolgt; verurteilt, für sich allein Schmach, Bedrückung, Ruhelosigkeit und Heimatlosigkeit zu ertragen; sie wollte nicht mehr heimkehren. Sie haßte Vater und Mutter, haßte die bleichen, gebetseifrigen, jüdischen Männer, ihre gefräßigen, schwatzhaften Weiber, die altklugen Knaben, die frühreifen Mädchen, die kindischen, fanatischen Greise: alle schienen ihr verächtlich und unrein. Doch wohin sollte sie gehen, wenn nicht nach Hause; sie dachte: endlos ist die Welt und für ein Judenmädchen gibt es kein Erbarmen, keine Unterkunft, selbst ein Räuber darf sie stoßen mit seinen Füßen. Schließlich stechen sie einem die Augen aus, wenn sie es für gut finden, und dann mußt du verhungern. Sie glaubte nicht an diesen Messias, sie glaubte nicht an seine Prophezeiungen, vielleicht nur deshalb, weil es ihr gelungen war, durch einen plumpen Betrug alle, die um sie herum waren, im Namen desselben Messias zu täuschen.

Während sie so sann und dabei in den westlichen Himmel sah, teilten sich dort die Wolken, und auf einmal warf die untergehende Sonne eine Flut schwefelgelben Lichtes über das Firmament. Bäume, Steine, Wiesen, das Wasser, der Wald, die Häuser in der Ferne, die Kirchtürme, ja die Luft selbst schien lebendiger Körper zu werden. Da lächelte Rahel und die Spannung ihrer Seele löste sich. Tiefer Frieden erfüllte sie, und sie schloß träumend die Augen.

Ein Bauer kam von Ronhof her über das Feld geschritten, der seinen Kopf mit einem Sack verhüllt hatte. Er sah das Judenmädchen am Boden kauern und war so erschrocken über den Anblick, den sie bot, daß er sich bekreuzigte und spornstreichs gegen die Häuser des Orts rannte. Eine Schar von Juden kam ihm entgegen, die zum Schwedenstein wollte, um das Grabmal des schönen Joseph mit Gewalt fortzunehmen, nachdem die Familie beim Schultheiß und beim Friedensrichter mit ihren Bitten abgewiesen worden war. Der Bauer, dessen eines Auge erblindet war, machte den Juden die Mitteilung, daß er eine Hexe am Schwedenstein gesehen habe. Aber jene erkannten schon von weitem die Tochter des Knöckers, und einer lief zurück, um Maier Nathan zu holen. Der Ronhofer Bauer hatte schnell erhorcht, daß die Juden den Schwedenstein berauben wollten; er schwang drohend den Arm, lief fort und alarmierte einen Hornmacher, einen Schneider, einen Goldplätter und zwei Metzger- oder Schlächterburschen, die in der Nähe des Schießangers ihre Verrichtung hatten. Als Maier Knöcker bleich und atemlos aus der Fischergasse kam, stürzten sich Hornschuch, der Kammacher und Federlein, der Schneider, voll Wut auf ihn, während ein paar alte Weiber aus dem Erdgeschoß eines grünen Hauses herauskeiften und ihren Haß gegen das Judengesindel nicht zu zügeln vermochten. Die andern Helden rannten mit dem Ronhofer Bauern zum Schwedenstein und freuten sich baß auf die bevorstehende Prügelei; im Laufen verteilten sie die Opfer unter sich und rechneten aus, daß jeder etwa drei Juden zum Prügeln bekommen würde.

Es war dunkel geworden: ein milder Abend. Die Sterne blinkten unter den Wolkentüchern hervor; auch der volle Mond stieg im Osten herauf, gerade über den Türmen Nürnbergs. Ein olivenfarbenes Licht ging von ihm aus, während im Westen das finstere Not und das bronzene Gold allmählich verblaßten. Wer sich niederließ auf die Knie oder sich platt auf den Leib legte und aufmerksam hineinsah in das ebene Land, konnte glauben, daß die Erde Atem schöpfe wie ein Mensch, daß das melancholische Frankenland gleichsam die Brust der Erde sei, die sich auf und nieder bewegte in ruhigem Traumschlaf.

Kaum waren die händelsüchtigen Burschen am Schwedenstein ange-
kommen, als sie erstaunt und bestürzt stillstanden. Der Schelomo
Schneiors, der Bürgermeister der Juden, hatte sich seiner Kleider entledigt,
und mit einer kurzen Geißel schlug er wütend auf seinen Körper los.
Sein Gesicht war so verzerrt, daß es einen widerlichen Anblick bot, und
seine dicken, blutroten Lippen schoben sich, Gebete murmelnd, hin und
her. Sein Körper zuckte vor Schmerz, und die Rippen quollen heraus
unter der magern, verwundeten Haut. Die andern Juden standen totenbleich um ihn her wie Scharwächter und beugten taktmäßig das Knie.
Behrman der Levit rief mit einer Stimme, die schrill und unheimlich 41
hinausscholl in den friedlichen Abend der Felder, eine kabbalistische
Anrufung: Der König Messias wird erscheinen, und ein auf der Morgen-
seite befindlicher Stern wird sieben Sterne von der Mitternachtsseite
verschlingen, und eine schwarze Feuersäule wird vom Himmel herabhan-
gen sechzig Tage lang. Alsdann werden alle Völker zusammentreten gegen
die Sprößlinge Jakobs, und eine große Finsternis wird in der Welt sein,
fünfzehn Tage lang.

Mit einem irren Schrei stürzte Maier Nathan, den seine Feinde endlich
losgelassen hatten, in den Kreis, ergriff Rahels Kopf mit beiden Händen,
streichelte sie und fragte mit Todesangst in der Stimme, warum sie fort
sei und ob sie krank sei. Rahel schüttelte den Kopf.

Der Schneider Federlein und der Hornmacher hatten ihren Mut ein-
gebüßt und unverrichteter Sache zogen sie mit den andern davon; sie
schickten den Ronhofer Bauern zu Herrn Pfarrer Wagenseil, damit er
Bericht gebe und sie wegen des Schwedensteins keinerlei Verschulden
treffe. Die beiden Schlächterburschen und der Goldplätter, die alle drei
sehr gedrückt schienen, wünschten alsbald eine geruhsame Nacht und
der Schneider und Herr Hornschuch gingen allein weiter. Am Gänsgraben
kam ihnen ein Leiterwagen entgegen, dessen Fuhrmann dem Hornmacher
bekannt war, und nun teilte jeder dem andern seine Gedanken mit. Der
Fuhrmann wußte befremdliche Dinge zu sagen von Himmelszeichen
und vom nahen Ende der Welt. Es sei gut, meinte er, daß es in Nürnberg
keine Juden gäbe, denn dort seien die Bürgersleute noch halbwegs zu 42
vernünftigen Dingen zu gebrauchen. Er erzählte beiläufig, daß er am
Juden-Bühel in Nürnberg einen großen Stein gesehen habe mit der Inschrift:

Der Stein ist nach den Juden blieben
Als sie von Nürnberg wurden vertrieben
in Wolfgang Eysen Haus, das ist wahr
im vierzehnhundertneunundneunzigsten Jahr.

Allmählich wurden die Gassen mondhell. Herüber von den Wäldern
der Veste wogten herbstliche Dünste. Die Blätter der Bäume, ein wenig
regenfeucht, schimmerten silbern und zitterten im Abendwind.

Fast alle Fenster in den Häusern waren erleuchtet. Die Juden schienen
dreifaches Licht zu brennen, und die Christen hatten den unbestimmten
Trieb, wachsam zu sein. Uralte Prophezeiungen waren auf dem Wege
der Erfüllung, und die Schwülnis, die vom Morgenland herüberkam, war
so drückend wie einst vor sechzehnhundert Jahren, als man Jesus Christus
gekreuzigt hatte.

Junge jüdische Mädchen liefen in den Gassen umher mit aufgelösten
Haaren; manche hatten die Brust entblößt und ihre Augen glänzten wie
von übermäßigem Weingenuß. Knaben saßen in Gruppen vor den Türen
und sangen Psalmen und Hymnen an den Messias. In den Zimmern
hatten sich die Greise versammelt und gaben sich mit tiefer Inbrunst
dem Studium der Kabbala hin. Es erhob sich in einem Haus am Kohlen-
markt der neunzigjährige Chajim Chaim Rappaport und sprach: »Wäre
er es nicht, der die Schmerzen von Israel über sich nähme, wahrlich kein
Mensch wäre es zu erdulden imstande. Unsere Krankheiten wird er tragen
und alle Übel und Schmerzen nimmt er ab von der Welt.« Dann verkündete er, Zabbatai Zewi habe den vierbuchstabigen Gottesnamen auszu-
sprechen gewagt und der Türke Murad Effendi sei dadurch bekehrt
worden.

Im Hause des Ober-Rabbi waren fünfzig Männer und Frauen zu einem
Mahl vereinigt. Je weiter der Abend vorschritt, je ungezügelter wurde
der Freudenrausch, je heißer wurden die Köpfe vom Wein, vom Spiel,
von Erregungen seltsamer Art. Viele warfen die silbernen Becher in die
Luft und viele knieten hin und schrien mit heiserer Stimme Gebete. Der
Rabbi selbst war es, der zuerst die Kleider von sich warf und dann der
schönen Esther Fränkel das Gewand vom Leibe zerrte. Ihre Lippen
küßten sich, wie zwei Ertrinkende hielten sie sich umschlungen und
nahezu nackt schwangen sie sich in einem orgiastischen Tanz umher.
Andere folgten bald dem Beispiel; überall erhoben sich bleiche Gesichter
von der Tafel, glühende Augen starrten fassungslos in die kommende

Welt der Erlösungen: wie wenn ein scheuer Sklave plötzlich die Freiheit empfängt und in wilder Zügellosigkeit sich selbst zerfleischt und seine eigene Habe zerstört. Männer, die schon an der Schwelle des Greisentums standen, gebärdeten sich wie Faune. Weiber mit grauen Haaren gaben sich beklagenswerter Verirrung hin. Die Thelsela Knöcker trank fast ohne auszusetzen schweren Burgunderwein, lallte mit kindischer Stimme hebräische Worte von der Messiasbraut, bis sie besinnungslos zu Boden sank. Es waren junge Mädchen da, die sich einer rasenden Liebesgier überließen, als wollten sie damit die Jahre der Entbehrungen in ihrem Gedächtnis verwischen. Manche sahen aus wie Furien, die lechzend von Lust zu Lust wankten und sich schamlos in finstern Lastern begruben. Geschrei, Ächzen und schrilles Johlen herrschte und eine scheußliche Musik wurde ausgeübt von fünf betrunkenen Spielleuten. Dazwischen erhob sich ein düsterer Gebetskanon, den drei oder vier Männer in einer dunklen Ecke hersagten, oder ein fanatischer Schrei um Erlösung, der von einem Haus in einer fernen Gasse erwidert wurde. Michel Chased, der Chassan, hatte die Gesetzrolle von der Schul geholt und tanzte damit umher wie mit einer Geliebten; er trieb eine lächerliche und furchtbare Unzucht, und als er keuchend, die andern gleichsam um Atem bettelnd, hinstürzte, bohrte er eine stählerne Nadel tief in den Oberarm, daß dunkelrotes Blut auf die Gesetzrolle und auf den Boden rann. Boruchs Klöß, Wolf Batsch und die Rumpeln knieten hin und leckten und schlürften winselnd das halbgeronnene Blut, indes der Chassan stumm und steif in die Arme seines Sohnes sank. Zwei junge Leute sahen den bleichen Zacharias Naar durch den Raum gehen, beschwörend die Hände heben und wieder verschwinden. Auch der alte Thurathara, dessen gerötete Augen stets wie aus einem dünnen Spalt hervorblinzten, hatte die Erscheinung wahrgenommen und behauptete, jener habe ein wunderschönes blasses Kind auf den Armen getragen und lächelnd und heiter habe das goldlockige Geschöpf in das schreckliche Treiben geschaut. Der alte Seligman Schrenz wollte die Blöße seiner Tochter bedecken, wollte sie mit seinem Mantel umhüllen; aber jauchzend, mit halbgeöffneten Lippen lief die schwarze Noemi davon, warf sich in die Arme ihrer Freundin, der Schwester des Schulklopfers, und die beiden Mädchen küßten sich, warfen sich zu Boden und drückten ihre fieberheißen Körper aneinander.

Ein Haus weiter lag der Maier Lambden mit seiner Familie auf den Dielen; denn sie schliefen nicht mehr in Betten. Bei Tage hüllten sie sich in Tücher von grobem Stoff und hörten nicht auf, zu beten. Es gab Männer, die sich des Schlafes gänzlich enthielten und sich Tag und Nacht mit dem Studium des Gesetzes befaßten, denn durch die Tikkunim in der Mitternachtsstunde wurden die Sünden verwischt. Maier Wolf, genannt der Fünkler, und sein Bruder Samuel Fünkler gingen des Morgens bei dem kühlen Herbstwetter hinaus und badeten im Fluß, um ihren Leib zu reinigen. So stieg und stieg die Erregung der Gemüter, und es war bald ein gewöhnlicher Anblick, wenn einer nackend durch die Gassen taumelte und sich geißelte, bis sein Körper über und über mit Blut bedeckt war.

Als am Freitag Serapion die Glocke die zehnte Abendstunde schlug, kam die Familie des schönen Joseph auf dem Lilienplatz zusammen und vier junge Männer trugen den Grabstein vom Schwedendenkmal hinweg. Es war eine Menge Menschen dabei: Frauen und Kinder, die sich mit farbigen Tüchern geschmückt hatten und Freudengebete sangen. Auch viele Männer hatten sich eingefunden. Im langsamen, schmalen Zug schritten sie dem Gottesacker zu, an der Spitze die vier mit dem Stein, der mit goldbestickter Samtschärpe umwunden war. Der Mond lugte über das Dach der Michaeliskirche und es war, als müsse man überall erst die feinen Nebel zerreißen, bevor man hineingehen konnte in die blaue Nacht. Über dem Fluß, weit hinunter bis an ferne Waldgrenzen lag der Dunst gleich einem weißen Gewölbe oder wie die lange Säulenhalle eines Schlosses. Rote, dumpfe Flecken, wachte dort und da ein rätselhaftes Licht. Das Wasser rauschte und nichts Bewegtes war zu sehen, außer den lichten, fast blendenden Wolken am Himmel und dem jüdischen Zug an der Straße.

Da sie sich den Mauern des Bes Chajim näherten, kam aus dem weitgeöffneten Tor ein Weib mit aufgelösten Haaren gelaufen und stammelte, oft unterbrochen durch staunende, erschreckte Ausrufe der Zuhörer, ein Geist schwebe über die Gräber und singe wunderbare Weisen und rufe: Messias, o Messias, o Sabbatai, Stern der Höhe! Alle blickten angestrengt hinüber. Der Gräberort lag ausgebreitet an einer Hügelsenkung und die zahllosen Grabsteine gaben ihm ein phantastisch zerklüftetes Aussehen. Darüber hinaus die nebelschimmernde Ebene, baumlos, häuserlos, einem Meer ähnlich, darin einsame Dörfer wie Toteninseln lagen.

Die Juden bemerkten nichts von dem gemeldeten Geist, überwanden ihre natürliche Furchtsamkeit und schritten ängstlich und zaudernd durch das Tor. Vorsichtig zogen sie den breiten Hauptweg entlang, immer spähend, zum Grab des schönen Joseph. Am mutigsten waren die Knaben; sie sangen ein Lied vom Stolze Zions, und ihre köstlichen frischen Stimmen erfüllten weithin die Nacht.

Das Grab lag an der westlichen Mauer, die hart an den Schindanger der Christen stieß, und wo auch die verurteilten Verbrecher hingerichtet wurden. Deutlich war die alte Veste mit ihrem düsteren Wald sichtbar und ein flötender Hornruf klang herein. Der Totengräber kam und Obadia Änsel Steinblaser trat als Vorbeter heraus, um die im Schulchan Aruch vorgeschriebenen Gebete zu sagen. Aber er fing nicht an; Minuten vergingen und weil die hinten Stehenden sein Gesicht nicht sehen konnten, drängten sie sich gierig vor. Einige verwünschten schon die Furcht vor den Christen, die sie veranlaßt hatte, die Zeremonie zur Nachtzeit vorzunehmen, und viele Weiber schlossen die Augen, um nichts sehen zu müssen. Als aber Obadia Änsel noch immer keinen Laut von sich gab, näherten sie sich ihm so dicht sie konnten, und nun sahen sie, daß er mit aufgerissenen Augen und leichenfahlem Gesicht beständig nach einem Punkt starrte. Sie folgten seinem Blick und sahen eine weibliche Gestalt bei einem Weidenbusch mitten unter den Steinen stehen. Die Stille tödlichen Schreckens entstand, als ob alle auf einmal zu atmen aufgehört hätten; leise und eindringlich erscholl eine Mädchenstimme von dorther, eine Melodie in einem fremden Rhythmus und einer fremden Sprache. Der Totengräber und der Rabbi Seligman in der Clauß waren die mutigsten, und da es doch eine menschliche Stimme war, die sie vernahmen, so folgten schließlich auch die andern Männer, dann die Kinder und zuletzt die Frauen.

Niemand erkannte Zirle in dem jungen Mädchen. Nur mit einem Hemd bekleidet stand sie da und schien doch nicht zu frieren. Wer sie so gewahrte, mußte im Innern jedes Leiden mitfühlen, das sie bedrückte. Aber es war etwas Listiges in ihrem Schmerz und etwas Begehrliches in ihren klagenden Augen.

»Was willst du hier? liegt wer von den Deinigen hier begraben?« fragte Änsel Steinblaser flüsternd.

Ein junges Weib bot ihr ein wollenes Tuch an, aber Zirle wies es schweigend zurück.

»Hört, was ich euch erzählen will,« sagte das Mädchen und flüchtige Schauer überliefen sie, während sich alle dicht herandrängten.

»Ich bin im Kloster gewesen und Nonnen haben mich gelehrt, an Jesus Christus zu glauben. Aber als Kind war ich Jüdin und meine Heimat war im Polenland. Eines Tages sind die Christen über uns hergefallen und unsere Betten schwammen in Blut. Vater, Mutter, Brüder und Schwestern sind aufs grausamste erschlagen worden. Die Häuser brannten, Frauen und Mädchen wurden in den Tempel gesperrt und kamen in den Flammen um. Ich hörte ihr Röcheln und Wimmern, als ich in einem Stalle versteckt lag. Die Zeit verging. Und wenn ich gleich Christengebete unter Christen sagte, ich vergaß nichts, ein Jude vergißt nichts! Wieder eines Tags entlief ich und Zigeuner nahmen mich auf. Ich lebte bei ihnen wie in einem bösen Traum und von Stimmen umgeben, die mich riefen in der Nacht. Der Bräutigam wartet, riefen sie, er breitet seine Arme aus und wartet; er ist mehr als Jesus Christus, er ist selber Gott.«

»Und gestern war es, gen Morgengrauen, da kam mein Vater zu mir im Schlaf. Der Herr der Heerscharen hat dich zur Braut des Sabbatai bestimmt, sagte er. Du sollst ihm entgegengehen, denn er ist der Stern, der aufgegangen ist aus Jakob, wie es in der Bibel steht. Den ganzen Tag war ich voll Angst und konnte nicht Ruhe finden. Und heute lag ich, da kam wieder der Geist meines Vaters und faßte mich mit seinen Händen an und trug mich hierher.«

Sie streifte das Hemd zurück und zeigte Nägelspuren an ihrem Leib, wo die Hand des Vaters sie gepackt hatte. Oberhalb der rechten Brust und an der linken Hüfte waren blutige Schrammen.

Ein langes Schweigen entstand. Sonderbare Scheu hielt jeden ab, das junge Mädchen anzureden. Stille Schwärmerei, fanatische Gläubigkeit, geheimnisvolle Extase und die Taumel der Bacchanterei, das alles hatten sie gesehen oder gefühlt. Aber das offenbare Wunder, so dicht vor ihren Augen, machte sie verdutzt und erfüllte sie mit Angst.

Eine schwarze Menge tauchte in der Richtung des Tores auf und kam mit dumpf-unruhigem Gemurmel näher. Am Leichenhaus zündeten sie Fackeln an, die einen blutigen Glanz über die Gesichter warfen, und deren Rauch die Mondscheibe verdüsterte. Von der Senkung des Hügels kam Zacharias Naar herauf, nahm Zirle bei der Hand und sagte laut und vernehmlich: »Führe sie, Tochter Zions! Alle, die da kommen, werden sich dir beugen.«

In den Gassen des Hofmarkts war die Nacht zum Tag geworden. Überall standen aufgeregte Leute. Von Ottensoos, Schnaittach, Unterfarrnbach und Hüttenbach waren die Juden hereingekommen. Niemand wußte, wie sich das Gerücht so schnell verbreitet hatte, zu Fürth habe sich Außerordentliches auf dem Gottesacker begeben, jede Stunde sei unerschöpflich an neuen Geschehnissen. Zwei Juden, Samuel Ermreuther und Nachman Sandel Mahler, markgräfischer Schulklopfer, hatten große kostbare Teppiche auf der Straße ausgebreitet und sie mit Blumen bestreut: Rosen, Nelken und Orchideen aus dem Treibhaus einer vornehmen Gärtnerei. Girlanden hingen an den Fenstern, und goldene und silberne Leuchter standen auf den Simsen. Höher und höher, sturmflutgleich, stieg der Aufruhr der Gemüter. Da war ein kluger und vielgereister Jude, namens David Tischbeck, ein Bruderssohn des Wolf Bieresel; er erzählte, daß überall in deutschen, österreichischen, italienischen und spanischen Landen ein so wüster Taumel, eine so entsetzliche Verwirrung herrsche, daß niemand wisse, ob nicht sein Nachbar, sein Weib oder sein Kind in Wahnsinn verfallen sei. Es war, als sei die Luft selbst zu betäubendem Wein geworden, und wer da atmete, wurde auch trunken. Könige begannen für ihren Thron zu zittern.

Im ersten Schein des Frührots ging Zacharias Naar am Haus des Ober-Rabbi vorbei, wo noch die Lichter brannten. Erstickte, gequälte Rufe, wilde Schreie, leidenschaftliche Gebete, schmerzliches Stöhnen drangen heraus. Naar ging versonnen seinen Weg weiter, hinaus gegen Westen, 51 wo die Häuser bald im Morgendunst verschwanden. Der hagere Mann mit seinem spitzen, dütenförmigen Hut, der nach der Vorschrift jener Zeit orangegelb mit weißem Rand war, schritt unter den tiefhängenden Ästen der Bäume dahin und die braungewordenen Blätter gerieten in leise Bewegung, wenn der Judenhut sie streifte. Zacharias Naar ließ sich unter einem Apfelbaum nieder und starrte ins Morgenrot. Die Ebene schien sich zu recken und zu dehnen, und der Schlaf flog auf von ihr in Gestalt der Raben und Krähen. Der Wanderer zog eine schwarze Tafel und einen Stift aus dem Gewand und mit träumerisch zaudernden Fingern formte er Buchstaben und Worte immer bestimmter und rascher. »Mein Mund ist schwer wie der Mund eines Mörders. Mein Geist schreit nach dir. Der blasse Morgen drückt deine zitternden Lider zu, da du kommst. Du liegst schon schlafen, und ich küsse im grünlichen Schein der Nachtwende dein Gewand. Kraft, Kühnheit, Stolz und Genugtuung sind nichts mehr vor dir. Soll ich lächelnd an den kommenden Morgen denken, wenn du enteilst? Die Liebe schreitet jauchzend der Finsternis zu und verachtet den Regentag. Was ist im Himmel und auf Erden, außer der Liebe, Leib der Leiber und Schoß aller Schoße! Die heimliche Glut der Erdbrust wohnt in dir. Ich gehe durch die Dämmerung, wo die Wetter schlummern, in die jahrlose Einsamkeit der großen Ewigkeiten hinab. Ich gehe, Gott zu suchen.« Hastig fuhr der Stift wieder über das Geschriebene und machte es unleserlich. Dann wischte Naar alles mit feuchten Gräsern wieder weg und schaute bitteren Mundes hinaus ins Land, über dem die Sonne kam. Zum zweitenmal nahm er den Stift und schrieb bedächtig, bei jedem Zug den Stift gleichsam in die Tafel eingrabend: »Ist ein Gott in diesem leeren All? Ich will ihm schreien, ich will ihm die Glut meiner Seele opfern. Ist ein Gott, daß er die Unbill räche, die Kränkung des Stolzes, daß er den Höfling demütige? Ist ein barmherziger Vater, der das Feuer stillt, wenn es des Armen Dach beleckt? Der den Schläfer auf nackter Erde bewahrt, dem frierenden Hund eine Hütte gibt? Ich rufe dich, Ewiger und deine Welten verneinen dich, deine Sonnen verleugnen dich. Ich suchte dich und nirgends fand ich dich. Die Himmel sind echolos, wenn ich dich rufe, schweigend starren die Wälder. Allein bin ich gegangen im Angesicht der Nacht und die Dunkelheit war mein Mantel und meines Kummers Kleid; breit ist das Meer und tief, und maßlos dehnen sich die Himmel, aber du bist nicht. Jahrtausende verschwinden wie ein Lächeln und wer gut ist verdirbt und die Falschen und Treulosen werden zu Propheten. Aber laß es laufen, das Volk, laß es springen zu den Kammern des Todes. Wo bist du Gott? Bist du, wo das Jahr zeitlos ist, und die Unendlichkeiten zusammenschrumpfen wie Leichname? Bist du, wo die Sonne aus dem Westen steigt und der Mond aus Brunnen strahlt? Bist du beim Gastmahl der Toten und hast du den neuen Morgen der Welten verschlafen? Ach wo lauf ich hin? Der Himmel ist nur in mir. Wo ist Raum für meine Seele?«

Als er fertig war, zerschmetterte Zacharias Naar die Tafel am Baumstamm und streute die Trümmer in alle Winde. Dann erhob er sich und ging den Häusern zu.

Im Schindelhof begegnete ihm ein Zug jüdischer Männer und Frauen mit Kerzen in den Händen. Vier Jungfrauen trugen einen Purpurbaldachin, unter dem ein Knabe und ein Mädchen trippelten, beide noch Kinder. Sie sollten einander vermählt werden, denn es war der Glaube jener Zeit, dadurch den Rest der noch ungeborenen Seelen in die Leiblichkeit eingehen zu lassen und so das letzte Hindernis zum Eintreffen des Gottesreiches zu beseitigen. Die Kinder, deren Namen Benjamin und Eva waren, hielten sich fest an den Händen, und ihre Augen standen voll Tränen; wenn sie sich einander anschauten, so geschah es gleichzeitig, und sie lächelten dabei schwermütig wie Menschen, denen eine Strafe bevorsteht, der sie nicht entrinnen können und die sie auch nicht verdient haben. Plötzlich bedeckte sich Evas Gesicht mit einer glühenden Röte. Die schwarze Noemi kam mit ihrer Freundin nackt die Gasse heruntergelaufen und trotz der frischen Herbstmorgenluft schienen ihre Körper heiß zu sein von Tanz und Ausschweifungen. Schier besinnungslos, doch graziös wie Gazellen liefen sie dahin und in jedem Laut ihres Mundes war etwas Bacchantisches. Die kleine Eva wußte sich nicht zu helfen vor Scham; in heller Verzweiflung schlang sie einen Arm um den Hals des Knaben, und mit der freien Hand bedeckte sie seine Augen.

Der sonderbare Brautzug kam in ein buntes Gewühle. Über den Gärtnerplatz ging eine Kinderprozession und jedes Kind trug einen Teller südländischer Früchte, oder Schalen mit Wein oder Backwerk. In diesen Tagen des Wahnsinns ging auch kein Christ im weiten Umkreis seinen Geschäften nach, und keiner, wie mächtig er auch sein mochte, versuchte den leidenschaftlichen Brand, der unter dem verachteten und verhaßten Judenvolk ausgebrochen war, zu dämpfen, oder gar zu verspotten. Fremde Musikanten kamen des Wegs, (es wußte niemand woher), und spielten auf Instrumenten, die man vorher niemals gehört. Alles war zauberisch, überirdisch, aufregend und bestürzend. 54

Unerhörtes begab sich auf dem Platz vor dem Pfarrhof. Dort nahm ein junges und schönes Mädchen die symbolische Handlung vor, deren Deutung war, daß auch die Tiere eingehen sollten in das messianische Reich. Die Zeremonie geschah mit einem mächtigen Hunde und das junge Mädchen sang dabei wilde Lieder und schrie verzückt. Die Zuschauer waren wohl entsetzt oder erschüttert oder verwundert, aber sie empfanden es gleichwohl als einen religiösen Vorgang von tiefer Feier. Mit bleichen Wangen standen sie umher und zitterten vor Grauen. In der Synagoge blies man das Schofar, und es klang wie ein einsamer Weckruf in alle Gassen, hinweg über alle Häuser, – wie ein Ruf aus den dunklen Tiefen der Kabbala. Eine Krone auf dem Haar, kam Zirle einher, mit einem Gefolge wie eine Fürstin. Wer sie sah, glaubte an sie wie an den Erlöser selbst. Ein junger Christ namens Wagenseil, der Sohn des Pfarrers, folgte ihr wie behext auf Tritt und Schritt. Schließlich sang er das Lob des Sabbatai fast in dichterischen Worten und Zirle erhörte ihn, noch 55 ehe der Tag zur Neige ging. Ihr Wesen war ohne Schüchternheit; sie hatte etwas Glänzendes in jeder Gebärde. Die Männer verloren alle Vernunft, wenn sie vor ihnen stand, und die Glorie der Messiasbraut gab ihrem Wort ein unwiderstehliches Gepräge. Sie kam zu den Fastenden und Betenden und richtete sie auf. Denn manche wälzten sich tagelang wie Würmer auf der Erde, enthielten sich jeglicher Nahrung, oder sie hockten regungslos in den feuchten Winkeln unterirdischer Gewölbe, hatten Visionen, »strahlende Nächte«, wie sie sagten, fromme Gesichte, widerstanden so den Verlockungen des Satans und erfüllten zur Nachtzeit die Luft mit ihren Klageliedern. Ohne zu erlahmen studierten sie alle Bücher der Kabbala, alle Seiten des Talmud nach neuen und wunderbaren Deutungen; ihre Weiber, wenn sie nicht zu den Orgien gingen, ergaben sich einem grenzenlosen Fanatismus, stellten sich auf den Markt unter viele Leute, stachelten zu nutzlosen Grausamkeiten und nutzlosen Versündigungen auf und fluchten den Christen bitter. Die Kinder waren sich selbst überlassen, Säuglinge schrien umsonst nach der Mutterbrust und starben bald. Hunger und Überfluß, Prunk und Erbärmlichkeit reichten einander die Hände. Es fand kein regelmäßiger Gottesdienst mehr statt, und wenn man gemeinsam vor dem Altar betete, schrie, forderte, triumphierte, war es einer Schändung des alten Gottes gleich. Zigeuner zogen umher und vermehrten das Unheimliche und die Verwirrung. Der Papst und der Kaiser schickten wie in alle Städte auch hierher Beamte und Abgesandte, die unverrichteter Sache wieder ziehen mußten. Die freie Stadt Nürnberg entbot einen Hauptmann und fünfzig Reiter, aber den Hauptmann samt seinen Reitern sah man noch am selben Abend wüst johlend durch die Gassen taumeln. Am Fluß oben, gegen Buch zu, wohnte ein ehrwürdiger christlicher Mann von bedeutender Gelehrsamkeit. Er kannte gründlich die klassischen Sprachen und befaßte sich auch mit Astrologie und Alchymie. Die Leute behaupteten, er habe den Stein der Weisen gefunden und ihn für einen unermeßlichen Schatz an den Großtürken abgegeben. Er wurde befragt, was er von all dem Sturm und Aufruhr halte, und da sagte er: »Der Jüd ist ein tolles Tier. So ihr ihn aus dem Käfig laßt, frißt er euch auf mit Stumpf und Stiel. So er aber im Käfig bleibt, ist er zahm wie ein Hund. Viel Verstand hat der Jüd und er ist wie ein Blindschleich. So du ihn entzwei hackst, kriechen zwei hinweg.«

Niemals stand die Anarchie drohender über den Völkern, als zu dieser Zeit der Dämonie und der Ekstase. Da die Nachricht eintraf, die Juden von Frankfurt, Worms und Mainz rüsteten sich zum Aufbruch nach Zion, entstand eine Erregung, die mit einer langen, inbrünstigen Andacht zu vergleichen war. Alle Sehnsucht hatte nun ein Ziel bekommen, und jeder einzelne beschloß, dem Rufe des Propheten zu folgen.

An demselben Tage, es war Allerseelen, lag Rahel auf ihrem Bette und starrte stumpf-gleichgültig durch das Fenster in den Abendhimmel. Das Haus war leer; die Schritte mochten darin nachhallen, denn die Dielen knisterten oft von selbst. Rahel hatte die Mutter schon seit zwei Tagen 57 nicht gesehen, der Vater war seit dem Morgen fort. Niemand hatte sich in der letzten Zeit um sie gekümmert, und keine der jüdischen Frauen kam mehr, um stundenlang bei ihr zu sitzen. Aber darüber dachte sie nicht nach. Sie war froh, daß wieder die Nacht kam.

Als es dunkel war, trat Maier Nathan ins Zimmer. Sein Wesen war verstört, und bisweilen brach er in kurzes meckerndes Lachen aus. Beim Schein eines Öllichts zählte er sein Geld nach und vergrub später einen Kasten mit Perlen und Schmucksachen im Hofe neben dem Brunnen. Erhitzt von der Arbeit, schnaufend und pustend kam er zurück und setzte sich neben seine Tochter, das Kinn auf den Griff des Spatens gestützt. Er seufzte, fuhr mit den Fingern in die Haare, schnitt Grimassen, sprang endlich auf, warf den Spaten heftig von sich, focht mit den Armen in der Luft umher und brach in ein glucksendes Weinen aus. Rahel rührte sich nicht. Sie war daran gewöhnt, seit Zirle erschienen war. »Schadai, Schadai voller Gnade!« rief der Knöcker aus. »Ich habe die himmlische Stimme gehört, ich hab sie doch sicherlich gehört mit meinen Ohren. Gott soll mich strafen, aber mein Rahelchen ist doch keine Hur!« Er kniete vor Rahel hin, streichelte mit der Hand ihre Haare und stammelte: »Mein Rahelchen, mein gutes Jeleth, mein Engelchen. Mise meschinne über die Narren, daß sie an die falsche Braut glauben. Sterben sollen sie den Tod durch Aussatz.« Und er erhob sich und rannte wie gepeitscht davon. 58

Die Nacht war stürmisch. Die Winde kamen von Süden, und draußen in der Ebene gurgelte es wie in einem Strudel. Der Mond grinste fahl durch geborstene Wolken, und es war, als ob er selbst sie zerrissen hätte und sie aufgelöst vor sich her triebe. Gegen Mitternacht kam ein Herbstgewitter. Flatternde, schwere, lichtsaugende Nebel fielen nieder, und die Blitze fuhren hinein mit einem süßgelben Leuchten. Rahel sah zu, und ihr wurde bitter in der Kehle vor Grauen; in der Ferne heulten die Hunde.

Rahel war müde. Was da draußen vorging in der Welt, sie kümmerte sich nicht darum. An nichts glaubte sie, mitten in einem Haufen von

Wahnsinnigen blieb sie ruhig und nachdenklich. Doch hatte sie Furcht vor der Zukunft. Was soll aus dem Kind werden? dachte sie, und was aus mir, wenn sie alles erfahren? Gegen zwei Uhr, das Gewitter hatte sich verzogen, rief das Schofar die Juden in den Tempelhof. Zacharias Naar verlas einen Brief des Sabbatai an seine Braut Zirle, die er Zilla nannte. Es war ein feuriges und sinnlich überschwengliches Liebesgedicht, und es hieß zum Schluß, daß er sie samt ihrem Volk, den Lebenden und denen, welche von den Toten auferstehen würden, am siebzehnten Tag des Monats Tamuz zu Salonichi empfangen würde. Darauf stellte Zacharias Naar drei Fragen an die schweigende Gemeinde: Ob sie mit Gut und Blut sich dem Messias ergeben wollten? ob sie die Mühen und Beschwerden der langen Wanderung nicht scheuen wollten? ob sie ohne Murren und Weigern die Göttlichkeit der Messiasbraut anerkennen und ihren Befehlen folgen wollten? Ein bebendes Ja aus vielen hundert Kehlen antwortete. Nun trat Zirle in die Mitte des Kreises, hob ihre Arme verzückt zum Himmel, und ihr leidenschaftliches Gebet ließ die Zuhörer erglühen vor Sehnsucht und Begierde nach dem Neuen, Großen, Wundervollen, das für sie bereit war. Noch wußten sie nichts, was ihnen Sicherheit gab, aber mehr war es, zu glauben und dem Kommenden begeistert entgegen zu leben. Jauchzend wollten sie ein Land verlassen, das nur Verachtung und unmenschliche Grausamkeit für sie gehabt hatte. Es schien leicht, alles hinter sich zu werfen, wenn im Osten die Triften der ererbten Wohnsitze lockten, wenn ein königlicher Prophet sie zum unverbrüchlichen Bunde rief. Hier war kein Vaterland für sie und konnte es niemals werden, wie sich auch die Zeiten wandeln mochten.

Die Ältesten der Gemeinde erklärten sich zum Aufbruch bereit; bei Anbruch des Tages sollte mit den Vorbereitungen begonnen werden. Plötzlich sprang Maier Knöcker, der Nathan, schreiend auf Zirle zu, packte sie bei den Haaren und riß sie zu Boden. Die andern Juden hätten ihn sicherlich in Stücke zerrissen, wenn nicht sein Weib, die Thelsela und die tugendsame Treinla, des Rabbi Man Ehewirtin, sich über ihn geworfen und flehentlich um sein Leben gebeten hätten.

Gleich fernem Brandschein zeigte sich der erste Streifen des Morgenrots und hoch in der Luft zogen Vögel mit zirpenden Schreien dahin.

Als Maier Knöcker nach Haus kam, fand er seine Tochter schlafend. Aber es bedurfte nur einer leisen Berührung und sie erwachte. Ihr Blick war scheu, verstört und furchtsam. »Gebenscht, ich hab se zugericht,« sagte der Nathan mit stumpfsinnigem Frohlocken. »Unbeschrien ich hab'r die Haare ausgerissen, der falschen Braut.« Er sah seine Tochter durchdringend an, schüttelte bekümmert den Kopf und fragte die Thelsela, wie lang es noch dauern könne bis zu Rahels Niederkunft. Geistesabwesend erwiderte das arme Weib, sie wisse das nicht; jedenfalls aber noch vier bis sechs Wochen. Gegen Mittag kam der Ober-Rabbi mit finsterem Gesicht und fünf Älteste begleiteten ihn. In harten Worten stellte er den Knöcker zur Rede und gab schließlich Zweifel darüber zu erkennen, daß Maier Nathan die himmlische Stimme gehört habe. Der Knöcker begann zu weinen. Sein leidenschaftlicher Protest und die schwermütige Bestätigung der Tatsache durch die Thelsela stimmten den Rabbi milder und Chajim Chaim Rappaport meinte in seiner wohlwollenden Art, man könne ja doch das Ende der Schwangerschaft abwarten; auch sei es nicht ausgeschlossen, daß dem Messias zwei Bräute bestimmt seien, obwohl Zacharias Naar ein Gegner solchen Glaubens sei.

Wenn Maier Knöcker sich auf den Gassen blicken ließ, sah er sich mit Mißtrauen beobachtet, und seine ehemaligen Freunde gingen ihm aus dem Weg. Nur die ameisenhafte Geschäftigkeit, die überall herrschte, schützte ihn vor Schlimmerem. Doch hatte er nirgends Rast. Ein wühlender Schmerz über die ungeordneten Zustände bedrückte ihn. Er suchte nach der Reihe seine Schuldner auf und keifte überall und drohte mit dem Landrichter. Dann eilte er wieder schnellen Laufs nach Hause, in die Kammern, zu seinen Kostbarkeiten und Pfandpapieren. Da er sich von allen verachtet fand, nahm die Liebe zu den Schätzen zu, wie auch ein gewisses trotziges Vertrauen in die Mission seiner Tochter, und mit zorniger Ungeduld erwartete er die Ankunft der gottgeweihten Enkelin, überzeugt, daß es dabei an himmlischen und weit erkennbaren Zeichen nicht fehlen werde.

Änsel Obadja und Hutzel Davidla standen am Abend des vierten November tuschelnd unter einem Haustor und gaben ihren Sorgen Ausdruck über die Vernachlässigung jeglichen Gottesdienstes. »Wenn es sich zuträgt, daß viele trinken werden,« sagte Hutzel Davidla zitternd und seine Mausaugen schauten glitzernd gegen Himmel, »dann hat unser Herrgott uns strafen gewollt.« Davidla gebrauchte das Wort ›trinken‹ und meinte damit den Tod, denn die Juden reden ungern vom Sterben, und schon im Talmud Ketuboth steht die Redensart vom Trinken. Ein gelehrter Chronist, der zu Fürth lebte, schreibt: Man frage nicht, warum sich dieses Volk allezeit so sehr für dem Tod entsetzet? Dies macht es: sie wissen nicht, wie sie dem künftigen Zorn entfliehen sollen. Das

Sterben der Juden ist daher allezeit mit Furcht und Schrecken umgeben. Alle, alle müssen mit Entsetzen für den Dingen, die da kommen, aus der Welt scheiden.

Das Laubhüttenfest war unbeachtet herangekommen und sah nun in den Taumel und Wirrwarr der kommenden großen Wanderung. Breite Lastwagen, die von Bauern draußen oder von Christen im Markt erkauft worden waren, rumpelten ununterbrochen vor die Häuser der Juden. Die streitenden Stimmen der Fuhrleute mengten sich mit dem Gekeife der Weiber; Pferde, Esel und Rinder wurden mit vielem Lärm erhandelt; die Gassen lagen voll von zerbrochenem Hausrat, leeren Kisten, Kleider- und Leinwandfetzen, Stroh, Pergamenten und Spänen. Wenn Christen vorbeikamen, hatten sie ein finsteres und drohendes Gesicht und sahen aus, als ob sie die Mittel überlegten, um diese Anstalten zu nichte zu machen.

Auf einer Kiste saß sinnend der kleine Benjamin und pendelte mit den Beinchen hin und her. Ihm war unwohnlich. Durch die hohlen Fensterlöcher schaute er in das Haus des Maier Lambden; er sah Kasten auf Kasten getürmt, sah die Weiber mit weißen Tüchern um den Kopf hin- und hereilen, wie sie die Schränke leerten und das Geschirr verpackten, und er hörte das Silberzeug klirren und den Lärm von Hammer und Meißel. Daneben stand das Haus von Samuel Ermreuther, der von seinen Söhnen das Dach abtragen ließ, denn nichts sollte den Gojim verbleiben von seinem Gut und Eigentum. Bei Itzig Genßhenker hatten sich viele junge Mädchen zusammengefunden und nähten emsig Wagendecken und Reisegewänder und sangen alte Gesänge. Stunde für Stunde zogen arme Juden aus fremden Ortschaften durch die Hauptstraße, und in der frischen Glut ihrer Begeisterung vermochten sie nicht länger Rast zu machen, als es nötig ist, um ein Gebet zu sagen. Dann eilten sie weiter in ihren Lumpen und mit ihrer jämmerlichen Habe.

Betrübt ging Benjamin an den Häusern entlang. Er blickte in die Gärten, in denen alle Blüten verwelkt waren und dürre Blätter den Boden bedeckten. Einmal sah er Eva, seine Verlobte, über die Gasse eilen, und er ging zu ihr hin. Aber das Kind, mit aufgestreiften Ärmeln und geröteten Wangen, schüttelte den Kopf und sagte, sie habe zu viel zu tun, um plaudern zu können. Benjamin hatte Hunger, und weil man ihm daheim nicht zu essen gab, ging er hinaus an den Fluß, wo er Haselstauden wußte und wo er sich sättigen wollte. Die Ereignisse, von seiner melancholischen Stimmung in farbige Dämmerung gehüllt, gaben ihm viel zu denken und er träumte sich mit klopfendem Herzen das Land der Verheißung, wo es keine Christen gab und keinen Stadtvogt und keine Daumenschrauben und kein Spießrutenlaufen. Wie klar und furchtbar erinnerte er sich des Tages, wo sein Vater wegen einer angeblich gestohlenen Sanduhr gefoltert worden war. Seinen Oheim hatten sie aus Nürnberg hinausgepeitscht, weil er dort übernachtet hatte. Oft hatte die Mutter erzählt, daß ihre Muhme als Hexe verbrannt worden war, obwohl sie eine fromme und sanfte Frau gewesen war. Dies alles machte ihn ungeduldig nach Macht und Größe.

Ein Jubelgesang scholl von den Häusern herüber. Er hörte eine Weile zu und fragte sich, warum eigentlich die Juden so verachtet seien. Er kam zu keinem Schluß. Im Grunde schmerzte es ihn, von diesen Feldern fort zu müssen, wer weiß wie weit. Es war so schön hier! Wie breit und ruhig lag das Land da! Ein glanzloser Nebel kroch über die Äcker und drüben lag Nürnberg mit seiner kaiserlichen Burg, mit seinen starken Mauern, mit seinen schmalen, stolzen Türmen. Die Häuser waren vielleicht aus Marmor gebaut, und die Stoffe und das viele Gold und die herrlichen Rosse, die Kampfspiele, der Jahrmarkt auf der Schüttinsel, der Metzgersprung, – wie bunt und wechselvoll, wie freudig und schimmernd alles!

Die Welt versank allmählich in der Dämmerung. Er ging heimwärts. Die dumpfe, drohende Geschäftigkeit, die überall herrschte und die immer mehr anschwoll, erweckte eine unbestimmte Angst in ihm. Bei einer Gartentür lag ein Stein und er ließ sich ermüdet nieder. Samson Weinschenk und die Seinen hatten schon zwei Wagen vollbepackt und saßen nun zwischen leeren Wänden. Auch David Tischbeck und Samuel Schrenz und Hutzel Davidla und Löw Wassertrüdinger und Moses Käsbauer und Maier Wolf: alle waren sie schon fertig und bereit, das fremde Land für immer zu verlassen. Der Knabe fühlte gleichsam schwere Schicksale voraus, darum war er traurig, und es war, als ob von irgendwoher eine schmerzlich schöne Musik erschalle und durch die kümmerlichen Gassen des Judenviertels fließe.

Er blickte empor und sah Rahel Nathan mit plumpen, aber hastigen Schritten daherkommen. Sie wollte vorbei, aber Benjamin rief sie an. Da fuhr sie zusammen, winkte mit beiden Armen ab und wollte schnell weitergehen, – gegen die Häuser der Christen hinüber. Doch besann sie sich eines andern und setzte sich neben den Knaben auf den Stein. »Morgen soll es fortgehen, weißt du das, Junge?« fragte sie. Er bejahte, aber sie redete nicht mehr, es war, als ob sie sich ganz in sich selbst verkröche. Der Knabe sah, daß sie mit ihren Händen das Gesicht bedeckt hatte, und die Ellbogen waren durch das niedere Sitzen tief in den Schoß vergraben. Es fiel ihm ein, daß es im Gesetz verboten sei, so niedrig zu sitzen; nur die Leidtragenden dürfen es um ihre Verstorbenen. Da stand er rasch auf. Aber ehe er sich dessen versah, hatte ihn das Mädchen heftig bei den Armen gepackt, zog ihn an sich, nahm seinen Kopf zwischen ihre beiden Hände und drückte die glühendheißen trockenen Lippen leidenschaftlich auf seinen Mund. Benjamin glaubte zu versinken, auf seiner Stirn perlte feiner Schweiß, der ihn gleich Nadeln verwundete. Er hörte Rahels Herz wie einen dumpfen Hammer pochen, die Wärme ihres Körpers strömte auf ihn über, ihre aufgelösten Haare umhüllten seinen Kopf. Und nun fielen nasse Tropfen auf seine Wangen nieder, und erst durch das laute Schluchzen des jungen Mädchens ward er schaudernd inne, daß es Tränen waren. Auf einmal stand sie auf, stieß den Knaben rauh von sich und eilte davon.

In der Rosengaß stand ein kleines grünangestrichenes Haus, darin wohnte der Studiosus Thomas Peter Hummel. Rahel tastete sich mühsam durch die Finsternis des Flurs. Plötzlich fiel ihr, sie wußte nicht warum, ein Vers aus dem Talmud Taanit ein: Und ich mache allen ihren Jubel still, ihre Feste, Monden und Sabbate. Heiserer Gesang scholl aus einem Raum im Hintergrund, dann kam ein wüstes Lärmen und Durcheinanderreden, Gläserklirren und Zurufe und auf einmal war es wieder ganz still. Eine weiche, schmiegsame Mittelstimme begann ein Lied zu singen; Rahel kannte die Stimme, die so verführerisch war und von der sie meinte, daß niemand ihr widerstehen könne. »Es ist ein' Ros' entsprungen aus einer großen Zahl,« – ein altes Lied voll Trauer und Sehnsucht. Wer es sang, mußte gewiß um der Liebe willen leiden. Es war, wie wenn ein Vogel gefangen sitzt, von dem man weiß, daß er nur durch Freiheit leben kann, und er sitzt in einem finstern Käfig und flattert sich die Flügel wund. Das Lied war schon lange zu Ende, aber Rahel stand immer noch regungslos da, und ein schmaler Lichtstreifen aus der Türspalte fiel auf ihre Stirn. Plötzlich wurde die Tür aufgerissen und lachend, in der einen Hand den Weinkrug, mit der andern der Schar von Studenten am Tisch in der übertriebenen Lustigkeit, die ihm eigen war, zuwinkend, trat Thomas Peter Hummel heraus. Das Zimmer war von Rauch erfüllt, denn die jungen Leute saßen alle mit Pfeifen im Mund und pafften fleißig drauf los. Hummel schloß die Tür und setzte mit einem Feuerstein ein

Öllicht in Brand, um in den Keller zu gehen. Als er sich mit dem Lämpchen in der Hand umdrehte, gewahrte er Rahel. Er erbleichte. Sein kleiner Mund kniff sich zusammen, die Pupillen erweiterten sich wie bei einer Katze, und endlich stieß er einen dumpfen, fragenden Laut hervor. »Wir gehn fort von hier,« murmelte Rahel, und ihr Kinn sank gegen die Brust. Der Student lächelte schnell unter seinem schwarzen, koketten Bart hervor und sagte, in eine Stube könne er sie nicht führen, sie sollte mit ihm in den Keller kommen, und Rahel folgte ihm in den feuchten Keller hinab. Hummel ließ sie auf ein leeres Fäßchen setzen, nahm ihre Hand und begann zu sprechen. Das war seine Kunst, zu sprechen. Da vergaß er sich selbst und den andern, wußte hundert Gründe oder Dinge, an die kein Mensch dachte oder denken konnte, geriet vom zehnten ins zwanzigste und von da noch weiter, unterbrach niemals den freien Fluß der Rede, setzte, wo es anging, ein gelehrtes Zitat statt eigener Meinung oder brachte füglich eine bedeutsame Geschichte von spannender Erfindung an, kurz, er wußte das Wort so vollkommen zu gebrauchen, daß er es in knapper Zeit vermochte, ein großes Unglück höchst winzig erscheinen zu lassen und war im ganzen ein glänzendes Beispiel für den Ausspruch des alten Cicero über die Beredsamkeit. Dabei war seine Stimme leise und berückend, eindringlich und gleichsam erziehend. Seine Gesten waren rund und gefällig, gemessen und wohlwollend, besonders wenn er Daumen und Zeigefinger mit den Spitzen zusammendrückte und den Arm pendelartig auf- und abbewegte. Er schien nichts als Liebe und Uneigennützigkeit zu empfinden und alles, was er sagte, hatte Klang und Vernunft, sozusagen Hut und Schuh, und er vermochte einen Menschen zu trösten, daß er all seine Schmerzen vergaß und sich so vollgeredet fand, als habe er am Tisch des Großmoguls die köstlichsten Speisen gespeist.

Nach geraumer Weile und als von oben das ungeduldige Fußgetrampel der andern Studenten hörbar wurde, erhob sich Rahel und ging wieder. Draußen in der Nacht erinnerte sie sich dunkel, daß Thomas Peter ihr empfohlen hatte, die Juden zu warnen, es sei etwas im Werk; aber es ließ sie kühl. Sie fühlte sich wie das tote Werkzeug in einer fremden Hand. Sie dachte an den Geliebten, von dem sie eben auf so seltsame Weise ewigen Abschied genommen, und ein Schauer zog ihr die Brust zusammen und ihr Herz lag wie Blei im Körper. Jenes Haus, das so Teures für sie beherbergt hatte, konnte nicht mehr das Bild ihrer Träume

verschönen. Stand doch schon über seinem Eingang ein roher Lands-
knechtspruch, neu hingemalt:

Wer so fährt wie ich, fährt boeß.
Meines Vaters Guett hab' ich versoffen,
Bis auff einen alten Filzhuett.
Der leit da.
Den ofen wer ich aach ball versaufen.

Die Nacht war kalt. Die Wolken am Himmel hatten in ihrem gelben
Leuchten und ihren kargen Umrissen etwas Wesenhaftes und Persönli-
ches. Vor manchen Haustüren der Christen standen Männer im Schein
düsterer Lichter und berieten über die Vorgänge im Judenviertel. Sie
schienen besorgt, denn wie auch dies Volk verhaßt bei ihnen war, so
beleidigten doch all diese Dinge ihr Herrischkeitsgefühl, und sie glaubten,
es nicht zugeben zu dürfen, daß sich der Knecht so leichterdings frei
mache und davonziehe. Nur die zu Wucherzins Verpflichteten rieben
sich insgeheim die Hände und beglückwünschten sich zu den so mühelos
errungenen Kapitalien.

Rahel wagte sich nicht heim. Sie wußte nicht, was sie davon abhielt,
aber ihre Seele verging in Furcht. Sie wanderte dahin, ohne über ein Ziel
nachzudenken. Sie lebte völlig in einer dunklen Innenwelt und die Blicke,
die sie in die erleuchteten Fenster der Wohnungen warf, hatten etwas
Irres. Wie so oft, ging sie in das Haus des frommen Elieser Rappaport,
der ihr Verwandter war. Die ganze Familie saß um den großen Tisch
herum; die Wände waren kahl, die Schränke fortgeschafft, Geschirr,
Betten, Wäsche und Gewänder auf den Wagen verpackt. Es war unheimlich zu sehen, wie die Menschen um das trübe, rauchende Licht herum-
hockten, mit blaßen, erwartungsvollen Gesichtern oder mit milden Gesichtern, in denen gleichsam nur noch eine entfernte, eine fliehende
Sehnsucht, ein schüchternes Hoffen leuchtete, und wie sie dem Vorlesen
des Elieser lauschten. Draußen fauchte der Wind und überall klimperte
und klirrte es und oft blökten ängstliche Rinder oder wieherten die
Pferde.

Rahel setzte sich in eine Ecke des Raumes, wo ein Balken aus der
Wand hervortrat. Niemand achtete ihrer. Elieser las aus dem Buch Sim-
chas Chamesesch, der »Seelenfreude«, welches zu Frankfurt und zu
Sulzbach deutsch gedruckt worden war. Mit bebender Stimme las der

alte Mann die Parabel, die von der Stärke des Glaubens handelt. »Einer hat drei gute Freund; einer is sein Leibfreund, der ander is aach ein guter Freund, un der dritter, den hat er vor gar nix geacht. Urbizling schickt der Melech, der König, einen Boten nach den Mensch, er soll geschwind zum Melech kommen. Der Mensch derschreckt sehr, denkt, was muß das bedeuten, als der Melech nach mer schickt und fercht sich sehr un 70 geht zu sein Leibfreund, der soll mit ihm gehn zum Melech, der will aber nit mit ihn gehn. Da geht er zu den andern Freund, er soll mit ihn gehn zum Melech, da spricht er, ich will dich begleiten bis an das Schloß, aber weiter will ich nit gehn. Da geht er zu den dritten Freund, den er vor gar nix geacht hat. Da spricht er, ich will mit dir gehn zum Melech un will dich beschermen. Un is mit ihm gangen zum Melech un hat ihm beschermt. Aso aach die drei Freund; einer das is Geld, der ander, das is sein Weib un Kind, der dritt Freund, den er vor nix hat gehalten, das is die Thora, die Gebote, die guten Taten, das acht der Mensch vor nix. Der Melech das is Got, der Bote das is der Tod, den schickt Got urbizling, soll dem Menschen seine Seel nehmen. Der beste Freund das is das Geld, das bleibt derheim, wenn er gleich noch aso viel hat, kann er doch nix mitnehmen. Der ander Freund, das is sein Weib un Kinder, gehn mit ihn bis ans Grab, schreien un weinen, kennen ihm nit helfen. Der dritt Freund den acht der Mensch vor nix, der geht mit zum Melech.«

Die Stimme verklang wie in einer Höhle. Es befand sich aber noch ein Rabe im Zimmer, der vom alten Elieser aufgezogen worden war und der, lauernd auf einer Stange hockend, sein düstres Krächzen in die gelehrtesten Disputationen zu werfen pflegte. Rahel sah den Vogel beständig an, denn ihr war, als sei ein menschliches Wesen in ihm verborgen, ja sie dachte: so ist mein Volk wie dieser Rabe. Doppelt schwarz und doppelt unruhig sah er aus im Gegensatz zu den glutgeröteten Mauern; mitten im Dunkel saß er wie auf einer Insel in einem Ozean von Finster- 71 nis.

Gebete und Fasten füllten allenthalben die Nacht aus. Es gab freilich manche, die wieder zaghaft geworden waren und die am liebsten zurückgeblieben wären, aber zu ihnen kam Zacharias Naar. Es war, als ob er die Schwächlinge und Feiglinge am Blick zu erkennen vermöchte. Es war erstaunlich, wenn er zu ihnen sprach und sie folgsam wurden wie Hunde, wenn er seine Augen auf sie heftete und in geheimnisvoller Weise ihre Entschlüsse formte wie Ton.

Der Zug der wandernden Juden nahm nicht ab. Im Osten häuften sich Ereignisse verwirrender Art. Es kam die Kunde, Sabbatai sei zum Sultan der Türkei zu Gast geladen worden und reise nun in Begleitung seiner zwölf Jünger und einer großen Schar von gelehrten Talmudisten zu Schiffe nach Salonichi. Eine ganze Flottille von Smyrnaer Schiffen sei in seinem Gefolge, Ehefrauen hätten ihre Männer verlassen um seinetwillen, Mütter ihre Kinder, Jungfrauen und Knaben das elterliche Heim. Gold und Geschmeide flösse ihm zu aus unerschöpflichen Bornen, und die Khalifen der Bucharei, die Fürsten Afghanistans und die Rajahs von Indien schickten Perlen und Geschmeide, Gesandte, Speisen für seine Festmahle, Gewänder von Purpur und Seide und Samt. Dergleichen war wie ein Rausch für das ganze Judenvolk der Erde. Ihre Erwartung hielt kaum Schritt mit ihrer Freude, eine sinnlose Vergötterung für den Menschengott erfüllte sie und der Jude, der so leicht der Raserei in jeglicher Gestalt zugänglich ist, vergaß sein irdisches Gut und die irdischen Dinge. Engel bliesen auf Sturmschalmeien und der finstere Gott der Juden, der Moses erhoben und Pharao gezüchtigt hatte, kam selbst, um dem Messias entgegenzuschreiten. Darum war es kein Wunder, wenn Zirle sich alsbald zu ungeahnter Höhe emporgerissen fand. Ihre Seele, im Beginn dieser Mission ein wenig fremd, entflammte sich im Angesicht des Mysteriums. Ihr Wesen war nicht keusch, wer ihr gefiel, dem ergab sie sich, oft mehr aus Mitleid als aus Begierde, denn sie sah die Männer vor sich zerschmelzen wie Wachs. Dennoch blickte sie mit Schauern hinüber in jenes heilige Land, wo der Sohn des Himmels ihrer harrte, der so schön sein sollte, daß niemand ihn anzuschauen vermochte ohne geblendet zu werden. Sie empfing auf rätselhafte Art Briefe von ihm, deren Inhalt ihrem Träumen und Wachen eine Fülle von Glückseligkeit verlieh.

Einst ging sie am Haus des Knöckers vorbei und sah Rahel unter der Türe sitzen. Etwas in dem Gesicht des Mädchens zog sie an, vielleicht die hilflosen Augen oder der bleiche Mund. Sie trat näher, stellte sich vor Rahel hin, nahm ihre Hand und drückte sie sanft. Rahel schüttelte befremdet den Kopf und lächelte störrisch. Aber plötzlich konnte sie sich nicht mehr zurückhalten: es war, wie wenn etwas in ihr zerbrochen wäre: sie fiel auf die Knie und drückte ihr Gesicht schluchzend in den Schoß Zirles, die sich schmerzlich unzufrieden fand. Auf der Gasse stand Wagen an Wagen, vollbepackt zur langen, schweren Reise. Darin, und

in den Mienen der alten Männer, die so besorgt waren, und doch eine
freudige Zuversicht glauben ließen, lag etwas Erschütterndes für Zirle.

Der Maier Nathan wurde mit jedem Tag unruhiger, fragte seine
Tochter, wann sie denn glaube, daß das Große sich ereignen würde, und
holte den Rat der Frau Pesla ein, einer erfahrenen Wehmutter, von der
noch in alten Chroniken zu lesen ist: daß sie mit frühem Morgen jedesmal nach dem Tempel geeylet sei, daß sie viele Jahre weder Fleisch noch
Wein genossen und ohne Betten auf der Erde lag. Wenn der Nathan
sein Weib betrachtete, die sich einer stillen Schwermut so ergeben hatte,
daß sie oft stundenlang mit geschlossenen Augen kauerte, so wurde ihm
bang in seiner Seele und seine letzte Zuflucht waren seine Kostbarkeiten.
Auch tat er alles, um die Aufmerksamkeit auf sich zu lenken und dies
um so mehr, je stärker er die Verachtung empfand, mit der man ihm
begegnete. So errichtete er in einer Nacht einen großen Scheiterhaufen
hinter seinem Haus, setzte ihn in Brand, stand davor wie vor einem Altar
und betete, als das Feuer lohend gegen Himmel stieg. Entsetzt kamen
Männer herbeigelaufen, ihn zu fragen, was dies zu bedeuten habe. »Ich
hab' Flachs hineingeworfen,« sagte der Nathan, doch kein Mensch
konnte es begreifen. »Ich faste,« fuhr er fort, »wegen eines bösen Traums,
und Rabbi bar Mechasja sagt: Fasten ist dem Traum, wie Feuer dem
Flachs.« Alle schüttelten spöttisch die Köpfe und gingen. Die Gerüchte,
die über Rahel umliefen, wurden häßlich und abenteuerlich und bald
galt sie für unrein; und doch wandelte sie umher wie im Schlaf, dachte
der Wochen, wo noch die Liebe ihren Gang verschönt hatte, wo keine
Nacht saumselig genug war für den frischen Trunk des Glücks – das
aber war vorbei.

Am Samstag Kreszenz, den achtundzwanzigsten November, sollte der
Aufbruch stattfinden. Frühe des Morgens, lang ehe der Osten sich rötete,
versammelte sich die Gemeinde in der Synagoge. Die heilige Schrift
wurde aus der Lade genommen und der Älteste trug sie mit gesenktem
Kopf demütig und bleich hinaus, während die Gemeinde Mann hinter
Mann betend folgte und der Schammes oder Schuldiener die Lichter
verlöschte, die Türe fest versperrte und den großen, hohlen Schlüssel an
einem sicheren Ort neben der Klauß vergrub. Dann hörte man weinen
hinter vielen Wänden: es galt den Abschied vom Ort der Fron und der
Verachtung.

Unfern der Mauer des Gottesackers kamen die Wagen zusammen.
Regen wälzte sich her im grauenden Tag und der Sturmwind pfiff durch

die Wagenzelte. Doppelt öde lagen die weiten Felder in der Dämmerung und die verlassenen Häuser schienen zu rufen, ihre leeren Fenster hatten etwas Ziehendes und Warnendes. Frauen kreischten auf dem feuchten Plan, Hunde bellten, Kinder wimmerten, die Männer riefen nach ihren Angehörigen und die Rinder brüllten. Zigeuner gesellten sich dem Zug bei und sie wurden geduldet, weil sie als Wegweiser dienen konnten; ihre Weiber riefen sich ihr gellendes Rotwelsch durch den brausenden Wind zu und aus einem verschlossenen Zigeunerwagen tönte in seltsamer Unbekümmertheit eine Geige in langen Mollakkorden. Es kam ein Bote und meldete, die freie Reichsstadt gebe den Durchzug durch ihr Gebiet nicht frei. Das nächste Ziel der Wanderung war daher die Schwedenveste im Süden. Die Besorgnis wurde laut, die Nürnberger möchten Soldaten aufbieten, um die Juden zum Bleiben zu zwingen. Manchen schien es, als ob Geschehnisse sich wiederholten von vieltausendjährigem Alter. Der Himmel gab ihnen recht; vor allen Plagen schien die Plage der Finsternis sich vorzudrängen. Der Tag war angebrochen und doch war es noch Nacht. Die Wege waren durchweicht und die Wagenräder standen tief im Kot. Zirle, der man eine Art vornehmer Karosse gegeben hatte, lehnte bleich im Rücksitz. Im strömenden Regen stand der junge Wagenseil vor dem Gefährt. Unter großer Feierlichkeit hatte er gestern den christlichen Glauben abgeschworen und war zum Jünger des Messias geworden; nun wollte er mit fortziehen, wollte alle Bande der Heimat zerschneiden, nur um unverwandt in Zirles Antlitz schauen zu können. Nicht beachtenswert erschien es ihm, daß sie die Braut des Sabbatai war; darin war so viel Überirdisches und Unsinnliches, daß ihn nichts bei diesem Gedanken beunruhigte. Er wußte nicht, daß er der Urheber des Verderbens für die Auswanderer war. Die stille Gärung unter den Christen des Hofmarkts war vom alten Pfarrer Wagenseil zur offenen Flamme geschürt worden, und noch im Lauf des Tages entstand ein Einverständnis mit den Nürnbergischen zur raschen Tat. Nur die Furcht vor dem Gloriosen und Erhabenen, die in der Stimmung dieser Tage lag, hatte bisher den feindseligen Arm gelähmt.

Um den Gottesacker vor frevlerischen Händen zu sichern, wurde das Tor mit fünffachem heiligem Siegel verschlossen. Gegen acht Uhr wurde endlich, mitten in der größten Verwirrung durch ein dreimaliges Hornsignal das Zeichen zum Aufbruch gegeben. Die Zigeuner hatten sich bereits an die mit Lebensmitteln gefüllten Wagen gemacht und rauften um Fleisch und Brot wie die Wölfe. Keiner verstand den anderen im

Tumult; Ermahnungen und Ermunterungen verhallten fruchtlos. In manchen Augen tauchte jene geheimnisvolle Verzweiflung auf, die durch einen unsicheren und brennenden Glanz den Schein von Mut erhält und sich durch rastlose Geschäftigkeit unkenntlich macht. Der Lärm und das Geschrei erscholl weit hinaus, scheuchte die Krähen aus den kahlen Feldern empor und die Peitschen der Kärrner schallten durchdringend bis an den Wald hinüber und klangen zurück als ein schüchternes Echo. Die Wolken sahen aus wie zerzauste Leinwand und der ganze Himmel glich einer grauen Wüste. Am Kreuzweg nach Unterfarrnbach stieß die kleine Judengemeinde dieses Dorfes zum großen Hauptzug. Bald flatterten schlecht befestigte Zelttücher im Wind und allerlei leichte Gegenstände flogen in der Luft herum. Was half das Beten der Frommen und das fromme Deuten der Talmudisten? Was half der Glaube und die Begeisterung? Der finstere Judengott ließ nicht mit sich spaßen und streckte seine grausame Hand herab, daß sie wie eine Mauer vor jenen süßen und verlockenden Zielen stand, die eine morgenländische Phantasie heraufgezaubert hatte. Oft saß ein Gefährt fest im dicken Kot und fünfzig und mehr Männer mußten es unter Anspannung aller Kräfte herausschieben. Ein Wagen diente als Betzelt, und in ihm war auch die heilige Lade in kostbarem Putz aufbewahrt. Der Ober-Rabbi, der Chassan, die Rumpeln und Wolf Batsch saßen herum und sangen Lieder des Sabbatai. Boruchs Klöß in seinem Wagen hielt sein Weib umschlungen; das Mittagessen, eine fettige Mehlspeise, stand in einer zinnernen Schüssel vor ihnen, aber sie aßen nicht, sondern sahen beide stumpfsinnig in die erkaltende Speise. Dumpfe Schreie schallten in ihre erbärmliche Behausung; manche hatten ihre Hauskatzen mitgenommen, und die Tiere miauten unaufhörlich aus unauffindbaren Verstecken. Dann wurde wieder das Ächzen des Windes laut; an den spärlichen Baumalleen der Straße flogen die braunen, nassen Blätter in geisterhaftem Tanz umher, und die Äste bogen sich knarrend. Der Regen prasselte und trommelte auf die dünnen Dächer, die Achsen wimmerten, an vielen Gespannen standen die Tiere störrisch still und waren nicht fortzubringen, man mochte sie quälen oder ihnen gütlich zureden. Im Gefährt des Maier Knöcker war es ruhig, denn die Thelsela kauerte teilnahmslos in einem Winkel und in einem anderen Winkel kauerte Rahel. Nur der Nathan selbst schien froh bewegt. Aus irgend einem Grunde schien er glücklich zu sein; er zwinkerte oft freundlich mit den Augen und fragte: »Rahelchen, wann kommt das güldene Mädchen? das himmlische Töchterchen?«

77

Nach drei Stunden erreichte die Karawane den Wald, der eine Viertel-
meile entfernt lag. In sanfter Steigung sollte es nun bergan gehen, aber

vorher wurde eine Stunde Rast gehalten. Der Wald war finster, die
Zweige trieften vom Regen, der Boden war schwarz und schlammig. Ein
eigentümlich klirrendes Geräusch lief wie eine Welle durch die Baumkro-
nen. Zwischen den Stämmen in der Tiefe lagerte aufdringlich die Nacht
und bisweilen war der ferne Schrei eines Wildes vernehmbar oder ein
Laut wie das Schlagen einer Axt. Der Himmel war verschwunden, die
Ebene war nicht mehr zu sehen, und Regenschleier und Nebelschleier
machten den Pfad zu einem unsicheren Bilde. Ein Vogel flog auf und
huschte scheu und hastig ins tiefere Gehölz. Über dem sumpfigen Grund
lag der Tod. Fern fühlten sich alle schon der Heimat, ihren Gärten, ihren
Häusern, dem Bereich ihrer Kinderspiele, dem Schauplatz ihrer Sorgen.
Rahel lehnte, mit einem dicken Wolltuch geschützt, stumpf in ihrer Ecke.
Dennoch fühlte sie etwas in sich, das sie von allen unterschied; sie fühlte
sich edler und besser durch die vergangene Leidenschaft. Auch empfand
sie schaudernd das junge Leben in sich, täglich mehr, täglich erschrecken-
der, gleichwohl war es so märchenhaft und unglaubwürdig, dies zu tragen,
daß die Seele stark wurde und sich aufrichtete, als sei sie selbst etwas
Körperliches.

Es ging zur Höhe, wo die Veste stand. Männer und Weiber waren
ausgestiegen und schleppten sich zu Fuß. Die Kärrner, die für schweres
Geld gemietet worden waren, weil die meisten jüdischen jungen Leute
nicht mit Pferden zu hantieren verstanden, und die an der nächsten
Grenze durch andere abgelöst werden mußten, machten bissige und

feindselige Bemerkungen. Viele Frauen trugen ihre Kinder auf dem
Rücken, in Tücher eingehüllt. Langsam und mühevoll ging es hinan.
Das Geschrei der Fuhrleute erfüllte die Luft, die Zigeuner heulten
durcheinander, daß es rings widerhallte wie in einem Kessel, und als
einmal eine Wildsau über den Weg rannte, kreischten die furchtsamen
Weiber durchdringend auf, auch Männer wurden blaß und starrten fassungslos vor sich hin. In halber Höhe begannen die Steinbrüche, die
nach dem großen Frieden von Nürnberger Bürgern gekauft und ausge-
beutet worden waren. Jetzt galt es, Gestrüpp und überhängende Äste aus
dem Wege zu räumen, und man mußte vorsichtig sein, damit kein Rad
dem Abgrund eines Bruches zu nahe kam. Drunten lagerte schwarzes
Wasser und schien brunnentief zu sein. Der Regen bildete enge Ringe
und der Himmel spiegelte sich darin mit düsterer Stirn. Schutt, Geröll

und unbehauene Steine lagen umher; allenthalben gab es Löcher und tückische Schluchten, Heidekraut und Brennnessel wuchsen an den Hängen. Die Brüche glichen zerstörten Häusern von Riesen und hatten etwas so frisch Verlassenes, daß man oft aus einem Abgrund den ungeheuern Leib des Bewohners auftauchen zu sehen glaubte.

Es ward Abend. Dicke Pfützen von Regenwasser standen in den Höhlungen des Weges, die Räder fuhren hinein und das Wasser spritzte hoch auf. Erstaunlich war es, daß noch keiner an eine Rückkehr dachte, da doch nur Peinigungen und Mühsale zu erwarten standen. Sie blickten unerschüttert in die mysteriösen Weiten, und es war eine dumpfe Ergebung, die sie hinauswandeln hieß, verstummt vor dem unhörbaren Gebot eines Hüters in der Ferne. Wühlten Zweifel in ihrer Seele? Waren sie zu müde, mit ihren Zweifeln sich abzufinden? Zu stoisch oder zu sklavisch, den Willen der Idee zu brechen? Zu feige, um sich bloßzustellen durch Ahnungen? Ein geduldiger Fatalismus war über sie gekommen. Als es finster wurde, erhob sich ein ungestümer Sturm. Die Stämme erzitterten, die Pechfackeln verlöschten.

Auf einmal, es mochte um die sechste Nachmittagsstunde sein, erschallten von vier Seiten im Dickicht des Waldes gleichzeitig Trompetensignale. Der ganze Wagenzug hielt fast mit einem Ruck still. Ein furchtbares Schweigen, eine wahre Totenstille entstand im Nu. Alle wußten, was nun kommen würde. Da oder dort, in einer Lücke des Gehölzes erschien ein Reiter in der Tracht der Nürnbergischen Bürgersoldaten, beleuchtet von den Fackeln, die sie am Bug des Pferdes befestigt hatten. Mit höhnischem Lächeln betrachteten sie den erstarrten Zug der Auswanderer; sie verachteten die kriegerische Aufgabe, die ihnen zu teil geworden war. Die Stimme des jungen Wagenseil erschallte: zu den Waffen, zu den Waffen! Ein heiserer Schrei, erstickt durch die Erkenntnis der Hoffnungslosigkeit und des Fehltritts. Da krachte donnernd eine Flinte; der greise Rabbi Elieser sank, ohne einen Laut von sich zu geben, ins schwammige Erdreich, und sein altes Blut floß ungehemmt dahin und mischte sich mit dem Regen. Jetzt wurden die Gemüter aufgerüttelt. Viele waren plötzlich wie betrunken. Sie stürzten zu den Wagen, packten, was sie gerade fanden: ein Küchengerät, einen Strick, eine Latte, einen Eisenstab, einen Besen, eine Flasche, ein altes Türschloß, Lenkriemen für die Pferde, Steine, Stöcke und Baumäste, das alles sollte Schutz geben gegen die Waffen geübter Landsknechte. Nur zehn oder zwölf hatten Flinten aufzufinden vermocht, aber da sie nicht mit der Hantierung vertraut waren, ergriffen sie sie vorn am Lauf und schwangen die Kolben drohend in der Luft. Doch schon knallten die Nürnberger von allen Seiten ihre Gewehre los und ein Knabe und zwei Frauen folgten dem Elieser in den Tod. Die Weiber begannen ein herzzerreißendes Weinen; ihr Wehklagen muß tief in den Schoß der Erde gedrungen sein, denn noch heute hört man es zur Nachtzeit dort in den Wäldern. Die Zigeuner allein verstanden zu schießen, aber sie hatten kein Ziel, denn die Pferde der Angreifer waren überaus unruhig und sprangen gequält von Baum zu Baum, während sie im Fackelfeuer ihre eigenen Schatten vor sich tanzen sahen. Viele alte Männer hockten mit fanatisch glänzenden Augen im Wagen, wo sich die Bundeslade befand, küßten die Schrift mit bebenden Lippen, beteten und sangen Psalmen. Die Kinder verkrochen sich unter die Räder, betäubt vor Schreck. Einer der Angreifer schrie auf seinem bockenden Gaul etwas von Ergeben und Umkehren, aber seine Worte verhallten, worauf er Befehl zu neuem Feuern gab. Nun mußten Boruchs Klöß und Wolf Bieresel an den Tod glauben und fielen hin und streckten sich aus. Mit ihren lächerlichen Waffen liefen die Juden auf ihre grausamen Feinde zu und fürchteten weder Sterben noch Wunden. Sie sahen nicht

mehr, hörten nicht mehr, sie schrien hebräische Worte und ihre wunderliche Kleidung gab ihnen etwas Gespensterhaftes. Ein Teil stürzte zu Boden über Knorren und Wurzeln, denn das Erdreich war glatt und schlüpfrig, die nassen Zweige schlugen ihnen ins Gesicht, und dann lagen sie da und wälzten sich in konvulsivischen Zuckungen. Nichts mehr schien zu helfen, eine blutige Nacht schien im Nahen zu sein, da gellte plötzlich eine wie toll kreischende Stimme: Feuer! der Wald brennt! Und: der Wald brennt! der Wald brennt! lief es weiter in der Kette. Die Tannenstämme am zweiten Steinbruch waren wie von innen erleuchtet, in der Tiefe des Forstes stieg ein breiter Lichtkegel empor, ruhig und blendend. Die Luft war durchdrungen vom Purpur der Flammen, die nassen Blätter glänzten, das nasse Moos flimmerte. Schlängelnde Flammen spiegelten sich jäh im nachtschwarzen Moorwasser. Aufsteigend und aufsteigend wie aus einem unerschöpflichen Schlund vermehrte sich die Kraft der Feuersbrunst. Das feuchte Holz prasselte und knatterte, die Flammen leckten gierig von Baum zu Baum, angetrieben durch den sausenden Sturm, der von den Feldern herauffegte. Es wurde drückend heiß; als ob sie aus den Wolken hervorgetreten wären, erschienen die Ruinen der Schwedenveste zwischen den Feuern. Schrei auf Schrei erschallte, Schreie gräßlicher Angst, wie sie der Wald niemals vorher und niemals nachher vernommen hat. Die Gäule der Landsknechte heulten mit Tönen, die stundenweit ins Land dringen und rannten unaufhaltsam den Abhang hinunter durch Gestrüpp und über Felsen. Ein junger Reiter, der Sohn des Nürnberger Stadtschreibers, blieb mit seinen langen Haaren an einem Ast hängen, während das tolle Roß weitersauste zur Tiefe. Hilflos, mit stets schwächer werdenden Rufen hing er wie einst Absalom und mußte die Flammen heranschleichen sehen, die ihn beleckten bei lebendigem Leib. Unter den Juden war die Verwirrung so groß geworden, daß viele geradewegs in das Feuer hineinflüchten wollten; die mit Pferden bespannten Wagen rollten hinter den entsetzt fliehenden Tieren davon und wurden halb zerschmettert; schmerzliches Stöhnen drang aus allen Ecken und die Zigeuner machten sich den Wirrwarr zu nutze und stahlen, was ihnen unter die Faust kam. In der größten Ratlosigkeit erschien Zacharias Naar. Er stellte sich vor die Fliehenden, erhob die Arme und vermochte ihren Lauf zu hemmen. Er führte sie so sicher durch die Flammen, als ob ihm diese aus Ehrfurcht den Weg frei gäben und alle folgten ihm wie Lämmer dem Hirten, und ruhig zogen die Fuhrleute die Wagen nach.

Im Wagen des Maier Knöcker lag ein neugeborenes Wesen auf der bloßen Diele. Rahel, durch die Häufung von Schrecknissen erschüttert, war mit einer Frühgeburt niedergekommen. Sie lag regungslos auf nacktem Stroh, während draußen der große Tumult wie Laute aus einer fernen Welt zu ihr kam. Sie hörte, wie die beiden Ochsen vor dem Gefährt angstvoll blökten; ein feiner Lichtschein, der stärker und stärker wurde, fiel in den Raum, aber auch das vermehrte ihr Wohlbehagen. Es war ihr, als stünde der Geliebte neben ihrem Lager und streichle sie, und sie sah einen alten, gepreßten Lederdeckel vor sich schweben, den sie oft in seiner Wohnung gesehen hatte, und der etwas Fremdes und Liebliches, etwas Märchenhaftes an sich hatte. Thomas Peter hatte sie oft zum Heiland bekehren wollen, aber was war ihr der Heiland und was war ihr selbst der Gott ihrer Väter neben der Liebe, die sie empfunden! In ihr sang und klang es stolz von alten Liedern mit einem süßen, hallenden Kehrreim, da der Abend im Mai kommt und die Blüten zart umhaucht und die stille Nacht von Erwartung schwer ist.

Holpernd rollte der Wagen gleich den andern unter der Leitung von Zacharias Naar ins Tal. Wortlos kniete Maier Knöcker vor dem Neugeborenen und achtete nicht das durchdringende Quietschen des Wurms. Er war völlig zusammengebogen, der Nathan, und schien nur noch ein

Haufen von Kleidern. Er hatte die Fäuste geballt wie zum Schlag und bisweilen zitterte er am ganzen Körper. Das Wesen, das vor ihm sich wand, war ein Knabe. Sonst vermochte er nichts zu denken. In seinem Innern war ein Loch und um ihn herum war es kalt und finster. Ihm gegenüber saß sein Weib. Sie hatte Hilfe geleistet bei der Geburt. Sie war durch nichts bewegt worden. Es schien, als könne sie durch nichts mehr in der Welt überrascht werden, nicht durch Reichtum und Kleinodien, nicht durch Schmerzen und die Wandlungen des blinden Schicksals.

Die Bauern standen auf den Feldern und sahen hinauf in die brennende Höhe und in den glühenden Himmel. Scheu wichen sie zurück vor den Juden, die sich langsam zu sammeln begannen. Aus allen Richtungen kamen die Verstreuten und fanden sich mit Freudenrufen ein. Für die Nacht wurde ein Lager bereitet; die Zigeuner, deren Hilfe jetzt nötig gewesen wäre, waren spurlos verschwunden. Zacharias Naar stand sinnend an einem Ginsterstrauch und lächelte trüb seinem Werk zu, dem brennenden Wald.

Noch in der Nacht kam eine große Menge von Bauern, mit Sensen, Beilen und Knüppeln bewaffnet und sie konnten nur mit Mühe und unter großen Opfern an Gold und Silber auf friedlichem Weg zum Abzug bestimmt werden. Am Mittag des nächsten Tages wollte man aufbrechen und den Marsch beschleunigen, um den Feindseligkeiten der Nürnberger zu entgehen und sich zum Weiterzug in den Schutz der Markgrafen von Onolzbach zu begeben. Der Morgen sollte der Bestattung der Toten gewidmet werden. Das Kind des Wolf Batsch und die Frau des Samuel Ermreuther waren in der Eile im Wald liegen geblieben und ihre Leichen waren verbrannt. Die Familie des Elieser war die ganze Nacht an der Leiche des Greises gesessen, während die Frauen an den Sterbekleidern näheten. Auch in den andern Wagen, in denen es Verstorbene gab, blieb das Licht brennen zu den aufrichtigen Tränen der Trauernden. Oft klang der Schrei des Wildes aus der Höhe des Waldes herab, wo sich das Feuer beruhigt hatte; über der Ruine lag eine Rauchkrone, und die noch glimmenden Stämme leuchteten herrlich in die weite Ebene hinein.

Der Morgen kam. Die Gräber waren rasch gegraben, denn das geschieht bei den Juden mit Hingebung, weil sie alles für ein gutes Werk ansehen, was für einen Verstorbenen geschieht. Die Weiber mußten in der Behausung bleiben, sie durften nicht mitgehen bei Begräbnissen, außer den nächsten Blutsverwandtinnen, und denen durfte sich während dieser Zeit kein Mann nähern, weil es hieß, der Engel des Todes tanze mit dem bloßen Schwert vor den Weibern her. Bevor der Körper in den Sarg gebettet wurde, begoß man ihn dreimal mit Wasser, und ein alter Chronist sagt schon, daß dies etwas anderes bedeute, als eine äußerliche Reinigung. Feierlich erklingen dazu die Worte des Propheten: ich will rein Wasser über euch sprengen, daß ihr rein werdet von eurer Unreinigkeit, und von all euren Götzen will ich euch reinigen. Und als die Begießung geschehen, faßte der Chassan den Körper bei der großen Zehe an und kündigte ihn der Gesellschaft der Menschen völlig auf. Dann wurde der Leichnam mit weißen Kleidern angetan, sein Haupt wurde mit dem Gebetstuch bedeckt und so wurde er in den Sarg gelegt. Und weil die Juden alle Erde außer der Erde Kanaans für unrein achten, so bedeckten sie die Augen des Toten mit einer weißen Erde, die aus dem heiligen Land sein soll, und auf die Erde legten sie zerbrochene Scherben von Töpfen. Dann wurde der Sarg zum Grab getragen, und es war üblich, ihn auf diesem Weg dreimal niederzusetzen. Und jeder Freund warf drei Schaufeln Erde in das Grab, und der nächste Blutsverwandte zerriß seine Kleider. Der Totengräber nahm dabei sein Messer und schnitt oben einen Riß in das Kleid dieses Leidtragenden, der dann den Riß mit der Hand vollendete.

Die Sonne brach hervor aus den Nebeln, und leuchtend lag das Land. Langsam schritten die Leidtragenden zurück, wuschen dreimal ihre Hände, weil sie sich mit dem Tod verunreinigt haben und rissen dreimal Gras aus, um es rückwärts hinter sich zu werfen.

Die Zurückkehrenden wurden mit der Nachricht empfangen, daß Maier Knöcker, der Nathan, in Wahnsinn verfallen sei. Der Eindruck dieser Kunde war nicht tief, um so weniger, als Zacharias Naar vor dem Aufbruch in Worten von eindringlicher Kraft den Mut und die Zuversicht schwellte wie der Sturm das schlaffe Segel. Sie vergaßen Not und Mühen wieder und weihten sich von neuem dem Glauben an die große Zukunft, an die Macht und Unumstößlichkeit des Langgehofften, Langentbehrten. In solchen Stunden des Vertrauens wirkte jede Herbstzeitlose, die kümmerlich aus den Feldern grüßte, als ein Freudezeichen, jeder Sonnenstrahl hatte etwas Liebenswürdiges und Ergreifendes. Der eine Mensch macht den andern gut und froh; es ist ein stummes Zureden unter ihnen, ein wortloses Sichbestärken. Es ist, als ob das Unglück sie nun geweiht hätte zum Dienst des Glücks.

Mit gutem Mut zogen also die Juden im Schein der Herbstsonne ins Tal der Rednitz hinunter. Drei Wagen, – die des Obadja Änsel, des Hutzel Davidla, des Simon Fränkel, – waren schon früher aufgebrochen und bildeten die Vorhut. Sie fuhren nicht mehr so langsam wie am vorhergehenden Tag. Die weißen Wagendecken leuchteten freundlich in der Landschaft, der Wald stand in seinem matten Grün wie eine niedere Wand am Horizont, der Himmel war klar und lichtbegossen, und die Helligkeit strömte verschwenderisch über die Gefilde. Weit drüben lag die alte Kadozburg und auf der andern Seite, kaum noch als zarter Umriß erkennbar, das Kaiserschloß von Nürnberg.

Da sah der Hauptzug, wie die Vorhut im Gelände stille hielt. Maier Lambden hielt die Hand über die Augen und sagte, er sehe eine Anzahl fremder Wagen, die aus einem Gehölz herausgefahren kämen. Jetzt stiegen mehrere auf die Kutschböcke und sahen aufmerksam hinaus. Den meisten schlug das Herz in der Brust; sie fürchteten einen neuen Überfall. Der junge Wagenseil, der vortreffliche Augen hatte, sagte, es seien Leute in fremdländischer Kleidung, aber er hielte sie für Juden. Dann sagte er, Obadja Änsel ginge den Vordersten der unbekannten Karawane entgegen. Dann sahen alle, wie sie sich trafen, und wie sie kurze Zeit miteinander redeten. Und dann sahen sie, wie der Obadja Änsel die Arme ausbreitete wie ein Ertrinkender und hinfiel wie ein Stock. Und dann liefen zwei nach und redeten ebenfalls und schienen in Weinen auszubrechen und gebärdeten sich wie Verrückte. Zirle stand und schaute unablässig in die Ferne, wo diese Bilder spielten und plötzlich stieß sie einen markerschütternden Schrei aus, als ob sie alles durch die Lüfte vernommen hätte und sank vom Wagen herab. Die vordersten Wagen kehrten um, kehrten zurück und in kurzer Zeit hatte sich ein tötender Bann von wildem Schmerz um die vorher so wanderungslustigen Menschen gelegt.

Sabbatai Zewi war zum Islam übergetreten.

Der Prophet, der seine Zeit beunruhigt hatte wie eine seltene Himmelserscheinung, hat bei Zeitgenossen und Nachwelt nur den Schatten des Geheimnisvollen hinterlassen. Wenn nicht seine außerordentliche Schönheit die Welt trunken gemacht, so war es doch der Zauber seines Geistes, die Größe seiner Seele oder das Hinreißende seiner Worte. Oder wäre es nichts dergleichen gewesen? Es gibt Stimmen aus jener Zeit, die ihn dem Teufel gleich erachten oder einem schlechten Schauspieler oder einem Würfelspieler oder einem Lüsternen oder einem Charlatan. Aber wer kann den Beweggrund seiner Handlungen kennen? Die Geschichte, wie ein leichtgläubiges Frauenzimmer, läßt sich betören von der Fabel und von der Fama und das ist gut, denn wie sollte der Nachgeborene die Fülle erdrückender Wahrheit ertragen, die sie ihm sonst nicht vorenthalten könnte?

Der fremde Zug, der den Weg der Fürther Juden so jäh gehemmt hatte, war ein kleiner Teil der Wiener Juden, die um diese Zeit von Kaiser Leopold des Landes verwiesen worden waren. Die Verzweiflung der Juden war groß. Es war, wie wenn ein hoffnungsvoller Sohn plötzlich hinstirbt, auf den man alles gesetzt, von dem man alles erwartet, und der nun geht. Doch es war schlimmer. Es war mehr als der Tod, schrecklicher als der Tod, etwas, das die ganze Haltlosigkeit des Lebens in einem grellen Blitz zeigte. Die Juden sind ein starkes und störrisches Volk; doch sind sie nur groß, wenn ein wenig Gelingen bei ihnen wohnt, und sie sind nicht lange groß, denn sie brechen leicht in dem Erstaunen 90 über ihre eigne Größe. Auch Sabbatai Zewi war ein Jude, vielleicht das klarste Bild des Juden, ein Stück Judenschicksal.

Viele zogen wieder nach Fürth zurück. Einige Familien der österreichischen Vertriebenen, die große Not litten und furchtbare Entbehrungen hinter sich hatten, siedelten sich nebst einigen jungen Leuten aus Fürth in dem stillen Tale an. Bei ihnen blieb Thelsela, das Weib des blödsinnigen Maier Nathan, mit ihrer Tochter und ihrem Enkel, der der Stammvater jenes denkwürdigen Menschen wurde, von dem in den folgenden Blättern die Rede ist. Die Thelsela war zu müde geworden, nach der stiefmütterlichen Heimat zurückzukehren, an der Seite der Christen zu leben und stets durch den Ort, wo sie gelitten, an die Reihe ihrer Leiden erinnert zu werden. Sie verkaufte ihr Haus und baute dort drüben ein neues. Sie wollte nichts mehr vom Leben; sie trug ihre Tage knechtisch und trug still.

Jener Ort, der mit Erlaubnis des freundlichen Herrn von Onolzbach gegründet wurde, hieß zuerst Zionsdorf, welcher Name dann durch die einwandernden Christen in Zirndorf umgewandelt wurde. Er gedieh, die Felder um ihn herum waren fruchtbar und gern bereit, die anvertraute Saat zehnfach zurückzugeben.

Zacharias Naar und Zirle blieben für immer verschwunden. Ihr Leben verlor sich in eine Folge von Sagen und schließlich wurden auch ihre Taten sagenhaft. Geschlecht auf Geschlecht erstand und verblühte, und eine neue Zeit kam. Und das Kommende war immer größer, freier und 91 vollendeter, als das Vergangene, und der Jude, anfänglich nur Knecht, wert genug, den Fußtritt des übelgelaunten Herrn zu empfangen, tat seine Augen auf und erspähte die Schwächen und erriet die Geheimnisse dieses Herrn. Da griff er alsbald mit seinen Händen hinein in die Maschinerie der Völker und ihrer Gerichte und ihrer Kriege und oft verrichtete er ungesehen kaiserliche Dinge, wenn die Monarchen schliefen und die Minister schwach waren. Sabbatai wurde ein Moslem, und manche sagen zum Schein. Der Jude wurde ein Kulturmensch und manche sagen zum Schein. Manche sagen, der Verderber und der Verführer sitze in ihm und er verstünde die Bühne dieser Welt besser als ihre Erbauer. Dies ist sicher: ein Schauspieler oder ein wahrer Mensch; der Schönheit fähig und doch häßlich; lüstern und asketisch, ein Charlatan oder ein Würfelspieler, ein Fanatiker oder ein feiger Sklave, alles das ist der Jude. Hat ihn die Zeit dazu gemacht, die Geschichte, der Schmerz oder der Erfolg? Gott allein weiß es. Vor den Blicken tut sich ein unermeßliches Bild auf, denn das Wesen eines Volkes ist wie das Wesen einer einzelnen Person: sein Charakter ist sein Schicksal.

# Erstes Kapitel

Im Jahre achtzehnhundertfünfundachtzig fing es in den Ebenen der Rednitz und Pegnitz einige Tage nach Maria Himmelfahrt an zu regnen, und es regnete fast unaufhörlich bis Mitte August. Die Saaten gingen zugrunde und alles Land war ein einziger See. Bis ins Tal der Zenn hinein erstreckte sich die Überflutung und nach Norden in die Erlanger und Bayersdorfer Gegend. Graugelb und gurgelnd schlug das Wasser gegen die Eisenbahndämme; die Fußstege waren weggerissen, die Hütten am Ufer zerstört; tagelang sah man Bretter und Balken und Fetzen von Schindeldächern mit der Strömung hinuntertreiben. In der Fischergasse und am Schießanger in Fürth beleckte das Wasser die Häuser, füllte die Keller und schlug drohend an die Schwelle kleiner Krämereien oder an die Wohnungen der Goldschläger, deren Gehämmer sonst mit anziehender Taktmäßigkeit das ganze Viertel erfüllte.

Wie eine geheimnisvolle Berginsel sah der Vestnerwald mit seinem viereckigen Turm in das überschwemmte Land. Wenn man von dort aus gegen Zirndorf hinunterblickte, ragten nur ein paar Pappeln oder die Bäume einer Obstanpflanzung oder quer durcheinander geschichtete Hopfenstangen oder der Pfahl, worauf bei Schützenfesten der bemalte Adler befestigt wird, aus dem Wasser hervor, das gelbschimmernd dalag, ohne sonderliche Bewegung wie ein matter Spiegel. Das Dorf selbst war zum größten Teil verschont geblieben, weil es etwas höher lag. Kein Rauch stieg aus den Schloten der Ziegelei am Eingang der Hauptstraße. 94 Die roten Dächer sahen ergeben in das helle Grau des Himmels, und die Krähen, die mit unruhigerem Flügelschlag als sonst auf- und abflogen, stießen schmerzlich-gellende Schreie aus.

Den Wirten im Dorf ging es schlecht bei diesen feuchten Zeiten, besonders Sürich Sperling, dem Sebalderwirt und Herrn Ambrunn, der die »gläserne Burg« besaß. Das Turnerfest war auf den nächsten Sommer verschoben worden und die Fürther Kirchweih stand vor der Tür, wo ohnehin wieder alles Geld in die Stadt wandern würde. Als der Burgwirt keinen andern Ausweg sah, schickte er bei den Juden herum und ließ sagen, daß er koscheres Fleisch zum Aushacken bringen werde. Der Bauer litt gleichfalls schwer unter der Wassersflut und mancher, dem bislang eine selige Talerfülle im Beutel geklappert, schlich nunmehr gebückt und finster ins Wirtshaus, um seinen Groll zu vergessen.

Zwischen Altenberg und Zirndorf wurde der Verkehr durch Boote vermittelt, und an einem Donnerstag fuhren zwei Kähne ungefähr gleichzeitig, der eine von Zirndorf, der andere von Altenberg ab und befanden sich einander in Sehweite, noch ehe jeder hundert Meter zurückgelegt hatte. Der Wind strich übers Wasser und warf lautlose Wellen auf. In kleinen Entfernungen erhoben sich die Chausseebäume aus der Flut, und das dünne Zweigwerk hing trauernd nieder und wurde vom Wasser bespült. Die Bäume zeichneten den Weg vor und die Boote näherten sich einander rasch; das von Zirndorf kommende, in dem Sürich Sperling, seine zwei Knechte, der Milchmeier von Altenberg, der Metzger Frühwald von Fürth und ein fremd aussehender junger Mann saßen, glitt schneller dahin als das andere. Sie waren sich auf zehn Schritte nahe gekommen, und Sürich Sperling schrie eine Warnung hinüber; doch es lag etwas Gehässiges in seiner Stimme, und es hatte den Anschein, als suchte er das kleinere Boot zu kentern. Die Bedrohten wichen furchtsam aus, aber Sürich Sperling, der das aus einer alten Kohlenschaufel verfertigte Steuer handhabte, richtete die Spitze des Kahns gegen die Breitseite des andern Fahrzeugs, und dieses stieß daher ziemlich heftig an einen Baumstamm. Gleichzeitig ertönte ein entsetzlicher Schrei aus fünf oder sechs Kehlen, und ein junger Mensch von etwa siebzehn Jahren stürzte kopfüber ins Wasser. »Laßt das Judenpack ersaufen,« sagte Sürich Sperling, und die zwei Knechte und Herr Frühwald begannen zu lachen, während sie hastig davonruderten. Selbst der schwarzbärtige junge Mann lächelte, offenbar nur um seinen Reisegefährten gefällig zu sein. Dann warf er stirnrunzelnd den Rest einer Zigarre ins Wasser und sah mit angestrengten Blicken nach der Stelle des Unfalls zurück. Etwas Düsteres und Drohendes glomm in seinen Augen, als er die Anstalten beobachtete, unter welchen die jüdischen Männer den Verunglückten aus dem Wasser zu ziehen suchten.

Dort herrschte große Ratlosigkeit, der Kahn wurde vom anschwellenden Wind und von einer leichten Strömung fortgetragen, und die Köpfe waren so verwirrt, daß der eine Ruderer das Fahrzeug dahin und der andere dorthin lenkte. Keiner konnte schwimmen. Wasser war ihnen das unfehlbar totbringende Element; und als Elkan Geyer in heller Angst um seinen Sohn den Rock von sich warf, um in die Flut zu springen, hielten ihn sechs Arme zurück, wobei das Boot fast zum Kippen gekommen wäre. Plötzlich stieß Bärman Schrot einen Freudenschrei aus. Agathon tauchte empor, erfaßte den weit überhängenden Ast eines Birnbaumes, dann schnellte er aus dem Wasser und kletterte mit erstaunlicher Behendigkeit ins Gezweig des Baumes. Als er oben saß, streckte er seinen Kopf wie aus einem Korbgeflecht heraus und sah spöttisch ins Boot.

»Komm, Agathon!« rief Elkan Geyer mit der schüchternen Zärtlichkeit eines Schuldbewußten.

»Mag nicht!« schallte es kurz zurück.

»Aber komm doch!« bat Elkan erschrocken. Er kannte den wunderlichen Starrsinn seines Sohnes.

»Ich will nicht. Ich will nicht mehr in euer Boot.«

»Aber Agathon, deine Kleider sind naß, du wirst totkrank werden.«

»Gut, so will ich totkrank werden.«

»Hopp, mein Junge, hopp!« rief Isidor Rosenau entschlossen und befehlend.

»Ich will euch etwas sagen,« rief Agathon ernst. »Ich werde warten, bis Sürich Sperling zurückkommt und wenn es Nacht wird, und wenn es morgen wird. Ich will ihm sagen, daß er ein Hund ist, ich will ihm sagen, daß er es büßen muß. Ihr laßt euch ja alles gefallen. Wenn sie euch die Ohren abreißen, küßt ihr ihnen noch die Hand. Zu Hause könnt ihr dann schimpfen.«

»Aber Agathon, komm doch,« flehte Elkan Geyer. »Du kannst doch nicht droben sitzen bleiben bis in die Nacht, Gott behüte.«

»Ich bleibe sitzen,« beharrte Agathon und seine Augen funkelten.

»So eine Verrücktheit!« rief Isidor Rosenau entrüstet. Er packte sein Ruder und stieß den Kahn vom Baum. Elkan Geyer schlug jammernd die Hände zusammen und bat die Ruderer umzukehren, aber diese lachten ihn aus.

Der Kahn flog rasch gegen das Dorf und Elkan Geyer wartete ungeduldig auf die Landung, um allein wieder zurückfahren zu können. Den Kopf in die Hand gestützt, sah er verträumt hinaus gegen den Horizont, wo ein trübes Rot die Wolken zu säumen begann und sich auch im Wasser spiegelte mit einem seltsam schwanken Schein. Es war überhaupt etwas Verträumtes in Elkans Wesen; in seinem Blick lag flehende Hilflosigkeit; sein frühergrautes Haar war Zeuge davon, daß er alles zu Herzen nahm, woran andere nicht lange tragen. Ja, wenn es andere fortwarfen, hob es Elkan Geyer erst auf, und er wußte seine Angelegenheit immer von einer Seite anzugreifen, von wo sie mißlingen mußte.

Agathon fror auf seinem Baum erbärmlich. Aber er verzog keine Miene, wenn ihn auch schauderte in den nassen Kleidern; er machte ein

Gesicht, als gelte es, sich vor den eigenen Leiden zu verstecken. Friedlich gluckste das Wasser; bei langem Hinlauschen war es, als plauderte es immer in demselben müden Tonfall mit hellen, wiederkommenden Lauten.

In diesem Augenblick hatte er eine wunderliche Erscheinung. Aus dem Wasser hob sich ein Körper, die Arme breit in die Luft gestreckt, das Gesicht sehnsüchtig nach oben gerichtet. Lautlos wuchs die Gestalt herauf und ihre Muskeln schwollen wie unter einer gewaltigen Anstrengung. Daneben zeigte sich ein kleines Männchen, spitz, winzig, mit einem gefälligen Grinsen auf den Zügen, in beständigen Verbeugungen begriffen, und es reichte der großen Gestalt die Hand. Aber als diese die Hand nahm, sank sie tief und tiefer ins Wasser, wich angstvoll zurück, strauchelte und verflüchtigte sich im Dunst, der in der Ferne über dem Wasserspiegel lag. Mit vorgestrecktem Hals starrte Agathon hin und atmete tief auf, da er nichts weiter sah als die glatte Fläche und kein Geräusch vernahm als das klagende Glucksen des Wassers.

Als es zu dämmern anfing, wurde ein Ruderschlag hörbar. Elkan Geyer kam. Agathon zögerte nicht mehr und ließ sich ins Boot hinab. Sie fuhren heim auf der stillen Fläche, über die es langsam hindunkelte, und sprachen kein Wort miteinander. Die Krähen flogen ums Boot, lautlos und geängstigt, und bisweilen war das Wasser von einer Schicht gelber Blätter bedeckt. Die Röte am westlichen Himmel glich einer schmalen Schleife und wurde zusehends trüber und einige Wolken lagerten dort, die sensenschwingenden Männern glichen. Am Kirchhof landeten die beiden, schritten die kotige Straße des Dorfes hinauf und traten in ein kleines, grüngestrichenes Haus, das dem Verfall keinen Widerstand mehr bot und in jeder Stunde zusammenzubrechen schien. Das Dach drückte schwer auf Giebel und Mauern, und die unregelmäßigen Fenster glichen schielenden Augen. Elkan Geyer schritt durch einen finstern Gang mit brüchigen Ziegelsteinfließen, an vielen Türen vorbei in die Kammer, wo Obstvorräte und Spezereien für den Kramladen aufgestapelt lagen. Eine sonderbare Mischung von Gerüchen herrschte: es roch nach frischen Äpfeln und alten Stoffen, nach schlechter Schokolade, nach eingemachten Früchten, nach Essig und Konserven, nach geräuchertem Fleisch und Kaffee. Dazu lag feiner Mehlstaub in der Luft, und dunkelgrünes Tuch war über große Kasten gebreitet.

Agathon war seinem Vater gefolgt, der den Kerzenstumpf anzündete und bekümmert in das dürftige Flämmchen schaute. Mit seiner müden

Stimme begann er zu reden: daß ihm wohl sein Ältester das Leben leichter machen könne, als er es täte, und wie er, Agathon, sich eigentlich die Zukunft vorstelle? Daran läge jetzt alles, mehr als alles; es sei bitter ernst und er, Elkan, werde jetzt alt und es werde ihm schon schwer, das viele Schulgeld aufzubringen. Auch dürfe er sich nicht schlecht benehmen gegen Sürich Sperling, denn er, Elkan, sei tief verschuldet bei diesem Mann, so daß er sich keinen Rat mehr wisse. Niemand wolle helfen, auch nicht Enoch Pohl, der es doch wahrscheinlich vermöchte. Elkan 100 Geyer sagte mehr, als er beabsichtigte; er sah endlich, wie Agathons Glieder zitterten, vielleicht nicht nur der nassen Kleider wegen. Schnell gebot er ihm, sich umzukleiden, aber er solle es so anstellen, daß die Mutter nichts merke.

Gedankenvoll ging Elkan hinaus in den kleinen Hof, der zwischen Haus und Gemüsegarten lag, und trotzdem es schon ziemlich dunkel war, traf er seinen Schwiegervater noch bei der Arbeit. Enoch Pohl war zweiundachtzig Jahre alt, aber er übte noch immer sein Handwerk als Seiler aus. Er wanderte noch täglich den langen Weg nach Fürth, doch zu keiner Zeit hatte er eine Nacht unter fremdem Dach geschlafen, niemals hatte er für länger als zehn Stunden das Dorf verlassen. Er kannte keine Sehnsucht als die nach dem Gold, und Gefühlen anderer Art war er verschlossen. Die Welt, in der er lebte, veraltete ihm nicht, und er dachte auch nicht an den Tod. Er war fromm, d.h. er ging allmorgendlich und allabendlich zum Gottesdienst, um das Gebetstuch, das er seit neunundsechzig Jahren um die Schultern legte, von neuem zu küssen und das halbzerfetzte Buch mit den braungewordenen Blättern von neuem aufzuschlagen.

Einige Sterne zuckten unter schnellen Wolken auf. Die Luft war satt von Feuchtigkeit und hatte etwas Durchdringendes. Das Laub des wilden Weins war blutrot und leuchtete durch die Dunkelheit. Von der »gläsernen Burg« herüber schallte das Geschrei der Zecher, und einer sang mit simpler Geduld und in flennenden Tönen immerfort dieselbe Melodie: 101 spinn' spinne Töchterlein. Die Abendglocken begannen zu läuten; bald klang es fern, bald klang es nah.

Enoch Pohl hatte eine kleine, verrostete und verbogene Laterne angezündet, holte eine Wanne herbei, die mit Schafsdärmen angefüllt war und bedeckte sie mit einem tellerartigen Holzsturz, den er zur Beendigung seines Tagewerks mit Fugen für die Henkel des Bottichs versehen hatte.

»Nun, Vater,« flüsterte Elkan Geyer und sah ängstlich auf die Hände des Alten, die mit braunen Flecken und langen Haaren bedeckt waren.

Enoch schwieg.

»Und wenns Jette erfährt?« murmelte Elkan. »Schließlich ist sie doch dein Kind.«

»Sie waaß ja nix,« erwiderte Enoch mürrisch.

»Sie wirds bald wissen. Sürich Sperling ist ein Halsabschneider.«

»Wärst nit leichtsinnig gewesen. Mer hätten keine Scheuer zu bauen gebraucht. Ich kann der nit helfen. Ich ha ka Geld.«

Elkan rang stumm die Hände. Dann sagte er: »Du hast so vielen das Messer an die Gurgel gesetzt, Vater. Und jetzt bist du erbarmungslos gegen die eigenen Kinder.«

Enoch richtete sich langsam auf und machte eine abwehrende Armbewegung. Gleich darauf ging er ins Haus. Die Laterne zitterte in seiner Hand und sein Schatten schwankte hinter ihm auf dem schwarzen Erdreich.

Im Wohnzimmer rauchten die Kartoffeln auf dem Tisch, und zwei Heringe lagen in gelber Brühe auf einer Schüssel.

Die Kinder hatten blecherne Teller vor sich, die alt waren und unappetitlich aussahen. In der Ofennische brodelte der Kaffee und sein Geruch vermischte sich mit dem übergelaufener und verbrannter Milch. Der Raum war niedrig und schwül, und eine von Tagen aufgehäufte Unordnung herrschte. Die Möbel standen krumm und schief, die Dielen waren rissig, und durch die gardinenlosen Fenster schaute unbehindert die schwarze Nacht und wer sonst noch wollte herein. Dennoch zeugte alles von der Hand einer bemühten Hausfrau, die nur zu schwach war, ihren Bereich zu regieren. Sie beherrschte auch ihre Kinder nicht, das sah man schon an den Gesichtern der Kinder, die so unbekümmert dasaßen, als ob sie niemals zu gehorchen brauchten. Sie griffen gierig in die Schüsseln und wenn eines ein größeres Stück Hering erwischte, erhob das andere ein neidisches Zetergeschrei. Eine Katze schlich unter dem Tisch herum, rieb sich an den Stuhlbeinen und stieß bisweilen ein begehrliches Miauen aus, woraus die dicke Bauernmagd schadenfroh kicherte. »Wo ist denn Agathon?« fragte der Knabe, ein lockiger Pausback von fünf Jahren. Frau Jettes Mund verzog sich ärgerlich. »Red nicht, wenn dus Mund voll hast!« schrie sie. Wie alle Frauen, die von ihren Kindern tyrannisiert werden, suchte sie durch grundlose Heftigkeit ihre Schwäche zu bemänteln. Enoch Pohl kam mit müd-tappenden Schritten herein, pustete sein

Laternchen aus und stellte es in den Eckschrank, der zugleich als Waschbehälter diente, wusch sich die Hände und sprach das übliche Gebet. Niemand beachtete ihn. Da er den Tisch besetzt fand, ließ er sich in die Ecke des Ledersofas fallen, seufzte und sah mit glanzlosen Augen in das Ofenloch, aus dem der purpurne Feuerschein zitterte. »Warum singt denn der Mann immer, Großpapa?« fragte der Pausbäckige. Enoch murrte und schüttelte den Kopf. »Was singt er denn, Großpapa?« – »Sei still!« schrie Frau Jette wieder und klopfte mit der Faust auf den Tisch, daß alles klapperte. »Spinn', spinne Töchterlein, singt er,« flüsterte dem Pausbäckigen schüchtern die ältere Schwester Mirjam zu, ein Kind von großer Schönheit. Plötzlich sprang Enoch auf, ergriff mit einem Satz das Kätzchen bei seinem aufgerichteten Schwanz, öffnete die Tür und warf das quietschende Geschöpf an die gegenüberliegende Flurwand. Da trat Elkan Geyer auf die Schwelle und warf dem Alten einen schmerzlichen Blick zu.

103

Eine Fensterscheibe klirrte leise. Aller Blicke wandten sich hin. Mirjam stieß einen Schrei aus, Frau Jette blieb der Bissen im Mund stecken. »Sürich Sperling,« murmelte Enoch. In der Tat war es das rote Gesicht des Wirts, das zu einer breiten Fratze verzerrt, augenlos und mit plattgedrückter Nase hereinstierte. Elkan Geyer wurde totenbleich und machte einen Schritt gegen das Fenster, doch da war Sürich Sperling schon wieder verschwunden. Mirjam lief dem Vater in die Arme, der das Kind aufhob und es küßte. Enoch rückte sich in seinem Sofawinkel zurecht, um geduldig zu warten, bis am Tisch ein Platz für ihn frei würde.

»Wo ist Agathon?« fragte jetzt auch Frau Jette und blickte ihren Mann forschend an. Elkan Geyer sah sich erstaunt um, stellte das Kind auf die Erde, und ein Schatten von Besorgnis ging über seine Stirn. Er öffnete die Tür und rief Agathons Namen in den Flur; keine Antwort. Frau Jette wollte hinausgehen, aber Elkan hielt sie zurück, schlug die Tür zu und setzte sich an den Tisch, um zu essen.

104

Er machte ein verdrießliches Gesicht, als vor dem Haus Lärm ertönte und gleich darauf die Rosenaus Mädchen hereinstürmten, die sich stets aus irgend einem Grunde atemlos und erhitzt gebärdeten. Ihnen folgte ihr Bruder Isidor: würdig, ernst, gemessen. Er trug einen steifen englischen Hut, Krawatten nach der neuesten Mode, umgestülpte Hosen und hellgelbe kotbedeckte Schuhe. Seine Finger waren mit Ringen bedeckt und seine Uhrkette war schwer von goldenem Behängsel. Er hatte etwas Impertinentes in seinem Wesen wie ein Mensch, dem nichts in der Welt mehr neu ist; er ging in der Stadt am liebsten dorthin, wo man ihn nicht kannte, und nichts beglückte ihn mehr, als wenn man ihn für einen Christen hielt. Klara Rosenau berichtete hastig die neueste Neuigkeit: ein junger Mann wohne seit gestern im Dorf mit der Absicht, über den Kauf der Ziegelei zu verhandeln. Er sei sehr schön und heiße Stefan Gudstikker, doch niemand wisse, was es sonst für eine Bewandtnis mit ihm habe. Bei der Nennung des Namens begann Frau Jette zu zittern, lehnte sich kraftlos zurück und schloß die Augen.

Elkan Geyer und Isidor standen beim Ofen und flüsterten miteinander. Der schwächliche und furchtsame Elkan schien von wilder Beredsamkeit ergriffen, aber Isidor zuckte fortwährend die Achseln, und sein Gesicht wurde grausam und kalt.

»Und wenn er mir das Haus wegnimmt und das letzte Stück Brot, was soll ich tun?« jammerte Elkan, »wer wird helfen?«

Isidor nickte mit schaler Teilnahme und klimperte mit den Talern in seiner Tasche. Und Elkan Geyer fuhr fort: »Der Sürich ist nicht wie Gläubiger sonst, das muß man nicht glauben. Es ist ein eigner Geist in ihm. Er kommt herein und in seinen Augen funkelts vor Haß. Er kommt herein, streckt seinen Hals, lacht, knipst mit den Fingern, er ist unheimlich, jawohl, aber er hat etwas Edles an sich wie ein Löwe. Man müßte einmal von Herzen mit ihm sprechen, vielleicht will er gar nicht das Böse.«

Die Frauen und die Kinder unterhielten sich abseits. Nur Enoch blickte starr auf die beiden Männer und sein gelbes Gesicht mit dem struppigen Bartrand schien versteinert. Er grämte sich, daß man ihm nichts zu essen gab und weil alle seiner vergaßen wie eines abgebrauchten Hausrats. »Sie lauern auf meinen Tod,« dachte er, »aber ich werde noch lange nicht sterben.« Das Kätzchen miaute vor der Tür. Er hörte es nicht; in dunklen Bildern stieg Vergangenes herauf und mischte sich mit Bildern der Gegenwart.

»Ach ja, euern Agathon hab ich gesehen!« rief plötzlich Helene Rosenau. Und sie schilderte nun einen sonderbaren Auftritt, dessen Zeugin sie gewesen und der die Zuhörer mit stummer Erregung erfüllte. Da sie merkte, daß das Vorgefallene am Ende wichtiger war als sie geahnt, suchte sie durch theatralisches Gebaren ihr langes Schweigen vergessen zu machen.

Sürich Sperling war vor seinem Haus am Kirchenplatz gestanden und sein Gesicht war gerötet vom Feuer der Schmiede gegenüber. Da ging

Lämelchen Erdmann, ein kleines altes Jüdchen vorüber und sein Köpfchen wackelte betrübt hin und her. Sürich Sperling rief, es solle zu ihm kommen. Und als Lämelchen sich furchtsam aus dem Staube machen wollte, ging Sürich hin und zog es bei den Ohren zu seiner Treppe. Er stierte dem Kleinen lange in die Augen, und sein Mund begann zu lächeln. »Hin ist hin,« sagte er und machte mit dem Arm eine unbestimmte weite Gebärde. »Ich bin ein Mann, mit dem's die Welt verdorben hat. Wenn ich einen Juden seh', kocht mein Blut. Ich kann die Juden riechen, wie der Hund das Wild. Schmied komm mal rüber, leg' den Kerl da unter deinen Amboß.« Der Schmied trat ins Freie und nickte Sürich freundlich zu, der den Kopf des Lämelchen niederzog, daß das Männchen zu schreien anfing. Plötzlich trat Agathon Geyer aus dem Schatten des Brunnens, stürzte auf den Wirt zu und spie ihm ins Gesicht. Sürich Sperling ließ sein Opfer los, packte Agathon, nahm ihn wie ein Paket und verschwand mit ihm im Haus. Der Schmied lachte, die Mägde am Brunnen lachten; alle fanden den Sebalderwirt höchst spaßhaft.

Und war er denn nicht ein prächtiges Menschen-Exemplar? »Er ist ein Germane, das Urbild des Germanen,« sagte Professor Brünotte in Fürth, der Philologe. Sürich Sperling haßte die Juden unbeschreiblich; jede Gebärde, jede Stimme, jede Handlung eines Juden regte ihn auf wie 107 Wein. Es war unerhört und wunderlich; keines Menschen Erfahrung wies einen ähnlichen Fall auf. Er war ein Tier: wild, stolz, unbezähmbar, keinem Vernunftgrund der Welt zugänglich. Niemals hatte er vor einem Herrn den Nacken gebeugt; nie war er wie andere junge Leute seiner Abkunft Knecht gewesen. Es gab Leute, die sich fürchteten, wenn jemand von der Regierung ins Dorf kam; sie fürchteten ein Unglück für den Regierungsmann und für den Wirt. Denn Sürich Sperling verachtete den Adel, verachtete das Gesetz, verachtete den Pfaffen und verachtete die Obrigkeit. Er war ein Sohn der großen Natur rings umher, der großen Ebene, die sich riesenleibig dehnt. Doch war sein Gemüt kindlich, und er war leicht zu lenken. Oft war er rätselhaft in seinem Wesen, schrie und tobte und war innerlich traurig. Sein Vater soll ein Riese gewesen sein, und von seiner Mutter erzählte man sich seltsame Dinge wie von einer Messalina. Sürich Sperling paßte nicht in das enge Dorf. »Das Urbild des Germanen« fand hier kein Bett, worin es bequem ruhen konnte. 108

# Zweites Kapitel

Kaum hatte Helene Rosenau berichtet, was sie gesehen, als Elkan Geyer seinen Hut vom Nagel riß und hinausrannte. Die Kinder begriffen nicht, worum es sich handelte und blickten scheu und fragend umher. Isidor stand leise und verlegen trällernd am heißen Ofen und tippte mit den Fingern an die Kacheln. Der alte Enoch war still; sein Blick hatte sich umschleiert; es war, als ob die beängstigende Stimmung von ihm ausflösse.

Elkan eilte die Gasse hinunter. Am Brunnen standen noch immer schwatzende Jungfern. Das Wasser lief plätschernd in den Trog, und der dünne Strahl war blutrot im Widerschein des Schmiedefeuers. Sürich Sperling hockte vor seinem Haus auf den Steinfließen, hatte das Gesicht zwischen die Hände geklemmt und starrte unverwandt hinüber in die Esse, vor deren Glut die Gesellen schwarz hin- und hereilten. Elkan Geyer ging hin zu ihm und fragte: »Was haben Sie mit meinem Sohn gemacht? Reden Sie!« Sürich Sperling schwieg, er erhob nicht einmal die Augen. Elkan wiederholte seine Frage, aber der andere öffnete den Mund nicht, machte keine Bewegung, blieb starr wie im Schlaf. Sein Gesicht hatte den Ausdruck eines Menschen, der in tiefem Nachdenken begriffen ist oder eines Kranken, dem man den Tag seines Todes vorhergesagt hat. Was ist mit ihm vorgegangen? dachte Elkan und er wagte es, diesen Feind an der Schulter zu rütteln. Er hätte nicht den Mut dazu gehabt, wenn ihn nicht Furcht und Verzweiflung getrieben hätten. Da richtete sich Sürich Sperling auf und ging schweigend ins Haus. Elkan, der sich nicht getraute, ihm zu folgen, zitterte vor Besorgnis. Er ging hinüber zu den Mägden. Sie sagten, daß Agathon kurz zuvor Sürich Sperlings Haus verlassen hätte. Erleichterten Herzens aufseufzend, kehrte Elkan den finstern und schmutzigen Weg zurück.

Frau Jette kam ihm im Flur entgegen; ihre Augen fragten angstvoll, ihr Mund nicht. Die Rosenaus hatten sich mit Trostsprüchen entfernt; wenn es nicht mehr munter und witzig herging, wurde es ihnen unbehaglich. »Ist er nicht da?« stieß Elkan heftig hervor, indem er in die Stube trat und sich unruhig umsah. Niemand antwortete. Aber kaum hatte Frau Jette die Türe hinter sich geschlossen, als sie leise wieder aufging und Agathon hereintrat. Sofort gewahrten alle, daß in seinem Gesicht etwas war, das sie vorher nicht darin gesehen hatten. Er schlich mehr, als daß er ging, sagte weder guten Abend, noch sonst eine Silbe, setzte sich neben seine Schwester Mirjam, der er flüchtig schmeichelnd übers Haar strich, nahm einen der erkalteten Erdäpfel von der Platte, schälte ihn und begann zu essen. Aller Augen waren auf ihn gerichtet, aber er schien nichts davon zu bemerken. Mit bleiernem und glanzlosem Blick guckte er auf seinen Teller und aß anscheinend mit Ekel und Überwindung. An seinem Hals war eine blutige Schramme.

»Wo warst du?« fragte Elkan Geyer mit richterlicher Würde und trat an den Tisch. Seine Stimme bebte. Agathon sah seinen Vater ausdruckslos an und fuhr fort zu kauen. Frau Jette hatte sich, den Kopf auf den Arm gestützt, weit über den Tisch gelegt und sah ihren Sohn durchdringend an.

»Woher hast du die Schramme?« fragte Elkan Geyer weiter und stützte beide Fäuste auf den Tisch. Seine weichen, guten Augen begannen zu funkeln. Auch Enoch trat jetzt herzu, schob den Kopf Agathons mit der Hand so weit zurück, daß ihm das Gesicht aufwärts zugewandt war und blickte ihn finster an. Agathon schlug die Augen nieder. »Woher hast die Schramme?« brach Frau Jette mit ihrer kreischenden Stimme aus. – »Vom Baum,« murmelte Agathon. Elkan Geyer verfärbte sich und sprach plötzlich zum Erstaunen der andern von den Erfolgen seiner Fahrt nach Altenberg.

Agathon erhob sich und verließ das Zimmer. »Sag' mir um Gotteswillen, was der Junge hat!« klagte Frau Jette. Elkan stand am Fenster. Ihm war, als sähe er den Wasserspiegel in der Ferne oder spüre den feuchten Hauch der Flut. Sein Herz wurde eng.

Er folgte Agathon, denn der Gedanke an ihn bedrückte seine Sinne. Er öffnete eine Tür des finstern Flurs und kam in eine kalte, kahle Kammer, wo auf einem hochbeinigen Holztisch eine Kerze stand. Agathon war über ein dickes Buch gekrümmt, die Finger in den Haaren verwühlt. Es war das Neue Testament. Kaum hatte Elkan das Buch angesehen, als er es mit einer wütenden Bewegung packte, es unter den Armen Agathons hervorzerrte, die einzelnen Blätter zerfetzte und den Band in eine Ecke warf. »Das tust du! Das tust du mir!« flüsterte er atemlos.
Agathon schwieg, wandte die Augen nicht von denen seines Vaters und veränderte nicht seine kauernde Stellung. Elkan empfand plötzlich eine unerklärliche Furcht vor ihm, setzte sich auf den Bettrand und fragte schüchtern: »Was hat er mit dir gemacht der Sürich?«

Agathons Augen funkelten. Er schüttelte den Kopf und sah begierig in den schmalen Spiegel an der Wand, als ob er jede Veränderung seines Gesichts studiren wolle.

»Kannst du's nicht sagen? Deinem Vater?«

»Nein.«

»Ja, aber –!«

»Nein. Warum hast du denn das Buch zerrissen?«

»Weil es Sünde ist, es zu lesen, Sünde gegen den Gott Israels. Woher hast dus?«

»Sünde? Was Millionen gläubig wissen, kann doch nicht für irgend einen Sünde sein. Du sagst, Israel ist Gottes Lieblingsvolk? Er beschützt es vor allen andern?«

»Ja.«

»Das ist Unsinn und Lüge.«

»Agathon!«

»Ja! Alle Völker hassen uns und ich glaube, Gott haßt uns ebenfalls.«

»Was für Reden!«

»Wir haben Jesus gekreuzigt und –«

»Wir –! nicht wir Agathon.«

»– aber wenn wir es nicht getan hätten, wäre er nicht Jesus Christus. Sie haben uns also Jesus Christus zu verdanken.«

»Natürlich.«

»Trotzdem fluchen sie uns,« fuhr Agathon fort, »und wir haben kein Vaterland.«

»Warum nicht? Hier ist unser Vaterland! Deutschland! Uns beschützt der Kaiser und das Gesetz.«

»Kaiser und Gesetz sind nicht Deutschland, Vater. Und wo man beschützt werden muß, ist man nicht daheim.«

»Du bist ein Klügler. Das Leben ist einfacher, als die Klugheit eines Knaben.«

»Ich bin kein Knabe mehr, Vater. Wenn uns das Volk lieb hätte, wären wir nicht so wie wir sind. Wir sind Unebenbürtige in diesem Land und wir sind doch mehr als sie, stärker als sie!« Wieder funkelten seine Augen und es lief ein Zittern durch seinen Körper; er stand da, sein schmales Gesicht war verzerrt, seine Hände waren ineinander gekrampft, und er stieß einen Laut des Grauens aus. Elkan blickte verstört umher, aber er gewahrte nichts. Er packte Agathon bei den Armen, schüttelte ihn und begegnete seinem ausdruckslosen, starrenden Blick.

Die Türe knarrte, und Frau Jette kam herein. Sie sagte, ein armer Gast sei gekommen und wolle für die Nacht Unterkunft. Fast willenlos verließ Elkan das Zimmer. Als er wieder den Flur entlang schritt, überfiel ihn beklemmend das Gefühl seiner Not. Morgen würde ihn Sürich Sperling pfänden lassen, und selbst die kleine Krämerei, die den Bedarf für den Tag deckte, würde verloren gehen. Hätte er nur seiner Kinder Geld bei Löwengard bekommen können! Er überlegte, wie er dies anstellen könne.

113

Der Fremde stand im Zimmer und murmelte Gebete; seine Augen flogen gierig über die schmutzigen Blätter des Buches und sein Gesicht hatte einen übertrieben-inbrünstigen Ausdruck. Als er fertig war, wurden seine Mienen finster und feindselig; er beantwortete alle Fragen so kurz als möglich, schaute keinem ins Gesicht und als die Magd mit den aufgewärmten Kartoffeln kam, wandte er sich ab und bedeckte das Gesicht mit den Händen, um nicht durch den Anblick einer Christin verunreinigt zu werden. Sein Hut, den er während des Essens aufbehielt, war alt und zerlöchert.

Alle gingen zur Ruhe, auch der Fremde, der in der oberen Kammer am Giebel eine Bettstätte bekam. Immer klang es wie Wasserrauschen und Wellengeplätscher herein ins Dorf; Regen strömte herab, dann war es wieder still, dann kam ein summender Wind, dann trat wieder der Mond aus den Wolken, und seine Strahlen legten sich scheu auf die Dächer. Frau Jette sagte am Morgen, sie habe zweimal die Haustüre gehört, aber alle lachten sie aus. Frisches, warmes Brot stand auf dem Tisch und Kaffeedampf erfüllte die Stube. Die Männer kamen mit ihren Gebetsriemen, um das Morgengebet zu verrichten, denn sie konnten nicht zur Synagoge gehen, weil der alte Vorbeter durch Zwistigkeiten, wie sie stets unter den Juden des Dorfes herrschten, daran verhindert wurde, sein Amt auszuüben.

114

Agathon rüstete sich zum Aufbruch; er mußte um acht Uhr zum Schulbeginn in Fürth sein, und es war eine Stunde Wegs, die er täglich zweimal zurücklegen mußte. Mittags hatte er Freitische bei reichen Juden in der Stadt. Er steckte die Bücher in seinen Träger und schien dabei weniger entschlossen und überlegt als sonst. Oft besann er sich lange, drückte die Augen zusammen, schaute fremd auf die Geschwister und die Mutter. Elkan Geyer war schon aufgebrochen; er ging über Land, wie er sagte wegen der Geschäfte, in Wahrheit aus Angst vor Sürich Sperling.

Während Frau Jette einen Scherz erzählte und Enoch mit großem Geräusch Kaffee schlürfte, erschallte auf der Straße ein gellender, durchdringender Schrei, wie wenn einer, die Finger zwischen den Zähnen, in der Art des Metzgerpfiffs aus aller Kraft pfiffe. Dann lief der Bauer Jochen Wässerlein vorbei und überstürzte sich fast vor Eile. Dann kam Pavlowsky, der Gendarm; er lief zwar nicht, aber er ging so schnell, wie noch niemand im Dorf ihn hatte gehen sehen. Sein Körper wurde bei jedem Schritt förmlich durchschüttelt. Agathon stand mitten im Zimmer, weiß wie ein Hemd, und ein irrsinniges oder triumphierendes Lächeln spielte um seine Lippen. Frau Jette hatte das Fenster aufgerissen und sich weit hinausgebeugt; sie sah am Kirchenplatz viele Menschen stehen; auch vor Martin Ambrunns Wirtschaft standen Leute.

Die Magd Kathrin stürzte herein. Der Ausdruck ihres Gesichts war nicht mehr Schrecken zu nennen; es war ein Krampf. Sie ließ die Unter-
115 kiefer herabhängen, daß der Mund weit offen stand und machte bloß Versuche, den Arm zu heben. »Was ist geschehen?« fragte Frau Jette mit starrendem Herzen. Kathrin brachte kein Wort hervor. Alle umstanden sie und endlich flüsterte das Mädchen: »Der Sebalderwirt ist tot; sie hab'n ihn umgebracht, heißt's.« Alle schwiegen. Joelsohn und Enoch Pohl murmelten ein Gebet. Die Kinder eilten auf die Straße und standen vor der Tür furchtsam still.

Auf Agathons Antlitz malte sich von neuem jenes irre und frohlocken-de Lächeln und auch er legte wie die beiden Alten betend die Hände aneinander, doch was ihn erfüllte, war nicht Andacht, sondern unendliche Lust und grenzenlos-glückselige Genugtuung.

»Dank, Dank, Dank,« flüsterten seine Lippen, als er den Weg nach der Stadt antrat und er schritt dahin wie beflügelt.

Er verfolgte zuerst den aufsteigenden Weg nach der Veste, und von dort aus ging er den Kamm der Hügel entlang über Dambach und die äußere Schlachthausbrücke. Er wanderte im Halbkreis um das überflutete Gelände; überall rauschte und brandete das Wasser, und wenn sich die Morgennebel hoben, entstanden phantastische Städtebilder. Am Schlachthaus war der Anprall des Wassers gewaltig; das Gerassel der Wagen auf der Brücke wurde verschlungen vom Dröhnen der Brandung.

Hier traf Agathon seit den acht Tagen, da er diesen Weg gehen mußte, jedesmal um dieselbe Zeit und an derselben Stelle eine Frau, die leise murmelnd daher kam, eigentlich mehr kroch, als ging. Erst hatte
116 sie Agathon wenig beachtet, dann war sie ihm aufgefallen durch den

hartnäckigen, bösen und trotzigen Ausdruck, mit dem sie ihren Korb schleppte. Dann begann er sie aus einem geheimnisvollen Grund zu hassen; wenn sie seinen Weg kreuzte, funkelten seine Augen; als er ihr einmal ausweichen wollte, begann sein Herz zu klopfen und trieb ihn ihr entgegen und dann war ihm, als müsse alles, was er an diesem Tag unternahm, zerbrechen und fehlschlagen.

Heute kam sie nicht. Er blieb am Brückenpfeiler stehen und sah sich um. Sie kam nicht. Er selbst, der den ganzen Weg wie im Traum zurückgelegt, begann dadurch gleichsam aufzuwachen und er fuhr mit der Hand über die Augen. Sein Blick ging forschend durch die aufsteigenden Gassen des Uferviertels.

Sonst wenig geneigt zu Gesprächen redete er am Obstmarkt einen Schulkameraden an, einen kleinen, unbeholfenen Jungen, der sehr jüdisch aussah. Die beiden gingen eine zeitlang wortlos, endlich sagte der Kleine, gedrückt von dem schweigenden Wesen Agathons: »Wie sonderbar es hier riecht?«

»Nach Kohl,« entgegnete Agathon sarkastisch.

»Au!« schrie der Kleine enthusiastisch. Er war wie erlöst durch diesen anscheinenden Witz. »Hast du die salischen Kaiser gelernt?« fragte er dann.

»Ich lerne nicht. Ich kann nicht lernen,« murmelte Agathon. »Ich kann nicht Zahlen einpauken und Namen und Regeln, was weiß ich. Das quält mich. Wenn Bojesen nicht wäre, ich könnte nichts arbeiten, nichts denken in all den Stunden. Das ist alles tot.«

117

Der Kleine schien sehr erstaunt und betreten. Agathon wurde immer bleicher, je näher sie dem Schulhaus kamen. In allen Gassen wurden die Läden geöffnet und die Kaufleute und Gehilfen, meist Juden, standen frisiert und frisch gewaschen vor den Türen und Auslagefenstern, die Hände tief in die Hosentaschen vergraben.

Schon von weitem sah man die Schar der Schüler vor dem Schulgebäude. Viele standen um eine Litfaßsäule, wo eine Göttin der Vernunft auf einem grünen Plakat ein gelbes Stück Seife emporhielt als wäre es eine Brandfackel. Die Schüler machten ihre unangenehmen Zoten über die Nacktheit der Seifengöttin. Kaum waren Agathon und sein Begleiter, der jetzt seinerseits in Schweigen versunken war und nur bisweilen einen schelen Seitenblick auf den Mitschüler warf, hinzugekommen, als eine Anzahl von Agathons Klassenkameraden auf ihn zustürzte, ihn an Schultern und Armen packte und in ihn hineinschrien: es sei doch einer ermordet worden in Zirndorf, ob er ihn gesehen habe, er solle erzählen, wie es zugegangen sei und so weiter. Die Schüler der unteren Klassen machten respektvoll Platz und begnügten sich damit, am Rande des Kreises ihre Ohren zu spitzen, um etwas zu erlauschen. Agathon sah sich dicht umstellt, und der Kleine schaute in naiver Furcht zu ihm auf und sagte: »Warum hast du das mir nicht gesagt?«

Herr Pedell Dunkelschott erschien pustend auf der Schwelle des Schulhauses, und die Schar strömte laut lärmend in die hallenden Korridore. Agathon saß bald auf dem kleinen Klappstuhl, steif und still – und hörte nichts von dem Toben um sich. Ein süßes Wohlbehagen kam über ihn; der Ofen summte an seiner Seite, und draußen lag durchsichtig der lichte Herbstnebel. Er sah die Landkarten und es öffneten sich die fernen Länder, den Globus und er fühlte sich weit über der Erde. Er fühlte sich edler und älter, wie ein Mensch, der seine schlummernden Leidenschaften kennen gelernt hat.

Der Unterricht begann. Professor Schachno spazierte mit seinen kurzen Beinchen geziert umher und schien bisweilen im Gehen zu schlummern oder er summte behäbig eine stille Weise vor sich, gleichsam einen Hymnus an jene sanfte Milde, mit der er die Welt betrachtete. Seine Haupttätigkeit bestand im Zudiktieren von Strafarbeiten, welche ihm das Ideal der Pädagogik zu sein schienen. Ein vergessenes Heft, ein schlecht gelernter Vers, ein Tintenfleck, ein unzeitgemäßes Lachen, ein unanständiges Rülpsen, das alles waren Fehler, einzig und allein ausrottbar durch das Universal Strafarbeit. Er dozierte deutsche Literatur und sprach über Goethe so, als ob Goethe froh sein müßte, einen Schachno als Nachgeborenen gefunden zu haben. Er summte gerade wieder und schlummerte zugleich ein wenig, als sich Agathon Geyer schwankend erhob und mit erloschenem Blick vor sich hindeutete. In seinem Gesicht lag ein tierisches Entsetzen. Die Schüler erhoben sich bang und flüsternd. Agathon stürzte zum Podium, fiel in die Knie, machte eine Armbewegung, als ob er die Füße eines Menschen umklammerte und sah mit brechenden Augen hinauf in das Gesicht dieser unsichtbaren Gestalt, Sürich Sperlings.

# Drittes Kapitel

Niemals sinkt der Abend so still herab, als wenn die Kirchenglocken läuten; Nebel fällt wie ein Gespinst über die Dächer, gleitet an den Häuserwänden herab, umhüllt flatternd die Laternen, liegt unbeweglich still in den Gärten und gibt ihnen das Ansehen eines Sees. Die Schritte scheinen leiser zu werden wie auf Teppichen.

Agathon stand auf dem nassen Pflaster und schaute in eine glänzend erleuchtete Etage hinauf. Er dachte etwas verwundert nach über die Pracht und den Reichtum dieses Judenhauses, ging dann weiter und begegnete den Juden, die, aus dem Abendgottesdienst kommend, laut feilschten und handelten. Als er sie sah, fühlte Agathon, daß die Judenreligion etwas Totes sei, etwas nicht mehr zu Erweckendes, Steinernes, Gespensterhaftes. Er wandte seine Augen ab von den häßlichen Gesichtern voll Schachereifers und Glaubensheuchelei.

Die Kirchweihbuden füllten die Königstraße bis zur protestantischen Kirche hinauf. Die Ausrufer der Schaubuden schrien sich heiser und verdrehten den Körper, als ob sie Leibschmerzen hätten; mit gesträubten Haaren schrien sie die Vorzüge ihrer Sehenswürdigkeiten aus. Wirr und schrill klangen die Orgeln, Pfeifen und Trompeten und das Gebrüll der Tiere drang aus der Menagerie. Trompeten, Pfeifen und Ratschen erschallten, ein wüstes Summen, Surren und Johlen. Kinder mit vor Neugier bleichen Gesichtern machten sich keuchend Bahn. In den Wirtschaften 120 gröhlten die Zecher. Aus den engen Gäßchen zog der übelriechende Rauch der Heringsbratereien. An der Glückshalle stand Kopf an Kopf eine bewegungslose Menge. Daneben lief ein großes Karussel auf Schienen; es wurde durch einen sinnreichen Mechanismus in rasende Schnelligkeit versetzt. Man sah dann nur schattenhafte Gestalten, verzerrte Gesichter und bacchantische Schreie. Unter den Leinwanddecken des Zeltes brannten Pechfackeln; es sah aus wie ein ungeheures, von schwarzem, schwälendem Rauch durchzogenes Feuerloch.

Agathon schob sich durch die Massen, während seine Seele warm und gerührt wurde. Ein beglücktes Heimatsgefühl erfaßte ihn; er hatte freudige Augen für das, was rings geschah und sah die vielen Gegenstände, die allenthalben zur Schau geboten wurden, mit zärtlichen Blicken an. Er blieb vor dem Kasperltheater stehen und schaute zu; ein alter Arbeiter mit grauem Lockenhaar stand neben ihm und wollte schier sterben vor

Lachen. Die Kirchenglocke begann wieder zu läuten. Bestürzt blickte Agathon am Turm empor.

Der Ausrufer des Wachsfigurenkabinetts strengte sich mehr an, als seine Kameraden. »Hier kann man sehen die Passion Christi, unseres Heilands, in siebzehn Stationen, – großartig, meine Damen und Herren, großartig!« schrie er, heiser vor Begeisterung.

Wie von einer Faust gestoßen, bestieg Agathon das Podium, zahlte zwanzig Pfennige, das einzige Geldstück, das er besaß, und verschwand hastig hinter dem braunen Vorhang.

Tiefaufatmend stand er in der dumpfen Luft des Innenraumes. Nur eine Bauernfamilie ging mit scheuen Schritten umher. Gegen eine scharlachrote Wand hoben sich die Gruppen der Leidensstationen ab. Das gleichmäßige und beruhigende Licht milderte das Starre der Wachsgebilde. Es war etwas Erhabenes und Heiliges über den Gestalten, ferne Zeiten stiegen langsam herauf, und es war, als ob die Schicksalsgöttin selbst träumend die Augen aufschlüge. Das ist also der Heiland, dachte Agathon befremdet, als er vor dem Bild der Kreuzabnahme stand. Er preßte die Hände zusammen und dachte nach. Freunde und Eltern kamen wie eine Reihe vorbereiteter Wandelfiguren an ihm vorbei und die toten Gebilde vor ihm wurden mitlebendig. Er lächelte traurig und begriff, daß er um etwas betrogen worden war, ohne daß er es hatte hindern können.

Draußen war der Nebel dichter geworden. Agathon ließ sich stoßen und schieben, bis er in dunkle, unbelebte Gassen kam. Er ging eiliger und seine Gedanken wurden quälender. Unversehens stand er vor der Claußschule, wo sich nur die frömmsten der Juden zum Abendgebet versammelten. Ein Lächeln, dessen Bedeutung er selbst nicht begriff, glitt über seine Züge, und er trat in das düstere und niedrige Gemach. Der Vorbeter an seinem kleinen Pult lallte mit zitterigem Stimmchen das Schlußgebet. Nachdenklich blickte Agathon in die verbissenen, steinernen Gesichter, die voll waren von einer jahrhundertalten Grausamkeit, voll Haß, Erbitterung und zelotischem Glaubenseifer. Zum erstenmal in seinem Leben wurde ihm klar, daß Jude sein eine Ausnahme sein heiße; zum erstenmal hörte er die hebräischen Formeln mit Unsicherheit und Groll und er glaubte sich in einer verderblichen Abgeschiedenheit, wo Verschwörungen gestiftet werden.

Als er auf die Straße trat, prallte er erschrocken zurück. Jener städtisch gekleidete Mensch, der in Sürich Sperlings Boot gesessen war, stand dicht vor ihm und schaute angestrengt gegen ein erleuchtetes Fenster hinauf. Die Gasse war sehr eng, daher mußte er den Kopf weit zurückbiegen. Indem er noch seitwärts gegen die Mauer schritt, stieß er plötzlich an den regungslos dastehenden Agathon, bat um Verzeihung und griff geschmeidig an den Hutrand.

»Ach, Sie sind der junge Mann von gestern,« sagte er überrascht. »Sind Sie nicht gestern bei der Kahnpartie –« Er schmunzelte und die schwarzen Augen hinter den Gläsern leuchteten flüchtig, fast drohend auf. »Haben Sie vielleicht ein Streichholz bei sich?«

In diesem Augenblick kam ein Arbeiter mit brennender Zigarre aus dem Tor. Der Schwarzbärtige bat ihn mit etwas übertriebener Höflichkeit um Feuer, dann ging er an Agathons Seite weiter. »Was meinen Sie denn zu der geheimnisvollen Geschichte da mit dem Mord?« sagte er, den Rauch mit geblähten Nasenflügeln in die nebelerfüllte Luft blasend.

»Ich weiß nicht.«

»Es interessiert Sie wohl gar nicht? Im übrigen, es ist ganz und gar Legende. Es ist durch nichts erwiesen, daß ein Mord vorliegt. Die Gerichtskommission hat alle Türen, alle Fenster versperrt und keinerlei Verdachtsmerkmale gefunden. Das einzige, was zu denken gab, war ein unerklärlicher roter Fleck auf der Brust des Leichnams und dann der jähe Tod selbst.«

»Ein roter Fleck?« hauchte Agathon; sein Hals schnürte sich wie unter einer Faust zusammen.

»Ja, aber lassen wir das. Ich liebe nicht derlei krasse Furchtbarkeiten. Wohin gehen Sie?«

»Zu Löwengards.«

»Baron Löwengard? Was wollen Sie denn dort?«

»Ich esse dort zu abend,« erwiderte Agathon. »Dienstag und Freitag übernacht' ich auch dort, weil Mittwoch und Samstag die Schule schon um sieben beginnt.«

»Die Genauigkeit Ihrer Auskunft läßt nichts zu wünschen übrig. Das alles dürfen Sie? Sogar übernachten? Sagen Sie mal, – Ihre Eltern sind wohl sehr arm?«

»Ja.«

»Wie alt sind Sie denn? Achtzehn?«

»Siebzehn.«

»Na, um so besser. So kennen wir uns also. Ich heiße Gudstikker. Rufname: Stefan. Geboren zwölften Mai achtzehnhundertsechzig. Verrichtung unbekannt. Aber nun erzählen Sie einmal, was hat eigentlich Sürich Sperling gestern mit Ihnen angestellt? Er nahm Sie unter den Arm und ging mit Ihnen ins Haus. Sie rührten sich nicht. Andere hätten gezappelt wie ein Fisch, aber Sie waren bloß stumm wie ein Fisch. Ich habe alles gesehen vom oberen Stock. Ich wohnte ja im Sebalderhaus.«

Agathon blieb stehen und lehnte sich schweigend an einen Laternenpfahl.

»Reden Sie doch,« fuhr Gudstikker fort und stellte den Kragen seines Mantels in die Höhe. »Ich kenne den Sürich Sperling schon lange. Er war kein gewöhnliches Exemplar der Spezies Mensch. Er konnte lumpen durch sieben Nächte, ohne Schlaf zu suchen. Wenn er müde wurde, setzte er sich in einen Stuhl, schloß für zwanzig Minuten die Augen und wußte von sich und der Welt nichts mehr. Erhob er sich wieder, so war er frisch wie vor den sieben Tagen. Einmal, als er melancholisch war, ging er auf den Speicher und zertrümmerte mit der nackten Faust Kisten und Kasten und Bretter. Seinen Hund schlug er halbtot, wenn er unfolgsam war, und danach konnte er sich hinsetzen und heulen wie ein kleines Mädchen. Bis vor sechs Jahren hatte er überhaupt keine Frau berührt und als er die erste nahm, wäre das arme Weib ihm fast in den Armen gestorben. Das war ein Mensch!«

Es entstand ein langes Schweigen. Agathon wurde durch das ganze Wesen Gudstikkers verwundet. Seine Geschwätzigkeit beunruhigte und jede Geste erschreckte ihn.

»Wie heißen Sie denn eigentlich?« fragte Gudstikker.

»Agathon. Agathon Geyer.«

»A – ga – thon –?«

»Ja.«

»Seltsam. Wie kommen Sie zu dem Namen. Agathon … So hieß mein Vater.« Wieder eine Pause. Dann wurde Gudstikkers Stimme gütig. »Sie gefallen mir,« sagte er. »Ich weiß kaum warum, aber vielleicht steckt etwas in Ihnen, was mir imponiert. Bei euch Juden gibt es manchmal Individuen von wunderlicher Kraft. Besonders in Ihrem Alter. Daran mag es liegen. Wenn sie so jung sind, ist ihre Seele von unbeschmutztem Feuer erfüllt. Sie sind starke Träumer, möchten die Welt aus den Angeln heben und wissen doch nichts von der Welt. Wenn sie es nur wüßten! Gehen Sie hin, Agathon, wecken Sie Ihr Volk auf. Sagen Sie, wach auf mein Volk, wie der Prophet in der Wüste. Na gleichviel, was scheren mich denn die Propheten. Glauben Sie, daß es heut Nacht regnen wird?«

»Ich weiß nicht. Vielleicht. Vielleicht schneit es. Vielleicht auch nicht.«

»Ah, Sie sind boshaft. Na gleichviel. Ich muß Ihnen sagen, es ist nicht Neugierde, wenn ich Sie vorhin fragte, was Sürich Sperling mit Ihnen gemacht hat. Auch nicht Teilnahme. Nun, werden Sie nur nicht wieder ungeduldig. Stellen Sie sich die ganze Situation vor. Später kommt Sürich in mein Zimmer, bleich, erregt, und redet von gleichgültigen Sachen. Er spricht von der Ziegelei, die der Vater meiner Braut jetzt gekauft, und plötzlich legt er sich auf mein Bett und verstummt.«

»Verstummt?« fragte Agathon mechanisch.

»Verstummt. Nach fünf Minuten stand er auf, ging vors Haus und dort saß er dann wieder zwei geschlagene Stunden, ohne sich zu rühren. Um neun Uhr ging der Schmied heim und rief ihn an. Wer aber nicht antwortete, war Sürich. Und wer um zehn Uhr in sein Zimmer stolperte, ohne sich um die Wirtschaft zu kümmern, war Sürich. Nun, am Morgen war er tot. Es wäre immerhin interessant, die Ursache zu erfahren. Vielleicht hat er selbst – nun, nun, was gibt's?«

Agathon hatte mit den Händen Gudstikkers Arm umklammert und schwankte, als ob er zu Boden sinken wolle. Gudstikker schüttelte den Kopf und warf den Zigarettenstumpf weit über die Gasse. Agathon blickte ihn gespannt an beim matten Schein des Straßenlichts, als ob er sein Gesicht nie wieder vergessen wollte und ging dann weg, ohne ein Wort zu sagen, dem Löwengardschen Palast an der nächsten Ecke zu. Scheu betrat er das breite, lichtgebadete, mit Teppichen belegte Vestibül. Der Plafond und die Wände waren von Künstlerhand mit Darstellungen aus der antiken Mythologie geschmückt. Vor ihm stand wie eine lebende Gestalt Kassandra, den Arm gegen das brennende Troja erhoben. Sie war fast nackt, die Brüste waren geschwellt von Haß. Stets mußte Agathon die Augen vor dem Bild niederschlagen. Die dem Juden angeborene Scham vor dem Nackten ging bei ihm bis zu physischem Schmerz. Auch wurden seine Sinne erregt, wenn er in der Nacht sich des Bildes erinnerte.

Stefan Gudstikker wandte sich gegen den Lilienplatz, lauschte mit ge-senktem Kopf auf das Stimmengewirr aus den Gasthäusern, das mit dem Wimmern der Geigen und dem Fistelgesang der Harfendamen vermischt war. Schweigend zogen Musikanten an ihm vorbei und der Älteste zählte die Tageseinnahme. Gudstikker sah das alles mit den Augen des Beobachters, der sich freut, daß ihm nichts von den kleinsten Dingen des Lebens entgeht und den die Gewohnheit des Scharfsehens dazu verführt hat, den vielgestaltigen Bau der Welt mit Sprüchen der Weisheit zu beleuchten.

Der kalte Glanz des Mondes brach hervor. Gudstikker ging am Rand der Anlage auf und ab und spähte gegen die Straßenflüchte. Die Turmuhren schlugen acht, kreischend fielen die Rolläden herab, die kleinen Ladnerinnen eilten von dannen, und die Kontoristen drehten die gesunkenen Schnurrbartspitzen wieder empor.

Endlich kam Käthe Estrich. Mit schwachem Lächeln hing sie sich an den Arm ihres Verlobten. »Ich mußte mich fortstehlen,« sagte sie, »der Vater hat geschimpft über dich. Er nannte dich Müßiggänger. Sie plagen mich mit dir und quälen mich. Bist du bös? Nicht bös sein! Ich hab' ja nur dich, nur dich allein.«

»Ich bin nicht bös, aber du darfst nicht so dumm reden. Wie geht's dir?«

»Schlecht.«

»Warst du beim Arzt?«

»Nein.«

»Nein! – Wenn dein Herr Vater sich besser um dich gekümmert hätte, das wäre eine größere Heldentat, als meine Lebensführung zu kritisieren.«

»Ach, Stefan, ich möchte sterben, – mit dir.«

»Sterben! ja, wenn sonst nichts wäre, als sterben. Das bleibt einem jeden. Es ist das Sicherste und soll das letzte sein.«

»Du bist so kalt!« flüsterte Käthe und schauerte zusammen, als ob diese Kälte sie frösteln mache. »Ich muß wieder heim,« fuhr sie mit derselben leisen Stimme fort; »ich wollte dich nur sehen.« Gudstikker mußte sie fast tragen. Als sie am Ziel waren, küßte er sie flüchtig auf die Wange und ging.

Unter dem Portal des jüdischen Waisenhauses, wo er vorbeikam, stand ein Knabe und blickte mit ängstlichen Augen in das erleuchtete Treppenhaus. »Wie heißt du?« fragte Gudstikker und beugte sich herab zu dem Kind, das seine Finger in den Mund steckte und verlegen zu Boden sah. »Wie heißt du?« wiederholte er streng.

»Weiß nicht.«

»Wem gehörst du denn?«

»Weiß nicht.«

»Wo ist denn deine Mutter?«

»Tot.«

»Und dein Vater?«

»Auch tot,« sagte der Knabe, drückte sich scheu an ihn und fragte bang: »Bist du der Herr Jesus?«

Da erschallte ein herzzerreißendes Schreien im Innern des Waisenhauses. »Hörst? Hörst?« machte der Knabe und, begann leise zu schluchzen.

Gudstikker nahm das Kind bei der Hand und stieg mit ihm die Treppen hinan.

129

## Viertes Kapitel

Agathon ging in die Küche und aß, was man ihm an Überbleibseln und für die Tafel Unbrauchbarem gab. Dann stieg er in die Bodenkammer, wo er die Nacht verbringen durfte. Von unten klang Musik herauf, Gläserklingen, dumpfe Rufe der Fröhlichkeit, das Schlürfen des Tanzschrittes und das wogende Murmeln der Gespräche.

Er wälzte sich lange Zeit schlaflos und ein bitteres Gefühl erfüllte sein Herz, daß er im Haus des reichen Verwandten auf Stroh unter dem Dach schlafen mußte; denn daß der Baron ein Vetter seiner Mutter war, hatte er Stefan Gudstikker stolz verschwiegen. Sein geschärftes Ohr vernahm durchdringender den Lärm des Festes und es war, als ob ihn eine Stimme riefe. Dunkle Sehnsucht ließ ihn zittern vor Ungeduld; er sprang aus dem Bett, warf sich wieder in die Kleider und, die Augen noch umschleiert von der Finsternis, stieg er die Treppe hinab mit dem Bewußtsein einer Schuld. Es war ihm gleich, wohin er kam; er öffnete im zweiten Stock eine Tür (deutlicher hörte er Musik und Tanz von unten) und befand sich in einem großen Salon, der noch warm war von erloschenem Kaminfeuer. Er lächelte, die Musik unter ihm ließ die Dunkelheit rings gleichsam erbeben.

Da hörte er vom Nebenzimmer ein Geräusch, wie wenn jemand weint und will es nicht hören lassen. Agathon ging hin, öffnete die Tür und stand nun verlegen und bestürzt vor seiner Base, zu deren Verlobung das prunkvolle Fest im Hause gefeiert wurde. Sie saß vor einer Kerze und schluchzte in ihr Taschentuch.

130

Jeanette blickte auf, und vor Erstaunen brachte sie kein Wort hervor. Endlich fragte sie heiser, was er hier zu suchen habe.

Agathon zuckte die Achseln. »Nichts,« antwortete er. »Ich habe dich weinen hören.«

»Von oben? Von deiner Kammer?«

Agathon wurde bleich und ließ den Blick verächtlich durch den geschmückten Raum schweifen. »Nein,« sagte er, »nicht von meiner Kammer«.

»Nun?«

Agathon schwieg. Die großen, von Tränen nassen Augen des Mädchens erweckten ein Gefühl von Niedrigkeit in ihm. Jeanette nahm ihn bei der Hand. »Nun gestehe. Weshalb bist du gekommen? Hast du Hunger? Dann soll man dir geben, was du willst. Auch Wein sollst du haben. Ich will es dem Diener sagen. Oder willst du Geld? Hier ist meine Börse.« Sie lächelte bitter und wollte aufstehen. Doch Agathon nahm ihre Hand und drückte sie mit großer Kraft so fest zusammen, daß das Mädchen ihn mit einem überraschten Ausdruck des Schmerzes ansah. »Ich bin nicht, was du meinst,« sagte Agathon.

»So?« Ein unsicherer Spott trat auf Jeanettens Gesicht.

»Ich bin nicht hungrig,« sagte Agathon leise. »Ich brauche auch kein Geld. Also nimm dein Geld hier weg, sonst muß ich es zum Fenster hinauswerfen.«

Jeanette sah lange in Agathons erregtes Gesicht, dann faßte sie ihn plötzlich an beiden Händen, zog ihn zu sich und sagte herzlich: »Nun sprich!«

Agathon schüttelte den Kopf. »Ich glaubte, du hast etwas zu sagen. Ich habe ja nicht geweint. Freilich, woher sollst du Vertrauen zu einem so schlecht gekleideten Menschen haben.« Er lächelte wieder, wandte das Gesicht ab und starrte ins Dunkle. Die Wände schienen sich aufzutun vor seinen Blicken, und aus zahllosen Augen schauten ihn die Sorgen an, unter denen die Menschen Schätze zusammentragen, um sie wieder von Sorgen bewachen zu lassen.

»Agathon!« flüsterte Jeanette. Sie ließ seine Hand nicht mehr los, und er fühlte, wie heiß ihre Hand war. »Ich habe dich stets übersehen wie einen Schatten. Du hast dich auch so schmal gemacht wie ein Schatten, du wunderlicher Agathon.«

Agathon antwortete nicht.

»Sprich, Agathon, hast du schon viel Böses getan? Warum zitterst du? was ist dir?«

»Böses, fragst du? Was ich getan, war nicht böse. Es war auch nicht gut. Es wäre schlechter gewesen, wenn ich einem Vogel die Flügel genommen hätte. Oder kann es böse sein, wenn es dich erhebt, glücklich macht? Oder gut, wenn es das ganze finstere Leben erkennen läßt und was man versäumt hat und was andere versäumt haben –?«

Jeanette, tief erregt durch das Wesen des jungen Menschen, flüsterte stockend: »Setz dich zu mir. So. Und nun hör mich an. Sieh, ich soll einen Menschen heiraten, den ich noch nicht zweimal im Leben gesehen 132 habe. Er ist nicht jung, er ist nicht alt, er ist nicht edel, er ist nicht gemein, ich kenne ihn nicht, ich weiß nichts von ihm, aber ich soll ihn heiraten, der Geschäftsverbindung wegen. Ich werde verkauft und soll mich ruhig verkaufen lassen in das Bett eines Schweins. Erröte nicht, Agathon, jetzt ist nicht die Stunde zum Erröten; bei uns werden alle Mädchen verschachert wie Häuser und Grundstücke, aber du wirst doch zugeben, daß man bisweilen auch aus andern Gründen heiraten kann. Wie? Aus Liebe zum Beispiel, wie?«

»Aus Liebe, ja,« wiederholte Agathon und zuckte zusammen.

»Sieh her, sieh her,« sagte das Mädchen und ihre roten Haare fielen wild in die Stirn, und sie zog Agathon dichter neben sich. »Hab ich nicht die feinste Haut, die du dir denken kannst? Rühr mich nur an! hab ich nicht einen weichen Mund? siehst du, ich küsse dich damit, und liebe ich nicht alles, was schön ist, zum Beispiel deine Augen? Und wenn du mich liebst, siehst du, dann ist es dir gleich, ob ich in Gold und Ehren lebe oder ob ich verstoßen und verachtet bin, ein Frauenzimmer der Gasse, es ist dir gleich, du nimmst mich, wenn du mich liebst, verstehst du? Ja, du freust dich sogar, wenn du zeigen kannst, wie hoch der Preis ist, den du für mich zahlst. Und doch gibt es einen Mann, an den ich geglaubt hatte, und der anders gehandelt hat, einzig und allein deswegen, weil er leiden wollte um mich, weil er mich mehr zu lieben wähnt, wenn er mich entbehren muß. Ist das nicht närrisch? Ich sitze da mit meinem 133 Herzen voll Leben, daß es nur so brennt und soll das Schwein heiraten, und ich habe Ja gesagt aus Rache gegen den Leidenssüchtigen, der mich liebt und verschmäht, den ich lieben und verachten muß.«

Agathon starrte fassungslos in diese zigeunerhaften, leidenschaftlichen Züge. Jeanette sprang auf und rief: »Du mußt mit mir kommen! Du mußt sie sehen, die da drunten. Kannst du tanzen? Gut, wir wollen ihnen Schrecken einjagen, indem wir tanzen.« Sie nahm Agathon bei der Hand und zog den Erstaunten und Willenlosen, der nicht begriff, was mit ihm vorging, durch das dunkle Zimmer zur Treppe, über die Stufen hinab, bis sie mit ihm unter der Saaltür stand, die der Diener mit einem Gemisch von Respekt und Verdutztheit eifrig aufstieß. Mit blitzenden Augen sah Jeanette in das bunte Treiben der Gäste. Nicht einmal die Haare hatte sie geordnet.

Der Baron kam rasch und fragte mit einem finstern Blick auf Agathon, wo sie so lange bleibe und was der Unfug bedeute. Herren und Damen standen alsbald lauernd im Halbkreis um das junge Mädchen. Es war eine ziemlich ungemischte Gesellschaft: jüdische Kaufleute, Journalisten, Ärzte und Advokaten. Alle Gesichter verrieten Intelligenz, aber nur jene Intelligenz des Augenblicks, die von den verborgenen Werten der Dinge nichts weiß, die an der Stunde klebt, mit der Stunde rechnet und die Augen schließt, wenn die Nacht kommt. Alle Gesichter hatten etwas Überlebtes, etwas von dem Abgeglühtsein, wie es das gemeine Leben mit sich bringt; das Edlere war verwischt von der Freude an flüchtigen Genüssen, von der Verachtung des wahren Ernstes und der Sucht, den Tag leicht zu nehmen. Ihre Macht war der greifbare Besitz und sie waren wie Sklaven, die heuchlerisch ihre in der Dunkelheit gesammelten Kräfte verstecken und sich auf die Stunde freuen, wo sie die Fäuste zeigen dürfen. Agathon blickte in den Lichterglanz an der Decke und plötzlich mußte er an die arme, niedere Stube zu Haus denken, und das gelbe Gesicht seiner Mutter stieg wie aus einem Schattengewühle auf. Und er verlor sich selbst: aus diesen Schatten erhoben sich Generationen: Greise und Greisinnen, die mit müdem Kopfschütteln vorbeigingen.

»Herr Salomon Hecht!« rief nun Jeanette und ihre Augen leuchteten grün.

Ein elegant gekleideter, ziemlich fetter Mann trat vor und verbeugte sich ironisch. Er hatte ein süßliches Lächeln auf den Lippen, aber in seinen Augen war die stumpfsinnige Traurigkeit eines Tieres.

»Was hast du vor?« knirschte Baron Löwengard und trat, schneebleich vor Wut, an die Seite seiner Tochter. »Was soll dieses Benehmen? Was soll der Junge hier? Wenn du nicht Vernunft annimmst, werde ich dich aus dem Haus peitschen lassen.«

»Ja, laß mich nur peitschen,« erwiderte Jeanette zum Entsetzen ihres Vaters beinahe schreiend. »Was ich vorhabe? Ich will einen Mann haben und keinen Getreidesack und keinen Geldschrank und keine zehnprozentigen Aktien. Verstehst du das nicht? Was soll ich denn anfangen mit Herrn Hecht in der Nacht, wenn ich von Männern träume, die nicht ein paar Nachtlichter im Kopf haben, sondern Augen, Augen, Augen –? Wenn ihr nur das wollt, was ihr wollt, dann schachert! Verschachert euern letzten Flederwisch im Kehrichtfaß, und für das andere geb ich mich nicht her wie eure hochmütigen Weiber, die mich jetzt anglotzen wie eine Hexe. Da! da habt ihr und mich laßt zufrieden! da! da! da!« Und sie ging hin, weiß wie Kalk, warf die kostbare Broche ins Kaminfeuer, die Armreife, die Ringe an den Fingern, riß die Spitzen über der Brust entzwei und öffnete mit einem Ruck die Knöpfe der Taille. Da stürzte Löwengard mit unartikuliertem Schreien auf seine Tochter, nahm sie in die Arme und wollte sie hinaustragen. Sie wehrte sich wie von Sinnen, die Damen eilten jammernd herbei, Salomon Hecht suchte aus dem Kaminfeuer erst mit entblößtem Arm, dann mit der Schaufel die Kostbarkeiten herauszuholen, viele wandten sich feig und finster nach der Tür, der Diener sah mit eigentümlichem Lächeln in den von schwüler Luft erfüllten Raum, und auf einmal blieben alle regungslos stehen.

Der jetzt hereintrat, ohne daß der Türsteher versucht hätte, ihn abzuhalten, war ein Greis von mehr als neunzig Jahren. Er hatte etwas wie eine seltsame Ruine; etwas gleichsam Unvergängliches war in seinem Gesicht, ein Schimmer von wandelloser Milde und Güte. An Gliedern riesenhaft, in den Augen jenes Funkeln, das man zuweilen bei alten Männern sieht, die die Jugend müde hinwanken sehen und selber niemals müde zu werden scheinen, so kam er herein und Agathon lächelte wie ein Kind, das an den Wendepunkt eines Märchens gelangt ist, wo die wohlbekannte gute Fee kommt, um die Verwicklung zu lösen. Jedermann auf den Dörfern kannte den Gedalja Löwengard aus Roth.

Der Alte ging ohne weiteres auf seinen Sohn zu, stutzte aber, als er dessen Gesicht sah, ließ die halbausgestreckte Hand wieder sinken, nahm ruhig Platz und schaute grüblerisch lächelnd vor sich hin. Der Baron, der sich der armseligen Erscheinung seines Vaters schämte, trat mit verlegener Miene zu seinen Gästen, die sich wie eine Phalanx vor ihm aufgepflanzt hatten. Jeanette ließ sich vor dem Greis auf die Knie nieder, streichelte seine Hände und fragte: »Großvater, was ist geschehen? Warum kommst du so spät noch zu uns?« Mit einer scheuen und entsetzten Geste wandte sie sich nun zu den andern und sagte: »Er weint.«

Der alte Gedalja packte schnell ihre Hand und lispelte ihr zu: »Sag's ihnen nicht. Sie wollen nicht sein gestört. Mein Sohn hat vergessen, daß ich nicht habe zu kaufen einen Frack. Hat vergessen, daß ich bin arm. Heut abend ist abgebrannt ganz Roth. Der Herr hat mich wollen gedenken lassen, daß es mir gegangen is zu gut im Leben. Mei Haus, mei Hof, mei bisla Vieh, alles is hin.«

Die Gesellschaft schickte sich zum Aufbruch an. Baron Löwengard verfluchte sich und seine Tochter und vermochte kaum einen oberflächlichen Anteil an dem Unglück seines Vaters zu nehmen, dem er ein Zimmer zum Schlafen anweisen ließ. Dann forderte er Jeanette auf, ihm zu folgen. Agathon hörte ihn mit heiserer Stimme schreien ... Der Diener suchte ein vertrauliches Gespräch mit Agathon anzuknüpfen; seine Worte klangen widerlich zurück von den Wänden des verödeten Saales. Agathon schlich beschämt in seine Kammer, warf sich angekleidet aufs Lager und fiel sofort in schweren Schlaf.

Am Morgen hörte er vom Hausgesinde, daß Jeanette verschwunden sei. Er fühlte sich darüber glücklich, ohne zu wissen warum. Die Luft war kühl und gleichsam gereinigt, als er zur Schule ging. Die Welt schien neu. Am Morgen hat alles nur ein Auge nach dem Licht hin; alles hat Zweck, Bedeutung, Form und Rundung, alles ist mit Frieden gesättigt, die Dächer glänzen, die Sonne taucht langsam auf mit kupferigem Glanz, der Rauch erhebt sich kerzengerade, jeder Schornstein ist ein Bild des Emporstrebens. Die Mägde haben weiße Schürzen, die Bäckerbuben pfeifen, über die große Brücke rollt der Schnellzug, aus dem rätselhafte, übernächtige Gesichter in die überschwemmte Ebene schauen; die Schranke am Dambacher Weg ist geschlossen, ganze Reihen von Ochsen stehen da und warten gutmütig. Und zwischen den Häusern verschwindet der Zug, rasselnd, polternd, pustend, und Agathon hört, wie er mit schrillem Pfiff am Bahnhof hält, und seine Sehnsucht eilt hin und steigt ein, um in ihr geheimnisvolles Vaterland zu fahren. Er geht gerade am Haus des Abraham Porkes vorbei, der Millionen besitzt und als edler Menschenfreund bekannt ist; über eine halbe Million hat er für das Waisenhaus vermacht. Es gibt viele Dinge, die Agathon bewundert, und er liebt die Menschen. Die Wandlung, die er seit kurzem durchgemacht,

kommt ihm merkwürdig vor. Er weiß, daß es neu ist, was er fühlt, aber er will sich nicht durchforschen. Es ist, als ob man in seinem Herzen etwas baue, und er will warten bis es fertig ist. Er denkt an jenes Bild der Stationen, wo der nackte Jüngling mit einer Zange dem Heiland die Dornen von der Dornenkrone nimmt. Und während er daran denkt, erschrickt er, bleibt stehen und lauscht. Aber es pfeifen nur die Bäckerjungen in ihrem monotonen Diskant.

In der Schule hörte er nichts von dem, was gelehrt wurde, hatte nicht memoriert, eine wichtige Lektion nicht geschrieben und kam in den Strafbogen. Er begriff nicht, warum er all das Tote in sich aufnehmen solle, da es doch auf jedem Schritt des Lebens genug gab. Er begriff die Verachtung, in der die meisten Lehrer bei den Schülern stehen; sie galt nicht der Person, sondern dem Amt. Es galt der Handwerkerart, die feierlichen Dinge der Geschichte mit dem Gedächtnis feilschend herabzuwürdigen, erlauchte Namen so zu nennen, als ob es gälte, ein Adreßbuch durchzulesen. An diesem Morgen begann Agathon zu sehen, wie wenn ein Brett von den Augen seiner Seele genommen wäre und dies erregte ihn so, daß seine Wangen ab und zu erbleichten. Nur ein Lehrer war es, an dem er mit abgöttischer Verehrung hing, an den er mit keinem Hauch von Kritik zu rühren wagte. Dieser Lehrer, Erich Bojesen, hatte sich von Anfang an durch die Art empfohlen, wie er die Wissenschaft der Chemie vor den Schülern zerlegte, so daß auch der Blöde und der Boshafte aufmerksam wurden. Er griff gleichsam mit lebendiger Hand in die Nacht der Natur oder in die Feuer der Natur und holte ihre Rätsel 139 hervor, die er trotz aller Erläuterungen Rätsel und Wunder bleiben ließ. Er tat nicht wichtig mit der Wissenschaft und spielte nie mit ihr, machte auch nichts »Interessantes« daraus, sondern er stand hinter seinen Retorten und Röhren wie einer, der im Tempel steht und im Begriff ist, einen Gott zu predigen, dessen ganze Schönheit und Größe nur er selbst kennt. Er glich einem jungen Priester, der die gedruckten Gebetbücher verachtet und sein eigenes Gebet haben will und hat. 140

## Fünftes Kapitel

Als Stefan Gudstikker mit dem kleinen Knaben das Innere des hallenden Gebäudes betreten hatte, hörte das Schreien wieder auf. Dennoch beschloß er, der Sache auf den Grund zu gehen. Er stieg die Treppe hinan, wurde nachdenklich gestimmt durch die düstere Stille des Hauses, schüttelte den Kopf über die mangelhafte Beleuchtung und betrachtete ein bemaltes Glasfenster, das den Propheten Jephta mit seiner Tochter zeigte. Er öffnete eine Türe, wobei sich das Bürschchen ungeduldig zwischen seine Beine drängte, und hatte einen weißgetünchten, fast finsteren Saal vor sich, in welchem Bett an Bett stand, dreißig oder vierzig wie in einer Kaserne, und über jedem der weißen Tücher schaute ein kaum weniger weißes Knabengesicht hervor, mit geschlossenen Augen, geschlossenen Lippen, angestrengten Lippen, die sich zu bemühen schienen, Seufzer zurückzuhalten. Eine dumpfe Luft schlug heraus und Gudstikker schloß schnell wieder zu, stand ratlos da und sah die Augen des zerlumpten Knaben verehrungsvoll und flehend auf sich ruhen. Da ertönte wieder das Schreien: lauter und eindringlicher. Der Kleine rang stumm die Hände und das Verzweifelte in der Gebärde trieb Gudstikker mehr an als Worte.

In einem schmalen Raum saß der Schuldiener mit einer blauen Brille, riesenhaften Filzschuhen und einer Art Kaftan und nickte schläfrig; wenn ihn sein Gegenüber, der Vorsteher, anredete, fuhr er auf, machte ein devotes Gesicht und schlug mit einem spanischen Rohr klatschend auf den Rücken eines etwa dreizehnjährigen Knaben, der mit Riemen auf ein Brett festgeschnallt war. Der Knabe öffnete dann den Mund zu einem Schrei, der lang hinhallte und langsam erstarb, worauf er in eine schmerzliche Starrheit verfiel. Dies alles hatte etwas Gespensterhaftes und Stefan Gudstikker hätte lachen müssen, wenn er nicht das Gesicht des Knaben gesehen hätte, ein altjunges Gesicht mit der Erfahrenheit früher Schmerzen und bohrend-unruhigen Augen, Knabenaugen, die manchem Mann zu denken geben konnten. Kaum sah der Bursche an Stefans Seite das Unglück seines Freundes, als er auf ihn zustürzte und bitterlich zu weinen anfing.

»Ruhig! was ist hier los?« rief der Vorsteher erstaunt.

»Was ist hier los?« wiederholte getreulich der mit den Filzschuhen und zeigte einen wahren Schwertfischzahn, der wie eine Schaufel aus der Unterlippe hervorragte.

»Wo kommt ihr her?« fragte der Vorsteher und schaute seine dicken Finger an, als wären sie durch die Erscheinung der Fremden beschmutzt.

»Wo kommt ihr her?« fragte auch der Blaubebrillte und versteckte seinen Zahn, so gut es ging.

Stefan Gudstikker erwiderte nichts, nahm sein Messer, durchschnitt die Riemen und hob den Knaben herab.

»Was soll das bedeuten? Was erlauben Sie sich, junger Mann?« donnerte der Vorsteher und suchte die Angst seines schlechten Gewissens vergeblich zu bemänteln.

»Was berechtigt Sie zu einer so grausamen Folter?« fragte Gudstikker finster.

»Er huldigt der Unzucht, verstehen Sie, und das muß bestraft werden. Da alle andern Mittel vergebens sind, muß er bestraft werden. Seine Mutter selbst hat ihn hergebracht, mir allein steht es zu, über seine Bestrafung zu entscheiden. Was haben Sie hier zu suchen und dieser nichtsnutzige Bengel, wessen erfrecht er sich?«

»Wollen Sie mir den Knaben für einige Tage überlassen?« fragte Gudstikker nach einigem Nachdenken. »Ich werde ihn heilen. Ich habe mich wissenschaftlich mit solchen Dingen beschäftigt.«

»Sind Sie Jude?«

»Nein.«

»Dann bedaure ich. Bedaure lebhaft.«

»Aber Herr Direktor,« erwiderte Gudstikker sanft. »Bei Ihrer Vernunft und Bildung müssen Sie doch einsehen, daß hier die Frage der Konfession von geringer Wichtigkeit ist. Ich bin wohlbekannt in der Stadt. Ich bringe den Knaben zu meiner Mutter, Frau Elise Gudstikker, und sobald Sie ihn zurückverlangen, können Sie ihn haben.«

»Ja, wenn Sie glauben,« meinte der Vorsteher unentschieden. »Gut«, sagte er dann, »auf acht Tage; vorausgesetzt, daß nichts geschieht, was die Religion beleidigt. Du kannst mit diesem braven Mann gehen, Sema Hellmut. Marsch! Troll dich, Ungeratener.«

Gudstikker ging mit den zwei Knaben. Er lachte in sich hinein. Er wußte, daß der Vorsteher froh war, den Knaben los zu sein.

Zu Hause fand er die Mutter unpäßlich. Sie lag auf dem Sofa, sah etwas bekümmert aus, forderte ihn aber gar nicht auf, zu erklären, wie er zu den Kindern komme. Sie kannte sein jäh und abenteuerlich handelndes Wesen gut genug. Sie kannte auch seine redselige und mitteilsüchtige Natur zu sehr, um sich neugierig zu zeigen. Sie hatte eine eigentümliche Strenge im Gesicht, einen Blick, von dem man glaubte, daß er den Körper wie Glas durchdringe. Den jüdischen Knaben sah sie an, lachte leise und hart, betrachtete seine langen, dünnen Finger, das abgesetzte Handgelenk, nickte Stefan zu, legte sich ruhig wieder hin und sah mit spöttischem Lächeln in die Lampe.

»Können sie hier schlafen, Mutter?« fragte Gudstikker.

Der Judenknabe schien alles tief in sich aufzunehmen, was er sah und hörte, dem Spiel seiner Augen nach zu schließen. Die einfache und gemütliche Stube mit dem weißen Kachelofen, der leise in sich hineinbrummte, die Nacht draußen mit dem einförmigen Flußgerausche, die stille Lampe, die alten Bilder an den Wänden, er besah es mit scheinbar verächtlicher Gelassenheit, doch mit einer gewissen inneren Unruhe. Er schien wenig empfänglich für die unaufhörlichen Liebkosungen seines

Freundes, doch tauchte bisweilen sein Blick angstvoll in den des kleinen Zerlumpten.

»Nun, das ist doch jüdische Degeneration, wie sie im Buch steht,« sagte Gudstikker zu seiner Mutter.

»Ich weiß nicht, was im Buch steht,« entgegnete sie lakonisch. »Eigentlich sind die Juden viel bessere Menschen als wir, edlere Menschen. Sie trinken nicht, sie betrinken sich nicht, sie stehen besser da in der Welt als wir. Wenn bei uns nicht alles aus dem Leim geht, haben wirs den Juden zu danken.«

»Im Gegenteil. Sie sind ein Geschlecht von Zerstörern. Ich bin der Ansicht, daß unsere ganze Kulturkrankheit Judentum heißt.«

»Wer weiß, vielleicht heißt sie auch anders«, entgegnete Frau Gudstikker mit feinem Lächeln. »Das sind so Worte, mein Lieber. Ich bin zu dumm dazu!«

Gudstikker schwieg und verfolgte ein wunderliches Schauspiel zu seinen Füßen. Der große Bernhardinerhund erhob sich aus der Ofenecke, tappte zu den zwei Knaben, beschnüffelte den kleinen Zerlumpten, brummte, (er war kein Freund der Kinder), beschnüffelte Sema, und statt wieder zu brummen, leckte er die Hand des Knaben, ließ sich neben ihm nieder und blickte gespannt in dessen Gesicht, als ob er einen Befehl erwarte.

Am andern Tag gegen Mittag, kurz nachdem er aufgestanden war, bat Gudstikker seine Mutter um Geld. Sie erwiderte, daß sie schwer etwas entbehren könne, er möge einstweilen seine Uhr versetzen.

»Mutter,« erwiderte er ernst, »du weißt, daß das gegen meine Natur geht. Willst du aushelfen oder willst du nicht?«

Sie gab, was sie konnte. »Wie lange wird es noch dauern, bis deine großen Ideen verwirklicht sind,« sagte sie sarkastisch seufzend. »Dein Wahn ist nicht billig.«

Gudstikker lachte verächtlich und ging. Nach dem Essen begab er sich ins Cafehaus, vergrub sich in Zeitungen, saugte alle belletristischen, politischen und vermischten Neuigkeiten in sich auf wie ein trockener Schwamm das Wasser, zahlte erst als es dämmerte, dann ging er zu einem Trödler, versetzte sein Uhr und machte sich auf den Weg nach Zirndorf, um die Nacht in der Ziegelei zu verbringen.

Die Flut war nun so weit zurückgetreten, daß die gewöhnlichen Wege gangbar waren. Bei Dambach war ein Notsteg errichtet und schwankte hin und her wie eine Schaukel. Abenddunst huschte schattenhaft über das Wasser, das rauschend dahinschoß. Dann trat der Mond heraus, kalt, klar, eine halbe Scheibe. Aus der öden Ebene wurde ein Nebelreich, die ferne Stadt schien eine alte Festung, aus Rauch und Staub erbaut, der Wald schien zu hüpfen, oder sich zu verschieben wie eine Kulisse. Der Mond war tausendmal in tausend Wellen zu sehen, auch in dem ruhigen breiten Wasser, womit die Wiesen überschwemmt waren. Lichter schauten aus einem Weiler, flimmerlos, matte Punkte wie Leuchtkäfer; ein Bauer schrie, ein Hund bellte, dann fingen plötzlich die Glocken von der Stadt herüberzuläuten, eine unendliche Melodie, die langsam strömte wie dunkler Wein aus grünem Glas.

Gudstikker sah eine Gestalt vor sich. Sie wanderte müßig dahin, griff nach Stauden am Weg, nach Halmen, warf Steine ins Wasser. Es war Agathon. Gudstikker griff aus und wünschte guten Abend. Agathon erschrak.

»Was denken Sie so den langen Weg ins Dorf?« fragte Gudstikker.

»An vieles. Oder an nichts.«

»Mir scheint, mir scheint, Sie sind ein Träumer, ein heimtückischer Träumer, ein versteckt kochendes Wasser. Niemand ahnt, daß es kocht, auf einmal fliegt der Deckel herunter –!«

Agathon lächelte überlegen. »Warum glauben Sie das?« fragte er sanft. »Sie kennen mich doch kaum. Sie wollen mir nur imponieren.«

Gudstikker schüttelte melancholisch den Kopf. Dann schnupperte er die Luft durch die Nase und rief: »Was für ein Abend! Zum Sterben schön. Aber dafür haben Sie ja keinen Sinn. Juden haben keinen Natursinn. Übrigens muß ich Ihnen etwas erzählen. Ich hatte gestern ein merkwürdiges Abenteuer. Als ich am jüdischen Waisenhaus vorbeiging, hörte ich furchtbares Schreien. Die Straße menschenleer, ein kleiner Junge stürzt auf mich zu, nennt mich Herr Jesus, zerrt mich die Stiege hinauf, durch drei, vier Schlafsäle, durch ein ödes Schulzimmer, durch eine Art Betsal und ich höre wieder schreien.«

»Im Haus?«

»Im Haus. Ich öffne eine Tür, zwei große Kerle, in schwarzem Talar stehen da, der eine betet und der andre schlägt mit einer Hundspeitsche auf den Knaben los. Ich, wie toll, schlage den einen zu Boden, drücke den anderen an die Wand, nehme den Knaben ab und gehe mit ihm fort. Die beiden Zuchtmeister mir nach, auf der Gasse entsteht ein Auflauf und schließlich hab' ich noch Mühe, die Elenden vor der Wut des Volkes zu retten.« Gudstikker ward bleich bei dem Bericht; es war, als sähe er alles mit doppelter Deutlichkeit vor sich.

Agathon sah seinen Begleiter mit leisem Mißtrauen von der Seite an. »Weshalb hatten sie ihn denn so gegezüchtigt?« fragte er.

Gudstikker sagte etwas, wobei Agathon die Hände zusammenschlug.

»Ja, es ist eine schmutzige Welt, in der wir leben,« seufzte der andere. »Wir waten durch den Kot, in dem sich die Sterne spiegeln. Wir sind zu gebildet, um noch brauchbare Menschen zu sein. Wir wissen zu viel, wir schnüffeln zu viel in uns selber herum. Die Psychologie hat lauter Hamlets aus uns gemacht. Sürich Sperling, der war kein Hamlet, der war ein Fortinbras.«

»Warum reden Sie immer wieder von Sürich Sperling!« sagte Agathon gequält.

Gudstikker blieb stehen, heftete seine Blicke durchdringend auf den Gefährten und seine Augen sahen groß und feurig aus im Licht des Mondes. Sie waren auf dem Hügelkamm angelangt. Die Waldnacht starrte sie an, in der Tiefe schimmerten die Lichter von Zirndorf. Agathon lehnte sich an einen Baumstamm; sein Gesicht hatte einen visionären Ausdruck. »Ich sehe ihn,« sagte er.

Gudstikker wich scheu zurück.

»Hören Sie,« fuhr Agathon fort, »mir ist, als könnte ich auch die Zukunft sehen. Einer hat mich so weit hinaufgehoben, daß ich sie sehen kann: Sürich Sperling. Nicht weil er gelebt hat, sondern weil er tot ist. Aber fragen Sie nicht.«

Sie gingen weiter. Gudstikker kaute an einer erloschenen Zigarette. Über den Mond zogen flaumige Wolken, ohne daß sie seinen Glanz zu mindern vermochten.

»Was ist eigentlich Ihr Beruf?« fragte Agathon.

Gudstikker errötete. »Ich schreibe,« sagte er, bemüht, sich selbst zu verspotten. »Ich mache in Kunst. Vielleicht wird man bald von mir hören.«

»Aber nicht lange,« fügte Agathon versunken hinzu. »Sie haben bloß Funken, keine Flamme.« Er brach erschrocken ab, als er bemerkte, wie Gudstikkers Gesicht sich verzerrte.

An der Ziegelei trennten sie sich. Agathon ging heim. Es war Vorabendfeier des Laubhüttenfestes. Zum erstenmal hatte Elkan Geyer keine Hütte gebaut. Doch fromme Liebe übergoldete die Ärmlichkeit. Aus nichtigen Dingen war unter den Händen Frau Jettes Poesie entstanden;

Äpfel, Nüsse, Trauben lagerten auf blendend weißen Decken, Dielen und Fenster waren gescheuert, eine kupferne Ampel brannte über dem Tisch.

Enoch Pohl starrte im Sofawinkel. Der fremde Gast war wieder da und las Gebete. Elkan Geyers Gesicht war wie durchpflügt von Unglück. So ging er seit dem Mord herum, keine Silbe war aus ihm herauszubringen. Die verschuldete Summe hatte er im letzten Augenblick noch aufgetrieben und dem Bruder des Toten eingehändigt. Frau Jette siechte hin. Es war oft, als ringe sie mit einer unsichtbaren Macht und sei nicht stark genug, die Arme frei zu bekommen. Daher leuchtete es bisweilen dämonisch auf in ihren Augen, wie von der Gewißheit der Niederlage erfüllt und doch voll trotziger Widerstandslust. Die Sorge um die Kinder beschäftigte sie am meisten, und sie glaubte Ruhe zu haben, wenn nur Elkan endlich die streitige Vorbeterstelle erhielte. 149

Um neun Uhr wurden die Kleinen ins Bett geschickt. Alles war still. Der Gast las die Zeitung für das Judentum und sah plötzlich empor.

»Es steht schlimm mit Jisroel,« sagte er. »Habt ihr gelesen von Rußland? Is der Jüd ein Verbrecher, daß er sich soll steinigen lassen von die Gojim? Es wird ein böses End nehmen, ein End mit Schrecken.«

Sie sprachen dann vom Brand in Roth und vom Bankrott einiger Nürnberger Bankfirmen. Frau Jette sagte, daß Isidor Rosenau entschlossen sei, sein Geld beim Baron Löwengard zu erheben. Das sei lächerlich, warf Enoch hin; Löwengard sei sicher wie Rothschild. Der Gast hörte es nicht; er redete sich in eine flammende Hitze gegen die Christen und wurde schließlich phantastisch in seinen Anklagen. Er ist um ein paar Jahrhunderte verspätet, dachte Agathon. Er kannte viele solcher Juden; das Gebet ging ihnen über alles, über Gott selbst und wer nicht betete, war der Feind, der Christ; etwas Unreines, Übelriechendes lag über diesen Eiferern wie über abgestandener Speise. 150

»Ja,« sagte Elkan Geyer müde, »das ist ja ganz recht, aber schließlich sind wir doch nur Geduldete. Wir speisen an einer fremden Tafel und bei einem fremden Volk. Was können wir fordern? Nichts. Erobert haben wir ja genug, die einen viel, die andern wenig.«

»Und wenn der Messias kommt, wird alles unser sein,« murmelte der Gast und drückte die Augen zusammen.

Elkan bog den Kopf leicht vor und seine beiden Mundwinkel zuckten. Darin lag schmerzlicher Zweifel. Agathon liebte in diesem Augenblick den Vater sehr.

Bald sagte er gute Nacht. Ihm war wunderlich zu Mut. Er hatte ein Gefühl von Macht und Freiheit; ihm war, als könne er die bunten Verwicklungen des Lebens lösen, wenn er nur die Hand erhob. Er wollte noch nicht schlafen, darum ging er in den Hof und schlürfte die Nacht in sich ein, die so still war, spätsommerlich lau, trotzdem der Oktober schon weit vorgerückt war. Der zerbrochene Zaun, der verwilderte Gemüsegarten, in der Ferne die Felder, die niederen Häuser, alles zitterte in der sanften Bronzierung des sinkenden Mondes. Er hörte etwas murmeln, ging ohne Furcht den Lauten nach, öffnete das Scheunentor und wurde bleich vor Bestürzung, als er auf einem Strohlager den alten Gedalja gewahrte, der in einen Kerzenstumpf blickte und Agathon eifrig zu sich herwinkte, als er ihn gewahrte.

»Psch! nix reden!« rief er mit unterdrückter Stimme. »Mausstill sein, sonst schneid' ich d'r ab die Ohren. Setz' dich her zu mir, und ich will d'r sagen was Guts für dein Leben. Hör zu, Jung. Ob de bist reich, ob de bist arm, 's is ganz egal; ob de bist gottesfürchtig, ob de bist nit gottesfürchtig, 's is aach egal. Müßt ich sonst sitzen auf Stroh in der Scheune wie Hiob, und unterm Gras wie Nebukodnezor? Ich will dir geben en guten Rat un sollst'n nit vergessen in deinem Leben. Sag' niemals, un wenn de wirst siebzig Jahr, sag' niemals, daß de hast einen Menschen, wozu de haben kannst Vertrauen. Gott im Himmel, bin ich geworden neunzig Jahr, un meine Kinder schämen sich meiner. Hab' ich gehabt e Gut, e Haus un e Viech un e Frau, un es Unglück is gekommen un hat aufgesperrt seinen Rachen, daß ich jetzt sein muß heimlich in der Scheune meines Vetters, bis er wird sein willig, mir zu geben e Kammer für die Nacht. Glauben is kaaner mehr in der Welt, ich spürs am eignen Fleisch, Gott hat die Zeit verloren, sie is ihm gefallen aus der Hand, nebbich. Du hörst se schreien von Juden un Christen, aber was se meinen is das Geld un was se nicht meinen, is die Frommheit. Was is Gott? Is das Gott, wenn ich mach e Kreuz, wenn ich bet in der Thora? Is das Papier Gott? Is das Holz Gott? Is Gott der Himmel, is Gott der Mond? Nix is Gott; Gott is meine Gutwilligkeit un mein Armsein. Ich bin Gott, du bist Gott, e Gespenst is Gott, e Stück Armut und Elend.«

Er hatte die Hände erhoben und seine Augen standen voll Tränen. Zerrissen mit sich und der Welt lag er da. Agathon war versteinert. Dann begann der Alte wieder, leiser und ruhiger: »Jetzt gehste wieder hin, wo de bist hergekommen, legst dich schlafen un bist still. Du bist e gescheiter

Mensch un wirst schweigen. Ich muß sein allein. Ich kann nit sehn vor mir e menschliches Gesicht.«

Agathon wandte sich, verschloß die Tür, ging ins Haus, in sein Zimmer, kleidete sich aus, – alles wie bewußtlos. Dann legte er sich ins Bett und dachte nach, weit über Mitternacht hinaus.

153

# Sechstes Kapitel

Er stand auf, spürte die Nacht um sich her mit den Fingern, kleidete sich an, ging hinab, und obwohl er sich nicht bemühte, leise zu gehen, schwebte er nur so hin über die Treppe und den Flur. Aus der Straße war es zauberhaft still: Häuser, Gärten, Brunnen gefroren in Ruhe. Er schlich um das Sebalderwirtshaus herum, erkletterte das Weinlaubgerüst, stand oben vor einem vergitterten Fenster, preßte sich mit seltsamer Geschicklichkeit durch und hüpfte durch die geöffneten Fenster in Sürich Sperlings Schlafgemach. Es war vollkommen finster, doch sah er jeden Gegenstand, auch den verstecktesten, mit brennender Deutlichkeit. Sürich Sperling lag nicht im Bett, sondern saß auf einem Stuhl, starrte in den leeren Ofen und sagte: »Mich friert.« – »Soll ich einschüren?« fragte Agathon sanft. Er kniete hin und heizte. Das Material, das er dazu gebrauchte, fühlte sich an wie Wolle, und schließlich wurde es naß und er sah, daß er mit Blut geheizt hatte. Dann öffnete sich die Tür und von den flackernden Flammen beleuchtet, kam Stefan Gudstikker herein. Er führte an einer Leine zwei Hunde, zwei Katzen und zwei weiße Mäuse, die alle gehorsam hinter ihm herschritten. Er ging auf Agathon zu und reichte ihm einen Brief, über den Agathon in große Bestürzung geriet und dann sah er plötzlich seine Mutter, die mit rollenden Augen etwas Unverständliches sagte. Jetzt stand Sürich Sperling auf und sagte: »Es lebe das Kapital. Es lebe die Schnaps- und Fuselbrennerei. Es lebe die Bürgerschaft, die überm Pulverfaß schnarcht. Es lebe die Revolution. Ich bin Robespierre. Ich bin der ewige Jude. Es lebe der Tod.« Plötzlich wurde es hell im Zimmer, Agathon wußte nicht, ob durch die Flammen im Ofen oder durch ein Feuer von draußen. Da begann das Kruzifix an der Wand lebendig zu werden, Agathon sah ein Männergesicht von erhabener Schönheit und kniete nieder. Doch als er wieder emporblickte, sah er statt dessen eine nackte Frau. Es war Jeanette. Sein Herz klopfte zum Zerspringen. Sie nahm ihn bei der Hand und führte ihn fort, durch

154

das leere Dorf, durch die Stadt, durch Wiesen und Wälder und Felder, dann kam eine öde Strecke, dann eine Brücke, die über einen grauenhaften Schlund hinwegführte, und endlich kam ein Garten auf einem Hügel, und in der Tiefe erwachte der Morgen, die Sonne: rot, schwer und langsam. Alles war zerstoben, glänzend kam der Tag.

Frau Jette blieb, als die Männer zur Synagoge gingen, im Bett. Die Morgenzeitung brachte die Nachricht von dem Bankrott einer großen Nürnberger Firma. Darüber war alles erregt im Dorf. Aber der Putz, in dem die Weiber zum Gottesdienst eilten, war darum nicht weniger prächtig. In Samt und Seide, mit kostbaren Hüten und gelben Schuhen tänzelten sie an den Düngerhaufen vorüber durch das schmutzige Dorf. Ernster und stiller betrugen sich die jungen Mädchen. Es waren Mädchen mit schönen zarten Gesichtern dabei, voll jener grundlosen Schwermut, die nur den Juden eigen ist, mit jenen schwarzen Augen, die keine Tiefe haben, mit den zartleuchtenden Stirnen alter Geschlechter.

Die Männer schalten und disputierten lauter als je. Sie gingen in Haufen und kamen kaum vorwärts. Alle redeten mit den Händen und fochten mit den Armen; man danke für die Ehre, einen halben Goij zum Vorbeter zu haben; man möge überlegen, daß Elkan Geyer nicht einmal geborener Zirndorfer sei. Das sei gleichgültig? wenn er nur ein guter Jüd sei? Er sei aber kein guter Jüd. Schicke er nicht seinen Sohn in die Christenschule nach Fürth? Das täten andere auch? dann seien andere auch Schweine, Goijem, Schabbesgoijem. Kämme er sich nicht am heiligen Schabbes mit einem Kamm?

Die schwarzen Zylinder fuhren ruh- und ratlos hin und her.

Weit hinter ihnen schritt Agathon, unschlüssig, ob er dem Gottesdienst beiwohnen solle. Da gesellte sich ein junges Mädchen von etwa sechzehn Jahren zu ihm. Es war Monika Olifat, die Tochter einer jüngst aus Polen eingewanderten Frau. Sie kam aus freien Stücken zu ihm, und er errötete vor ihrer Schönheit und vor ihrer Unbefangenheit.

»Sie sind Agathon Geyer?« redete sie ihn in reinem Deutsch an, mit einer glockenhellen, melodischen Stimme.

Er nickte langsam.

»Ich habe von Ihnen gehört. Ihr Vater will Vorbeter werden?«

Er nickte wieder.

»Aber warum wollen es die Leute nicht?«

»Ich weiß nicht. Sie sind neidische, erbärmliche Menschen.«

»Braucht ihr es denn so nötig?«

»Ja, meine Eltern sind sehr arm. Wenn sie nicht die Zinsen von dem Geld hätten, das für uns Kinder beim Bankier Löwengard deponiert ist, hätten wir kaum Brot genug.« Er sprach etwas stockend und war schließlich geärgert über seine ungewohnte Mitteilfreude.

»Wissen Sie was,« sagte Monika Olifat, »wir wollen Freunde werden. Vorausgesetzt, daß es Ihnen nicht langweilig ist.« Agathon sah sie an und jetzt errötete sie. »Ich suche einen Freund,« fuhr sie verwirrt und wie entschuldigend fort. »Also wollen Sie?« Sie hielt ihm schüchtern die Hand entgegen und schüchtern legte er die seine hinein.

»Freunde sind Verbündete,« sagte Monika Olifat. »Sie dürfen einander nicht verraten und nichts voreinander verschweigen. Und jetzt sagen wir uns Du.« Sie nickte ihm vertraulich zu und verschwand in dem für die Frauen bestimmten Aufgang der Synagoge.

Der Tempel war ein kahler Raum mit hohen, farblosen Fenstern, alten Gebetspulten und voll moderiger Luft. Während des ganzen Gottesdienstes herrschte derselbe Lärm wie vorher auf der Straße. Erst als ein Rabbiner aus Fürth die Kanzel betrat, um zu predigen, wurde es ruhig. Diese Predigt war anfangs mit gelehrten und biblischen Zitaten geschmückt, erging sich dann in pathetischen Verwünschungen der Heiden, befaßte sich des weiteren mit der Untersuchung eines spitzfindigen Satzes aus der Mischna, empfahl die Fahne des Glaubens hochzuhalten und schloß mit einem Preis des Vaterlandes und des Kaisers. Da erschallte ein erschreckendes Gelächter im Hintergrund. Alles wandte sich mit aufgerissenen Augen um, und man sah einen alten Mann sich krümmen und verbeugen wie eine Katze und einem unsichtbaren Etwas in der Luft zugrinsen. Es war Gedalja; Enoch Pohl ging hin, um ihn hinauszuführen. Tuschelnd verließ die Gemeinde das Haus.

Als Agathon nach Haus kam, saß Gedalja fröstelnd am Ofen, und neben ihm stand Enoch in finsterem Schweigen. Elkan Geyer hockte auf der Bank am Tisch und hatte das Gesicht mit den Händen bedeckt. Der pausbäckige Knabe trippelte auf dem Polster eines Stuhls herum und leckte behaglich summend an der Zinneinfassung der Fensterscheibe. Der Himmel war grau und regnerisch.

»Es nützt nix, Enoch,« sagte Gedalja. »Ich waaß, daß de hast vergraben dein Geld im Garten oder im Hof, viel Geld. Aber mir brauchste ja nix zu geben dervon.«

»Schweig still, du versündigst dich,« erwiderte Enoch durch die Zähne.

Der andere Greis schien es nicht zu hören. »Es nützt nix,« sagte er eintönig und bekümmert. »Wucher treibste aach und ich seh dich noch kommen ins Zuchthaus mit aller deiner Frommheit. Ich seh dich noch kommen ins Zuchthaus, so wahr ich leb un so wahr ich da sitz.«

»Du versündigst dich,« murmelte Elkan Geyer gequält.

»Was soll ich tun? Kann ich mer helfen? Er kann helfen. Wenn er ausleiht Geld zu fufzig Prozent, soll ich halten mei Maul? Ich hab's gehört von en redlichen Mann, von en bedauernswerten Mann, Enoch, den de hast gericht zu grund. Soll kommen sein Wohlstand über dich. Soll kommen sein Ansehn über dich. Aber haste zu grund gericht den Bäcker, wirste aach zu grund richten den Schuster. Un endlich wird kommen der Zugrundrichter über dich un werd haben kein Erbarmen, wie du hast gehabt kein Erbarmen, Enoch. Dann is geschändet dein Name un deine Familie un is geschändet der Jud. Haste nicht mir geliehen dreißig Taler, Enoch, voriges Jahr Ostern zu gutem un ich hab d'r zurückgegeben fufzig Taler um Pfingsten? Die Welt is groß un dreht sich, ich waaß un mancher verschlupft in en Winkel vor der Vergeltung, aber manchen packt's auch un er muß lassen Ruh un Frieden for sein Alter. Ich hab gesprochen und bin stumm.«

Isidor Rosenau kam und wurde sehr lau begrüßt. Er, der bisweilen atheistische Anwandlungen verspürte, begann einen etwas umständlichen Vortrag über Widersprüche in der Bibel zu halten. Er hatte irgend etwas irgendwo aufgeschnappt und glaubte damit die ganze Schöpfungsgeschichte um ihre Vernunft gebracht zu haben. »Wenn Adam und Eva und Kain und Abel allein in der Welt waren und Abel ging hin und nahm sich ein Weib aus der Fremde, so waren sie doch nicht allein gewesen!« So rief er triumphierend.

Erst antwortete ihm niemand, dann sagte Gedalja mit einer Geste, deren Stolz und Vornehmheit Agathon unvergleichlich schienen: »Junger Mann, die Schrift is nit geschrieben, daß se wird gelesen mit die leiblichen Augen, sondern mit die geistigen. Sie soll nicht werden studiert, sondern sie soll werden getrunken wie Wein. Sie hat Symbole, daß wir können messen daran unseres eigenes Leben. Un wir sollen nicht messen daran mit der Schneiderelle, sondern mit unserm Gewissen.«

Agathon fühlte seine Augen feucht werden. Er erhob sich, ging zu dem Greis und küßte ihm rasch und errötend die Hand.

Doktor Schreigemut kam, um nach Frau Jette zu sehen. Er brachte eine Gemütlichkeit zum Krankenlager, als sei der Tod eine eitle Schrulle, und sein weinrotes Gesicht glänzte, als ob Kranksein den erstrebenswertesten Zustand bedeute. Er schrieb ein »Rezeptchen«, wie er sich ausdrückte, verbreitete sich eingehend über die politische Lage, kniff Mirjam in die Wange und entfernte sich befriedigt. Die Ladenglocke läutete und ein Bauer verlangte Tabak zu kaufen. Elkan Geyer rief hinaus, heute sei Feiertag und der Laden geschlossen. Er schlug die Tür zu, gleich darauf verließ er aber das Zimmer. Agathon wußte, daß er in die Küche ging, um die Magd zu bitten, daß sie den Tabak verkaufe.

Der Tag ging hin. Aber diese Herbsttage sind gar nicht; sie sterben langsam, sind bloß ein Vergehen. Sie fallen kraftlos in die Arme der heraufsteigenden Nacht, und die Nacht nimmt sie auf den Arm wie die Mutter ein Kind nimmt und es einlullt mit gesummten Liedern. Am Nachmittag half Agathon ein Zimmer für Gedalja instand setzen; für die nächsten Wochen war dem Alten eine elende Kammer zwischen Hof 160 und Hühnerstall überlassen worden. Dann ging er spazieren. Über sein Tun und Denken war eine leidenschaftliche Unruhe gebreitet. Der Weg führte ihn vor das Haus, wo Monika Olifat wohnte. Sie sah aus dem Fenster und winkte ihn freudig hinauf. Sie war allein; die Mutter und die kleinere Schwester machten Besuche.

»Ich freue mich, daß du gekommen bist,« sagte Monika sanft, als er in das hübsche Zimmer trat. Sie redeten eine Weile verlegen hin und her, dann brachte Monika ein Buch, woraus sie ihm polnische Gedichte vorlas. Er hatte sie darum gebeten, obwohl er die Sprache nicht verstand. Es war ihm genug, ihre Stimme zu hören, die rein und hell dahinfloß, ein ungetrübter Strom. Die Stimme machte alles heiter um ihn, und er hatte ein unbezwingliches Verlangen nach Heiterkeit und Freude in sich, ein Verlangen, das täglich wuchs und ungestümer wurde. So kam es ihm vor, daß in diesen mysteriös klingenden Versen das Herrlichste und Sonnigste enthalten sei, das je ein menschliches Ohr vernommen, und daß man sie nur zu verstehen brauchte, um von allen Sorgen erlöst zu sein.

Sie klappte das Buch zu und sagte entschieden: »So, jetzt wollen wir uns unterhalten.«

Das war nun wohl gesagt, aber dabei blieb es. Denn Agathon war still und Monika auch. Denn wer konnte reden, wenn es draußen dämmerte! Der müde Himmel schien herunterzusinken, die Bäume bogen sich, verschwammen, schienen in die Erde zu fallen. Das Wasser auf den Wiesen spiegelte den Himmel wider, stets matter und matter, wie Glas, 161 das überhaucht wird. Agathon sah nur noch die zarten Linien eines Profils, eine leicht gebogene Nase, eine schmale Stirnlinie, zuckende Lider, hinter denen dunkle Augen gleich lebenden Kugeln strahlten und ein Kinn, das ihn an eine Puppe erinnerte.

»Du sprichst ja nichts,« flüsterte Monika befangen.

»Laß uns nicht sprechen,« erwiderte Agathon mit bebender Stimme.

»Was soll man auch sagen,« gab Monika zu. Sie ergriff seine Hand und streichelte sie vorsichtig. »Warum zitterst du denn, Agathon?«

Agathon sprang auf, nahm seinen Hut und rannte fort, – hinaus, und ging erst wieder langsam, als er in der Hauptstraße des Dorfes war. Er lächelte voll Scham und Reue.

Den Kopf voll marternder Gedanken, ging er zu Hause vom Flur in den Hof, vom Hof in den Flur. Dann stieg er die Treppe hinauf, wie unwillkürlich aus dem Bedürfnis nach der Höhe. An ihrer Kammertür stand die Magd, nur mit einem Unterrock und einem Hemd bekleidet. Ihr Haar war lose, ihre festen Schultern und die Hälfte der Brust waren nackt. So stand sie vor der halboffenen Tür, schwankend beleuchtet von dem Kerzenlicht in der Kammer, und lächelte halb blöde, halb begehrlich Agathon zu. Seine Zähne schlugen aneinander, er wollte nach einem Halt greifen, er wollte etwas sagen, doch sogleich legte es sich wie eine Kette um seinen Hals und es wurde ihm so unerträglich heiß, daß er den ganzen Körper feucht werden fühlte. Mit einem dumpfen Schrei floh er.

Noch besinnungslos stürzte er in die Kammer des alten Gedalja, kniete vor ihm nieder, nahm dessen Hand und flüsterte wirr, bleichen Gesichts. Der Greis fragte und konnte nichts herausbringen, doch bald bekam er auf Umwegen Klarheit. Er nickte ein paarmal wissend vor sich hin. »Setz dich her, mein Jung, und ich will dir sagen was for dein Herz un wie de sollst sein gegen die Weiber. Bin ich worn gestraft un hab gehabt zwaa Weiber nebbich un war kein Glück und kein Segen dabei. Das Weib is gut für die Stund, wenn se hat keine Sanftheit for den Mann. Sie mag sein aufgeklärt, sie mag haben Geld, sie mag sein sparsam, sie mag sein gottesfürchtig; wenn se nicht is weich wie lehmige Erd, daß de kannst formen das Bild wo de willst, taugt se nix for dich. Und wenn de hast eine große Begehr, dann gehste hin, sonst wird verstopft dein Geist un dein Gemüt un du siehst Gespenster beim helllichten Tag. Laß d'r nit einjagen Angst durch die falschen Lehren: es is kein Unglück un kein Verbrechen, es is menschlich un du sollst bloß schweigen davon.

Un wenn de eines Tages fühlst mehr und dein Herz werd sein voll Liebe, dann gehste hin und siehst, ob se gefällt deinen Sinnen. Un wenn se gefällt deinen Sinnen, gefällt se aach deinem Haus un deine Kinder. Das wirste nit verstehn heut, aber de wirst es verstehn bald un wirst gedenken an meine Worte.«

Agathon war nicht beruhigt. Im Gegenteil, er war noch erregter als vorher. Es wurde Abend und er fühlte sich gefangen in einem verworrenen Knäuel von Rätseln. Er stand in dem schmalen Vorplatz, der zur Kirche führte und wo es stockfinster war. Er drückte sich krampfhaft an die Holzplatten der Rückwand und sah in das winzige Lämpchen, das auf dem Anricht in der Küche stand. Er hörte nahende Schritte und erschrak wie ein Verbrecher. Es waren trippelnde, tastende, gleichsam spionierende Schritte und endlich kam die geduckte, spähende Gestalt Enoch Pohls zum Vorschein. Er lispelte unhörbar, seine Augen stierten in die matt erhellte Küche, es war, als ob sie ihm vorauseilten, um die Küche abzusuchen, dann tappte er hastig auf den Blechkorb am Vorhang zu, wo das Hausbrot aufbewahrt wurde, nahm das Brot, riß die Anrichteschublade auf, packte mit schlotternden Händen ein Messer und schnitt ein großes Stück Brot herab, immer angstvoll lauernd in die Richtung des Flurs blickend. Dann klappte er den Blechkorb vorsichtig zu, legte das Messer wieder an seinen Platz, biß hungrig in das erbeutete Stück Brot hinein und schluckte den Bissen gierig hinunter. Das andere verbarg er in seinem Wams. Schleichend wie er gekommen, entfernte er sich wieder.

Agathon hatte alles gesehen. Er wankte und mit einem Aufschrei brach er zusammen. Lange kauerte er so, und niemals war in seiner Seele das inbrünstige Verlangen so stark gewesen, dieser dunklen Welt um sich her Freude zu bringen. Als er aufsah und sich entfernen wollte, erblickte er seinen Vater, der unbeweglich vor ihm stand und die Hand schwer auf seine Schulter legte.

# Siebentes Kapitel

Als Frau Gudstikker am Morgen das Frühstück bereitete, mußte sie zum Brunnen, und als sie zurückkam, waren die beiden Knaben Sema und Wendelin verschwunden. Sie hatte nun wieder Grund zu jenen stoischen und schwarzsichtigen Betrachtungen, die ihr ein hartes Leben und ihre stolze Natur nahe legten. Ihre Gedanken nahmen stets einen erbarmungslosen Gang und dabei schonte sie nicht, was ihr teuer war. Als Stefan spät nachmittags nach Hause kam, fragte sie ihn, wo er herumgestreunt sei.

»Du weißt, ich streune nicht, Mutter,« entgegnete er mit blitzenden Augen, den Kopf hoch aufrichtend.

»Ja, ich weiß es,« entgegnete sie wie nachdenklich und blickte ironisch auf seine staubbedeckten Stiefel.

»Wo sind die Knaben?«

»Fort.«

»Wie?«

»Ich habe sie heimgeschickt.«

»Was heißt das? Du weißt doch, daß ich den Burschen brauchte! Es war ein interessanter Fall. Wie konntest du sie fortschicken?«

»Es ist nicht nötig, daß du mit Menschen spielst. Spiele mit deinen Ideen. Darüber bist du Herr.«

Gudstikker atmete schwer. »Mutter, ich betrete dein Haus nicht mehr,« preßte er endlich hervor und stürzte fort. Sie lächelte gutmütig hinter ihm her, öffnete das Fenster und schaute ihm lange Zeit nach.

Stefan Gudstikker ging zum Friseur, wo er über eine halbe Stunde saß, um sich Haar und Bart verschönen zu lassen, und bei Anbruch der Dämmerung erwartete er vor den Anlagen seine Verlobte.

»Sie haben mich fast geschlagen,« waren Käthes erste Worte. »Ich sei heimlich mit dir zusammengetroffen. Du sollst zu uns ins Haus kommen.«

»So.« Er nahm hastig ihren Arm und schritt weiter.

»Nein, nein,« wehrte sie angstvoll. »Nicht jetzt. Du darfst sie nicht herausfordern.«

»Ich schlag alles kurz und klein.« Er machte eine verzweifelte Gebärde der Auflehnung.

»Ach Stefan, warum ist das alles so! Warum hast du nicht viel Geld! Bei deinem Genie! Warum ist alles so traurig um uns!«

»Es wird anders, Liebchen, es wird anders! Ich werde Geld haben, Macht haben, alles was du willst. Ich werde die Welt aus den Angeln heben! Ich habe ein großes Werk vor! Du wirst sehen.«

»Ich glaube ja gern daran. Nur ist die Zeit so lang. Jeder Tag ein Jahr.«

»Nur Geduld. Du wirst sehen. Kann ich bei euch essen?«

»Willst du kommen? Wirklich? Und ohne Zorn? Wie herrlich!«

»Mach um Gotteswillen nicht so viel Ausrufezeichen in deine Rede! Das macht mich nervös! Ich hasse alle Ausrufezeichen!«

»Was hast du denn? Du bist so verbissen seit einigen Tagen.«

»Verbissen? Nein. Nachdenklich, ja. Ich verkehre da mit einem jungen Menschen, Agathon Geyer, einem Juden. Ich bin nicht sentimental, aber, – na, du müßtest ihn sehen. Er sieht aus wie, es klingt läppisch, aber ich muß immer an Aladdin mit der Wunderlampe denken. Und was am sonderbarsten ist, unter den Papieren meines Vaters, der ja auch Agathon hieß, hab ich Briefe von seiner Mutter gefunden. Sie sind mit Jette Pohl unterzeichnet. Sie war noch Mädchen damals. Schön, gescheit, liebenswürdig vielleicht. Etwas Merkwürdiges liegt in den Briefen, dasselbe was in Agathons Augen liegt. Aber du schläfst ja?«

»Nein, ich bin nur müde.«

Familie Estrich war sehr liebenswürdig gegen Gudstikker und Gudstikker war ebenfalls liebenswürdig gegen die Familie Estrich. Er küßte seine künftige Schwiegermutter auf die Wange, fragte Herrn Estrich nach dem Gang der Ziegelei-Angelegenheit, sang nach dem Abendessen zur Guitarre, Volkslieder, die von treuer Liebe handelten und vom Kampf des Mannes um seinen Herd. Um elf Uhr ging er. Auf der Straße wurde sein Gesicht finster, herb und verzerrt. Er schlug sich an die Stirn und sprach zu sich selbst.

Er suchte ein Cafe auf, und in dem Augenblick, wo er den Raum betrat, erhielt sein Gesicht wieder den aufmerksamen und übertrieben stolzen Ausdruck. Er begrüßte den Lehrer Bojesen, setzte sich zu ihm an den Tisch, rieb sich fröhlich die Hände und erzählte eine heitere Schnurre von einem Soldaten und einem Fuhrmann, die er erfunden hatte, aber so darstellte, als ob er sie eben erlebt hätte. »Also wie geht es Ihnen, lieber Bojesen?« fragte er darauf und rieb sich wieder die Hände. »Gut?«

»Wenns nicht geht, so zwingt mans eben!«

»Sie sind immer allein. Ich habe Sie noch nicht anders als allein gesehen. Wie kommt das?«

»Nun, das ist so Gelehrtenart,« erwiderte Bojesen mit einer sanften Selbstironie. »Ich muß Ihnen sagen, diese Stadt, diese Menschen hier, sie liegen nicht innerhalb der Welt. Es ist etwas Verlorenes und Verkommenes, ein Sumpf.«

»Kein Wunder,« sagte Gudstikker, »wie leben wir denn! Sternenlos! Und unsere jüdischen Mitbürger sorgen dafür, daß uns der Himmel holder

Ideale noch weiter fortrückt. Eigentlich wundre ich mich immer, wenn ich einen anständig gekleideten Menschen treffe, der kein Jude ist.«

»Freilich, das ist ein Kardinalthema,« gab Bojesen leicht errötend zu. »Und das ganze Land ist in dieser Beziehung, was unsre Stadt im kleinen ist. Die Juden bringen ja das geistige Leben der Nation in Bewegung, es ist wahr; schon deswegen weil die Presse in ihren Händen ist. Vielleicht ist das ein Unglück, vielleicht auch nicht. Vielleicht sind da diese scharfen Reagentien, diese Gewandtheit und Schlüpfrigkeit am Platz. Vielleicht hat ihre wirtschaftliche Unternehmungslust mehr Aufschwung im Gefolge, als unsrer Bedächtigkeit erreichbar wäre. Aber für das Hauptunglück halte ich, daß sie sich nun und von allen Seiten her auch in die Kunst eindrängen.«

»Ich verstehe; Sie haben recht,« murmelte Gudstikker, den die Beredsamkeit eines andern ungeduldig machte. »Aber schließlich, Kunst ist Kunst. Man kann ja Gold legieren, aber reines Gold kommt dabei nicht um den Wert.«

»Gewiß. Trotzdem ist eine Gefahr. Sehen Sie mal, früher hatten die Juden genug zu tun, sich die Gebiete zu erobern, die ihnen nahe standen. Plötzlich nahmen sie teil an der reichen Kultur, die sie selbst mitschaffen halfen und wuchsen in die Kunst hinein. Es war eine unausbleibliche Verbindung. Jetzt sehen Sie überall jüdische Künstler, erschreckend viele, erschreckend gute. Ich spreche nicht von denen aus vergangenen Jahrzehnten, das ist keine Frage mehr; sie haben meist mit der Kunst, wie ich sie meine, nichts zu tun. Von den heutigen will ich reden. Sie sind Künstler, echte Künstler, daran ist nicht zu zweifeln. Aber sie richten uns zugrunde. Alles, was wir erworben haben, lang und mühselig, damit können sie hantieren; alles, wonach wir ringen, das *haben* sie und wenn wir unser Blut hingeben für eine Sache, stecken sie dieselbe Sache schon lachend in ihre Tasche. Es fließt ihnen so zu, sie haben keinerlei Kampf damit zu bestehen. Und ich will Ihnen sagen, woran es liegt: sie haben keine Tiefe. Nur in die Breite gehen sie und wenn sie tief scheinen, ist es eine Lüge. Sie kommen ja aus dem Schoß eines wunderbaren Volkes. Welche Verfolgungen! welche Unterdrückungen! Aber wie ein Wurm krümmt sich dieser Volkskörper durch die Zeiten, unerschöpflich an Lebenskraft. Aber jetzt naht die Krisis. Sie nehmen uns die Wahrheit und die Aufrichtigkeit in der Kunst, das ist wichtiger als alles andere. Sie ersetzen es unbewußt mit dem Schein von Wahrheit, dem Schein von Aufrichtigkeit; sie bringen uns eine neue Art von Sentimentalität, die sich als Naivetät gibt und mit grüblerischer Wehmut nach den Gründen der Dinge schreit. Ich schwöre Ihnen, mein Lieber, das ist eines von den Dingen, die das Schicksal und das Leben ganzer Jahrhunderte verdüstern. Darin liegt die ›Judenfrage‹, wie man das Ding läppisch nennt. Darum müßten die Juden fort und tausendmal fort. Was ist alles andere, eine lokale Sache. Religion! Was ist uns Religion! wir haben keine Religion mehr im kirchlichen Sinn. Sie sollen sich ein Land suchen, wo es auch immer sei, sie sollen einen König über sich setzen wie in den alten Zeiten, sollen ihren Weizen bauen und ihr Gras mähen und ihre Häuser aufrichten, sagen wir, in Australien, nur nicht bei uns. Sonst geht der Verfall weiter und wir werden sitzen, wie der Frosch an der Mergelgrube. Das Christentum hätte schon längst ausgeatmet, wenn das Judentum nicht wäre, abgesehen davon, daß es garnicht gekommen wäre und die germanischen Völker sich einen Gott nach *ihrem* Blut geschaffen hätten.«

Gudstikker hatte erstaunt und erstaunter zugehört, und er war so voll von Zweifeln und Einwänden, daß er zuletzt kein Wort herausbrachte und ein mißmutiges Gesicht schnitt. Bojesen lächelte schwermütig. »Ich bin abgeschweift von meinem Thema,« bemerkte er mit einer Miene, die um Verzeihung bat für das Feuer und die Leidenschaft seiner Worte. »Ich meinte, wie man hier lebt, darin sei etwas Unwürdiges, etwas Zeitloses und Teilnahmloses für die Zeit. Hier wird man entweder zum Fanatiker oder zum Dummkopf. Man kann nicht einmal Einfluß haben auf die Jugend, selbst das ist unmöglich. Es ist erstaunlich, aber es ist so, Sie dürfen mir glauben. Mein Gott, was ist das für eine Jugend! Sie hat nichts, als was man ihr schenkt. Sie ist so arm und man macht sie noch ärmer dadurch, wie man den Unterricht betreibt. Doch davon darf ich gar nicht reden.«

»Sie haben wohl Schlimmes hinter sich?« fragte Gudstikker, der sich völlig bewußt war, eine Allerweltsfrage zu tun. Aber er empfand deutlich, daß ihm dieser Mann heute nichts geheimhalten würde, daß er sich betäubte durch Mitteilung, und daß er sich jedem Fremden ebenso eröffnet hätte.

»Schlimmes? Nein. Es ist so gewöhnlich, zu gewöhnlich, um Aufhebens davon zu machen. Mein Vater war reich und hat mich enterbt, weil ich zur Wissenschaft ging. Ich sollte Soldat werden. Dann hat mich auch die Wissenschaft verstoßen, und da bin ich Lehrer geworden. Ich hätte schon ausgeharrt, aber es traf mich das Unglück, daß ich mich verliebte.«

Bojesen schwieg und sah sich mit träumenden Augen rings um. Der Raum leerte sich; die Kellner säuberten die Tische, viele Lichter wurden verlöscht, die weißen Marmorplatten starrten grell aus den dunklen Teilen des Saales. Die Uhr schien stillzustehn; die Zeit schien stillzustehn.

»Und nun wundern Sie sich jedenfalls, daß ich hier sitze,« begann Lehrer Bojesen wieder mit gedämpfter Stimme, »und nicht daheim bei dieser Frau, in die ich mich verliebt habe? Jeden Abend bin ich hier zu treffen im Kreis meiner sublimen Gedanken, denen ich Audienz gebe. Ich weiß nicht, welcher Geist uns immer noch mit der Ehe foltert, uns, die wir mit frischgewaschenen Manschetten ins zwanzigste Jahrhundert treten sollen. An die Harmonie der Flitterwochen bin ich ja bereit zu glauben, vielleicht noch ein Jahr länger, aber dann? Sagen Sie mir, lieber Freund, was soll man tun mit einer Frau, die so schön ist, wie sie jung ist, wie sie anmutig ist, und die nicht hungrig wird an ihrem Körper? Verstehen Sie mich? Sie hat kein Verlangen, liebt seelisch und wie die schönen Dinge alle heißen, nennt es Schmutz, wenn sich die Leiber vereinigen, wie es die Natur sanktioniert hat. Vielleicht ist das *auch* eine Zeitkrankheit, eine Frauenkrankheit, aber was soll man tun mit einem solchen Weib? Man kann ihr nichts mehr geben, nichts. Sie wird einem zum Stein!«

Gudstikker nickte und spielte peinlich berührt mit einem Streichholz.

»Ja,« fuhr Bojesen mit einer offenbaren und immer steigenden Lust, sich selbst zu zerfleischen und preiszugeben, fort, »wenn sonst etwas wäre. Ich wünsche Ihnen niemals, Lehrer zu sein. Was sind das für Herren, auf deren guten Willen man angewiesen ist! Doch lassen Sie mich aufhören zu reden, erzählen Sie mir etwas.«

Gudstikker fragte Bojesen, ob er Agathon Geyer kenne, und Bojesen bejahte. Er scheine ihm ein ziemlich talentloser Schüler zu sein, wie alle. Er meine, Talent im höheren Sinn, wobei das Bewußtsein eines Zieles sei, ein um der Sache willen Schaffen. Das könne er bei keinem dieser Schüler finden, die die ganze Schule als eine Art Strafarbeit oder Hindernisrennen betrachten. »Das kommt von oben und geht durch bis zum Pedell. Arbeitergeist. In wessen Augen ein Evangelium glänzt, der ist gebrandmarkt. Das Beste wird von Strebern geleistet. Nun malen Sie sich das aus.«

Die beiden Männer zahlten ihre Zeche. Wie Wellen schwankten die Nebel auf der Straße. Am Bahnhof verabschiedete sich Gudstikker.

Bojesen empfand jenes Grauen vor den eigenen vier Wänden, das den energielosen Naturen oft eigen ist, und er fürchtete die stumme Sprache seiner Bücher, seiner Spiegel, seiner Kerze. Ein warmer Wind erhob sich, der allmählich zum Sturm anwuchs, und seinen Hut mit beiden Händen festhaltend, schritt er langsam dahin, froh des Kampfes mit dem Element. Er achtete nicht des Weges, den er schritt, er war froh, allein zu sein, ihm war, als ob es völlig einsam wäre auf dem Erdball. In dem bergigen Viertel am Fluß kam er an ein Haus, dessen erleuchtete Fenster mit den Worten geschmückt waren: »Zum siebenten Himmel«.

173

Bojesen ging hinein. Vor dichtem Rauch sah er zuerst überhaupt nichts. Ein säuerlicher Geruch von abgestandenem Bier drang auf ihn ein. Dann sah er im Hintergrund neben dem Büffet das Podium mit einem verwahrlosten Vorhang. Die Tische starrten von verschütteten Getränken und Speiseresten. Die Stühle lagen teils auf der Erde, teils standen sie auf einem Haufen; einer stand auf dem Tisch. In einer Nische befand sich die Ruine eines Billards und die Ruine eines Klaviers. Eine verblühte Dame stellte eine Flasche Wein vor den Ankömmling hin und erklärte, daß die heutige Galavorstellung unterblieben sei, weil das Publikum sich geprügelt habe. Bojesen starrte in die Höhe, in irgend eine sonnige Ferne und murmelte: »Geliebt und verloren.« So saß er eine Stunde lang, ohne sich zu rühren. Plötzlich schob sich der Vorhang über dem Podium zur Seite, und der Kopf eines jungen Weibes mit nackten Schultern guckte heraus. Das Gesicht war leuchtend bleich, mit einer niederen Stirn, mit Augen von einem ruhigen, leidenschaftlichen Feuer, mit einem trotzigen Mund. »Holla Luisina! Es lebe das Proletariat!« rief eine heisere, aber jugendliche Stimme. Bojesen schaute hin, sah jedoch niemand. Das junge Mädchen nickte lächelnd zurück, prüfte Bojesen mit flüchtigem Blick und verschwand. Bojesen vergaß niemals den bösen Ausdruck des Gesichts in jener Sekunde, da sie ihn angeschaut. Wieder saß er lange, ohne zu wissen, was er tun oder denken sollte. Dann stand er auf, ging zum Podium, schlug den Vorhang zurück, und sah eine armselige Bühne vor sich, mit zerrissenen Kulissen an der Seite. In einer Ecke saß Luisina und lächelte ihn spöttisch an, als er auf sie zukam. »Wollen Sie spionieren?« fragte sie schroff. »Es steht Ihnen nichts im Weg. Mein Name ist Luisina Stellamare. Sie halten es für unwahrscheinlich? Sie glauben, daß ich Barbara Müller heiße? Möglich. Aber sobald es Ihr Amt erlaubt, bitte ich, mich des verdrießlichen Anblickes Ihrer Person zu entheben.«

174

»Es lebe die Anarchie!« rief die exaltierte Stimme wieder. »Morgenröte! Fackeltanz! Meine Seele ist wie ein Lamm am Ostertag. Es lebe der Messias!«

»Das ist der Glühende,« sagte Luisina, Bojesen zunickend. »Er ist meine Fanfare.« Sie lachte, und dies Lachen klang, wie wenn Glasscheiben klirren. Dann wurde sie wieder ernst, drohend und verächtlich ernst. »Ja,« sagte sie mit einem Wesen, als erachte sie ihre Worte als zu wertvoll, um gesprochen zu werden, »ich bin aus der Art geschlagen, ungeraten, landflüchtig. Ich lebe nun das Leben, wie ich es will, auf eigene Faust, auf eigene Taler, mit der Erlaubnis zu jauchzen, wenn ich will und zu lieben, wenn ich will. Wollen Sie noch mehr wissen? Meine Biographie ist erst nach meinem Tod zu haben.«

»Ich bin der tanzende Stern des Chaos!« erschallte die Stimme des Glühenden; eine fette Stimme brummte befriedigt bravo.

Bojesen hatte sich an eine Kulisse gelehnt und sah Luisina mit halbgeschlossenen Lidern unverwandt an. »Glauben Sie an Zufälle?« fragte er endlich. »Ich bin hier hereingekommen mit dem Bewußtsein, daß ich Ihnen begegnen würde. Meine Seele wußte davon. Ich kenne Sie nicht, wer Sie auch sein mögen, ich will Sie nicht kennen. Nur wünschte ich einen anderen Namen für dies Bild.«

»Ach!« Luisina sprang überrascht und stirnrunzelnd auf. In ihrem Wesen war etwas so Fischhaftes, beunruhigend Lebendiges, daß Bojesen auf jedes ihrer Worte, jede ihrer Gebärden harrte. Sie kam auf ihn zu, lauernd wie ein Tiger, bohrte den Blick ihrer blauen Augen fest in den seinen und sagte: »Kommen Sie hierher, um den müden Mann zu spielen? Sprechen von Seele? Hier gibts keine Seele! Hier wird gelacht, getanzt, gesungen und getrunken, und wer hier eintritt, lasse seine Seele fahren. Ihre Dienerin, Monsieur.« Damit ging sie graziös und schnell.

Und Bojesen ging auch, legte sein Geld auf den Tisch und ging. Er verlor sich selbst in der Nacht. Er zählte die Laternen in den Straßen. Dann stand er auf der Brücke und starrte in den Fluß und dachte nach, woher all das Wasser kam, wohin es ging; warum fließt es in weiten Streifen und Falten dahin, nicht glatt wie ein Glas? dachte er. Was rauscht es leise, was schlägt es an die steinernen Pfeiler?

Es fließt der Fluß und stehet nicht
Und Gott ist und vergehet nicht

murmelte er vor sich hin. Er suchte ein kleines Gasthaus auf, wo er in einem harten Bett, in feuchter Kammer den Rest der Nacht schlaflos zubrachte, von einem Bild gepeinigt, das die wachen Glieder zittern ließ, bis der Leib unwillig zurückkehrte in die Finsternis der Kammer mit dem Lichtfleck von Fenster.

176

Als er am Morgen dem Schulhaus zuschritt, dachte er an seine Frau daheim. Aber sie rückte ihm noch ferner in diesen Gedanken, als da er ihrer vergessen hatte; sie verschwand in dem Nebel, der die Gassen näßte und emporstieg zum Himmel, um selber während des Tages Himmel zu sein.

Im Laboratorium lärmten schon die Schüler. Bei seinem Eintritt wurde es still, und alle erhoben sich. Die Bänke waren amphitheatralisch aufgebaut, Schränke mit Mineralien klebten an den Wänden. Auf dem langen Tisch standen und lagen Retorten, Brennapparate, Röhren, Schmelztiegel, Drahtnetze, Flaschen und Schachteln. Bald nach Beginn des Unterrichts kam der Rektor; er übergab Bojesen ein kleines Schreibheft und sagte ernst: »Sie sind Ordinarius von Agathon Geyer. Lesen Sie dies und kommen Sie in einer Stunde aufs Rektorat.« Gnädig nickend verschwand er.

Bojesen suchte sein Privatzimmer auf, wo ein starker Chlorgeruch herrschte. Auf dem Heft stand: Deutsche Aufsätze von Agathon Geyer. Bojesen blätterte bis zu dem letzten, vom Rektor signierten Thema: Was soll uns die Schule sein? und las zuerst ziemlich gleichgültig. Die Schrift war schlecht, schattenhaft, fieberhaft; die Buchstaben schienen aufeinander loszustürzen, besinnungslos hinzutaumeln, dann schien irgend einer plötzlich steif zu stehen, Halt zu gebieten, aber nichts konnte die allgemeine Verwirrung hemmen. Bojesen las mit wachsendem Erstaunen, erst kopfschüttelnd, dann errötend, dann erblassend, und als er am Schluß angelangt war, stützte er den Kopf in die Hand, nickte trostlos vor sich hin und begann das Stück des Schülers noch einmal zu lesen, bedächtiger und immer mehr verwundert, welch klare und fast dichterische Form die glühende Seele des Unmündigen gefunden hatte.

177

Die Schule, so lautete der Aufsatz, sollte uns das Tor zum Leben aufmachen. Sie sollte uns erwachsen machen, mutig und gefahrenkundig. Sie sollte uns zu tüchtigen, edlen Menschen machen. Sie sollte uns die Lehrer lieben lehren und die Lehrer sollten uns lehren, das Leben zu lieben, den künftigen Beruf, die Menschen, die großen Männer der Vergangenheit, die großen Ideen, die Freude an der Freundschaft, an der Natur. Sie sollten uns überlegen sein. Sie sollten uns liebevoll entgegenkommen, damit wir froh würden. Aber ist das alles wahr? Bereitet uns die Schule für den Beruf vor? Wenn wir sie verlassen, wissen wir vielleicht, was wir werden *sollen,* aber nicht, was wir sind. Die Schule speichert Kenntnisse in uns auf, die tot bleiben. Wir werden in unserer Seele nicht harmonisch. Die Natur bleibt uns tot wie das Leben. Niemals werden wir ihre Sprache verstehen. Daran seid ihr schuld und ich muß euch anklagen. Warum kümmern sich die Lehrer nicht um die Seele der Schüler, sondern bloß um das, was sie gelernt haben? Warum bleiben wir die Stopfgänse, die ihr ausschimpft, wenn sie nicht beständig fressen wollen? Warum fürchtet man den Lehrer oder verachtet ihn, statt ihn zu lieben? Ihr seid die Feinde der Schüler, darum spionieren sie nach euren Schwächen; ihr sitzt auf dem Pult und seid wie ein Buch, statt wie ein Mensch. Was ihr sagt, ist euch leblos geworden, was es euch langweilt. Warum seid ihr so hochmütig? Seht auf uns herunter von einem Turm, so daß wir ganz klein sind? Zu hochmütig sogar, um uns über das Wichtigste des Lebens aufzuklären? Warum eröffnet ihr uns nicht daß Geheimnis der Geburt? Warum tut das die Schule nicht, trotzdem sich so oft Gelegenheit bietet? Wie viel reiner bliebe dann die Phantasie der Knaben. Jetzt machen sie allen Schmutz daraus und kichern, blinzeln, erröten bei jedem Gedicht eines Dichters, durchsuchen sogar die Bibel nach jenen Stellen, haben immerfort schmierige Heimlichkeiten. Ist das nicht schrecklich? Sie haben deshalb keine Ehrfurcht; vor keinem Menschen und keinem Ding und die ganze Welt ist ihnen etwas Klebrig-Unanständiges. Sie treiben Dinge, an die man nicht denken darf, ohne verrückt zu werden. Warum bemerken das die Lehrer nicht? Warum verhindern es die Lehrer nicht? Warum? Warum sitzt ihr auf eurem Pult und seid durch eine Mauer von uns getrennt? Niemals können eure Schüler glückliche Menschen werden, und daran seid ihr schuld mit eurem kalten, eisigen Herzen. Jeder, der ins Leben tritt, muß erst euch und eure Schule und eure Lieblosigkeit vergessen; vielleicht kann er dann Festigkeit erlangen. Aber glücklich wird er nie. Was ich geschrieben habe, mußte ich schreiben und jetzt ist um leicht. Eine unwiderstehliche Stimme im Innern hat mir befohlen.

Bojesens Lippen zitterten und seine Arme; sein Leib zitterte. Es war etwas aufgewühlt in ihm, dessen er sich schämte: der Neid um diesen großen und ahnungslosen Wahrheitsmut. Er war so tief erschüttert, daß er den Raum, in dem er sich befand, nur wie durch Schleier sehen konnte. Im Treppenhaus läutete die Zehnuhrglocke, und er ging, seine Schüler zu entlassen. Dann schritt er selbst hinaus, durch die Korridore, trat an das hohe Fenster und sah in den Hof hinab, der auf allen Seiten von Mauern und Häusern eingeschlossen war. Er sah ins Gewühl der Knaben, die mit wildem Geschrei umhertollten, aber darin war nichts von Freiheitsgefühl und frischer Jugendlichkeit. Ja, er sah es mit seinen eigenen Augen: dies war das Jauchzen des Sträflings, dem die Kette gelockert wird, das krampfhafte, unwahrscheinliche Jauchzen des Rekruten am Sonntag, wenn er Heimat und Heimweh und Kaserne vergißt. Das war keine Jugend für den Gebrauch der kommenden Zeit, *diese* Jugend mit den umränderten Augen und hervorstehenden Backenknochen, dem zynischen brutalen schreiähnlichen freudlosen Lachen, den häßlichen Bewegungen und dem lichtlosen Blick. Das war eine vergängliche Sorte von Menschen, er sah es selbst.

Und als er weiterging, erblickte er Agathon, an einen Pfeiler gelehnt, allein. Als er den Lehrer gewahrte, wandte sich Agathon langsam und schritt in das Klassenzimmer. Bojesen folgte ihm (der Saal war leer) und machte die Tür zu. Agathon wurde leichenblaß und schloß wie im Schmerz die Augen. Bojesen nahm seine Hand, legte seine rechte Hand auf Agathons Schulter und sah ihn durchdringend an. Dann strich er mit der Hand über Agathons Haar, schmeichelnd und liebkosend, und niemals zuvor oder nachher hatte dieser ein solches Glücksgefühl gehabt, so unirdisch, grenzenlos und heiter. Der Kampf des Lebens lag vor ihm wie ein leicht lösbares Rätsel, dies Haus, diese Schulbänke schienen mit Glück verbrämt. Er verstand seinen Lehrer; er wußte, was die Berührung seiner Hand zu bedeuten hatte.

Eine Viertelstunde später wurde er zum Rektor gerufen.

# Achtes Kapitel

Die Lehrer der Anstalt waren in dem großen, fünfeckigen Raum versammelt. Alle hatten ein feierliches Gesicht, und ihr Wesen war das von Leuten, die sich ihres Amtes und ihrer Verantwortung bewußt sind. Sie starrten Agathon an mit höhnischen oder vorwurfsvollen oder hochmütigen oder verwunderten Augen. Der jüdische Kantor zeigte eine so finstere und empörte Miene, daß man ihn nicht ansehen konnte, ohne sich als Verbrecher zu fühlen.

Der Rektor wandte sich auf seinem Drehsessel langsam um und bohrte den kalten Blick seiner tiefliegenden Augen in die Agathons. »Wie sind Sie dazu gekommen, Geyer, diesen – sagen wir impertinenten Artikel zu schreiben, dieses Pamphlet, wenn ich mich so ausdrücken darf?«

Der Kantor wollte reden, doch der Rektor winkte vornehm ab und fuhr mit erhöhter Stimme fort: »Ich frage, wie Sie dazu gekommen sind, die schuldige Ehrfurcht gegen Ihre Lehrer in so ungeheurer Weise zu verletzen? Ich glaube, meine Herren, wir haben hier einen Fall von geradezu typischer Bosheit vor uns. Dieser junge Mensch befindet sich auf der abschüssigen Bahn des Lasters. Er ist das bedauerliche Beispiel für das sittliche Niveau, auf dem unsere Jugend steht, und in einem solchen Falle muß mit aller verfügbaren Strenge vorgegangen werden; ein solcher Fall muß geradezu exemplarisch bestraft werden.«

Der Rektor hatte sich erhoben; seine schmetternde Stimme ließ den Raum erbeben; Agathon war es, als dringe sie durch Mauern, in alle Häuser der Stadt.

Wieder wollte der Kantor reden und abermals winkte ihm der Rektor zu, zu schweigen und fuhr fort: »Ich gestehe, daß mir ein ähnlicher Fall von Verworfenheit überhaupt noch nicht vorgekommen ist, und, hoffen wir zur Ehre unserer Anstalt, auch nicht mehr vorkommen wird. Geyer, wann haben Sie Ihr niedriges Skriptum verfaßt?«

»Gestern, Herr Rektor.«

»Lauter!«

Agathon schwieg.

»Lauter!«

»Gestern. Ich habe es laut gesagt, Herr Rektor.«

»In welcher Absicht?« fragte der Rektor, fast berstend vor Wut.

»In der Absicht, die Schüler glücklicher und besser zu machen.«

»Das ist eine infame Lüge!« schrie der Rektor wie außer sich.

»Es ist wahr,« erwiderte Agathon ruhig.

»Kreatur!« knirschte der Rektor, in dessen Mund das Wort eine zermalmende Bedeutung hatte.

Nun konnte sich der Kantor nicht länger bezähmen. Er trat vor, kreuzte die Arme über der Brust, beugte sich zurück und den Oberkörper beständig schaukelnd, sagte er mit scharfer, salbungsvoller Stimme: »Wer bist du? Hast du den Namen Gottes vergessen? Hast du die Ehre deines frommen Vaters vergessen? Bist du dir nicht selbst zur Last? Bist du

Jude oder bist du's nicht? Ich verwerfe dich, stoße dich aus der Gemein-schaft der Guten hinaus, breche den Stab über dir.«

»Nein, ich bin kein Jude mehr,« sagte Agathon mit seltsamem Lächeln, ohne die klare Ruhe zu verlieren, die ihn bis jetzt erfüllt hatte. Die Lehrer sahen auf: bestürzt und kopfschüttelnd. Bojesens Gesicht war tief nieder-gebeugt. Er hatte sich gesetzt; die blassen Hände lagen regungslos auf den Knien.

»Nun haben Sie den vollgültigen Beweis seiner Bösartigkeit und Ge-fährlichkeit, meine Herren,« sagte der Rektor verächtlich. »Eine verstockte, gottlose, pietätlose Natur. Sie können gehen, Geyer.«

Agathon ging. Draußen überfiel ihn plötzlich große Schwäche und er sank auf die Treppe. Er hörte eine leise, aber feste Stimme in dem Raum, wo man Gericht über ihn hielt, – Bojesens Stimme. Lange redete diese Stimme, bis auf einmal der Rektor zu schreien anfing, wilder als ihn Agathon je gehört. Gleich darauf öffnete sich die Türe und Bojesen kam allein heraus. Er sah Agathon und bedeutete ihm, daß er ihm folgen möge.

Als sie im Privatzimmer des Chemikers angelangt waren, verschloß Bojesen die Türe. »Ich verstehe Ihren Antrieb,« sagte er etwas gequält, »ich kann ihn menschlich würdigen, mag er so nutzlos sein als er eben ist. Aber wie sind Sie dazu gekommen? Es gehört doch ein Entschluß dazu, die eigene Zukunft so mit Füßen zu zertreten.«

Agathon saß auf dem Rand eines Stuhls und fror. Er blickte ins Koh-lenfeuer, wo sich wunderliche Ruinen türmten aus der scharlachroten Glut. Dann fing er fast willenlos an zu sprechen, nicht ohne Furcht vor den eigenen Worten: »Ich weiß eigentlich nicht. Es ist schon lange her, daß ich daran dachte. Ich meinte, viele Menschen könnten leicht zu dem gelangen, was ihnen zum Glück fehlt. Ich habe nie die jüdische Religion geliebt. Oft war mir, als müsse ich allen Juden ein Wort sagen, das sie befreien könnte. Aber das war mehr wie ein Traum, bis die Geschichte mit Sürich Sperling kam.«

»Und was war das?«

»Sürich Sperling hieß der Sebalderwirt bei uns im Dorf. Mein Vater fürchtete ihn so, daß er schon zitterte, wenn er seinen Namen hörte. Er hatte einen Schuldschein meines Vaters an sich gebracht und damit quälte er ihn. Als wir einmal bei der Überschwemmung nach Altenberg fuhren, kam er in einem anderen Boot, stieß mit Absicht an unseres und ich stürzte ins Wasser. Da dachte ich mir, es könne keine Sünde sein, ihn zu töten. Am selben Abend sah ich zu, wie er ein altes Männchen mißhandelte, da ging ich hin und spie ihm ins Gesicht. Er schleppte mich in sein Zimmer, nahm einen Strick und band mich an ein schwarzes Kreuz an der Wand und schlug mich. Alles das sag ich nur Ihnen, weil ich weiß, daß Sie verschwiegen sind.«

Agathon schlug die Hände vors Gesicht und Erich Bojesen hörte mit aufgerissenen Augen zu. Agathon fuhr fort, ohne die Hände vom Gesicht zu nehmen. »Da sagte ich zu ihm: Sürich Sperling, das ist Ihr Tod. Da lachte er und sagte: sprich, du Aas, habt ihr nicht den Heiland gekreuzigt?

Da war mir, als ob die Tür aufginge und Lämelchen Erdmann hereinkäme, eben jener Alte, den Sürich Sperling beschimpft hatte; und es war mir, als ob er sich niedersetzte und nickte und lächelte, und es war sein Gesicht, das ich kannte und wars auch wieder nicht. O, Sürich Sperling, sagt er, das ist eine Handlung voll Bedeutung, denn von jetzt an sind die Juden frei. Nimmer die Milde wird regieren, sondern die Kraft. Wir werden hassen unsere Feinde, hassen, hassen! Der ewige Jud ist erlöst und du, Sürich Sperling, wirst werden der ewige Christ. Denn die Welt wird neu, sie wird sich häuten gleich einer Schlange, dann wirst du sein der ewige Christ und du wirst verurteilt sein all das Blut zu sühnen, das der Christ unschuldig hat fließen lassen. Plötzlich verschwand die Erscheinung, Sürich Sperling band mich los, er war totenbleich, zitternd hieß er mich gehen, und seine Augen blickten auf mich voll Angst und Entsetzen.«

Bojesen blickte durch die Fenster auf die Straße, wo die Menschen wanderten, einzeln oder zu zweien und mit Schirmen, denn es begann zu regnen. Ihm kam alles unwirklich vor; als ob das ganze Leben nur ein flüchtiges Bild sei, der Traum eines Traumes in uns selbst, wobei man nah ist, zu erwachen, es wünscht oder fürchtet. Er ging hin, nahm Agathons Kopf zwischen beide Hände, richtete ihn mit einem Ruck empor, schaute ihm in die Augen und machte die Wahrnehmung, daß es die seltsamsten Augen waren, die er je gesehen: schwarz und tief, von einem mühlos lodernden, und doch verhaltenen Feuer, voll von der Gabe der Vision. Wenn sie ihn anblickten, war es, als ob der Blick aus weiter Ferne besinnend zurückkehrte und erst lange zaudernd Klarheit und Festigkeit gewänne. Dann stand Agathon auf (er war etwas größer als Bojesen), und sein Gesicht hatte sich mit schrecklicher Blässe bedeckt. Er deutete vor sich hin, sank auf die Knie und blieb so einige Sekunden.

»Was ist? was haben Sie?« fragte Bojesen bestürzt.

Agathon schüttelte den Kopf, und sein Gesicht verzog sich wie zum Weinen.

»Und was geschah dann weiter?« fragte Bojesen flüsternd, gegen seinen Willen und seine Vernunft ergriffen von der Sonderbarkeit des jungen Menschen.

»Das kann ich jetzt nicht sagen,« erwiderte Agathon. »Sürich Sperling starb in derselben Nacht.«

»In derselben Nacht?«

»Ja. Ich lag – und lag – und wünschte den Tod in sein Herz.«

Ungläubig und staunend schaute Bojesen in das erschütterte Gesicht des Jünglings. Er schloß die Augen; ihm schwindelte. Als Agathon mit leisem Gruß das Zimmer verlassen hatte, schritt er tief erregt auf und ab.

Agathon irrte planlos durch die Gassen und als er am Löwengardschen Haus vorbeikam, sah er Flur und Vestibül voll von Menschen, die sich aufgeregt gebärdeten; auch vor dem Haus standen Leute, darunter viele Arbeiter mit drohender Miene.

Er machte sich auf den Heimweg, ohne daß er all diese Dinge eines besonderen Nachdenkens gewürdigt hätte. Sie bereicherten nur seine Seele um das wunderliche Gefühl, daß etwas Entscheidendes in der Welt vorging und daß er selbst die Ursache und berufen sei, die Umwandlung herbeizuführen. Während des ganzen Weges hatte er die bestimmte Vorempfindung von etwas Schönem und Angenehmem, und wie wenn er einen lange vermißten Freund aufsuchte, schritt er gegen das Dorf hinab. Wirklich stand Monika Olifat am Weg und begrüßte ihn, indem sie ihm beide Hände entgegenstreckte. »Wie geht es dir, Agathon? Warum bist du denn fortgerannt neulich? Du bist so eigen, Agathon. Wie das lautet: Agathon!« sagte sie nachdenklich, lächelte froh und sah ihm in die Augen.

»Es ist ein griechischer Name und bedeutet: der Gute,« entgegnete Agathon mit demselben innerlich frohen Lächeln.

»Bist du denn auch gut?«

»Ich weiß es nicht. Niemand kann es von sich wissen und wer es weiß, ist es nicht mehr.«

»Ich muß dir erzählen,« plauderte das Mädchen, »erstens, daß ich eine neue Freundin habe, Käthe Estrich. Sie ist hübsch und lieb; ihre Eltern ziehen hierher, sie haben die Ziegelei gekauft.«

»Zweitens?«

»Zweitens ist sie verlobt und ich kenne auch ihren Verlobten. Ein interessanter Mann«

»Stefan Gudstikker?«

»Du kennst ihn? Er hat mir ein Gedicht gezeigt, das er gemacht hat. Eine Stelle weiß ich auswendig:

Es ist so still, daß alle Wandrer staunen.
Wenn solche wundervolle Nacht aufziehet,
Hört man die Wolken und die Blumen raunen.
Die Wünsche schlafen und kein Feuer glühet,
Du spürst nicht Duft von Myrten und Cypressen;
Die Welle ruht im Strom kein Vogel fliehet.«

»Das ist schön!« rief Agathon aus, blieb stehen und erblaßte.

»Ach Agathon, ich mag dich so gern leiden,« sagte nach einer Pause Monika erglühend. »Du bist so still und sein und was du sagst, ist so warm! Ich glaube, dich könnt ich nicht weinen sehen.«

»Ich hab auch noch nie geweint,« erwiderte Agathon, den Kopf senkend.

Monika nahm seine bebende Hand und küßte sie. Dann gingen sie weiter wie zwei Schlafwandler.

Auch im Dorf sah Agathon viele erregte, finstere, zornige Gesichter. Er wurde unruhig. Als er die Schwelle des Hauses überschritt, überfiel ihn ein stechender Schrecken; er sah jene Frau im Flur stehen, die ihm einige Zeit allmorgendlich begegnet war. Da er sie fassungslos anstarrte, klärte sie ihn auf: »Ich bin die Frau Hellmut und bin zur Pflege Ihrer Mutter da, junger Herr. Sie ist sehr krank. Sei ruhig, Sema!« herrschte sie den Knaben an, der zu ihr reden wollte und schlug mit dem Knöchel eines Fingers gegen die Schläfe des Knaben, so daß dieser zu heulen anfing

Als Agathon ins Zimmer kam, fiel ihm auf, daß seine beiden Geschwister wie Wachspuppen auf der Bank saßen und sich nicht rührten. Elkan Geyer starrte mit roten Augen vor sich hin. Bisweilen erwachte er wie aus einer Betäubung und rang stumm die Hände. Enoch saß schweigend am Ofen. Agathon wollte nicht fragen. Voll Besorgnis schritt er die Stufen hinauf, die vom Wohn- ins Schlafzimmer führten und fand seine Mutter allein. Ihr Gesicht war von einem grauenhaften Gelb. Sie lächelte so matt und gezwungen, daß Agathon nach einer geflüsterten Frage, die

Frau Jette nur mit einem Zudrücken ihrer Augenlider beantwortete, wieder hinausging.

Plötzlich kam Bärman Schrot mit der blauen Schürze, mit schmutzigen Händen – geradewegs von seinem Acker. Er deutete mit ängstlichen Bewegungen hinter sich: der Schuster Garneelen, sowie der Schmied folgten ihm auf dem Fuß. Sie kamen herein, der Schmied mit einem Hammer, der Schuster mit aufgestreiften Ärmeln, beide mit Gesichtern, die wie von Trunkenheit gerötet waren, und der Schmied schlug mit dem Hammer auf die Lehne eines Stuhls, daß sie krachend zerbrach. Mit schrillen Schreien flüchteten die zwei Kinder in das Zimmer der Mutter, und gleich darauf erschien Frau Jette im Bettgewand auf der Schwelle, einer Leiche gleich und mußte sich am Pfosten aufrecht halten. Der Schuster schrie, daß ihm seine Ersparnisse gestohlen seien, und er werde dafür sorgen, daß in drei Tagen kein Jud mehr lebe im Dorf, dafür werde er sorgen, man könne sich darauf verlassen. Der Schmied heulte mehr, als er redete, schlug mit dem Hammer blind um sich, wollte seine zweitausend Mark haben, oder er haue alles zusammen vom Dach bis zum Keller. Auf ein paar Jahre Zuchthaus käme es ihm nicht an, ihm nicht. So schrien sie beide. Auf der Gasse sammelten sich die Menschen, drückten die Gesichter an die Fensterscheiben, drängten sich in den Flur, standen unter der Türe, und endlich entschlossen sich ein paar ältere Männer, den zwei Wütenden zuzureden und sie langsam und durch Übermacht hinauszuschieben. Sie taten es jedoch sichtlich mit Widerwillen, nur aus Mitleid mit dem entsetzlichen Bild der Frau, die steif und regungslos an der Schwelle ihres Krankenzimmers stand, hinter sich zwei zitternde Kinder.

Als der Raum wieder leer von Menschen war, versperrte Agathon die Tür und sah seinen Vater prüfend an, der in sich zusammengesunken, mit blauen Lippen hockte und ein Gebet murmelte. Enoch Pohl sagte nichts; seine Züge waren unbewegt. Er brachte seine Tochter ins Bett zurück, puffte die Kinder die Stufen hinunter und stellte sich dann mit dem Rücken gegen den Ofen.

Es klopfte an die Türe, erst leiser, dann stärker. Agathon fragte, wer da sei; Gedalja war es. Agathon ging hinaus, schloß den Laden ab und rief der Magd zu, sie solle den Arzt zur Mutter holen. Aber die Stimme der Frau Hellmut, die sich mit der Magd eingeschlossen hatte, antwortete, sie mache nicht auf, sie könne nicht ihr Leben riskieren bei diesen Zuständen.

»Ich hab's vorausgesehen,« sagte Gedalja, beständig nickend, während er redete. »Werd ihn Gott beglücken dafor, den Herrn Baron Löwengard. Sin user fufzig Leit im Dorf, die um alles Geld kommen. Werd wachsen die Feindschaft, daß mer nit habn e friedliche Stund. Mich dauert nor sein Kind, nebbich. Is as wie e Rose zwischen die Dorner, die sticht sich stets un bleibt dennoch in ihrer Farb. Elkan, du dauerst mich aach. Hast dich abgeschunden 's ganze Leben, hast gesammelt en übrigen Heller für die Kinder un jetz is es weg. Du bist der beste Mensch, den ich kenn, aber Mark haste kaans in die Knochen. Da sitzte jetz un starrst. Zu was? Bin ich worn gestraft un hab verloren alles, was der Mensch nötig hat for sein Alter. Sitz ich da un starr? Müßt ich nit starren und erstarren, wenn mein eigen Fleisch und Blut is geworn zum Bösewicht? Ball is es aus, das Töpsche Leben, ausgeleert un ausgeschütt, nachher gitts nix mehr zum Starren.«

Am Nachmittag kam Pavlovsky der Gendarm und ein Gerichtsschreiber. Alle erschraken. »Enoch Pohl!« rief der dicke Pavlovsky und erhob die Augen nicht von dem Papier in seiner Hand. Ein Todesschweigen folgte, worauf der Gendarm einen Verhaftsbefehl wegen betrügerischen Wuchers verlas. Pavlovsky war noch nicht zu Ende, als Elkan Geyer von seinem Sitz auf die Erde sank und, wie ein Wurm sich windend, hilflos zu schluchzen begann. Agathon konnte es nicht sehen und wandte sich ab. Seine Geschwister stürzten sich über den Vater und begannen jämmerlich zu heulen; Frau Hellmut kam herein und schrie laut auf, Sema faltete stumm die Hände und seine Augen waren für einige Sekunden förmlich gebrochen. »Mutter,« murmelte Agathon verstört, als er vom Krankenzimmer her ein beängstigendes Stöhnen vernahm. Er sah hinaus auf die Gasse, wie ein gefangenes Tier in den Wald sieht; er sah den grauen, wolkenvollen Himmel und die Häuser, die unbeweglich standen und wunderte sich, daß die Welt noch dasselbe Bild der Ruhe und Herbstlichkeit bot. Pavlovsky hatte die Blicke noch nicht von seinem Dokument erhoben; der Gerichtsschreiber nahm seine große Brille ab und musterte Raum und Menschen mit großen, verwunderten, wässerigen Augen.

Gedalja, der sich so zusammengekrümmt hatte, daß sein Kinn die Knie berührte, richtete sich plötzlich straff empor und rief: »Hab ich's nicht gesehen kommen? Elkan, hab ich's nicht gesagt zum voraus? Hab ich nicht gesagt, der Zugrundrichter werd kommen über ihn? Nu is geschändet Gemeinde un Haus un Hof; un die Kinder wern habn zu tragen an deiner Guttat, Enoch. Was is Vernunft, daß se könnt bestehn vorm schlechten Gemüt? Haste abgestreift die Ehrfurcht wo d'r habn deine grauen Haare gegeben un mußt hinwandeln in Sünd und Schand. O Enoch, Enoch, hättste gehabt Erbarmen mit andere, hätteste aach gehabt Erbarmen mit dir selber.«

Der Gendarm führte Enoch ab. Agathon sah, daß er keine Miene verzog. Etwas Starkes lag im Wesen dieses Alten, das die Furcht nicht kannte.

Die Dämmerung brach herein. Agathon ging auf die Straße und wollte gegen den Wald hinauf, als er Gudstikker begegnete. Dieser zog 193 ihn in den Schein einer Hauslaterne und gab ihm einen Brief mit der stummen Aufforderung, ihn zu lesen. Agathon erbleichte und legte die Hand vor die Augen: das hatte er schon irgend einmal erlebt, daß ihm dieser Mann einen Brief gab, vielleicht in einem vergangenen Leben, vielleicht in einem Traum.

Langsam entfaltete er das vergilbte Papier und las beim Scheine des armseligen Lichtes: »Mein Liebster, das kann ich nicht, was du von mir forderst. Ich bin keine freie Frau, kein freies Mädchen. Ich bin nicht geboren, daß ich so hoch fliegen kann, bis zu dir. Aber meine Liebe ist in mir und will nicht vergessen, dich nie vergessen. Doch muß ich dich lassen, denn ich kann nicht tun, was du willst. Ich weiß nicht, welches Leben noch vor mir liegt, aber kann es nicht sein, daß das Kind, dessen Seele noch in meinem Leib schläft, mich deshalb anklagen würde? Darum leb wohl und werde glücklich. Deine Jette Pohl.«

Agathon wußte zuerst nichts anzufangen mit diesen Worten. Dann zuckte er zusammen wie unter einem Schlag und flüsterte: »Meine Mutter?«

Gudstikker nickte und erwiderte: »An meinen Vater.«

»Und warum zeigen Sie mir das!« rief Agathon voll Kummer.

»Warum? Das weiß ich selbst nicht. Vielleicht nur, um Ihnen zu zeigen, wie das Leben ist. Wie im Schauspiel geht alles. Ein Kobold hält uns an einem Faden und läßt uns genau so weit tanzen, wie er will.« 194

Agathon sah verloren in die breite Mauer der aufgeschichteten Ziegelsteine, die sich für seine Blicke öffnete wie ein Sesam und ihn Jahre und Jahrzehnte zurückschauen ließ. Das war seine Mutter! Und wozu hatte sie das Leben gemacht! Hatte seine Mutter das empfinden können? Und wo war es nun hingeschwunden, das alles, wohin? Er begriff es nicht.

»Ich weiß, was Sie denken,« sagte Gudstikker und fuhr mit seiner Lust an Weisheiten fort: »Es gibt nur zwei Wege für einen Menschen, – aus den Berg oder ins Tal. Droben ist er allein und vergeht, wenn ihn seine Seele im Stich läßt, unten wird er gemein. Doch reden wir von etwas anderem. Wissen Sie, daß das Gericht noch immer Nachforschungen hält wegen des plötzlichen Todes von Sürich Sperling? Eine Zeitlang glaubte man an Vergiftung. Sogar Ihr Vater kam in vorübergehenden Verdacht. Ein gewisser Rosenau hat den Untersuchungsrichter darauf geführt.«

»Was –?« schrie Agathon und schlug die Hände zusammen.

»Ihr Vater ist sogar einvernommen worden. Wissen Sie das nicht? Natürlich konnte er sich glänzend rechtfertigen, aber irgendwer sagte mir gestern, daß er seitdem von Furcht gepeinigt würde. Er ängstigt sich vor allen Gedanken, die er früher einmal gegen Sürich Sperling hatte.«

»Mein Vater? Das sagen Sie wirklich? Und das ist wahr?«

»Ob es wahr ist, weiß ich nicht. Ich glaube, derselbe Rosenau erzählte es spöttisch im Wirtshaus.«

»Nein, nein, es ist nicht möglich.«

»Weshalb regen Sie sich auf? Ich habe einen ziemlich sonderbaren Fall erlebt. In einer Familie kam ein Ring abhanden. Ich kenne die Familie, es sind Juden. Ein Verwandter, den ich auch kenne, Eduard Nieberding, war zu Gast. Als nun alle den Ring suchten, wurde Nieberding wie gelähmt. Denn er war vorher allein in dem Zimmer gewesen, wo der Ring aufbewahrt war. Beachten Sie wohl, es konnte nicht der Schatten eines Verdachtes auf ihn fallen, er ist selbst ein reicher Mann, aber er beteiligte sich nicht am Suchen, damit man nicht glaube, er suche nur deshalb, um zu zeigen, daß er den Ring nicht habe. Er wähnte sich beargwohnt, und er bildete sich schließlich so fest ein, jeder vermute ihn als den Dieb, daß er fürchtete, man könne den Ring in seiner Tasche finden, wenn man nur hineingreife. Schließlich ergab es sich, daß die Katze den Ring fortgeschleppt hatte. Aber Sie sehen daraus, wie verwickelt alles ist. Unsere Seele, sie glaubt oft nicht, was die Hand tut.«

Als Agathon sich von Gudstikker verabschiedet hatte und dem Haus zuschritt, sah er auf einmal Sema Hellmut neben sich gehen. Er sah des Knaben fragende Augen mit einem Blick voll Ergebenheit und Hingabe auf sich gerichtet.

Agathon wunderte sich über das bedürftige Anschmiegen des Knaben. Aber er dachte daran nur halb. Der andere Teil seines Nachdenkens war der Ringgeschichte gewidmet, seinem Vater, seiner Mutter, dem Schicksal, das über ihm hing wie die Wolken und alles dunkel machte, gleichwie die sich mehrende Finsternis des Abends von den Wolken auszufließen schien. 196

Daheim fand Agathon eine friedlichere Stimmung. Müßig wandelte er in den Garten. Ein kalter, feuchter Wind ging. Er hörte es rascheln wie vom Graben eines Spatens. Plötzlich sah er seinen Vater schaufeln. Elkan keuchte und grub ruhelos, bald hier, bald dort, – ein Schatzgräber. Es war unheimlich anzusehen. »Was tust du, Vater?« fragte Agathon.

Elkan ließ den Spaten sinken, stützte sich darauf und Agathon sah trotz der Dunkelheit sein fahles Gesicht leuchten. »Agathon, Gott hat seine Hand abgezogen von uns und sein Antlitz verhüllt. Aber wir dürfen nicht murren. Gepriesen seist du, Ewiger, der du des Vergessenen gedenkst.« Elkan betete ein Lobgebet.

»Vater,« sagte Agathon, »ich darf nicht mehr in die Schule. Ich bin davongejagt worden, obwohl ich nichts Schlechtes getan habe.«

Elkan Geyer warf den Spaten weg und lehnte sich an den Zaun. Nach einem langen Schweigen tappte er ins Haus. Agathon blieb, nahm die Mütze ab und gab das Haar den Winden preis. Die Nacht öffnete ihm ihre dunklen Wunder, unvorhanden für andachtlose Augen. Er glaubte in einem Tempel zu sein, doch erkannte er den Gott nicht.

Gegen acht Uhr kam Doktor Schreigemut und sein Gesicht war sorgenvoller als sonst. Agathon sah die Augen Semas beständig auf sich gerichtet; sie folgten jeder seiner Bewegungen. 197

»Gepriesen seist du Ewiger, der du des Vergessenen gedenkst,« murmelte Elkan.

»Die Welt ist gar groß und hat viele Sterne und viele Erden, Elkan,« sagte Gedalja. »Worum soll er nit vergessen an den Gedalja, nit vergessen an den Elkan? Elkan is brav, aber worum soll er nit vergessen an die Braven, wenn er hat so viel zu bessern an die Sünder? Wenn de tot bist, waaßt de nix dervon und in deiner Sterbestund kannst de dir ausdenken, du hättst gelebt e großes Leben, e reiches Leben un nit e Elkanleben. Gehängt is gehängt, mit'n Strick oder mit'n Goldfaden hat mei seliger Onkel g'sagt. E weiser Mann.«

Agathon schlief nicht in der Nacht. Seine Seele war heiter, und erregt sah er in die Finsternis. Er hatte ein Gefühl, wie oft, wenn er ein Geschenk erwarten durfte und ungeduldig war, es zu sehen. Die Nacht war unbewegt, nur selten gestört durch das Heulen eines Hundes. Als es drei

Uhr schlug, kam der Mond und warf ruhige Lichtflecke in den Raum. Mit diesen Strahlen wurden die Figuren in Agathons Sinnen lebendiger und verklärter. Sie brachten ihm Reichtümer, von denen er nicht begriff, daß er sie je hatte entbehren können, er fühlte sich wachsen und es war, als hörte er einen Ruf über die Felder hinschallen, der ihm galt: lang und eindringlich.

Am folgenden Vormittag brachte der Pedell Dunkelschott ein Schreiben des Rektorats und des Kantors der Schule für Elkan Geyer. Er verlangte den Weglohn und trollte ins nächste Wirtshaus. Elkan setzte sich an den Tisch und las. Kaum war er damit zu Ende, als er aufschrie wie ein Gefolterter. Gedalja ging zu ihm, aber Elkan ließ sich nicht halten, sein Gesicht wurde blaurot, er fiel über Agathon her, preßte die Hände um seinen Hals und hätte ihn erdrosselt, wenn nicht ein furchtbarer Angstruf aus dem Krankenzimmer ihn zur Besinnung gebracht hätte. »Aus meinem Haus, du Christ!« röchelte er und stieg schwankend die Stufen zum Schlafgemach hinauf.

Gedalja strich langsam und nachdenklich über Agathons Haar. »Was haste getan?« murmelte er. »Der sanfte Mann, der sanfte Elkan is geworden e wildes Tier. Die Welt is nimmer ganz. Es is was los in der Welt un mer stehn da wie die hilflosen Kinder.« Er nickte; Agathon lehnte die Stirn an seine Schulter.

»Zum Doktor! Zum Doktor!« kreischte plötzlich die Pflegerin und rannte fort. Elkan stand gebrochen auf der Schwelle und sagte: »Sie stirbt. Schemaa Jisroel adonai elohim adonai echot.«

Agathon richtete sich auf. Sein bleiches Gesicht war plötzlich von einem überirdischen Feuer erfüllt, das alle mit Bestürzung und Scheu gewahrten. Die heulenden Kinder sahen ihn an und waren auf einmal ruhig. Er ging ins Zimmer der Mutter, an Elkan vorbei, der sich zusammenduckte wie vor einem Pestkranken, und trat an das Lager der Mutter. Sie röchelte. Ihre Augen blickten matt, leblos, stumpf, suchten gleichsam den Tod. Agathon sah nicht dies Bild. Er sah die jüngere Mutter, die entsagt hatte, geliebt, verloren hatte und nun unter der schweren Bürde der Tage erlegen war. Er nahm ihre Hand und begegnete ihren Augen. Er legte seine Hand auf ihre verfallene Brust, gegen die das Herz verlöschend klopfte. Er wünschte, das Fenster möge offen sein und da öffnete es jemand, als ob es eine unsichtbare Hand wäre. Seine Brust war zum Springen voll, er wußte nicht ob vor Schmerz oder vor verhaltenem Jauchzen. »Werde gesund, Mutter, wache, Mutter, du bist nicht krank, du darfst nicht sterben.« Er kannte seine Stimme nicht mehr, sie war ihm etwas Neues; die Kraft, die seinen Körper aufatmen und sich aufrichten ließ, als wäre eine unerhörte Last von ihm genommen, erhellte seine Augen mit einem himmlischen Glanz. Und das Feuer schien in den Körper der Kranken überzuströmen; sie lächelte plötzlich unter seiner bebenden Hand, sie seufzte erleichtert auf, sie drückte mit den schwachen, fleischlosen Fingern seine Hand und rief seinen Namen. Und je länger er die erloschenen Züge ansah, je mehr belebten sie sich in einer geheimnisvollen Weise, – bis sie frei, mild und hoffnungsvoll schienen. Und als der Arzt kam, hereingeleitet von der Pflegerin, richtete sich Frau Jette zu dessen Erstaunen empor, legte den Kopf auf den aufgestützten Arm und lächelte dem Doktor und ihren Kindern mit dem inbrünstig strahlenden Lächeln einer Genesenden zu. 200

# Neuntes Kapitel

Novemberstürme!

Bojesen schritt durch die leeren Gassen und der Umhang seines Mantels wehte hoch empor. Sein Hut flog vom Kopf, rollte hin über die Steine und blieb vor dem Eingang zum »siebenten Himmel« ruhig liegen, wie ein Pferd, das seine Station kennt. Bojesen hob ihn gemächlich auf und trat in das Lokal, das voll Menschen war. Er nahm Platz, bestellte Bier und wandte bald keinen Blick mehr von der Bühne. Über eine nächtige Landschaft schien ein kunstloser Mond; ein Ritter wandelte an einem primitiven Wasser und streckte bisweilen den Arm aus. Da öffneten sich die unglaubwürdigen Wolken und eine Erscheinung stand zwischen ihnen: Luisina. Der Ritter verzweifelte, diesem geliebten Bilde jemals nahe zu kommen, warf sich auf die Erde und gab vor, zu weinen. Da erhob sich ein Zauberer aus einer mangelhaften Versenkung, oder es war Satan selbst, wies ein Pergamentum vor und befahl dem Ritter, ihm seine Seele zu verschreiben. Das tat der Ritter, darauf schwebte die schöne Luisiana aus den Wolken herab, die Nacht war beendet, Wasser und Mond verschwunden, Mädchen mit wilden Haaren stürzten auf die Szene und zerrten junge Männer hinter sich nach. Nun begann das Publikum mitzuspielen. Ein langhaariger Mensch saß am Klavier und entlockte dem unwilligen Instrumente eine Folge von schrillen Harpeggien im Walzertempo. Der Glühende erschien mit emporgehobenen Armen und ekstatischen Begeisterungsausbrüchen, die Köchin kam und schrie, sie könne das Wasser zum Punsch nicht kochen, denn der Wind fahre stets in den Schlot und lösche das Feuer aus. »Nimm das Feuer meiner Brust, Aglaia!« heulte der Glühende. Ein Mann mit langem Haupthaar war da, den man Barbin nannte und der sich ängstlich gebärdete, obwohl er zugleich den Übermütigen zu spielen versuchte. Sein Äußeres wie sein Wesen deuteten auf eine jener zwecklosen Existenzen, wie sie die Städte hervorbringen, eines jener unglücklichen Geschöpfe, für die die Zeit eine käufliche Dirne ist, da sie ihnen ohne Münze nichts gibt, womit sie ihr Leben verkürzen können. Dieser Barbin wandte sich bisweilen an den Glühenden, als flehe er ihn um Schutz an, und suchte dies durch ironische Worte zu bemänteln, die aber von dem tollen Jauchzen auf der Bühne verschlungen wurden.

Plötzlich sah Bojesen sich gegenüber Luisina sitzen. »Nun, da sind Sie ja wieder,« redete sie ihn spöttisch an. »Was wissen Sie Neues? Warum sind Sie so finster, nachdenklich, schwermütig? Wer sind Sie? Was wollen Sie?«

»Verzeihen Sie, daß ich Frage mit Frage beantworte: warum würdigen Sie mich Ihrer Beachtung, Madame?«

»Das will ich Ihnen erklären. Mir ist, als spräche ich in Ihrer Person zur ganzen sogenannten guten Gesellschaft. Ich habe auch dazu gehört und kenne Blicke und Gesichter. Aber so war es um mich bestellt, daß ich gezwungen war, hier, wo sonst das Niedrigste und Schmutzigste zu treffen ist, mich selbst zu suchen und zu finden. Was soll ein armes Weib tun in eurem Kreis von schalen Vergnügungen, von ekeln und zehnmal wiedergekäuten Genüssen? Was soll sie tun, da sie erst anfängt, unter Menschen zu zählen, wenn sie heiratet? Was kann sie dafür, wenn sie in einer Welt lebt, wo jeder darauf stolz ist, wenn er ein wenig unglücklich ist? wo die Lebensfreude beim Verlust der bürgerlichen Ehre anfängt? Sagen Sie selbst! reden Sie doch! Ach, Sie haben ein Gesicht, dem ich eigentlich vertrauen könnte. Glauben Sie mir, nicht die Not allein ist schuld an dem Fall so vieler Frauen, sondern die Sehnsucht, ja, die Sehnsucht.«

Sie schwieg. Sie stützte den Kopf in die Hand und sah lächelnd hinein in den Qualm. Der Glühende sprach nur noch in Versen, Barbin hieb wie besessen auf das Instrument ein und gab seinem Körper einen erschreckenden Ruck, wenn er vom Fortissimo in ein effektvolles Piano heruntersprang. Einige Paare tanzten, plötzlich wurden die Gaslichter zu halber Höhe herabgedreht, Barbin hörte auf zu spielen, die Tanzenden blieben stehen und flüsterten: »Die Dämonen«.

Auf der Bühne erschienen in einem matten, grünen Licht vier Männer mit grünen Gesichtern und düstergrünen Gewändern, so enganschließend, daß sie wie nackt aussahen, und begannen ein phantastisches, unheimliches Spiel. Wie Fische im Wasser, so bewegten sie sich in der Luft; ihre Füße schienen des festen Grundes nicht zu bedürfen, ihre Glieder schienen an kein anatomisches Gesetz gebunden. Bald schienen sie alle ein einziger Leib zu sein, der sich in entsetzlichen Krümmungen wand, bald war der eine einem leblosen Klumpen gleich, wurde von unsichtbaren Händen in die Luft geschleudert und fiel krachend auf die Bretter 203 zurück. Bald waren sie wie eine Meute von Hunden, denen der Jäger aus der Ferne pfeift, bald glichen sie Würmern und krochen auf unbegreifliche Art an den Kulissen empor. Als Bojesen den Blick abwandte, sah er in geringer Entfernung, im Dämmerlicht, Luisina stehen. Sie schien ihn lange beobachtet zu haben. Nun winkte sie ihm zu und wandte sich dann nach der Türe, als sie sah, daß er ihr folgen würde. Sie hatte einen Pelzmantel umgeworfen und ein blauseidenes Tuch um den Kopf geschlungen und ihre großen Augen sahen mit einem ungewissen Glanz, doch voll Entschlossenheit in eine weite Ferne.

»Man hat mir verraten, daß Sie der Lehrer Bojesen sind,« sagte sie, als sie auf der Straße waren; »ich habe oft von Ihnen gehört, ich kenne Ihre pädagogischen Schriften und bin froh, daß meine Sympathie nicht grundlos war. Wundern Sie sich nicht über das, was ich jetzt vorhabe. Ich brauche einen Zeugen, ein Urteil, eine Stimme, einen Blick, der mich billigt, ein Ohr, das sich nicht böswillig verschließt; denn noch Einmal heute will ich tun, was mein Herz fordert, und sehen, ob ich das Tor zu eurer Welt für ewig hinter mir zuschlagen muß.«

Welch eine Nacht! dachte Bojesen. Es herrschte nicht eigentlich Dunkelheit und auch nicht Helligkeit, es war eine jener seltsamen Herbstnächte, in denen sich alles Leben der Natur verinnerlicht zu haben scheint. Es fehlten auch jene Stimmen, jenes unbestimmte Geräusch, das wie ein aufbewahrtes fernes Echo des Tages ist. Der Wind hatte sich 204 gelegt. Der Mond, eine unvollendete Scheibe, lag in einem graugelb schimmernden Flaum von Wolken und sah verquollen aus, wie Farbe auf seinem Fliespapier. Das Leben war von den Straßen wie fortgeblasen. Die Häuser mit den dunklen Fenstern und den weißen Gardinen sahen aus, als ob sie schliefen; Bojesen konnte die Straße entlang blicken bis an die Grenzen des Horizonts, und diese unbewegte Linie hatte etwas Beruhigendes.

Luisina schritt rasch dahin, hastig atmend, offenbar noch mit ihren Entschlüssen ringend. An einem vornehmen Haus jenseits des Bahndammes machte sie endlich Halt, drückte dreimal wie in verabredeten Pausen auf den elektrischen Knopf und eilte dann die teppichbelegte Steintreppe empor. Aus einer Türe kam ein junges Mädchen, dessen Gesicht alsbald das größte Erstaunen ausdrückte. »Jeanette!« rief sie aus. »Ist Nieberding zu Hause?« fragte Jeanette-Luisina bebend. – »Nein, Eduard ist noch nicht da,« entgegnete das Mädchen bestürzt und schüchtern und blickte furchtsam auf Bojesen, der nichts zu sagen, ja nicht einmal sich zu bewegen wußte.

»Ach Cornely!« rief Jeanette und faßte mit beiden Händen nach der dargebotenen Hand des Mädchens.

»Komm doch herein, Jeanette. Willst du auf Eduard warten? Es ist alles so sonderbar, was du tust,« sagte Cornely mit einer leisen, kindlichen Stimme. Sie hatte stets ein schwaches und undeutbares Lächeln auf den Lippen; aber hätte man ein Tuch über den Mund gebreitet, so wäre ein Ausdruck von Schwermut, mehr als Schwermut geblieben. Sie machte den Eindruck eines Geschöpfs, das durch einen Zustand vollständig betäubt ist und sich nur bestrebt, die Gedanken geheim zu halten.

Bald saßen sie im Salon, bei mattem Licht, das durch gelbrote Seidenschirme schimmerte und in den Ecken zu verfließen oder zu der allgemeinen Nacht draußen zu streben schien.

Bojesen befand sich in einem Zustand fast zorniger Erwartung. Er konnte sich dem vibrierenden Wesen Jeanettes nicht entziehen. Er dachte wieder an sein eignes Weib, das, er wußte es, zu Hause in kurzen Zwischenräumen zur Treppe lief, mit der kleinen Lampe hinunterleuchtete, von jedem Schritt auf der Gasse aufgescheucht wurde wie ein Vögelchen und auf ihn wartete, wartete.

Als Jeanette den Mantel abwarf, weil es ihr zu heiß wurde, stand sie da im Theaterkostüm, sah ins Kaminfeuer und ihre Nasenflügel blähten sich gierig. Cornely stieß einen dumpfen Schrei aus und faltete die Hände.

»Wie lange willst du noch so bleiben, meine arme, kleine Cornely?« sagte Jeanette. »Soll ich recht behalten von damals her, als ich dich beim Pfänderspiel zur alten Jungfer machte?« Etwas Triumphierendes lag in ihrem Gesicht.

»Selbstüberwindung ist die größte Freiheit,« erwiderte die Bleiche mit ihrem sanften Lächeln.

Die Haustüre wurde zugeworfen, schlürfende Schritte wurden laut, und Bojesen glaubte eine wallende Erregung in Jeanette mitzufühlen. Ein junger Mann trat ins Zimmer und blieb versteinert stehen, weiß wie Leinwand. Er war schlank, groß und bartlos, hatte dicke Lippen und eine 206 dicke Nase, tiefliegende, etwas gerötete Augen und einen eigenen Zug von Adel und Feinheit im Gesicht. Das feinste waren seine Hände, sie waren lang- und zartlinig wie gotische Bögen. Cornely schlich geräuschlos davon.

»Du bist erstaunt, wie ich sehe,« flüsterte Jeanette. »Dieser Herr, Herr Bojesen, du kennst ihn vielleicht, ein Freund von mir, hatte die Güte, mich zu begleiten. Er ist von allem unterrichtet. Ich will, daß er bleibt, und ich will, daß du so bist, als ob er nicht da wäre.«

Eduard Nieberding senkte den Kopf. »Rede! Was willst du? Ich begreife nichts von alledem.«

»Wie solltest du auch begreifen!« erwiderte Jeanette leidenschaftlich. »Du, der eher begreift, was auf dem Mond vorgeht, als in der Seele einer Frau! Du! Bist du es nicht, der das erfunden hat von der keuschen Liebe? Der diese eisigen Dinge von Resignation und kühler Anbetung und von der unsinnlichen Macht des Schönen oder wie du es nennst im Munde führt! Rede du! Rede! Hast du mich nicht irre gemacht an allem, was strahlt in der Welt und was warm ist?«

»Verschone mich, Jeanette! Wie töricht von dir! Warum in der Gegenwart eines Fremden? Was tust du!«

»Ich will es dir sagen. Hier ist ein Mann. Ich glaube, Bojesen, Sie sind ein Mann. Ich frage Sie nun, – und dazu sind Sie hier, daß Sie mir auf Ihr Gewissen antworten, ich frage Sie: kann ein Mann ein Weib lieben, wenn er sie bittet, gehe fort von mir, damit meine Liebe größer und 207 mein Gefühl reiner wird? Der sie bittet, küsse mich nicht, denn sonst begehre ich dich und das würde meine Liebe verringern –? Ich will von dir träumen, so spricht er, ich will von dir träumen, aber ich will dich nicht besitzen, denn der Besitz macht arm … Liebt ein solcher Mann?«

»Jeanette!«

»Was sagen Sie dazu, wenn ein Mann der Frau, die er zu lieben beteuert, den Rat gibt, einen andern Mann zu heiraten, nur damit sie ihm begehrenswerter erscheine? Reden Sie, Bojesen, reden Sie! Vielleicht finden Sie ein Wort der Erklärung oder der Entschuldigung, damit ich Ihnen danken kann.«

Eine lange Pause entstand.

»Wenn ich nun reden muß, und wenn dies alles vorgefallen ist,« sagte Bojesen langsam und betrachtete mit Trauer die schwammigen, nervösen Züge des jungen Mannes, »dann ist es gewiß erstaunlich, aber es liegt in der Zeit. Ja, es liegt in der Zeit. Mit welchem Wort Sie es nennen wollen, ist gleichgültig. Es ist all dies Mystische und Schwächliche, das über uns gekommen ist wie eine Krankheit, daß wir nicht mehr wissen, was Kraft oder Roheit oder wahrhafte Scham oder Unnatur ist. Sie sind Jude, Herr Niederding, wie? Nun, Ihr Volk ist es, das uns dies Geschenk gemacht hat, Ihr arbeitsames, intelligentes, stets an Extremen bauendes Volk. Sie lieben nicht das Weib, sondern Sie lieben die Liebe, nicht die Selbstbetrachtung und Selbstvervollkommnung, sondern das Quälerische, Zerstörende, Erniedrigende, alles, was Sie zum Märtyrer macht. Es gibt viele von Ihrer Art. Flagellanten, unsere Flagellanten, und der Gott, vor dem sie sich geißeln, ist das wohlbekannte Ich, diese Phrase von der Individualität, vor der jetzt alles auf den Knien rutscht. Und wenn ich sage, die Juden sind schuld, so ist es keine gedankenlose Anschuldigung. Nicht jene alten Juden, die noch fromm sind, sie sind entweder ehrwürdig oder komisch; nein, die sogenannten modernen Juden, die vollgesogen sind mit dem ganzen Geist und der Überkultur des Jahrhunderts, sie sind es, die mit ihrer menschlichen Düsterkeit und geistigen Schärfe ein Pseudochristentum aufrichten mit Gefühlskasteiungen, fleckenloser Liebe und dergleichen. Ich weiß es nur zu gut, es ist ein altes Erbe Ihres Volks.«

Nieberding erhob sich zitternd, trat auf Bojesen zu und flüsterte: »Herr –!«

Bojesen hielt seinen Blick ruhig aus und schwieg.

»Ich habe ihn geliebt,« sagte Jeanette leise und sah gedankenvoll vor sich hin. »Weißt du, wozu ich nun geworden bin?« fragte sie laut und fest.

Nieberding, der jetzt am Fenster stand und unbeweglich hinaussah, wandte sich um und sagte: »Jeanette, du hast niemals eine Schätzung gehabt für das edle Gestein und für seltene Menschen. Aber daß du zu solchen Mitteln greifen mußt! Wie überflüssig und theatralisch! Seine einleuchtenden Erläuterungen mag sich dieser Herr für den Hörsaal sparen. Mag ich sein, was ich will, ein Flagellant oder ein Bacchus, damit die Ausdrucksweise des Herrn zu Ehren kommt, du hattest gegen meine

Gefühle gewisse Pflichten, mehr will ich nicht sagen. Ich trinke das Leben aus den Tiefen, wo andere Leute nur Finsternis gewahren, ich finde Genüsse, wo andere nur Narrheiten sehen, – gut, laß mich so sein. Geh' jetzt fort und laß mich allein.«

Jeanette hatte kein Auge von ihm gewandt. Nun ging sie hin, legte ihren Mund auf den seinen, und so blieben sie minutenlang. »Und nun leb wohl,« sagte Jeanette, »wer weiß, wo wir uns wieder finden.«

»Im Kot oder bei den Sternen,« entgegnete Nieberding trübe lächelnd.

An der Treppe stand Cornely. »Was war es?« fragte sie hastig mit einem scheuen Seitenblick auf Bojesen.

Jeanette schüttelte den Kopf; ihre Augen standen voll Tränen, zugleich lächelte sie in einem wunderlichen, frauenhaften Trotz. »Du weißt alles, was geschehen ist, gute Cornely. Du ahnst es. Du weißt, was mein Vater getan hat, daß er zahllose Familien um ihr Brot gebracht hat. Nun sollte ich eigentlich ehrlos sein. Aber ich habe mich losgerissen von meinem Namen und von meiner Familie, und was ihr Niedrigkeit nennt, nenne ich vielleicht Ehre, und was dir Selbstüberwindung ist, ist mir Feigheit und Furcht. Gute Nacht, Liebe.«

Bojesen folgte ihr und ihm war, wie wenn er durch die Luft hinschwebte, wie wenn nichts mehr an der Erde wäre, was ihn festhalten könnte.

Es schneite. Große Flocken fielen hernieder. Ein friedliches Fallen, ein lautloses Herabgleiten schimmernder Kristalle. Plötzlich sagte Jeanette, indem sie ihre Schritte hemmte: »Wissen Sie, woran ich denke? An die grünen Dämonen vom siebenten Himmel. So ist die Welt, so sind die Menschen; ein zielloses Hin- und Hergleiten, man fürchtet, jeder könne den Hals brechen und jeder wird doch wieder durch den andern getragen und beschützt. Und dann, was ich nicht so recht ausdrücken kann: dies Spielen auf die Wirkung oder so …«

»Ja, eigentlich ist das ganze Leben bloß ein Symbol, und wir können nichts anderes tun, als alles, was uns zustößt, symbolisch zu betrachten. Darum sind auch die Dichter am größten, die das Leben möglichst vereinfachen.«

Wieder entstand ein Schweigen. »Ach, die Dichter,« sagte Jeanette dann nachdenklich und traurig. »Sehn Sie, ich habe so viele kennen gelernt von den berühmten, denn ich war mit meinem Vater in Berlin und mein Vater war versessen auf die berühmten Leute. Da Hab ich Dichter kennen gelernt und manchen, bei dem mir vorher das Herz geklopft hat. Aber wie schrecklich bin ich immer enttäuscht worden! Ich habe mich immer gefragt: du lieber Gott, wie konnten die Leute das oder das schreiben! In den Büchern so große Gefühle, ein so kompliziertes Leben, und als Menschen genau wie andere Menschen und so leicht durchschaubar, so eitel, so abgemessen, so sparsam mit ihrem Herzen, so vorsichtig mit ihren Worten. Ehrfurcht will ich haben vor einem Dichter, ob er nun jung oder alt ist, Ehrfurcht will ich haben.«

Bojesen ging still dahin und lauschte mit glänzenden Augen.

»Sie wundern sich vielleicht über mich,« fuhr sie fort und schlug den Mantel fröstelnd zusammen. »Ich auch. Ich habe stets geglaubt, wahnsinnig zu werden bei dem Gedanken an das Gewöhnliche. Nur nicht gewöhnlich werden! nur nicht irgendwo unten stecken bleiben! Nur nicht immer Anläufe nehmen und dann beschämt zugestehen, daß man zu viel gewollt hat. Nur fort, fort, von Ziel zu Ziel, selbst um den Preis der Ruhe, der Ehre, der Gesundheit, des Lebens! Auch ich will ein Symbol sein.« Bojesen sah sie lächeln. Er fragte, ob sie nicht seinen Arm nehmen wolle und wo er sie hinführen solle.

Sie nahm den Arm. »Wohin? Ach, irgend wohin. Sagen Sie, Bojesen, sind Sie nicht ein wenig Dichter?«

»Ich? Nein, ganz und gar nicht. Ich bin ein Mann der Wissenschaft.«

»Wie pedantisch! Kann man dabei nicht auch Dichter sein? Ist nicht jeder ein Dichter, der eine Empfindung in sich zur Gestalt machen kann?«

Sie waren an einer Allee, beschneite Bäume und beschneite Wege blickten ihnen entgegen. An einem zerstörten Staket lagen Steine, Mörtelbehälter, Schaufeln, aufgeschichtete Ziegel und dahinter stand ein unfertiger Bau mit schwarzen Fensterhöhlen. Nur im Erdgeschoß brannte ein Trockenofen und düstere Röte strahlte durch die Fensterscheiben, fiel auf die blätterlosen Sträucher und Bäume bis über die Straße. Die beiden gingen an den Fenstern vorbei, schauten zufällig hinein und sahen vier Knaben um den Glühofen kauern und mit den geröteten Gesichtern

emporschauen zu einem jungen Menschen, der mit dem Rücken gegen das Fenster stand und zu ihnen redete. »Agathon Geyer!« flüsterte Bojesen erschrocken und auch Jeanette war aufs höchste erstaunt. Bojesen hatte ihn sofort erkannt an Gestalt und Bewegung. Als Agathon ein wenig seitwärts trat, konnten sie beide sein Profil sehen; gedankenvoll und entschlossen sah er ins Feuer. Die Knaben schienen Agathons Worte zu trinken, und es lag etwas Gläubiges und Ergebenes in ihren Gesichtern; der Älteste, der etwa sechzehn Jahr alt war, trug die Kappe der Waisenhauszöglinge.

»Wir wollen gehen,« sagte Bojesen leise, »es ist kalt.« Jeanette riß sich
los und sagte im Weitergehen langsam: »Es ist etwas Außerordentliches
in ihm.«

»Sie kennen ihn?« fragte Bojesen betroffen.

Jeanette nickte. Eine Viertelstunde darauf standen sie wieder vor dem
siebenten Himmel. Jeanette schaute hilflos umher und schien nachzusin-
nen.

In diesem Augenblick ging eine in einen dicken Pelz vermummte
Gestalt vorüber. Nur die Augen waren sichtbar, die boshaft funkelnd
denen Bojesens begegneten. Bojesen kannte diese Augen und wußte, was
er von der Begegnung zu halten habe. Er lächelte ergeben. Sie traten ein.
Barbin schlief auf dem Billard; die jungen Männer in Trikot schliefen
auf dem Podium, Liebespaare saßen flüsternd oder stumpfsinnig in finstern Ecken, der Glühende allem war noch wach. Er hockte an der
Rampe mit weit von sich gestreckten Beinen, die Stirn nachlässig in die
gerundete Hand gestützt, den Blick mit stillem Triumph in die Ferne
sendend. Eine Schnapsflasche stand vor ihm auf dem Boden.

»Was sinnst du, Liebling der Götter?« fragte Jeanette, seine Schulter
leicht mit den Fingern berührend, und jener deklamierte:

> »Wenn ich doch auf einem Felsen stünde,
> weit im Meer,
> und erlöst von meinen Träumen wär'!«

Dann zog er eine Mundharmonika aus der Tasche und begann ein
Menuett zu spielen. Jeanette erhob sich, faßte den Rock mit den Finger-
spitzen beider Hände und tanzte: lächelnd, berückend. Bojesen stand
auf, ging hinab vom Podium in die Dämmerung des übrigen Raumes
und stellte sich unter die Schläfer. In ihm erwachte eine heiße Leidenschaft und das Menuett, wie er es jetzt vernahm, fast wie hinter Mauern,
hätte ihn beinahe aufschluchzen lassen. Er glaubte kaum, daß ihn mit
solchen Gefühlen der Erdboden würde tragen können, so schwer war
seine Seele von ihnen.

Er wandte zufällig den Kopf nach rückwärts und sah Jeanette hinter
sich stehen. Sie blickte ihn verträumt und selbstvergessen an; ihre Augen
waren jetzt von einem dunklen, undurchdringlichen Grün, und die roten
Lippen gaben dem überaus bleichen Gesicht etwas von dem Wesen einer

Fabelwelt. Langsam nahm sie ihn bei der Hand und zog ihn fort, hinaus
in den finstern Gang und weiter.

# Zehntes Kapitel

Die strahlende Mittagssonne leuchtete, als Agathon von der Höhe herab-
stieg ins Dorf. Zu beiden Seiten des Wegs standen die Bäume im Schnee,
spärlich behangen mit braunroten Blättern. Weithin leuchtete die
Schneedecke und bisweilen lag ein dunkles, mürbes Blatt gleich einem
großen Blutstropfen darauf. Als Agathon durchs Dorf ging, grüßten ihn
viele Leute mit scheuem Gruß. Rasch hatte sich die Kunde verbreitet,
daß Frau Jette durch seine wunderbare Berührung gesundet war, und
alle suchten in seinem Gesicht, an seinem Wesen nach einem äußeren
Zeichen der inneren Kraft. Er fühlte sich Herr über diese Kraft, gehoben
und emporgetragen; alles was rein in ihm war, hatte sich mit diesen
Gefühlen vereinigt, und alles Düstere und Kleinliche seiner Seele war
abgestreift wie verbrauchtes Gewand. Er hatte ein altes Buch aufgefunden
und darin die Geschichte des Sabbatai Zewi entdeckt. Mit durstigen
Augen las er sie. Wie wußte er gut zu scheiden unter dem Wahren und
Erlogenen, dem Phantastischen und Tiefsinnigen! Wie sah er durch die
Person des falschen Propheten in die Seele der Menschen, die nicht dem
beharrlichen Ernst sich beugen, nicht der beweglichen Stimme des mit-
leidenden Beraters, sondern dem prunk- und goldstrotzenden Worthel-
den, dem Halboffenbarer, dem, der mit ihrer Begeisterung spielt und
dann achtlos über ihre Leichen schreitet. Aber noch fehlte all diesen
Dingen der tiefere Bezug auf sein eigenes Tun, und er fand sich in der
Welt mit einer Binde vor den Augen, des gütigen Lösers harrend. Es
war nichts von Prophetentum oder Prophetenwollen in ihm. Das reiche
innere Leben verlieh seinen Zügen etwas Leuchtendes, doch er fand sich
klein neben einem geträumten Bilde von sich selbst. Mehr als sonst waren
seine Nächte belebt von schwülen Bildern: nackte Frauen, die ihn neckten,
die ihn zu sich zogen, ihn umarmten, ihn verlachten. Wie oft sprang er
auf vom Bett und trat aus Fenster, um durch die Kälte sein Blut zur
Ruhe zu bringen. Wie oft schaute er bittend in den schwarzen Nachthim-
mel mit den klaren Wintersternen und erwartete, daß das Gewölbe sich
zu einer freundlichen Vision öffne. Dann suchte er seine Gedanken ab-
zulenken, dachte an die große Welt und an die Buntheit der Ereignisse

in ihr, die nur wie ferner Marktlärm hereinklangen in das kleine Leben, das er lebte.

Es gab zwei Wesen im Hause, die ihn oft und viel beschäftigten. Das eine war Frau Hellmut, das andere Sema. Jene hatte das Schreckhafte, das sie anfangs für ihn gehabt, verloren. Doch ihre ganze Art hatte etwas von einem Irrlicht. Ruhelos, beständig redend, beständig geschäftig ging sie umher, obwohl schon lange nichts mehr für sie zu tun war, obwohl sie nicht bezahlt wurde und auch kein Geld dazu dagewesen wäre. Bevor sie nicht zu anderen Leuten gerufen wurde, lebte sie hier billig und »ein Maul mehr macht den Tisch nicht leer«, sagte Gedalja. Oft saß sie dann wieder und sprach kein Wort; ihre Augen quollen unter den entzündeten Lidern hervor, sie lächelte in wahnsinniger Weise vor sich hin, nickte und atmete wie beglückt tief auf. Agathon pflegte sie bei solchen Gelegenheiten genau anzublicken, und es wollte ihm scheinen, als ob diese Frau einmal sehr schön gewesen wäre: vielleicht nur einen Tag lang schön, in der Seele und am Körper, um sich dann wegzuwerfen für eine vorüberrauschende Stunde. So dachte er oft über die Menschen, indem er sie in der Vergangenheit wirken, oder in einer bestimmten, von ihm selbst erfundenen Situation handeln sah. 216

Mit Sema wußte er nichts anzufangen. Voll ängstlicher Fürsorge achtete der Knabe auf alles, was Agathon tat, suchte ihm jeden Wunsch von den Augen abzulesen, schleppte einen Stuhl herbei, wenn Agathon stand, brachte ihm den Löffel, der bei der Suppe fehlte, schlich in eine Ecke, um zu weinen, wenn ihm jener etwas abschlug, und als Gedalja und Frau Jette einmal in Agathons Abwesenheit ernstlich über seinen Lebensberuf Rat hielten, hörte Sema zu und fing auf einmal an zu schluchzen. Es war mehr als eifersüchtige Verliebtheit in ihm, es war Anbetung, ein Sichverlieren und Sichauflösen, der Wunsch, nichts zu sein vor dem vergötterten Freund.

Einmal wanderten beide von der Stadt nach Hause, als sie einem der Waisenhauszöglinge begegneten, einem etwas verwachsenen Knaben mit äußerst abgehärmtem Gesicht. Er blieb eine Weile bei Sema und Agathon stehen, betrug sich aber sehr einsilbig und schrak ein paarmal grundlos zusammen. Später erzählte Sema, daß dieser Knabe oft gezüchtigt werde, weil er die Gebete nicht auswendig behalten könne; dabei erfuhr Agathon erst, daß Sema einige Wochen im Waisenhaus zugebracht habe und daß 217 es ihm dort schlimm ergangen sei.

»Sind viele Knaben dort?« fragte Agathon.

»Vielleicht dreißig.«

»Und sehen alle so unglücklich aus wie der, den du eben gesprochen hast?«

»Fast alle.«

»Werden sie denn hart bestraft?«

»Das nicht, aber sie müssen beständig beten und beten. Im Winter sind die Zimmer kalt. Zu essen gibt es nicht viel, die Lehrer sind lieblos und das Schrecklichste ist, daß man schon um sechs Uhr früh aufstehen muß.«

Agathon schwieg lange. Dann sagte er mit vertieftem Ausdruck des Gesichts: »Man müßte mit den Knaben sprechen. Man müßte ihnen gute Bücher geben. Man müßte sie mit Hoffnung füllen. Worte sind mächtig. Man müßte ihnen beweisen, wie herrlich das Leben ist. Kennst du den Ältesten der Knaben?«

»Ja.«

»Könntest du es möglich machen, daß er und vielleicht ein zweiter in der Nacht mit uns kommen, wenn alle schlafen?«

»Ist das nicht gefährlich, Agathon?«

»Gefährlich? Gewiß. Alles ist gefährlich, wobei man sich ein bißchen opfern muß. Bei Tag werden doch wahrscheinlich die Knaben überwacht?«

»Ja, sie müssen über jede Stunde Rechenschaft ablegen.«

»Willst du mir also helfen?«

218     »Ja, Agathon.«

»Ich weiß ein leeres Haus am Engelhardtspark, wo seit einiger Zeit ein Trockenofen gebrannt wird. Dort wollen wir uns treffen. Du müßtest die Knaben verständigen und sie hinführen.«

»Ich tue, was du willst,« sagte Sema, beugte sich herab, suchte Agathons Hand und drückte sie an seine Wange. Agathon erschrak.

Als sie durch das Dorf gingen, sah er seinen Vater im Wirtshaus sitzen und mit Schmerz dachte er des üblen Geredes, das über den Vater an sein Ohr gedrungen war. Ja, man sprach Schlimmes über Elkan Geyer, nicht nur wegen des verhafteten Enoch, nicht nur wegen des heidnischen Agathon; Elkan mußte eine unheimliche Schuld in der Brust tragen, daß er halbe Tage lang in der Kneipe hockte, sein Geschäft vernachlässigte, der Frau alle Sorgen aufbürdete und dunkle Worte und Klagen verlauten ließ.

Zu Hause fand Agathon seine Mutter in gewaltiger Erregung. Keines Wortes mächtig, zeigte sie nach dem Garten und er ging hinaus. Auf dem Nebengrundstück befand sich die Estrichsche Ziegelei, die der neue Besitzer vergrößern ließ. Es sollten Trockenschuppen gebaut werden, die Erde wurde ausgegraben und die Arbeiter nahmen keine Rücksicht auf den Geyerschen Garten, beschädigten den Zaun und warfen Steine herüber. Frau Jette war schimpfend unter sie gefahren, wurde aber verhöhnt und nun geschah, was anfangs Achtlosigkeit gewesen, in böswilligem Trotz. Als Agathon hinaustrat, schleuderte gerade ein junger Bursche lachend einen Ziegelstein herüber. Ohne sich zu besinnen, trat er durch $219$ eine Bresche des zerbrochenen Zaunes zu dem jungen Menschen, und fragte: »Hast du eine Mutter daheim?« Das Du und Agathons fester Blick verwirrte den andern, der unter den Lärmendsten gewesen war. Er schlug die Augen nieder und sagte nichts. »Rede nur«, drängte ihn Agathon, »gib Antwort«! Der Bursche lachte und wußte nicht, wohin er den Blick wenden solle. Endlich schüttelte er in unbestimmter Weise den Kopf. »Aber wenn du eine hättest, würdest du sie beschimpfen lassen?« fragte Agathon eindringlich; »nimm mal an, du hast daheim einen Garten, und der Garten ist fast alles, was ihr habt, und es kommen Leute, die sich ein Vergnügen daraus machen, den Garten zu ruinieren, den Zaun umzureißen, die Beete mit Steinen zu bewerfen, auf denen ihr im Sommer euer Gemüs' wachsen laßt, ich glaube, du nähmst die erste beste Flinte und schössest die Kerle zu Boden. Oder nicht? Sähst du vielleicht zu und bedanktest dich? Und wenn es Juden wären, dächtest du: es sind rechtgläubige Juden, man muß kuschen –?« Der Bursche zeigte betreten die Zähne und spielte mit einigen Zweigen des verdorrten Buschwerks. Die andern hatten alles gehört und waren nach und nach still geworden. Eine Stunde später waren die Steine aus dem Garten verschwunden.

Frau Jette lehnte im Flur, als Agathon zurückkam und blickte ihn starr an. Sie standen in einer dunklen Ecke und ehe sich Agathon dessen versah, war die Mutter auf einen Holzblock gesunken und schluchzte herzbrechend. Er schwieg und blickte trüb herunter auf ihre kümmerliche Gestalt; er fühlte wohl, was sie beweinte, und daß es sich nicht auf diesen $220$ Tag und nicht allein auf die letztvergangenen Tage bezog.

Gegen Abend, bei klarem Himmel und hindämmerndem Untergangsrot der Sonne ging Agathon fort. Als er in die Nähe von Frau Olifats Haus kam, sah er Stefan Gudstikker aus der Gartentüre kommen, hastig über die Straße eilen und mit schnellen Schritten in der Richtung der Ziegelei verschwinden. Agathon stutzte, und obwohl er sonst nicht unaufgefordert zu Monika kam, entschloß er sich heute doch dazu. Er klopfte an und auf ein leises Herein öffnete er die Tür und sah sie allein im Zimmer, am Fenster sitzen. Ihre Mutter und Schwester waren wie gewöhnlich um diese Zeit in der Stadt. Monika erwiderte freundlich Agathons Gruß und drückte seine Hand.

»Ist dir's nicht recht, daß ich gekommen bin?« fragte Agathon beklommen.

»Ich? nein, ich freue mich. Ich bin froh, dich zu sehen, Agathon.«

»Wirklich?«

Monika nickte ernst, dann sah sie wieder in verlorener Träumerei auf die Felder. »Ich muß dir etwas vorlesen,« sagte sie nach einer Weile. Sie zog ein Papier aus der Tasche, entfaltete es und las:

»Wir küssen uns bei Kerzenlicht,
sonst sehn wir uns vor Tränen nicht.
Sonst ist uns gar zu still die Stund',
zu schweigsam der beklommene Mund.

Wir küssen uns in finsterer Nacht,
weil sie die Zukunft schöner macht.
Wir sehn das goldne Haus am Meer
von Schätzen voll, von Sorgen leer.

Was spricht der Vogel Zeitvorbei?
Daß alles dies vergänglich sei?
Was spricht die Mutter Zweifelschwer?
Ein Schattenbild das Haus am Meer?

Der Vogel hat die Nacht vertrieben,
die Mutter ist bei uns geblieben.
Den blassen Traum an dunkler Wand
hat sie verblasen und verbrannt.«

Es entstand eine lange Pause.

»Wie konntest du denn lesen,« fragte Agathon endlich bedrückt, »da es doch schon dunkel ist?«

»Ich kenne es auswendig,« flüsterte Monika, in sich versunken. »Es ist schön, es ist schöner als schön.«

»Aber weshalb nimmst du denn das Papier, wenn du es auswendig weißt? O wie rot wirst du, Monika! Du bist glühend rot.« Agathons Stimme zitterte. »Monika!« rief er dann.

»Was?«

»Es ist ein unwahres Gedicht. Es ist schön, aber unwahr. Alles was darin steht ist schön, und nur, weil es schön ist, stehts da, aber es ist erlogen. Ich weiß, wer es gemacht hat. Aber er ist kein wahrhaftiger Mensch. Nur ein wahrhafter Mensch kann ein Kunstwerk machen. Ich meine nicht, daß er im Leben nicht lügen darf, aber mit seiner Seele darf er nicht spielen. Er aber spielt, Monika.«

222

Monika hatte den Freund noch nie so erregt gesehen, und es war auch, als ob ein anderer, ein offenbarender Mund ihr das zugerufen hatte. Als er fort war, saß sie im Finstern bis ihre Mutter kam.

Agathon traf Stefan Gudstikker, wie schon einmal, unter einem Laternchen am Ziegeleigebäude stehend. Nach einigem Hin- und Herreden lud er Agathon ein, mit ihm ins Haus zu kommen. Agathon folgte ihm. Der alte Estrich, brummig und knurrig, wenn er liebenswürdig war, beinahe komisch, erfüllte das Zimmer mit dem Rauch seiner Pfeife und ging bald fort. Käthe erschien still, scheu und gedrückt. Sie hatte bisweilen ein ergebenes Lächeln für ihren Verlobten, jedes Stirnrunzeln von ihm beeinflußte sie, jedem halben Wort sann sie nach. Gudstikker strich ihr oft über die Haare; er schien sich der grenzenlosen Macht über das einfache Kind zu freuen; ja, er schien damit zu prahlen. Oft wenn sie etwas sagte, lachte Gudstikker und Agathon dachte wie in einer Erleuchtung: er hat ihr den Glauben geraubt; was hat er ihr dafür gegeben? nicht mehr als ein Stück seiner eigenen Person. Jeder Tag lehrte Agathon mit unabweisbarer Stimme das Leben wie es wirklich war, wie es nicht aus einem göttlichen Wesen floß, sondern aus dunklen, unterirdischen Quellen, vielgestaltig, mit Trübsand vermischt, nur selten Gold im Grunde führend, selten im geraden Strom, klar und kraftvoll rauschend.

Plötzlich schallte von draußen das ängstliche und fortgesetzte Miauen einer Katze herein. Alle lauschten. Gudstikker und Agathon gingen hinaus.

223

Der Mond stand hoch und rein am Himmel. Der Schnee blitzte und funkelte weit umher. Auf den Feldern lag der Rauhreif, schimmernd wie Silberstaub. Vor dem Tor lag ein Kätzchen in seinem Blut. Gudstikker kniete hin, streichelte das Tier zärtlich und redete ihm zu wie einem Kind. Dann gebärdete er sich wie rasend, drohte den Kerl zu erdrosseln, der diese Schandtat vollbracht und konnte sich kaum beruhigen. Agathon wollte ihn trösten, obwohl er etwas Gekünsteltes in diesem Zorn fühlte, als er einen Schatten gewahrte und Käthe neben sich sah. Sie hatte ein Tuch um den Kopf, ihre Lippen, deren Rot durch eine scharfe und runde Linie von der blassen Haut abgegrenzt war, waren ein wenig geöffnet. »Ist das Kätzchen tot?« fragte sie.

Gudstikker nickte.

»Wer hat es getan? Vielleicht der Vater, er stellt immer den Katzen nach.«

»Dein Vater, sagst du!« fuhr Gudstikker auf. »Weißt du, daß es mir jetzt zu bunt wird? Weißt dus nicht? Ja, es wird mir zu bunt. Ich Hab euch auch satt, dich und deine ganze Familie.«

Wieder fühlte Agathon das Künstliche des Wutausbruches und fragte sich vergeblich nach Gründen.

»Stefan,« flüsterte Käthe und legte zitternd ihre beiden Hände um seinen Arm, »Stefan!«

Es entstand eine peinliche Pause. »Es ist kalt, Herzchen«, erwiderte Gudstikker endlich und streichelte tröstend ihre Hand. »Geh nur und leg dich schlafen. Du wirst ja krank!«

Als er heimging, hatte Agathon eine seltsame Sinnestäuschung. Aus einem dunklen Torweg trat Käthe Estrich auf ihn zu und hob flehend die Hände. Als er weiterging und sich die Erscheinung vor seinen Blicken in den Winternebel auflöste, dachte er mit hilfsbereitem Herzen an sie. Wie groß war sein Erstaunen und sein Schrecken, als er sie auf einmal wirklich sah! Raschen Schrittes kam sie und lächelte matt, als sie vor ihm stehen blieb. Sie wolle zu Stefan, sagte sie.

»Was wollen Sie denn bei ihm?«

»Ich weiß nicht. Ich will ihn nur sehen. Wenn ich noch einmal in sein Gesicht sehe, weiß ich alles.«

»Was? Was denn?« Agathon erbebte vor Mitgefühl.

»Ach, – nichts.«

In diesem Augenblick ging viel vor in Agathons Seele. Er sah dieses zarte Geschöpf vor sich, wie sie in jeder Stunde mehr hinwelkte. Er sah die kleinen, mondlichtübergossenen Häuser, die dunkle Unendlichkeit des Nachthimmels, zage Sterne, glänzende Fensterscheiben, – dies alles im Gegensatz zu der wunderlichen Unruhe der Menschen, ihrer Lust an der Lüge, ihrer Furcht vor dem Kampf, und zum erstenmal sprach heute die Natur ein unüberhörbares Wort zu ihm, und er konnte die gärende Inbrunst seiner Seele nicht mehr mißverstehen. Da stand nun dies stille, wortkarge Geschöpf vor ihm mit dem treuherzigen Blick, dem hilflosen Zucken um die Lippen und sie sah ihn ratlos an, als Agathon wie erleuchtet lächelte.

»Sie sind immer so traurig, Fräulein Käthe,« sagte er.

Sie nickte

»Sie müssen sich einmal recht von Herzen freuen.«

»Aber wie kann ich das,« erwiderte sie seufzend.

»Nur einmal, eine Stunde lang, sollen Sie froh werden! Vertrauen Sie mir!«

»Sie sind so merkwürdig, Agathon. Man muß Ihnen vertrauen, auch wenn man nicht will.«

»Und Sie wollen tun, was ich verlange?«

»Was verlangen Sie denn?«

»In unserem Hof steht ein Schlitten. Da sollen Sie sich hineinsetzen. Ich fahre Sie.«

»Jetzt? Um Gotteswillen, jetzt! Ich kann nicht. Meine Mutter läßt mich nicht fort.«

»Ihrer Mutter dürfen Sie alles gestehen, wenn wir zurückkommen. Ich ziehe meine Schlittschuhe an und wir fahren bis zum See bei Weinzierlein.«

»Bis zum See? Nein Agathon, das ist zu weit.«

»Jetzt dürfen Sie nicht kleinlich und furchtsam sein. Ich hab' auch noch ein dickeres Tuch für Sie und einen Mantel meiner Mutter.«

Käthe zögerte noch immer, aber Agathons Blick und Wesen, in dem etwas Triumphierendes und Flammendes lag, überredeten sie unwiderstehlich.

Eine Viertelstunde später flog der Schlitten auf der Landstraße dahin und Agathon auf Stahlschuhen hinterher. Rechts lag der Wald, dann lag er links; das Mondlicht wohnte in ihm, die braunen Blätter glänzten silbern, die Birkenrinde strahlte wie Gold, der Schnee lag wie ein faltenloses Gewand und der Himmel wölbte sich in mattem, kalten Licht.

»Sehen Sie die Nebelelfen?« fragte Agathon.

»Ja. Und Irrlichter zeigen den Weg.«

»Ist Ihnen warm?«

»Ja.«

»Das ist gut. Das nächste Mal nehmen wir Mirjam mit.«

»Wer ist Mirjam?«

»Meine Schwester.«

»Sonderbarer Name.«

»Er ist hebräisch und heißt: die Widerspenstige.«

»Ist sie widerspenstig?«

»Ganz und gar nicht.«

Dies wurde in vollstem Lauf, auf klirrender Schneebahn hin- und hergerufen. Endlich kam der See. Zauberhaft! Glattgefroren die weite Fläche; Schimmer auf Schimmer, golden, silbern; Millionen blitzender Funken; und Agathon flog hin wie ein Pfeil!

Vom Ufer erhob sich eine Gnomenschar, lachend, echoend und tanzte mit weiten Sprüngen um das Gefährt. Käthe schlug voll Entzücken die Hände zusammen, denn die Landschaft war zum Zauberreich geworden. Man sah Lichter wie in einem Saal; bisweilen tönte es aus der Ferne wie Gesang von Mädchenstimmen, bisweilen wie Glockenklang; Ritter und Knappen und edle Damen stiegen aus der Tiefe zum Tanz gekleidet: hier war einst eine mächtige Burg versunken. Käthes Blut floß rasch und stürmisch. Sie erinnerte sich nicht, je so glücklich gewesen zu sein, sie war wie berauscht und Agathon lächelte sie an, seltsam, träumerisch. Wie ein Sturm fuhr die Sehnsucht in seine Brust, ein ganzes Land, ein ganzes Volk so zum Glücke zu verwandeln, selber hinzufliegen in freudig-schauernder Bewegung, in der Hand die flammende Fackel einer neuen Zeit …

Aber Käthe erinnerte daran, daß es zehn Uhr sein müsse, und der Schlitten mußte umkehren.

# Elftes Kapitel

In heiterer Stimmung verließ Bojesen seine Wohnung und der neblige Dezembermorgen trübte nicht die Klarheit seines Innern. Da begegnete ihm der Postbote und händigte ihm ein Schreiben ein. Er riß den Brief auf und las:

Kommen Sie nicht wieder. Lassen Sie mir die Freiheit ganz, die ich einmal erwählt habe. Ich könnte ja fordern, aber ich bitte nur. Fragen Sie nicht, warum. Haben Sie nie bemerkt, daß, wenn zwei Schicksale sich verketten, der Weg doppelt so schmal wird? Das Leben ist zu klein und kann nicht durch einen großen Sinn regiert werden. Können Sie sich denken, daß man nicht mehr an all die schönen Worte glaubt, von Freiheit, Liebe, Seele und so weiter, sondern nur an das taube, blinde Ungefähr –? Der eine sucht sein Schicksal, den andern findet es. Kommen Sie nicht wieder!

Bojesen war nicht genug Frauenkenner, um die matte Energie des gequälten Schreibens zu durchschauen. Er nahm sich den Brief zu Herzen, kehrte hastig in seine Wohnung zurück, setzte sich an den Schreibtisch, kaute einige Zeit beklommen am Federhalter und begann:

Ich dachte eine starke Frau zu finden und fand eine schwache. Oder wie ist es? Was soll ich davon denken? Bedeutet *das* die Schrankenlosigkeit der Leidenschaft, von der du geträumt hast? Ist es die gewöhnliche, banale Romanreue? Sind die Flügel schon zerbrochen, ehe man sich über das Dach des nächsten Philisterhauses erhoben hat? Das Schicksal ist ungewöhnlich mit uns verfahren, und wir müssen uns ungewöhnlich an ihm revanchieren. Ich sehe dich noch in deiner Glut, in deinem Lächeln, in deiner Hinreißendheit. Und nun?

So weit war er gekommen, als sich eine Hand auf seine Schulter legte. Zurückschauend gewahrte er seine Gattin und zuckte zusammen. »Erich, du schreibst an eine Frau,« sagte sie langsam und betont.

Sie war leichenblaß und hatte mit der Hand krampfhaft die Stuhllehne gefaßt.

In einem solchen Fall erfindet ein Mann entweder eine zärtliche Lüge oder er wird brutal. Bojesen lachte, schlug das angefangene Schreiben zusammen und zerfetzte es. Dann setzte er seinen Hut auf, um zu gehen.

»Erich, ich kenne sie nicht, diese Frau, aber sie wird dich zu Grund richten. Ich will mich nicht vor dich hinstellen mit Verzweiflungsausbrüchen. Ich bin dir nicht gut genug zur Offenheit, obwohl ich zu vielen Dingen nicht zu gut war, wie das schon so geht.«

»Aber du phantasierst ja, du träumst,« rief Bojesen, erschrocken und gespannt.

»Wir liegen immer noch Bett an Bett und auch du träumst.«

»Was soll das heißen?«

»Ich kann oft nachts nicht schlafen, und ich höre und sehe deine Träume. Die Ampel bescheint dein Gesicht und mit diesem Gesicht bist du dann bei ihr, verstehst du?«

Bojesen nagte an seinen Lippen. Er ging und war beschämt. Er kaufte Zigarren und begann zu rauchen, was er sonst des Vormittags nie zu tun pflegte. In den düsteren Korridoren des Schulgebäudes traf er die Herren, die, das akademische Viertel benutzend, gravitätisch oder tiefsinnig umherstolzierten, die Hand aus dem Rücken oder zwischen dem zweiten und dritten Knopf der Rockbrust.

Bojesen sah die finsteren Mienen seiner Kollegen nicht, oder gab vor, sie nicht zu sehen. Doch fühlte er wohl, daß etwas in der Luft lag. Nach Ablauf der Stunde kam der Pedell und bat ihn zum Rektor. Bojesen lächelte, entließ seine Schüler, schritt bedächtig die Stufen hinan und stand alsbald vor dem Herrscher des Schulreiches und fünf der ältesten Herren, die seine Garde bildeten.

»Herr Bojesen,« begann der Rektor feierlich mit einer fast unmerklichen Mischung von Sarkasmus und Schadenfreude, »Sie sind uns als Kollege lieb gewesen und als Lehrer wertvoll. Wir konnten uns täglich von der strengen Tatkraft überzeugen, mit der Sie Ihr Pensum durchführten. Wir glaubten, in Ihnen dereinst eine stolze Säule unserer Anstalt zu besitzen, einen verehrten und geachteten Mitbürger, einen tadellosen Erzieher. Vaterlandsliebe, einwandsfreier, sittlicher Wandel, Religiosität, das sind Tugenden, die die Brust eines Beraters der Jugend mehr schmücken als königliche Orden. Wir müssen bekennen, daß wir uns in Ihnen getäuscht haben.«

231 Ein undefinierbares Murmeln der Garde folgte dieser Ansprache.

»Was wollen Sie damit sagen, Herr Rektor?« entgegnete Bojesen ruhig.

»Damit soll gesagt sein, daß Sie, wie unsere gewissenhaften Nachforschungen zweifellos ergeben haben, in bezug auf Ihre moralische Führung nicht geeignet sind, einen günstigen Einfluß auf die Schüler zu üben, Herr Bojesen, – kurz, daß Sie sich auf Abwegen befinden. Als Mensch kommt es mir lediglich zu, Sie zu warnen, Sie kraft meines Alters aus tiefstem Herzen zu warnen. Als Vorstand dieses Instituts dagegen ist es meine Pflicht, Sie zu bitten, von Ihrer Lehrtätigkeit Abstand nehmen zu wollen, bis wir die Sachlage an das Ministerium berichtet und weiteren Bescheid empfangen haben.«

Bojesens Wangen und Stirn röteten sich und seine Hand zitterte. Doch der Rektor richtete sich straff empor und fuhr fort:

»Verteidigen Sie sich nicht. Suchen Sie uns nicht zu überzeugen, wovon es auch sei. Wir waren vorsichtig in bezug auf unsere Schritte. Sie verkehren in einer verrufenen Spelunke mit verrufenen Subjekten und verrufenen Frauenzimmern. Es ist schändlich und für mich als Haupt einer Anstalt, an deren Ruf kein Flecken haftet, deren pädagogischer Ruhm weit über die Grenzen unseres engeren Vaterlandes gedrungen ist, ich sage, es ist beschämend für mich, einen solchen Vorfall konstatieren zu müssen. Ihr unverzeihlicher Fehltritt fällt um so schwerer ins Gewicht, als Sie verehelicht sind und trotzdem nicht Ehrgefühl genug besaßen, Ihren Hang zu zügeln. Aber nicht einmal das allein war maßgebend für mich. Nur aus wenigen Andeutungen, die sich scharf in den Geist jugendlicher Zuhörer graben können, das werden Sie selbst gut genug wissen, ist erwiesen, daß Sie es im Unterricht nicht verschmähten, skeptische Worte fallen zu lassen, die die Religiosität der Schüler gefährden konnten, und daß Sie so auf dem verbrecherischen Wege sind, die scheußliche Zeitkrankheit des Atheismus und der Pietätlosigkeit mitverbreiten zu helfen. Wir wissen, daß Sie sich mit dem dimittierten Schüler Agathon Geyer auch nach seinem Vergehen noch liebevoll befaßt haben, und jetzt wird mir auch vieles von der unerhörten Tat dieses irregeleiteten Jünglings klar. Ich hoffe, Sie bereuen und werden ein besserer Mensch. Für die unschuldigen Blüten, die man Ihnen anvertraut hat, ist ein anderer Gärtner von nöten. Und jetzt bitte ich Sie, uns zu verlassen. Oder haben Sie noch etwas einzuwenden? Ich mache Sie aufmerksam, daß unsere Zeit kurz bemessen ist.«

Bojesen rührte sich nicht. Seine Augen schauten unverwandt ins Weite, als suchten sie sich mit den kommenden Stunden der Entbehrung und der Brotlosigkeit schon jetzt vertraut zu machen. Um seine Lippen spielte ein halb mitleidiges, halb trauriges Lächeln. Der Rektor blickte ratlos die fünf Gardeherren der Reihe nach an, die dann in derselben Reihenfolge schweigend die Köpfe schüttelten. Endlich sagte Bojesen: »Meine Verbrechen sind Verbrechen. Für Sie müssen es solche sein, natürlich. Ich kann also nichts dagegen einwenden. Aber was die ›unschuldigen Blüten‹ betrifft, darüber möchte ich noch ein paar Worte sagen. Das was ich anstrebte, war, die Schüler von selbst zum Denken zu bringen, aus Andeutungen und aus Anschauungen ein Gesetz zu konstruieren. Ich habe ihnen aus der Wissenschaft immer ein schmackhaftes Stück Brot gemacht, nicht ein Pensum für das Gedächtnis. Aber was Sie, meine Herren, unternehmen, ist aussichtslos. Sie machen aus der Schule eine Verdummungsanstalt, und kein munter fließendes Wasser wird aus diesem Sumpf herauskommen. Alle bleiben unglückselige Marionetten, oder wie Sie es nennen, faule Schüler. Aber faul sind nur Ihre Einrichtungen. Wer dem Geist der Jugend etwas nahe bringen will, muß es mit dem Herzen tun, nicht mit dem Vocabularium. Ich möchte sagen, er muß ein wenig spielen dabei, Sie müßten beinahe ein wenig Künstler sein. Hat mein verehrter Kollege, – verzeihen Sie: Exkollege, Lehrer der Geschichte, jemals daran gedacht, den Schüler mit den großen, menschlichen Dingen der Geschichte vertraut zu machen? jemals den Geist des grandiosen Zusammenhangs zu erklären versucht? jemals ein farbenreiches Bild daraus gemacht, und das wäre von höherem, sittlichem Wert als hunderttausend Jahreszahlen und Dynastiennamen. Und was Religiosität betrifft, Herr Rektor, so haben Sie keine Angst um mich. Beide zeigen sich nicht im Götzendienst. Was Sie mit diesen schönen Worten meinen, ist Duckmäuserei und Frömmelei. Vielleicht kommt die Zeit selbst für Sie noch, der Sie graue Haare haben, wo Sie mit Kummer an das denken werden, was ich Ihnen eben gesagt habe. Ich empfehle mich den Herren.«

Er eilte hinaus und ließ die sechs würdigen Schulmänner in unbeschreiblicher Verblüffung zurück. »Gehen Sie hinunter, Schachno, und verhindern Sie, daß er mit den Schülern spricht,« sagte der Rektor erregt.

Daran dachte Bojesen nicht. Er hatte bereits das Schulhaus verlassen und ging bis die Häuser zu Ende waren, bis die Ebene vor ihm lag. Und wie er weiter und immer weiter ging, vergaß er auch mehr und mehr seinen persönlichen Schmerz, und das Drückende und Gedrücktsein, das in ihm war, löste sich auf in allgemeine Wehmut um etwas unbestimmtes Verlorenes, in eine wie hingehauchte Trauer um vergebliches Ringen. Er empfand jene Müdigkeit zu denken, die zu vagen, aber tröstlichen Bildern führt, bis an die Pforte der Melancholie, wo sie sich mit liebevoller Innigkeit an alle Gegenstände der Natur hängt und auch dem zufälligen Flug eines Vogels eine tiefe, vorbedeutungsvolle Wichtigkeit verleiht.

Still und neblig, wie erfroren, lag da oder dort ein Dorf. Gleich einer Wand von Schleiern erhob sich bisweilen ein Gehölz. Der Himmel war unbeweglich; keine einzelne Wolke war zu sehen, nur eine schwerhingezogene Decke. Dornenhecken standen am Weg und vermehrten das Grüblerische, Insichgekehrte dieser Landschaft. Raben flogen lautlos über die Äcker, setzten sich majestätisch auf schwarze Erdschollen, die aus dem Schnee ragten und guckten furchtlos mit schlauen und boshaften Augen auf den Wanderer.

Als es dunkelte, kam er zurück in die Stadt, und es war ihm, als ob er ein Jahr lang fortgewesen wäre. In langsamem Gleichmut als wäre es

234

235

die Folge eines weit zurückliegenden Entschlusses, wanderte er nach der Richtung von Jeanettens Wohnung und fand sie zu Hause.

Sie war nicht erstaunt, ihn zu sehen und reichte ihm ruhig die Hand.

»Man weiß natürlich schon in der ganzen Stadt, wo ich bin und was ich treibe,« sagte sie im Lauf des Gesprächs verächtlich. »Die Herren der Gesellschaft werden zum ›siebenten Himmel‹ kommen, und ich werde die Sensation sein, der Stadtklatsch. Das ist mir widerlich. Wenn ich mit meinen Vorübungen fertig bin, geh ich nach Paris. Ich brauche anderes Leben. Es wird auch ein anderer Tod sein, wenn es so kommt.« Sie lachte.

»Fort gehst du? Und was für Vorbereitungen meinst du?«

»Tanz! Die menschlichen Leidenschaften im Tanz. Der Tanz soll wieder Kunst werden. Ich denke zum Beispiel an einen Tanz der Liebe. Alles ist Feuer, hinneigende und verborgene Glut. Jede Linie andächtig und verzückt und schließlich die unterdrückte Erregtheit. Dann der Haß. Offene Glut, wildes Gebärdenspiel, wildes Spiel aller Linien. Dann viele andere. Ich denk es mir wundervoll. Eure andern Künste haben abgewirtschaftet. Sie beruhen auf der Eitelkeit. Es gibt nur noch Wissenschaft und Tanz in der Zukunft.«

Bojesen sah hilflos vor sich hin. Redensarten, dachte er.

Jeanette begann jetzt wieder zu tanzen: auf den Zehen, den Körper in wellenhaften Bewegungen vor- und zurückbiegend und mit schwärmerischem Gesicht und weitgeöffneten Augen in den Spiegel schauend. Dann holte sie Wein, dessen Purpur in den dunklen Gläsern und in der beginnenden Dämmerung schwarz erschien.

Währenddem öffnete sich die Tür und Bojesen sah einen alten, sehr gebückten Mann mit einem Hausierkasten sich mühselig hereinschleppen. Es war Gedalja, den Jeanette vor einiger Zeit auf der Straße getroffen hatte und der nun fast täglich zu ihr kam. Er setzte keuchend den Kasten am Ofen nieder und trocknete sich die Stirn mit dem Rockärmel. Bojesen schaute Jeanette an, begriff und wollte gehen. Aber sie befahl ihm durch einen Blick, zu bleiben und zündete die Lampe an. »Hast du was verkauft, Großvaterle?« fragte sie, die Hand in die des Alten legend.

Gedalja verneinte. »Se welln nix haben. Se sind alle versehen. Se welln bloß ihren Spaß haben mit em alten Juden. Ich will nit klagen, Enkelin, nit klagen. Aber was for Gesichter wer ich sehn, wenn ich sterb'? Wer wird reden zu mir in die lange Nächte? Hast de schon gesehn en alten Mann über neunzig, wo hat kein Haus un kein Hof und kein Bett? Bin

ich nit gewesen e Vieh, daß ich nit gewesen bin e Wucherer un e Betrü-
ger? Wo soll ich haben en neuen Rock, wenn der wird sein zu Fetzen?
Wo sin meine Kinder, daß se sitzen zu meine Füße und lauschen meine
Worte? O Enkelin, es is gut, zu nehmen e Schwert und zu zerreißen sein
eignes Herz.«

Bojesen blickte nicht vom Boden empor. Gedalja begann wieder: »Ich
waaß nit, was de hast getan un was de hast vor im Leben, Jeanette. Aber
ich seh d'rs an an deine Stirn und deine Augen, daß de willst hoch naus,
daß de hast überspannte Gedanken vom Leben un von die Menschen.
Es gibt im Jüdischen e Sprichwort un haaßt: wenn Schabbes-Nachme
afn Mittwoch fallt, kriegt die Schmue Vernunft. So is es mit deine Pläne.
Schabbes-Nachme fallt alleweil afn Schabbes, natürlicherweis. Sei vernünftig vorher! Sei immer bei dir un hab gut acht auf deine Handlungen.
Schlaf nit ein in der Nacht, wenn de nit hast ausgelöscht 's Licht; nor
die Toren scheuen den Schlaf beim Finstern. Bleib' e gute Jüdin, wenn
de aach nit glaubst, denn wir sin e großes Volk mit bedeutende Gelehrte.
Merk d'r was ich hab' gesagt. Haste vielleicht was z'essen? Hab Hunger.
Bin in ganzen Tag rumgeloffen, bis nach Burgfarrnbach nüber.«

Bojesen, dem es schwer ums Herz war, schickte sich zum Aufbruch
an. Jeanette begleitete ihn liebenswürdig hinaus, sagte aber nichts. Er
haßte diese Liebenswürdigkeit an ihr, die undurchdringlich war wie ein
Panzer.

Er irrte lange Zeit durch die Straßen, aß gegen sieben Uhr irgendwo
zu Nacht, setzte seine ruhelose Wanderung fort und kam endlich wieder
vor Jeanettens Wohnung an, wo immer noch die Fenster erleuchtet waren.
Am gegenüberliegenden Haus sah er einen jungen Mann im Schnee
stehen. Er glaubte, diese blassen, unbestimmten Züge zu erkennen, ging
hinüber und stand vor Nieberding, der den Blick nicht von Jeanettens
Fenstern wandte. Bojesen lächelte ironisch. Der andere gewahrte ihn,
und eine Zeitlang standen sie Auge in Auge, ohne eine Bewegung. »Wie
lange stehen Sie schon?« fragte endlich Bojesen mit schlecht verhehltem
Spott. Aber Nieberding überraschte ihn, indem er ihm die Hand bot
und sagte: »Weshalb wollen Sie mich verhöhnen? Was würden Sie sagen,
wenn ich bissige Reden führte, weil ich Sie etwa am Grab Ihres Vaters
sähe? Ich stehe am Grab meiner Liebe. Es ist mehr als eine Phrase.« Er
schob seinen Arm unter den Bojesens und zog ihn mit sich fort.

»Aber sind Sie jetzt nicht glücklich?« fragte Bojesen noch immer sarkastisch.

»Glücklich? weil ich leide? Allerdings in gewissem Sinn.«

»Sie sind Arzt?«

»Verzeihen Sie, – ein Wort: kommen Sie eben von ihr?«

»Nein.«

»Ob ich Arzt bin? Nein. Ich war es.«

»Ein schöner Beruf.«

»J – Ja!«

»Aber er macht hart, grausam.«

»Im Gegenteil. Aber Sie spotten immer noch.«

»Im Gegenteil –?«

»Er hebt uns. Macht weich, bereichert die Gefühle.«

»Das sind Worte. Es gibt solche und solche Ärzte.«

»Allerdings.«

Darauf schwiegen sie. »Verzeihen Sie,« sagte Nieberding, »darf ich Sie
zu einem Abendessen einladen?«

»Danke, ich habe schon gegessen.«

»Aber dann kommen Sie auf ein Glas Wein zu mir.«

»Wenn es Ihnen nicht unbequem ist –.« Nieberdings offene Herzlichkeit und seine kindlich-schüchterne Art, zu fragen, beschämten Bojesen
ein wenig. Bald saßen sie in Nieberdings kleinem Salon, wo ein behagli-
ches Feuer brannte. Bojesen sah hier Jeanettens Schatten weilen und
empfand eine nagende Unruhe. Cornely kam mit ihrem rätselhaften
Lächeln und für Bojesen war es seltsam zu sehen, wie sie den Bruder
verehrungsvoll küßte und wieder ging.

Nach einem schier endlosen Schweigen fragte Nieberding hastig: »Was
halten Sie von Jeanette Löwengard?«

Bojesen schwieg und zuckte die Achseln. »Sie ist ein feines Tier,«
sagte er endlich leise mit einem lauernden Zucken der Mundwinkel.

Nieberding blickte verletzt auf. Aber im Nu unterwarf er sich Bojesen
wieder.

»Und Sie,« fuhr Bojesen fort, »welche Art von Frauen lieben Sie eigentlich? Sagen Sie nicht, daß es Jeanette sei, das steht Ihnen fern. Sie lieben
die schlanken, überzarten Formen, Sie lieben Frauen, die größer sind als
Sie, die präraphaelitischen Gestalten, hab' ich nicht recht?«

Nieberding blickte furchtsam sein Gegenüber an. Er wagte nicht zu
widersprechen. Bojesens weit aufgerissene Augen schienen etwas anderes
zu sagen, als was er jetzt sprach. Sein Mund war ein wenig geöffnet, und
seine Haltung glich der einer Katze. Er war wie verwandelt.

239

240

Nach einer Weile begann Eduard Nieberding: »Sie haben neulich beliebt, mich als den Typus des modernen Verfallsjuden hinzustellen. So war es doch, nicht? Ich habe viel darüber nachgedacht. Wenn etwas von Ihren Anschauungen begründet ist, ist es dies: wir wirklich modernen Juden haben aufgehört, Juden zu sein. Wir sind in unserer Seele Christen geworden. Nicht Christen nach der Form, sondern nach dem Geist.«

Bojesen nickte halb verächtlich, halb bekümmert. »Das ist es ja,« sagte er. »Das ist es, was uns ins Unglück stürzen wird. Ja, Sie werden das Christentum aufbauen! Wir sollen wieder Mumien werden, da wir angefangen haben, die Fenster zu öffnen und die Moderluft zu vertreiben. Sind wir nicht ein krankes Geschlecht bis ins Mark? Sehen Sie mich an, was ich bin! Heute bin ich neunundzwanzig! Was werde ich mit vierzig sein! Das geistige Christentum! Und wie belieben Sie das andere zu nennen, das unsere säftereiche Rasse aufgelöst und vernichtet hat binnen sechzehnhundert oder weniger Jahren. Was ist schuld, wenn wir den natürlichsten Vorgang des Lebens zu einem Akt der Lüsternheit machen? Wenn wir in den Schulen Maschinen züchten, statt Menschen? Wenn tausende von großen Weibern auf der Gasse und in Spezialitätentheatern lungern und eine anämische Herde tummelt sich im Salon? Wenn wir nicht hinauskommen über die niedrigen Begriffe von Ehre und Nächstenliebe, wenn unsere Dichter Hysterie für Tragik nehmen? Sie, moderner Jude, sind daran schuld mit Ihrem Mystizismus und Ihrem asketischen Verlangen, der Sie im Schnee stehen und Ihre Geliebte nur seelisch begehren, der Sie das frevelhafte Wort von der Selbstüberwindung neuprägen. Ja, ja! richten Sie nur das Christentum wieder auf! Hauen Sie nur die Renaissance, von der große Menschen geträumt haben, in Stücke, bevor sie geboren ist! Nur zu!«

»Mit all dem sagen Sie eigentlich nichts Neues,« erwiderte Nieberding traurig und mit gesenkter Stimme. »Aber das ist ja gleich, wenn Sie es fühlen. Ist es denn so schlimm? Wieviel Poesie und Verklärung hat uns nur allein die katholische Kirche gegeben.«

»Lassen Sie uns hier nicht von Poesie reden. Lassen wir die Poesie beiseite, samt der Verklärung, ich bitte Sie. Das sind triste Dinge, zu deren Verteidigung die Poesie der katholischen Kirche nötig ist. Und reden Sie niemals per ›uns‹, wenn Sie so etwas sagen, das ist ein wenig komisch. Sie sind ein Emigrant, und es gibt kein Bindeglied zwischen Ihnen und uns. Beachten Sie die Zeichen der Zeit. Rekrutieren Sie sich, seien Sie nicht blind.«

»Warum denn? warum?« rief Nieberding und sprang mit verzweifelter Gebärde empor. »Haben wir denn noch nicht genug bezahlt? mit Leib und Leben und Seele und Freiheit bezahlt? Ist es denn unmöglich, euch zu befriedigen? Seit Jahrhunderten dienen wir euch, unsere Besten haben so viel Gutes gewirkt, daß ihr es heute noch nicht einmal ermessen könnt, wir lieben eure Sprache, wir haben unser Blut für euer Vaterland vergossen, keine Werbung war uns zu demütigend, im stillen saßen wir und harrten auf das Licht der Erlösung und als ihr uns das schenktet, 242 wofür ein eingesperrt gewesener Hund euch nicht einmal die Finger lecken würde, da dankten wir euch durch einen ungemessenen Überschwall von Kräften und Talenten, – und trotz alledem, wenn heute ein beschnittener Kerl bankrott macht, so wendet sich euer unverborgener Haß nicht gegen ihn, sondern gegen uns und die verlogenste von allen verlogenen Phrasen muß aufmarschieren, um euch einen Schein von Grund und Recht zu geben: ihr sprecht von Rassenhaß und Rassenkluft, wo es besser wäre, von dem Neid und dem Geifer des Stumpfsinns zu reden, und als ob nicht ein Pommer und ein Franke von verschiedenerem Blut und Geist wären als ein Jude und ein sogenannter Germane. Rekrutieren sollen wir uns? Was heißt das? Sollen wir ein Land kaufen und einen Staat gründen? Das hieße uns vernichten. Wir sind stark als Einzelne, das ist eben das Geniale an uns, wenn Sie das kühne Wort verzeihen wollen; als Nation wären wir das Gespött der ganzen Welt. Wir sind stark als Helfer, als Diener des Geistes, wir sind groß als Priester, aber wir sind nicht ein Volk, das zu politischen Taten aufgelegt ist.«

Bojesen blickte überrascht in das Gesicht des jungen Mannes, das durch die Erregung beinahe schön war. »Sie haben Recht,« erwiderte er ernst. »Und doch kann nicht geleugnet werden, daß wir viel schneller dem Abgrund zurollen, seit die Juden emanzipiert sind, wie das prächtige Wort nun einmal heißt. Ich kenne so viele gebildete Juden, wirkliche Menschen, Künstler oder Männer der Wissenschaft oder auch Kaufleute, 243 aber ich muß sagen, so sympathisch und lieb mir die meisten sind, sie haben alle einen seelischen Defekt, einen sittlichen Krankheitsstoff, der ihre andersblütige Umgebung alsbald ansteckt. Worin das besteht, ist mir ein Rätsel. Aber sie sind es, die mich immer am schmerzlichsten empfinden lassen, daß wir im Begriff sind, eine Nation vom Säufern, Strebern und Phlegmatikern zu werden. Ihr seid eben Dämmerungskinder, Propheten der Dämmerung, manchmal vielleicht der Morgendämmerung, diesmal aber sicher der Abenddämmerung. Tragt ihr nicht einen großen

Teil der Schuld, wenn unsre Reichen und Vornehmen Geist und Ohren mit Musik verstopfen? Niemals war ein blödsinniger Musikkultus zu solchen Ehren gelangt. Es mutet mich so kindisch an, wenn in Paris die Gräfin Rothschild ihre Hündin mit dem Hund eines Marquis oder Lords öffentlich und feierlich verlobt und unter großem Gepränge Hochzeit halten läßt. In Rom war das alles seinerzeit viel großartiger. Wir können nicht einmal eine anständige Dekadenze inszenieren. Unsere gute Gesellschaft ist ausschließlich auf das Vertreiben der Langeweile angewiesen und die Kunst hat keine Lebensnotwendigkeit, sondern sie verrichtet Hofnarrendienste oder gefällt sich in volksfremder Unnahbarkeit oder wird zum weltflüchtigen Traum. Betrachten Sie nur einmal eine Erscheinung wie Richard Wagner. Wie aufgedonnert, wie asketisch, wie mönchisch, wie schmerztrunken, wie jüdisch! Daher auch sein rasender Haß gegen das Judentum.«

244    Eine Zeitlang war es still im Zimmer. Beide schauten finster sinnend in ihre Gläser. Dann begann Bojesen von neuem:

»Und doch! und doch! Ich weiß nicht, welcher Dämon mir diesen Gedanken eingegeben hat: es ist mir, als müsse gerade aus den Juden noch einmal ein großer Prophet aufstehen, der alles wieder zusammenleimt. Es ist selten, aber bisweilen trifft man einen Juden, der das herrlichste Menschenexemplar ist, was man finden kann. Alle reinen Glieder der Rasse scheinen sich vereinigt zu haben, ihn hervorzubringen, ihn mit allen köstlichen Eigenschaften auszustatten, die die Nation je besessen hat: Kraft und Tiefe, sittliche Größe und Freiheit, kurz, alles und alles, ausgenommen vielleicht den Humor. In seinem Kopf sitzen ein paar Augen voll Mildheit und Güte, man möchte sagen Frommheit in einem neuen Sinn, feurig und doch wieder schüchtern, phantasievoll und nach keiner Seite hin borniert, – kurz, wundervoll.«

Nieberding spielte mit einer Aschenschale, die in Form einer Ampel an einem Traggestell hing. Er drehte das mattbraune Gefäß um die eigene Achse, wobei die Kettchen klapperten. »Es ist sonderbar,« sagte er, »wie alles, auch das Bedeutende und Wichtige, gering erscheint, wenn man es mit dem eigentlichen Sinn des Lebens vergleicht.«

»Ja aber was ist der eigentliche Sinn? Hoffentlich antworten Sie nicht wie der gelehrte Mann, den ich einmal fragte, was er selbst für einen Zweck habe, da er die Welt schrecklich vernünftig fand. Ich bin eine

245    Verdichtungsmaschine, sagte er pathetisch.«

»Ach, ich meine nur alles zusammengenommen gegen das Unendliche betrachtet. Symbol, Symbol, alles nur Symbol. Kennen Sie dieses Experiment der Fakire: sie bezeichnen einen Kreis im Zimmer, dessen Peripherie niemand überschreiten darf. Dann schauen sie, es ist helllichter Tag, fest auf eine Kerze und plötzlich, der Fakir selbst steht am andern Ende des Zimmers, plötzlich brennt die Kerze, ohne daß jemand daran gerührt. Nun ist aber das Seltsame, sowie einer die vorgeschriebene Kreislinie überschreitet, ist das Licht für ihn verschwunden. Das enthält für mich ein Stück Lösung des ganzen Lebensrätsels.«

»Ich muß gehn,« sagte Bojesen, »es ist spät.«

»Wieviel Uhr ist es?«

»Zwölf.«

»Schon! Darf ich Sie begleiten?«

Sie gingen. Kalt und klar war die Nacht, bis an die fernsten Grenzen lichtlos und still. Nieberding murmelte:

»Mühsam ist der Pfad und lang,
kein geschmückter Priester schreit
ein versöhnliches Gebenedeit,
wenn dein Fuß im Finstern vorwärts drang.«

»Von wem ist das?« fragte Bojesen.

»Von Gudstikker. Er hat ein Buch sehr schöner Verse veröffentlicht. Ich muß ihn aufsuchen, muß mit ihm sprechen. Ein großes Talent.«

»Kein Charakter, doch ein Genie,« sagte Bojesen bitter

»Was meinen Sie damit?«

»Nun, dieses große Talent, – ich kenne es genau und schon lange. Eine Intrigantenseele, ein verwickelter Lügenkomplex. Was soll man dazu sagen. Die Kunst eines solchen Menschen ist vergänglich, selbst wenn sie für den Augenblick noch so sehr blendet.«

Sie gingen vorbei an Bojesens Wohnung und wanderten weiter in die Stadt hinein. Ihr Schweigen war nicht das von vertrauten Menschen, sondern ein beunruhigtes und mißtrauisches. Selten waren noch Fenster erleuchtet. Der Turm einer Kirche erhob sich plötzlich auf einem Platz und dies gab der ganzen Umgebung einen solchen Ausdruck stummer Majestät, daß Bojesen glaubte, mit verschärften Ohren könne man die Orgel klingen hören. Auf der Königsstraße blieben sie vor einem kleinen Wirtshaus stehen. Durch die grünverhängten Fenster drang die Fistelstimme einer Soubrette, die ein laszives Lied mit entschiedener Betonung zum besten gab. Die Stimme war so, daß man die Haltung des Körpers danach beurteilen konnte; ja, man glaubte, die falsch lächelnden Lippen und die gezierten Gesten zu sehen. Wütendes Händeklatschen belohnte die Leistung, und der Klavierspieler gab einen Tusch. Da sah Bojesen, wie sich Nieberding an den Kopf schlug, auflachte und wieder auflachte und dann davonstürzte. Bojesen sah ihm kopfschüttelnd nach und setzte seinen Weg allein fort.

Auf einmal sah er eine Schar von zehn bis zwölf Knaben auf der Straße stehen, sich lautlos um einen Mittelpunkt scharen, sich lautlos ordnen und dann ebenso geheimnisvoll die Straße hinaufmarschieren. Sie trugen die schwarze Mütze der Waisenhauszöglinge bis auf zwei, die an der Spitze gingen. In dem einen erkannte Bojesen sofort Agathon Geyer.

Bojesen, zu erstaunt, um nach Gründen zu raten, beschloß, dem Zug zu folgen. Er empfand eine unerklärliche Scheu, die ihn hinderte, Agathon kurzweg anzureden. Die Wanderung ging über die schlechten und winkeligen Gassen des Altstadtviertels und über den Schießanger und Bojesen wurde so begierig, zu erfahren, was all dies bedeute, daß er seine Vorsicht vergaß und sich den Knaben zu sehr näherte. Einige standen still und wandten sich ihm zu. Agathon kam, stutzte, erkannte ihn, ließ den Kopf sinken und schwieg. Der Himmel schien von einem weit entfernten Licht innerlich erleuchtet und Bojesen konnte jeden Zug in Agathons Gesicht erkennen.

»Tun Sie es nicht! Folgen Sie uns nicht!« sagte Agathon endlich stehend.

»Was geschieht hier, Agathon?« fragte Bojesen, und er war seltsam bewegt, aus einem Grund, der ihm später zu denken gab. Er war matt und feig geworden diesem jungen Menschen gegenüber.

»Nichts Unrechtes, Herr Bojesen,« entgegnete Agathon, heftete den Blick fest in den des Lehrers und lächelte so, daß Bojesen ihm die Hand hinstreckte. Er machte sich auf den Rückweg, ohne sich ein einziges Mal umzudrehen. »Wie romantisch,« murmelte er und suchte sich im Innern über Agathon zu stellen; aber sein Herz war beklommen.

Am andern Tag, als er über die Wiesen spazieren ging, sah er Agathon von ferne. Er hatte nicht das Verlangen, ihn anzureden; er empfand ein Vertrauen zu ihm, das ihm Neugierde als etwas Verächtliches erscheinen ließ. Agathon ging langsam, mit in sich gekehrtem Blick; seine Kleider waren etwas beschmutzt. Noch nie hatte Bojesen den Ausdruck einer solch gespannten Erwartung, eines fast atemlosen Lauschens in einem Gesicht erblickt. Am Eingang des Nadelwäldchens entschwand er seinen Blicken.

Gegen drei Uhr kam Agathon ins Dorf zurück. Er begegnete Frau Olifat, die aus ihrem Haus kam. Sie bemerkte seinen Gruß nicht. Auf ihrem Gesicht lag etwas so finster Drohendes neben einer bangen Ratlosigkeit, ja Verzweiflung, daß Agathon ihr erschreckt nachsah, dann eilends ins Haus ging und am Wohnzimmer pochte. Das kleine Mädchen öffnete, legte den Zeigefinger auf die Lippen und deutete dann wortlos auf das Sofa, wo Monika lag. Agathon schlich auf den Fußspitzen hin. Sie schien zu schlafen. Ihre Wangen glühten. Durch die geschlossenen Lider und die langen Wimpern schimmerte es wie von aufbewahrten Tränen. Der Körper lag in einer gequälten Lage, der Kopf und die Beine nach rückwärts gebogen. Die Finger waren in den Stoff des Polsters eingekrampft, die Lippen waren in leiser Bewegung. Agathon ging es wie ein Stich von der Stirn bis zum Knie. Nicht nur Angst und Schrecken waren es, sondern er hatte plötzlich die unwiderstehliche Begierde, diese unhörbar flüsternden Lippen zu küssen. Die wogende Brust des Mädchens, die leidenschaftliche Glut, in der sie lag, hilflos einer Wucht von Träumen überliefert, der schwach geöffnete Mund mit den begehrlich blitzenden Zähnen, – das ließ Agathon schaudern, und er verdeckte die Augen mit der Hand. Aber noch deutlicher sah er so das Bild, und er seufzte schwer, streichelte flüchtig, wie huschend, das glatte Haar der kleinen Esther und verließ das Zimmer. Alles Klare, Gute, Getröstete seines Innern war wie verblasen. Er ging heim, es dunkelte schon, und er war so erregt, daß er wie blind umhertappte. Das Haus war wie ausgestorben; doch als er in den Flur trat, um in seine Kammer zu gehen, stand wieder wie damals die Magd unter ihrer Türe. Wieder wie damals stand sie breit und gleichsam wartend vor dem düstern Kerzenschein. Ein trotziges und sinnliches Lächeln umspielte ihre dicken Lippen und Agathon starrte sie furchtsam an, wie ein Schicksal, dem er nicht entrinnen konnte. Sie sprach ihn an, aber er hörte es nicht; sie tätschelte seine Hand, und er fühlte es nicht. Sie nahm sein Gesicht mit grober Zärtlichkeit zwischen Daumen und Zeigefinger ihrer Linken und lachte; er war wie versteinert. Begierde, Trotz und Scham wollten fast seine Brust sprengen. Endlich machte er sich keuchend los und stürzte mit drei Sätzen die morsche Treppe hinab.

249

Die Finsternis des Hofes empfing ihn, – es wurde ihm zu eng. Er eilte hinaus, bis in die Felder und über den Kirchhof und wußte nicht, wieviel Zeit verronnen war, als er wieder vor Frau Olifats Haus stand und hinaufschaute. Da öffnete sich die Gartentür; Monika war es. Sie blickte hinauf und hinunter, und als sie Agathon gewahrte, erschrak sie, kam schnell auf ihn zu, stockte, machte wieder ein paar Schritte, stockte wieder und fiel endlich nieder, umklammerte fest Agathons Knie und begann klagend und kummervoll zu schluchzen.

Agathon wurde bis in die Lippen bleich. »Was ist denn nur!« stammelte er. Aber sie antwortete nicht, er sah ihre Schultern zucken, und ihr Weinen wurde immer verstörter und fassungsloser. Es schien aus einer Tiefe zu kommen, wohin sonst nicht leicht ein menschlicher Schmerz gelangt. Agathon wollte sie emporziehen, doch sie wehrte ihm heftig, fast zornig. Endlich und ganz unerwartet war sie still geworden, hielt die Schläfe mit beiden Händen und sah zu ihm auf mit einem gebrochenen Blick, in dem etwas Böses und Schuldiges war und der von einer Andern zu kommen schien als jener Monika, die Agathon bisher gekannt. Er wagte nichts zu sagen.

»Ach, Agathon,« flüsterte endlich Monika mit einer weitentfernten Stimme, »ich hab dich erwartet, so lange, so lange. Denke nicht schlecht von mir, tu's nicht. Höre mich an, wenn du kannst und verstoß mich nicht. Es hat Gott gewollt, daß ich hier so werden sollte, wie ich bin. O Agathon! Agathon!« Und sie blickte mit dem Ausdruck tierischer Verzweiflung in sein Gesicht. Da stieg in Agathon eine Angst vor ihr auf, wie sie in einer finstern Landschaft kommen mag, wenn uns vor einem unsichtbaren Begleiter graut. Er machte sich los von ihr; aus irgend einem Grunde erschien sie ihm niedrig, er drückte ihr unentschlossen die Hand und sagte beklommen gute Nacht. Kaum war er fort, so bereute er tief, was er getan, doch die Stimme des Lämelchen Erdmann schreckte ihn empor aus seinem Brüten. Lämelchen Erdmann stand vor dem Wirtshaus, focht mit den Armen durch die Luft und schrie Agathon zu, den er im Schein des Laternenlichts erkannte:

»Hel Agathon! schnell! Dein Vater! Dein Vater!«

# Zwölftes Kapitel

In dem dumpferhellten Vorflur der Schenke standen mit aufgerissenen Augen ein paar jüdische Händler, die um diese Zeit zu einem Glas Bier zu gehen pflegten, außerdem zwei Bauern: Jochen Gensfleisch und Jochen Wässerlein, dann Lämelchen Erdmann, der Gendarm Pavlovsky, wie immer schnaufend und wild um sich blickend, als wünsche er einen Widersetzlichen zu zermalmen und der Wirt selbst mit dem Gesicht eines alten Komödianten.

Gegen neun Uhr war Lämelchen Erdmann in die Schenke gekommen und die beiden Bauern hatten ihren Spaß mit ihm zu treiben und ihn zu zwingen versucht, die gelbe Katze des Wirts beim Schwanz zu fassen und emporzuheben.

Lämelchen blickte, bebend am ganzen Körper, um sich. Alle wußten, daß er einen namenlosen Abscheu vor Katzen hatte. Er wich jeder Katze in weitem Bogen aus und wenn die Katzen des Nachts vor seinem Hause schrien, verstopfte er sich die Ohren und lag dennoch voll fiebernder Furcht in seinem Bett.

Die jüdischen Händler, die schwatzend an einem Tisch beisammen saßen, wagten dem bedrängten Alten nicht beizustehen; sie runzelten die Stirn und sahen halb furchtsam, halb entrüstet hinüber. Der Wirt suchte sich ins Mittel zu legen, aber jetzt kamen der Doktor, der Schmied und der Apotheker herein und lachten, als sie sahen, daß Jochen Wässerlein die Katze nahm und sie wie einen Pelz Lämelchen Erdmann um den Nacken legte und wie der Unglückliche dann dastand mit einem Gesicht, das nicht mehr Angst, nicht mehr Schrecken ausdrückte, sondern etwas, das jenseits aller menschlichen Empfindungen lag. Das Kätzchen, das nicht scheu war, blieb faul sitzen, blinzelte, schloß die Augen und fuhr behaglich fort zu schnurren.

Plötzlich wurde die Tür aufgerissen und Elkan Geyer taumelte herein. Kopf, Gesicht, Hände und Kleider waren mit Kot besudelt, was um so sonderbarer war, als draußen überall Schnee lag und alles im Umkreis gefroren war. Seine Haare hingen steif, in drei oder vier Strähne verteilt, auf die Augenbrauen herab, den Hut schien er verloren zu haben. Sein Gesicht war weiß wie Kalk, eingefallen und verzerrt, in seinen Augen flackerte ein unstetes und beängstigendes Feuer, sein Mund war nicht geschlossen. Er machte eine weitausholende Gebärde wie ein Betrunkener,

253

stützte sich mit beiden Händen auf eine Stuhllehne und sein Kopf sank tief zwischen seine Schultern.

»Allmächtiger Gott, was haste denn, Elkan?« raunte ihm einer der Händler zu. »Biste schikker?«

»Ich weiß gar nicht, was mit mir ist,« sagte Elkan langsam, legte die Hand über die Augen und sah dann alle, die sich um ihn herumgestellt hatten, mit leerem Ausdruck an. »Ich war beim Sürich Sperling in der Nacht,« murmelte er, dicht an den Apotheker herantretend. »Und wie alles still war, rief er nach mir, daß ich an sein Bett kommen sollte, und er fing an, im Zimmer Gesichter zu sehen, die von Hause kamen.«

»Ruf mir meinen Sohn!« schrie er auf einmal, streckte beide Hände vor sich aus und drehte sich ganz um sich selbst. Er fiel hin wie ein Stock, sein Hinterkopf stieß mit einem dumpfen Krach an das Tischeck und alle wandten sich schaudernd ab. Der Wirt schrie nach Wasser. Pavlovsky kam, Lämelchen lief fort und traf Agathon zufällig auf der Straße, der Doktor drängte die müßigen Zuschauer in den Flur und ging dann selbst ratlos hinaus, da der Unglückliche sich von niemand berühren ließ.

Als Agathon zu seinem Vater trat, nahm ihn der mit beiden Händen beim Kopf, zog ihn zu sich herunter und flüsterte: »Agathon, ich will dir was sagen, aber sei still in die Ewigkeit. Ich habe Sürich Sperling durch mein Wünschen in den Tod gebracht. Ich bin herumgegangen wie ein Geschlagener vor dem Herrn und hab's auf meinem Herzen lasten gefühlt, daß ich sterben muß, weil mein schuldiges Herz befleckt ist. Sag nichts, bin ich tot, so Hab ich gebüßt und der jüdische Name braucht nicht verunreinigt zu werden. Ich wollte mir das Leben nehmen und Hab mich hinuntergestürzt in den Steinbruch, daß es aussehen sollte wie ein Unglück. Aber die Decke vom gefrorenen Wasser ist durchbrochen und da Hab ich mich ins Dorf geschleppt. Was schaust du so? Ich atme schwer und rede schwer. Hol jüdische Männer, daß sie mich heimtragen.«

Während Agathon hinter dem Handwagen herschritt, womit der Vater nach Haus gefahren wurde, während er angstvoll nach einer Aufklärung suchte, die ihm seine Vernunft verweigerte, stieg seine innere Erregung mehr und mehr. Allmählich kam ein Nachdenken über ihn, so wie es selten einem Menschen vergönnt ist, in sich die Dinge der Welt zu sehen. Er war plötzlich nicht mehr jung; Einsicht und Inspiration überflügelten seine Jahre. Er hatte etwas begangen, wofür ein anderer sühnte und litt.

Er jedoch hatte sich gereinigt und erhoben gefühlt dadurch; es war ihm danach geschehen, als hätte man seine Hände entfesselt zu freiem Gebrauch. Er war sehend geworden und alles um ihn herum, Menschen und Dinge und Fügungen, hatten einen Bund geschlossen, ihn zu schützen. Er hatte sich keiner irdischen Macht unterworfen gefühlt, doch auch keiner göttlichen. Eine Stimme in ihm, die aber fremd war und ihn schaudern ließ, so oft er sie vernahm, rief ihn hinaus, rief ihn fort von den Seinen und er ahnte, zu welchem Krieg sie ihn befehligte.

Daheim sah er bestürzte und erschrockene Gesichter. Die Kartoffeln standen unberührt und erkaltet auf dem Tisch. Die Petroleumlampe war ausgelöscht worden, und die Talgkerze stand auf dem Kommode-Eck in einem mit Grünspan überzogenen Leuchter. Mirjam saß auf der Bank und hielt den Kopf in den Händen.

Vor seines Vaters Bett in der Kammer stehend, rief Agathon den bleich, mit geschlossenen Augen Daliegenden an. Elkan öffnete die Lider mit einem entsetzten Starrblick. Tiefe Furchen liefen auf beiden Seiten seines Gesichts bis zu den Mundwinkeln herab und erinnerten an die übertriebenen Falten eines grotesken Schnitzwerks.

Agathon stieß mit einer ungeschickten Bewegung an das wackelige Tischchen vor dem Bett, der Leuchter fiel um und es war finster. Unwillkürlich atmete er auf, als ob er gewünscht hätte, es möge finster sein. Doch erblickte er an der Wand, die nur durch einen Bretterverschlag gebildet wurde und einen ursprünglich größeren Raum in zwei erbärmliche Löcher teilte, ein glühendes Schimmern, und als er näher trat, sah er im andern Gemach seine Mutter sitzen, die den Oberkörper über den Tisch gelegt hatte. Das Gesicht war verdeckt durch die verschränkten Arme. Vor ihr saß der Gast von damals mit seinem Asketengesicht, den dünnen Lippen, den kaltfunkelnden Augen, den hageren Mönchsfingern. Finster starrte er vor sich hin, als ob er in ein Grab schaute. Und er schaute in ein Grab. Er selbst hatte es gegraben mit seinesgleichen um darin alles zu verscharren, was frei und schön ist. Desungeachtet betete er die Worte der Schrift: Sochrenu lachajim melech chofes bachajim; gedenke unser, o Herr, zum Leben, der du Wohlgefallen hast am Leben.

»Vater!« flüsterte Agathon leidenschaftlich. »Vater, hör mich an.«

»Licht, Licht!« erwiderte Elkan dumpf.

»Hör mich erst, Vater. Es ist nicht wahr, daß du Sürich Sperling getötet hast. Ich hab's getan.«

»Nein, Agathon, du willst eine Wohltat an mir verrichten, aber es ist umsonst.«

»Weißt du denn noch, wie es war?«

»Sobald er nur ins Haus kam, Hab ich ihm das Böseste gewünscht, was man einem Menschen zudenken kann. Ich bin auf den Knien vor ihm gelegen und Hab geschluchzt wie ein Kind, aber er hat kein Erbarmen mit mir und meinen Kindern gehabt. Wie ein Narr bin ich nach Geld gelaufen und ging über Land und dachte mir, wenn er doch tot wäre. Und immer war der Gedanke in mir, bis der Tag kam, wo er dich ins Wasser stieß, und in der Nacht darauf lag ich da und mein glühender Wunsch war wie ein Engel mit feurigem Schwert, wie auf einer Feuerkugel schwebte er aus meiner Brust heraus und ging hin und öffnete das Tor und mein Auge begleitete seine Rachegestalt und sah, wie er aus Bett des Elenden trat und das finstere Herz durchbohrte und ich lag da und jubelte. Später freilich bäumte sich meine Seele dagegen auf und das ganze Leben war mir ein schwarzes Gewand.«

Atemlos staunend hatte Agathon gelauscht: all das war *sein* Erlebnis, *sein* Gesicht, nur hatte ihn das Schicksal dann nicht verworfen, sondern erhöht.

»Es war ein Traum, Vater,« sagte er mit seltsamer Freudigkeit und jene hinreißende Inspiration kam wieder über ihn. »Ich war es, ich hab es getan, mein Engel schwebte hinüber, meine Rache hat ihn getötet. Ich bin kein Jude mehr und auch kein Christ mehr und meine Tat ist über dich gekommen, weil du ein Jude bist und ich von deinem Blut. Weil dein Haus, deine Wände, deine Kleider, deine Messer und dein Gebet es nicht dulden dürfen, und sie mußten alles das an dich heften, wovon ich frei war und frei sein mußte. Denn ich weiß, was bevorsteht, Vater, und meine Hände sind schon ausgestreckt für das Werk. Mir ist, als ob mit Sürich Sperling die ganze christliche Religion gestorben wäre, oder vielleicht nur der böse Geist in diesem Volk, durch den es hassen mußte und Blut vergießen und wußte nicht warum und war selber gequält dadurch. Nimm dein Leben wieder, trag es froher, preß es an die Brust, glaube mir, daß du schuldlos bist!«

Elkan Geyer hatte sich erschrocken aufgerichtet und ihm war, als sähe er seines Sohnes Gesicht in der Dunkelheit leuchten. Dann ächzte er plötzlich schwach auf und verlor das Bewußtsein. Agathon rief nach Licht.

In ruhigem Fall sank der Schnee, bisweilen glitzernd und gleißend im Lichtstrom eines Fensters, als Agathon am späten Abend noch umherwanderte. Er begegnete Stefan Gudstikker in der Nähe der Ziegelei und wich ihm aus. Er hatte keine Sympathien mehr für Gudstikker, der zu den Menschen gehörte, die bei ihren Versicherungen stets die Hand auf das Herz legen. Auch hatte er die Gewohnheit, wenn er mit einem Menschen in Streit gelegen, dem andern einen langen Brief zu schreiben, voll von advokatischen Wendungen und rätselhaften Andeutungen auf Ewiges, Zukünftiges und Unveränderliches, – Lügenworte, Verlegenheitsworte. Er liebte die eigene Melancholie, prahlte gern vor Unkundigen, verriet die Pläne zu seinen Arbeiten jedermann in überschwenglichen Schilderungen und Prophezeiungen, schimpfte über alles Große und Anerkannte, sofern es von Lebenden ausging, erhorchte aber dabei stets des Zuhörers Meinung vorher, der er entweder, wenn es sein Vorteil heischte, beipflichtete, oder sie in einem hinterlistigen Feldzug besiegte. 259 All das wußte Agathon, wenn er auch neben diesem Neid, dieser Verbitterung und Großmannssucht einen hohen Zug gewahrte, durch den Gudstikker fähig war, das wirklich Große zu verstehen und sich ihm hinzugeben.

Als Agathon am Haus der Frau Olifat vorbeiging, sah er einen helleren Lichtschimmer als sonst aus den Fenstern strahlen. Er stieg auf einen an der Straße liegenden Quaderstein und erblickte ein Bild voll Frieden. Monika saß am Klavier in einem alten, blauen Kleid, das die Arme entblößt ließ, und sie spielte in einer schweren, langsamen, tragen Art, das Gesicht nach oben gewendet, wie wenn sie einer oft gehörten und nun vergessenen Melodie nachhinge. Ihre sonst so geschwätzige Mutter schien stumm und sah aus, als ob sie ihr ganzes Leben an sich vorbeiziehen ließe. Agathon wandte sich ab und blickte in die finstere Landschaft. Er war bewegt. Ziellos ging er weiter, – zur Höhe. In der Luft hing eine Fülle feinen Schneestaubs. Bald kamen die Tannen und eine furchtbare Finsternis brütete zwischen ihnen. Fern im Norden sah er den Lichtschein über Nürnberg. Als er dann wieder umkehrte, gewahrte er den Kirchturm des Dorfes wie eine drohende Nachtgestalt.

Wieder ging Agathon vor das Olifatsche Haus, wieder starrte er nachdenklich zu den Fenstern empor und entschloß sich endlich, trotzdem es schon elf Uhr geschlagen hatte, hinaufzugehen.

Frau Olifat, eine unansehnliche Dame, die beständig etwas einfältig lächelte und von ihrer großen Vergangenheit zu erzählen liebte, lag auf 260 dem Sofa und las. Monika spielte mit ihrer kleinen Schwester Ball. Sie saß auf einem Schemel, fing den Ball auf oder warf ihn fort, beides mit gleichgültiger Gebärde und ohne die Richtung ihres in der Ferne weilenden Blickes zu ändern.

Agathon setzte sich zu ihr auf einen zweiten Schemel, stützte den Kopf in die Hand und den Arm aufs Knie und betrachtete Monikas Hände, die weiß und sein waren, mit schlanken Fingern und blassen Nägeln. An der Linken trug sie einen spiralförmig gewundenen Ring, der nur locker saß, und den sie bei jeder Bewegung mechanisch zurückschob. Jede Bewegung selbst schien nur mechanisch, oft sanken die Hände matt in den Schoß und blieben müßig liegen, selbst wenn der Ball schon durch die Luft flog; dann legte sie den Kopf zur Seite und ließ ihn an sich vorbeisausen. »Esther muß jetzt zu Bett, *il est tard,*« rief Frau Olifat, aber die Mädchen achteten nicht darauf und begannen ein anderes Spiel. Monika setzte sich auf die Erde und legte zwanzig Spielkarten rund um sich herum. Nun sollte Esther mit verbundenen Augen die Herz-Dame suchen. Ein seltsames Spiel, um so mehr, als Monika dabei fortwährend lächelte und gespannt auf die Karten sah; ihr Lächeln hatte etwas von dem einer Wahnsinnigen.

»Warum bist du so eifrig beim Spiel, Monika?« fragte Agathon, eigentümlich bewegt.

Sie richtete ihre Augen trotzig und verwundert auf ihn. Dann sagte sie: »Wenn du die Dame erwischst, darfst du mich schlagen, Esther.«

Sie legte sich mit dem ganzen Körper auf die Dielen, streckte die Arme über sich hinaus und schloß die Augen.

Als Agathon sich verabschiedete, folgte ihm Monika mit einem kleinen Lämpchen in den Flur. Doch ein starker Zugwind schlug ihnen entgegen und löschte das Licht aus. Eine kurze Zeitlang standen sie unschlüssig im Dunkeln, noch geblendet vom Licht des Zimmers, dann konnten sie einander sehen und fanden, daß es gar nicht finster sei. Indes Agathon an der Treppe gute Nacht sagen wollte, lehnte sich Monika weit über die Brüstung und er sah ihre wilden Augen leuchten. Er streckte beide Hände nach ihr aus und wußte nicht, wie er sie plötzlich ganz in den Armen hielt und seine Lippen behutsam und voll Innigkeit auf ihre beiden Augen drückte. Sie lag wie eine leblose Masse an seiner Brust, und obwohl sie weder weinte noch sprach, zuckten ihre Lippen unaufhörlich.

Dann stand Agathon vor dem Gartentor und träumte, sah über das weite, nachtdunkle, schneeblaue Land, und fühlte gleichsam in seinen Augen, wie sehr er dies Land liebte, das ihm Heimat war.

Als er am nächsten Morgen, es war der erste Weihnachtstag, an Estrichs Zaun vorbeikam, hörte er grimmiges Schelten im Hause. Er lauschte. Es war die wetternde, böse Stimme des Alten. Er traf dann Gudstikker, der ihm mit großer Erzählerfreude den Grund des Streites berichtete. Der Bruder des Alten sei ein heruntergekommener Mensch, der nichts mehr besitze, als ein ererbtes Patrizierhaus in Nürnberg, das er nicht verkaufen dürfe. Er sei ein höchst sonderbarer Kumpan, Alchymist, suche schon seit zwanzig Jahren den Stein der Weisen und habe dabei ein großes Vermögen verschwendet. Nun sei er zum Bruder betteln gekommen. Merkwürdig sei dabei nur, daß Käthe an diesem verrückten Onkel Goldmacher mit überschwenglicher Zärtlichkeit hänge. Onkel Baldewin komme bei ihr gleich neben der Bibel. »Wie glücklich sich doch manches trifft in der Welt,« schloß er in philosophischer Art seine Ausführungen, »daß solch ein närrischer Karpfen auch noch Baldewin heißen muß. Zu dumm!« Er schüttelte sich vor Lachen, schaute auf seine Uhr, die er dann aus Ohr legte und eilte davon.

Daheim angelangt, sah Agathon einen Postboten, der für den Feiertagsgang von Frau Jette ein Trinkgeld erbat. Er hatte die Zeugenvorladung für die Verhandlung gegen Enoch Pohl gebracht. Frau Jette vermochte kaum ihren Namen unter den Empfangszettel zu setzen. Elkan Geyer würde Zeugnis ablegen – im Himmel. Er lag in Krämpfen und Fieberträumen und Frau Jette hatte niemand, der ihr beistehen konnte. Die Magd hatte sie gestern schon fortgeschickt, sie konnte das fremde Maul nicht mehr füttern, sie, die jeden Pfennig bewachen mußte.

Gegen die Mittagszeit entstand ein Schreien und Durcheinanderreden vor den Fenstern. Agathon blickte hinaus. Die Rosenaus Mädchen verkündeten mit roten Gesichtern irgend einen aufregenden Vorfall. Agathon hätte es kaum beachtet, da die beiden zum Zeitvertreib alles zur Katastrophe aufbauschten, aber als Isidor ihm winkte, hinauszukommen, folgte er und erfuhr, daß sich eine von den vertriebenen, russischen Judenfamilien auf der Altenberger Landstraße befinde und vor Elend und Hunger nicht weiter könne.

Die Unglücksstätte war nur eine Viertelstunde vom Dorf entfernt, und als Agathon dort war, bot sich ihm ein schrecklicher Anblick. Ein Mann, oder nur noch der Schatten eines Mannes, lag auf der Erde, und seine

262

263

erloschenen Blicke irrten stier durch die Luft. Die Frau, ein Weib von etwa dreißig Jahren, das vielleicht noch vor Wochen schön gewesen war, jetzt aber das Aussehen einer Greisin hatte, kniete vor ihm und wimmerte wie ein geschlagener Hund. Ihre Finger schienen erfroren. Sie trug in Tüchern ein Kind auf dem Rücken, ein zweites, noch Säugling, lag im Schnee, ein Knabe von nicht mehr als sechs Jahren stand zusammengekrümmt, mit verweintem, schmierigen Gesicht neben ihr, klammerte sich, schlotternd vor Frost, an ihren Rock und richtete zuweilen in fremdländischen Lauten eine verzweifelte Frage an seine Mutter.

Agathon, nicht geneigt zu träumen, unterbrach das Fragen und Gassen der andern, schickte Mirjam, die mitgelaufen war, zurück um einen Wagen zu holen, und da sich die Rosenaus zur Beherbergung der Unglücklichen erboten, waren seine Dienste bald überflüssig. Erst in der Nacht, die nun folgte, kamen die Gedanken. Er empfand eine eherne Zusammengehörigkeit mit seinem Volk, und doch haßte er dies Volk, – jetzt mehr als je. Er haßte die Frommen und haßte die, die sich des religiösen Gewands entäußert hatten und wie Trümmer eines großen Baues verloren auf dem Ozean des Lebens trieben, verachtet oder mächtig, doch auf jeden Fall Schmarotzer aus einem fremden Stamm. Inmitten fremden Lebens ein fremdes Volk, voll gezwungener Fröhlichkeit, in einem unsichtbaren Ghetto. Der alte Herrlichkeitsgedanke ist verrauscht und mit den Spuren zweitausendjährigen Elends am Leibe spielen sie die Herren und bedecken ihre Wunden, ihre Unzulänglichkeit, die Schmach der Unterdrückung mit einem Mantel von Gold. Und er haßte auch die andern, diese ungroßmütigen Gastgeber mit ihrem Munde voll Lügen und Phrasen und falschen Versicherungen, mit ihren trügerischen Gesetzen und scheinheiligen Göttern. Und er haßte die Zeit, die sinnlos hinrollende, atemlose Zeit, die Hoffnung gibt, um sie nur mit dem Tode einzulösen und die Glieder mit Krankheit schlägt, wenn der Geist den Körper überwinden will.

Gleichwohl erfüllte ihn die ungeheuerste Sehnsucht nach dem Leben irgendwo da draußen und er beschloß, auszugehen wie einst David, der sich ein Königreich gewann. Halb im Traum gewann sein Vorsatz Kraft und Unumstößlichkeit.

Am andern Vormittag packte er ein schmales Bündel und reichte seiner Mutter die Hand zum Abschied. Frau Jette war so erschrocken, daß sie sich nicht fassen konnte. Sie konnte den Entschluß des Sohnes nicht mißbilligen, nur fragte sie, weshalb er gerade jetzt fort wolle, da der Vater auf den Tod krank sei.

Agathon schüttelte den Kopf. Zwischen ihm und seinem Vater durfte kein Band mehr sein. Gewaltsam und unerbittlich drängte es ihn fort, und er ließ sich durch nichts bestimmen, zu sagen, wohin er sich wenden 265 würde. Er nahm auch die paar Groschen, die ihm die Mutter bot, nicht an, sondern versicherte lächelnd, daß er kein Geld brauche. Er steckte ein Dutzend Äpfel in das Bündel, Käse und Brot, küßte die Mutter und die Geschwister und ging in den kalten Wintertag hinein. 266

# Dreizehntes Kapitel

An Bojesen konnte man jenen leise fortschreitenden Verfall gewahren, der sich in einer mehr und mehr glänzenden Rocknaht offenbart; in jener Vernachlässigung des Äußeren, die sich bis zum Trotz steigert; in der Verringerung des Trinkgeldes für Kellner und Oberkellner: in der beflisseneren Art, vornehme, wenn auch sonst gehaßte Personen zu grüßen; in der erkünstelten Ruhe, womit man in den Läden nach dem Preis der Waren fragt, – kurz, in all jenen Dingen, die so tief gehen, wie sie unbedeutend scheinen und mehr verwunden, als das offene Geständnis der Not. Die Behaglichkeit gesicherter Zustände ist dann das einzig Wünschens- und Ersehnenswerte, und wenn es zu Hause kalt ist, träumt man von einem offenen Kaminfeuer mit fallenden Glutkohlen, so wie man sonst die Gedanken in alle Tiefen der Metaphysik sandte.

Er war verlassen, und er überredete sich, daß er in seiner Verlassenheit glücklich sei. Eine befremdliche Ruhelosigkeit war über ihn gekommen, die ihn von Rast zu Rast und von Arbeit zu Arbeit trieb; aber die Rast war ohne Frieden und die Arbeit ohne Frucht. Die Häuser, die eingefrorenen Parkanlagen vor seinem Haus, die vorbeisausenden Züge der Eisenbahn, Menschen, Hunde und Steine, alles hatte sich verändert, hatte in seinen Augen etwas Flüssiges erhalten und schien durch die unlösbare Kette der Teilnahmlosigkeit, die alles und alle umfangen hielt, verächtlich. Oft wenn der Sturm bei Nacht um die Mauern fuhr, daß es schien, als 267 koche die Atmosphäre, kam sich Bojesen als ein unermeßlich einsames Wesen vor im weiten Universum, das sich im Zustand des Wartens befand auf irgend einen magischen Befehl jener Dame, die die Lebensfäden so kühn und unberechenbar ineinandersteckt. Wie leer erfand sich schließlich die Wissenschaft vor seinem Nachdenken. Selbst die Lampe auf seinem Tisch, die Stühle, die Bücher im Regal, – sie hatten etwas Wesenloses für ihn.

Um Geld zu verdienen, suchte er Stunden zu geben. Es gelang ihm, die zwei Söhne des Witwers Samuel Binsheim zum Privatunterricht zu bekommen. Dieser Herr Binsheim setzte einen eigenen Ehrgeiz darein, mit Bojesen gelehrte Gespräche zu führen. Er überfiel ihn also oft auf der Straße und versicherte ihm stets von neuem, daß er ein Materialist sei, ein Freidenker, Freigeist, ein Atheist und machte ihn mit seinem Plan bekannt, einen Atheistenverein zu gründen. Er sah darin die höchste Vollkommenheit des Geistes; jeder Atheist war im Voraus sein Freund, er suchte Disziplin in die Atheisten zu bringen und wollte sie organisieren.

Herr Binsheim war es auch, der ihm erzählte, Stefan Gudstikker habe ein Buch veröffentlicht, worin die Leiden eines tragisch endenden Schulknaben so meisterhaft geschildert seien, daß das Werk in kurzer Zeit das größte Aufsehen erregt habe. Bojesen bat Herrn Binsheim um das Buch, doch als er es lesen wollte, fand sich, daß Herr Binsheim die Blattränder dazu benutzt hatte, um seine Feder in kritischen Anmerkungen schwelgen zu lassen. Daher konnte sich Bojesen lange Zeit nicht zur Lektüre entschließen, denn ihm war, als solle er sich in ein Bett legen, das noch warm war vom Schlaf eines Fremden. Schließlich las er es doch und fand viel Gewandtheit der Darstellung in dem Buch, viele blendende Einzelheiten; er fand viel Wollen, das nicht zur Kraft entwickelt war und jenes wunderbare Spiel mit Natürlichkeit, jene leicht überspannte Romantik der Gefühle, die sich um einfache Wirkungen herumlügt, weil sie des Einfachen nicht fähig ist.

Oft wenn Bojesen nach Hause gekommen war und sich in seinem Zimmer eingeschlossen hatte, wurde vor der Türe ein schwaches Knistern hörbar. Dies Knistern stammte von einem Kleide, und die dies Kleid trug, war Fanny Bojesen. Fanny Bojesen schlich über die sich krümmenden Dielen dahin, schreckte bei jedem Laut zusammen und legte ihr Ohr an die Türe des Gemachs, hinter dem sich der einsame Mann verschanzt hatte vor dem Leben und vor der Liebe. Sie wurde nicht müde, zu lauern und zu lauschen, und nicht einmal ein Seufzen von drinnen belohnte ihre Qual. Oft nach solch fruchtlosem Spionieren setzte sie sich in ihrem Zimmer an den Tisch und schrieb, schrieb, schrieb ... die lange, klagende Epistel des unglücklichen Weibes, und am folgenden Morgen verbrannte sie was sie geschrieben. Wenn Bojesen ausging, versteckte sie sich; wenn er kam, versteckte sie sich; aber nie war ihr Gehör seiner und wachsamer gewesen für jedes Geräusch, das auf sein Kommen oder Gehen deutete; wenn sie sich zufällig begegneten, wußte sie ihr Gesicht von Gleichgültigkeit förmlich strotzen zu lassen, und war sie dann allein, so weinte sie stundenlang. Als später das Dienstmädchen abgeschafft wurde, war es an ihr, ihm die nicht allzu reichlichen Mahlzeiten zu servieren. Keine Regung ihres Innern war dann auf ihrem Antlitz zu gewahren, kein Erblassen, kein Zittern ihrer Hand zu sehen. Trotzdem schluckte Bojesen in dieser Zeit manche Träne ahnungslos mit hinunter, die ohne sein Wissen die Speisen gewürzt hatte.

Er ergab sich jetzt den stillen Studien, die an der Grenze der Wissenschaft liegen und den Ausblick gestatten auf ein unermeßliches Reich von Hypothesen, auf die schrankenlose Nutznießung phantastischer Probleme. Es schien ihm oft, als ob sein Verstand dabei in die Brüche gehen müsse, aber dies gefährliche Tappen im Reich unumstößlicher Gesetze entzog ihn der Welt und seinen eigenen Sorgen, und wenn er spät, spät in der Nacht in irgend einer ungeheuerlichen Formel den Boden neuer Entdeckungen zu sehen glaubte, konnte er in eine erhitzte Wonne geraten, wie ein Wirt über das Bier, das er selbst gebraut und konnte vergessen, wie nahe ihm die Forderung praktischer und lohnender Arbeit gerückt sei.

Eines Tages, der Schnee war im Schmelzen und laue Winde kamen, fühlte er sich gänzlich abgespannt, fühlte er sich alt. Es war ein wunderlich wissender Zustand, durch den er über sich selbst hinausspähen konnte und zugleich das Gefühl von Wichtigkeit verlor, das die Quelle nützlicher Leistungen ist. Da wurde ein Brief in sein Zimmer geworfen, der den Poststempel Paris trug und so lautete:

»Eines Wortes bist du noch wert. Ich erfülle deine Bitte: hier hast du ein Lebenszeichen. Ich kann es dir mit Recht senden, denn ich *lebe* hier. Hier hört man das Herz der Menschheit schlagen. Hier bin ich, die ich stets gewesen bin, nur unentdeckt gewesen bin, hier trinkst du dich wahnsinnig am immergefüllten Becher. Tausende purzeln, Hunderte steigen, Tausende jubeln und sterben zugleich. Aber es ist vielleicht nicht das Echte; nicht Nektar, sondern Haschich. Nichts für deinesgleichen! Nichts für gute Charaktere, für euch Perlen am alternden Hals Europas. Ich komme vielleicht zurück, weil es mich reizt, euch dort ein wenig toll zu machen. Ich habe erst hier von einem König gehört, der bei euch leben soll, – ein Heliogabal, jammervoll mißkannt, ein Sohn der Sonne. Und nun leb wohl, Erich, löse dich aus dem Niedrigen, das dich umfängt und denke ohne Groll an deine Jeanette.«

Bojesen warf den Brief in eine Ecke, hob ihn jedoch wieder auf, legte ihn mit feierlichen Gebärden zusammen und zerriß ihn dann in lauter kleine Stückchen. In diesem Augenblick kam ihm alles, was er trieb, so erbärmlich vor, und alles, was er wußte, so oberflächlich, daß er in einer schmerzlichen Apathie die Augen schloß. Dann nahm er eine Feder zur Hand und schrieb auf das nächste Stück Papier: Wissenschaft.

> Es war ein Mann, ich weiß nicht, wie er hieß,
> Den das Geschick im tiefen Schoß der Erde
> Vor langer Zeit zum Leben kommen ließ,
> Und Finsternis war Mutter, die ihn nährte.

Doch er vermochte nicht zu reimen; auch fühlte er, daß sein Gedanke dabei die Klarheit verlor. Deshalb fuhr er in Prosa fort: Schweigen erfüllte sein Leben und nichts störte die Ruhe um ihn her, als ein beständiges dumpfes Summen und Dröhnen über ihm. Der Unterirdische setzte jedoch alle Geisteskräfte daran, den Grund des ewigen, drohenden, geheimnisvollen Dröhnens zu erforschen. Er glaubte nicht an ein Wunder; er teilte auch den Glauben von dem göttlichen Ursprung des Dröhnens nicht, wie er in überlieferten Dokumenten las, sondern forschte, erfand Meßapparate und andere Instrumente, stellte Gesetze und Regeln auf, berechnete die Stärke des Dröhnens und die Zeit, die verging, bis der Schall an sein Ohr kam und viele andere Dinge mehr, die ihn zu gigantischen Spekulationen führten. Und nach langer, langer Zeit begann er zu graben, emporzugraben, und je mehr er grub, je vernehmlicher wurde das Dröhnen, bis endlich die letzte Schicht Erde fiel und der Sohn der Finsternis geblendet in die Höhe starrte, – ins Licht! Da kehrte er zurück in seinen unterirdischen Wohnsitz und war beglückt, als er sah, daß das Licht die Ursache des Dröhnens war. Doch wie andere Dinge hatte er sehen können, wenn er noch hundert Meter höher gekrochen wäre! Wie hatte das Surren und Brausen von tausend irdischen Dampfmaschinen sein einsamkeitgewöhntes Ohr betäubt! Wie wäre er entsetzt gewesen von dem endlosen Krieg, der über ihm tobte, von den Schicksalen, die in das Stampfen der Motore verwoben waren! Dabei hatte er vielleicht

nicht einmal das wirkliche Licht erblickt, sondern nur das künstliche
einer Maschinenhalle.

Enttäuscht und gelangweilt legte Bojesen das beschriebene Blatt Papier
in eine Schublade. Jetzt erst empfand er den nagenden Schmerz, den
ihm jener Brief zugefügt hatte. Jeanettens Bild stieg heraus. Nun wußte
er auch sein ruheloses Forschen zu deuten, und er blickte im Zimmer
umher, als ob er sich vor den Möbeln schäme, daß er sie je getäuscht
und hintergangen durch sein nächtliches Wachen. Er sah Jeanette unbeweglich stehen, wohin er auch blicken mochte, er sah sie in einem dun-
kelgrünen Kleid, das rote Haar gelöst, in den Augen eine schwermütige
Ruhe, die er in Wirklichkeit nie bei ihr bemerkt. Er ging im Zimmer
umher und dachte an nichts anderes, als wie er sie wieder gewinnen
könne, und der törichteste Ausweg erschien ihm schließlich als der beste.
Er schickte sich an, zu Baron Löwengard zu gehen. Sein wahnsinniges
Verlangen redete ihm ein, daß Jeanettes Vater vielleicht Macht über sie
besaß, oder daß es mit dessen Hilfe gelingen könne, Jeanette durch eine
List zur Rückkehr zu bewegen. Er wußte kaum, was er tat.

Eine Viertelstunde später trat er ins Löwengardsche Haus. Noch immer
trugen die Karyatiden geduldig die Last des Balkons, noch immer besann
sich Merkur auf dem Dache, ob er stiegen solle oder nicht. Außerdem
tropfte das Schneewasser von den Rinnen und Brüstungen, so daß die
Riesen zu schwitzen schienen, und eine ahnungsvolle Sonne vergoldete
die Fassade. Auch im Innern des Hauses hatte sich nichts verändert. Die
alte Pracht bestand noch; nicht, als ob der Besitzer dieser Reichtümer
kürzlich zu Fall gekommen wäre und Hunderte in Not gerissen hätte,
sondern als ob irgend ein hochgeborener Gast die Ursache der vornehmen Stille sei.

Bojesen wurde angemeldet und vorgelassen. Mit zusammengepreßten
Lippen stand er vor dem Kaufmann, der ihn einige Zeit unbekümmert
musterte, ehe er sich entschloß, ihm einen Sitz anzubieten.

»Ich komme wegen Ihrer Tochter,« sagte Bojesen mit stockender
Stimme.

Das Gesicht des Bankiers veränderte sich im Nu. Er richtete sich straff
empor, schob seine Hand in die Rockbrust und sein Gesicht wurde
steinern, als er antwortete: »Meine Tochter hat mit der Firma Löwengard
nichts zu tun. Wenn dies also der Zweck Ihrer Anwesenheit ist, muß
ich bedauern. Wenn meine Tochter in Not ist, hat die Firma keinen
Grund, diesem Umstand Aufmerksamkeit zu schenken.«

»Ihre Tochter ist nicht in Not,« entgegnete Bojesen stirnrunzelnd. »Ich wollte nur fragen, ob Sie nicht Auskunft über ihren gegenwärtigen Aufenthalt wünschen oder ob Sie sie vielleicht zurückrufen wollen. In diesem Fall wäre ich bereit –«

»Verehrter Herr, ich sagte Ihnen schon, daß meine Tochter mit den Angelegenheiten der Firma nichts zu schaffen hat. Sie ist tot für das Haus Löwengard. Ich sehe deshalb keinen Anlaß, dies Gespräch fortzusetzen.«

Das war ein deutlicher Wink; aber Bojesen blieb ruhig sitzen und folgte mit finsterem Blick dem Auf- und Abgehen des Bankiers, der die Hände auf dem Rücken hielt und mit den Fingern ein Geräusch machte, wie wenn man den Pfropfen aus einer Flasche reißt. »Vatergefühle und dergleichen kennen Sie wohl nicht?« sagte er, empfand jedoch zugleich das Selbstsüchtige seiner Bitterkeit und errötete flüchtig.

»Vatergefühle setzen Tochtergefühle voraus,« erwiderte der Bankier kalt.

»Und Sohnesgefühle!« fügte Bojesen verächtlich hinzu, indem er an Gedaljas Schicksal dachte.

»Herr!« rief der Bankier, feig werdend. Seine tückischen Augen blickten unsicher nach der Türe.

Als Bojesen ging, war die Sonne im Sinken und ergoß Ströme purpurroten Lichts auf die tauenden Schneeflächen. Der Himmel, einem Teppich gleich, war mit seltsam regulären Wolkenmustern besät, und in der Tiefe des westlichen Horizonts stand ein Rest der Sonne als glühendes Segment und war bald verschwunden, eine gleichmäßig-brennende Röte hinter sich lassend. Bojesen schritt vorbei an den Schreibzimmern der Firma Löwengard, wo seit einigen Tagen wieder gearbeitet wurde, und sah durch die mit grünen Gittern versehenen Fenster. Pult an Pult; Kommis neben Kommis: bleiche, langnasige Menschen mit trüben Augen, mit Augengläsern, mit beschäftigten, sorgenvollen Mienen, freudlose Rechenmaschinen. Staub!

Die Landschaft breitete sich flach und trostlos aus, nicht anziehender geworden durch die blendenden Abendgluten. Eisenbahnremisen, ein abgebrochener Zaun, durcheinanderlaufende Schienen, rötlich schimmernd im Widerschein des westlichen Feuers, einzelne Güterwagen, eine Lokomotive, stumm und kalt, ein Lastwagen, Bahnwärter- und Signalhäuschen, Telegraphenstangen, Güterhallen und weit drüben ein schüchternes Etwas von Wald, mit letztem Schnee behangen, und das erste oder vielleicht vorjährige blasse Grün einer Wiese. Und all das weckte in Bojesen auf wunderbare Art Erinnerungen an die Kindheit, ließ Bilder der Heimat in ihm wachsen, und er hatte Heimweh.

Gleichwohl sehnte er sich nach Gesellschaft, und da er nicht weit von Nieberdings Villa entfernt war, wandte er sich dorthin. Er schritt an den feuchten Hängen hin, zwischen Gesträuchern; zur Rechten war die Mauer des Kirchhofs, tief unten schimmerte das Wasser des Flusses und drüben lag das ebene Tal, das vom Horizont verschlungen wurde.

Er fand das Tor der Villa offen, schritt die Treppe hinauf und pochte, da er niemand sah, an die nächste Tür und als niemand antwortete, ging er hinein. Das Zimmer war leer: er ging weiter, öffnete eine zweite Tür und stand betroffen still.

An einem Sessel kniete, ganz zusammengeschrumpft und gekauert, Cornely Nieberding und richtete sich erst auf, als sich Bojesen verlegen räusperte. Sie warf mit einem energischen Schütteln das Haar zurück und rief angstvoll: »Was ist? Ist er tot?«

Als Bojesen sie erschreckt anstarrte, trat sie auf ihn zu, bot ihm schüchtern die Hand und flehte: »Helfen Sie mir! Seit zwei Tagen ist Eduard nicht nach Hause gekommen, hat keine Nachricht hinterlassen, 276 keine Zeile geschrieben. Ich habe meine Leute auf die Polizei und zu allen Bekannten geschickt, helfen Sie mir!«

Bojesen sah gespannt in ihr blasses Gesicht, das unaufhörlichen Zuckungen unterworfen war und durch Schlaflosigkeit und Sorgen gealtert erschien. Als sie sich so schweigend betrachtet sah, ließ sie den Kopf sinken und ihre Ohren wurden glühend rot, während Stirn und Wangen bleich blieben.

Bojesen suchte nach Worten.

»Er ist ja mein Stiefbruder,« sagte Cornely mit einer krankhaften Versunkenheit und lächelte so schuldbewußt, daß es Bojesen wie ein Stich traf.

»Er wird zurückkehren, Fräulein,« tröstete er mit gesellschaftlicher Liebenswürdigkeit. »Vielleicht beschäftigt ihn ein kleines Abenteuer.« Doch sogleich empfand er das Ungehörige seiner Worte, denn Cornely schaute ihn erschreckt und fremd an. Um den Fehler wieder gut zu machen und da ihr Schmerz etwas so Wühlendes und Gepreßtes hatte, daß er fast ungeduldig wurde, ihr beizustehen, fragte er, wodurch er ihr helfen könne.

Sie dankte ihm durch einen Händedruck und teilte ihm mit (zögernd, als ob sie durch das Versprechen des Schweigens gebunden sei), daß Nieberding seit einigen Wochen mit einem gewissen Baldewin Estrich in Nürnberg viel verkehre; es sei ihr nicht bekannt, wo der Mann wohne, aber sie träfen sich stets in dem Kaffeehaus an der Frauenkirche. Wenn Bojesen sich ihr freundlich erweisen wolle, möge er nach Nürnberg fahren und dort Erkundigungen einziehen.

Ohne viel Worte zu machen, entfernte sich Bojesen, war eine halbe Stunde darauf in Nürnberg und fragte in dem angegebenen Kaffeehaus nach Nieberding, – umsonst. Darauf nannte er den Namen Baldewin Estrich, den er von Cornely vernommen, und dieser Name war den Leuten bekannt; es wurde Umschau gehalten und man schien erstaunt, den Herrn gerade heute zu vermissen, der seit Jahr und Tag um diese Stunde hier zu finden war.

Als Bojesen durch die winklig-schiefen Gassen wieder zum Bahnhof eilte, – denn die Wohnung jenes Estrich hatte er nicht zu erfragen vermocht, – stutzte er plötzlich beim Anblick einer rasch vorübereilenden Frau, blieb dann wie angewurzelt stehen und lehnte sich an einen Laternenpfahl. Er hatte Jeanettes Züge zu erkennen geglaubt. Er war sich der Täuschung bewußt und doch zitterte er an Armen und Beinen.

Spät am Abend kam er wieder in Nieberdings Haus und erfuhr von Cornely, daß ihr Bruder gekommen sei. Sie dankte ihm mit scheuer Herzlichkeit, führte ihn aber nicht ins Zimmer und sagte, Eduard sei krank und unbegreiflich erregt.

Wieder schloß sich Bojesen tagelang mit seinen Büchern ein, brütete, grübelte, träumte; draußen herrschten Frühjahrsstürme. Es pfiff und jauchzte und heulte und wühlte um die Mauern wie bei einem Wrack, das hilflos auf Felsenboden sitzt. Es sang und brummte und brodelte in den Lüften, und der ganze Himmel mit Wolken glich einer hurtig fahrenden Maschinerie, indes der Mond in der Nacht schreckhaft und fahl von Wolkenloch zu Wolkenloch stürzte.

An einem solchen Abend ging Bojesen aus. Er fühlte sich erschüttert im Sturm und sein Herz wurde weit. Er sah Blitze leuchten im Osten und hörte den entfernten Donner eines Februargewitters. Als er in die Gegend des Marktes kam, hörte er eine Stimme hinter sich, die den Wind laut übertönte. Er glaubte diese Stimme zu kennen, verzögerte seinen Schritt und lauschte.

»No sag' selber, hab' ich geschlafen sitter ach Täg? Haste geschlossen gesehn meine Augen? Bin ich gewesen in schlechter Gesellschaft, daß se mer gemacht hat e schlechtes Gewissen? Haste schon emol son Sturmwind derlebt? Hu – uch! wirbel wirbel bl bll bll –!«

Bojesen war so entsetzt, daß er keinen Schritt mehr machen konnte.

»Holla! aach e Mann, den ich kenn!« rief Gedalja und lachte unbändig. »Komm mit, Mann, komm mitle! Ich, – ich kenn die Welt, ich kenn' se in- un auswendig kenn' ich se, oben un unten kenn' ich se, hinten un vorn kenn' ich se.«

Bojesen wich zurück und packte die Frau, die den Greis begleitete, fest beim Arm. Es war Frau Hellmut. »Ist er betrunken?« flüsterte er ihr zu.

Sie schüttelte den Kopf. »Mein Sema hat ihn gebracht, so wie er ist.«

»Und warum führen Sie ihn denn herum?«

»Er ist uns fortgerannt. He, halt! halt!« Und sie rannte dem alten 279 Mann, in die Hände schlagend, nach, während er in der Mitte der Straße umhertanzte. Der Mond beschien ihn kalt und unheimlich. Bojesen empfand einen kühlen Schauder.

Auf einmal wurde der Greis still und ließ sich führen wie ein Kind. Bojesen ging an Frau Hellmuts Seite, die sich in seiner Gesellschaft unbehaglich fühlte und ihm zweifelnde Seitenblicke zuwarf.

»Ich kenne ihn,« sagte Bojesen. »Es erschreckt mich sehr, das alles.«

»Wer sind Sie denn?«

»Bojesen.«

»So? Der Lehrer?«

»Gewesen, ja.«

Als sie vor Frau Hellmuts Wohnung angelangt waren, ging Bojesen mit hinauf. Nach kurzer Weile kam auch Sema. Gedalja hockte auf einem Schemel, äffte den Wind und lachte.

»Jeanetterl, kumm her! kumm her, Jeanetterl! Ich muß d'r was sagn!« flüsterte er kaum hörbar. »Ich hab' d'rs ja gleich g'sagt. Geld will ich kaans. Ich pfeif d'r af dei Geld.« Plötzlich fuhr er wie toll auf und stieß Sema, der ihn beruhigen wollte, mit voller Kraft weit von sich, daß der Knabe gegen den Ofen taumelte. »Dei Geld? Na! *Dei* Geld? Da klebt Schweiß draa un Blut, lieber Sohn! Es rollt – tief! Komm herla, Eisenhäärla! Chomezfresserla! Chuzpeponim! Ach, was haste gemacht mit en alten Mann!« 280

»Warum bringen Sie ihn nicht fort?« fragte Bojesen erschüttert.

»Morgen früh kommt er in die Anstalt, Herr Bojesen.« Bei dem Namen blickte Sema hastig empor und schaute Bojesen an. Dann stand er auf, trat zu Bojesen und fragte stehend: »Wo ist Agathon?«

Bojesen war erstaunt. Er schüttelte den Kopf, nahm Semas Hand und streichelte sie. Eine Zeitlang war es still. Bojesen war versunken in den Anblick des langsam einschlummernden Greises, dessen Rücken steif an die Wand gepreßt war. Sema saß vor Gedalja auf der Erde.

Als Bojesen die finsteren Treppen hinabsteigen wollte, eilte ihm Sema nach. »Herr Bojesen,« rief er leise, »die Schüler!« In abgerissenen Worten, atemlos, von dem Bestreben beseelt, ein Unglück abzuwenden, erzählte er, daß viele Schüler der obersten Klasse morgen Nacht den Rektor überfallen wollten, wenn er vom Wirtshaus heimging; es sei eine Verschwörung, sie wollten sich auch verkleiden; einer habe einen Aufruf geschrieben, worin die Rückkehr Bojesens gefordert sei, auch hätte eine Geldsammlung stattgefunden, um Bojesen ein Ehrengeschenk überreichen zu können. Er, Sema, sei von all dem durch einen guten Freund unterrichtet und er fürchte, daß es den Schülern schlecht ergehen werde.

Bojesen sah nachdenklich ins Finstere. Er legte seine Hand beschwichtigend auf Semas Haupt, drückte ihm dann schweigend die Hand und ging, während ihm der Knabe hilflos nachschaute. Nebenan wohnte ein Firmenmaler, der in nächtlichen Mußestunden klassische Monologe einübte, und Sema hörte ihn brüllen, während er bang in die Nacht sah.

Indes wurde Bojesen nicht müde, gegen den Sturm anzukämpfen. Er ging über die Felder; die Landschaft schien zu wogen wie aufgewühlte See, der Fluß stürzte rauschend einher und war bis zum Rand angeschwollen. Bojesen empfand ein Grauen davor, heimzukehren und sann darüber nach, wo er den Rest der Nacht verbringen solle. Er kehrte um und stand alsbald unschlüssig vor dem Eingang zum siebenten Himmel. Während er noch überlegte, kam der Glühende heraus, begrüßte ihn und fragte, ob Bojesen nichts von den sonderbaren Ereignissen gehört habe, die sich heute Abend in Nürnberg abgespielt. Ein halbwahnsinniger Mensch, ein Goldmacher, habe das Volk aufgewiegelt, ein junger Mensch habe die Lorenzerkirche in Brand gesteckt und die ganze Stadt sei wie von Sinnen. Er gehe jetzt, um sich die Geschichte anzuschauen.

Bojesen vernahm das alles wie im Traum. Schließlich verging die Nacht und verbrauste mit ihrem Sturm; eine Nacht für alle und dann den Tod in den Wellen sterben, dachte er. War es nicht auch ein Traum gewesen, daß einst ein weißer Arm schmeichlerisch seinen Hals umschlun-

281

gen hatte? oder war dies vor langen Jahren geschehen, in einer entlegenen Zeit der Geschichte?

Am Morgen verließ er früh das Haus. Die Straßen waren vom Sturm reingeleckt. Ob er geschlafen oder nicht geschlafen, wußte er nicht. Einem Entschluß folgend, den er schon gestern bis in die Einzelheiten gefaßt 282 und erwogen und der ihn jetzt von selber vorwärts trieb, ging er ins Schulhaus, um die Schüler zur Vernunft zu bringen und von törichten Streichen abzuhalten, die ihm und ihnen schaden mußten. Er tat es widerwillig, denn er hatte sich gesagt: laß diese Jugend einmal sich empören.

Es schlug acht Uhr, als Bojesen die Klasse betrat. Sobald die Knaben ihn gewahrten, entstand ein feierliches Schweigen. Plötzlich kam ein junger Mensch mit offenem, liebenswürdigem Gesicht, das ein wenig an die Züge Agathons erinnerte, auf Bojesen zu und reichte ihm die Hand. Dann erhoben sich auf einmal alle in sorgloser Erregung, in mühsam verhaltenem Jubel, mit erstickten Ausrufen, stürmten auf den verstoßenen Lehrer ein, drückten und schüttelten seine Hände, sahen mit leuchtenden Augen zu ihm auf und die Boshaften, die Dummen und Launischen verloren alles, was sie abstoßend machte. Bojesen, in seiner Ergriffenheit, vermochte anfangs nicht zu reden; doch bald bemerkten sie seine Absicht und schwiegen bereitwillig still. Er sagte ihnen, was er sagen wollte: ernst, verständlich und verständig, und sie schienen beschämt. In ihren Blicken war das offene Versprechen des Gehorsams zu lesen.

In diesem Augenblick wurde die Türe aufgerissen und der Rektor trat ein. Bei dem Anblick, der sich ihm bot, ging eine förmliche Versteinerung mit ihm vor. Er lallte, und seine Brille fiel von der Stirn auf die Nase. Er ließ einen eisigen Blick auf Bojesen fallen und einen finsterdrohenden auf die Schüler, die trotzig stehen blieben. Bojesen wollte nichts zu einer 283 theatralischen Auseinandersetzung beitragen. Er fühlte sich zu froh und zu bewegt. Er entfernte sich mit einer sarkastischen Verbeugung gegen den Rektor.

Stunden vergingen für Bojesen in einer Reihe lustiger und beglückender Visionen: von einer neuen Zeit; von dem Wachsen verborgener Keime, von denen die Welt ein paradieshaftes Blühen erwarten konnte. Doch als der Abend kam, wurde es wieder dunkel in ihm. Er ging über den Kohlmarkt nach der Wohnung, die Jeanette innegehabt und die noch leer stand. Die alte Dame, die hier wohnte, ließ Bojesen ungehindert eintreten. Durch ihr Lächeln leuchtete ein menschliches Verstehen, als sie ihn allein ließ in Jeanettens Zimmer.

So blieb er, warf sich auf einen Sessel und ließ den gefürchteten Schatten kommen. Er dachte, daß er sie küssen könne, doch sie ging hastig, ohne zu sehen oder zu hören, an ihm vorbei. Dann kamen andere, – geschwätzige Gestalten. Alle hatten etwas zu erzählen, wobei sie auf den Zehen leicht dahinhuschten, sich ein Tuch umnahmen, es wieder liegen ließen und sie sahen aus, als hätten sie dreißig Tage lang unter der Erde gelegen.

Es war sehr spät, als er ging. Die Gassen waren leer und still. Er wußte nicht, wie er heim gelangte. In seiner Wohnung war alles finster. Lange stand er auf dem Korridor in quälerischem Besinnen, dann begab er sich vorsichtig und leise in das Zimmer, wo Fanny seit Wochen allein schlief, zündete eine Kerze an und setzte sich auf den Rand ihres Bettes. Er sah sie friedlich schlummern und nahm ihre rundliche Hand. Die Kerze warf tiefe Schatten auf eine Seite ihres Gesichts. Plötzlich erwachte sie. Sie fuhr jäh empor und schrie auf, streckte die Hände aus und schlug sie dann vor das Gesicht. Bojesen hielt den Blick auf die Dielen geheftet und atmete tief auf.

## Vierzehntes Kapitel

Im kleinen Schustergäßchen in Nürnberg, welches vom großen Schustergäßchen aus zur Burg führt, stand ein altes, düsteres Haus. Selten wurde zur Tageszeit das Tor von schwerem Eichenholz geöffnet, selten waren die vor Staub und Bejahrtheit blinden Fenster abends erleuchtet.

Das Haus war von Baldewin Estrich bewohnt, und zwar nicht in allen seinen Räumen, sondern Herr Estrich hauste vornehmlich in einer großen, mit Steinen gepflasterten Küche, die ein Fenster nach dem einsamen Hof hatte mit seinen Holzgalerien und wunderlichen Säulen und Schnitzwerken. Hier verbrachte Baldewin Estrich seine Tage und einen großen Teil der Nächte, um zu experimentieren, zu analysieren, in Retorten dickliche Flüssigkeiten zu kochen, auf seltsamfarbenen Flammen noch seltsamere Körper bis zur Weißglut zu erhitzen, und was er auf diese Art suchte und erfinden wollte, war nichts mehr und nichts weniger als die Kunst des »Goldmachens«.

Doch nicht aus gemeiner Habsucht oder nur aus dem Drang, reich zu sein, frönte Baldewin Estrich dieser Leidenschaft. Auch war er weit davon entfernt, der Wissenschaft einen Dienst leisten zu wollen. Ja, er war sogar davon überzeugt, daß sein Weg von dem der Wissenschaft weitab lag, und daß er selbst ein Gespött der Fachgelehrten bilden müsse, als ein Mensch aus vergangenen Jahrhunderten, wo Wunder und Traktätchen, Zauberei und Hexenkunst die Brücke zwischen Sehnsucht 286 und Besitz schlagen sollten. Auch war er nicht betört durch jene uralten Bücher der schwarzen Kunst, jene dunklen und verschwommenen Nachrichten über rätselhafte Magier und über den verlorenen Schlüssel zu dem großen Geheimnis. Er war mit der Wissenschaft der Zeit gegangen, eifrig und unermüdet, hatte in ihre verstecktesten Winkel geschaut, ihre zahllosen Dokumente durchstöbert, war an ihr verzweifelt und in dieser Verzweiflung zusammengebrochen wie ein Kind. Denn was sie ihm bot, war nicht das, was er darin suchte: ein Mittel, die Menschheit glücklicher zu machen. Dann begann er aus eigenem Antrieb hinauszubauen über das Vorhandene, stellte ungeheuerliche und gefährliche Experimente an, um den chemischen Urstoff zu finden, jenes vage Etwas, Äther oder sonstwie genannt, an das er mit allen Sinnen glaubte, weil ihm das Element, sei es nun Gold oder Eisen, Schwefel oder Chlor, nicht mehr ein untrennbares Eins bedeutete. Freilich wollte er mit der Praktik nichts gemein haben, und so baute er weiter, kühn und mutig, wie ein Mann, der in der Wüste wohnt und dort Städte gründet für die späten Geschlechter, die da wohnen werden, wenn das Meer von Sand fruchtbares Erdreich geworden sein wird. Durch nichts glaubte er die Menschen sicherer glücklich zu machen, als durch Gold; er glaubte ihnen den Frieden zu bringen, wenn er die heißeste Begierde stillen konnte, die sie erfüllte, oder vielmehr, wenn er ihnen so viel des Begehrten gab, daß sie der Überfluß gleichgültig machte. Die Überzeugung durchdrang mit Glut sein ganzes Innere, gab seinen Augen einen prophetischen Glanz und 287 seinem Wesen das Gepräge der Versunkenheit. Nur wenigen war er bekannt als der Auffinder aller Höhlen des Elends in der Stadt; er wußte Bescheid in jenen anrüchigen Kneipen, in denen der Verbrecher Unterschlupf findet, in jenen Herbergen, wo der reisende Bettler sein Nachtquartier hat, in den Schlupfwinkeln unter Brückenbögen, in den abgelegenen Gassen der Vorstadt, in den Remisen der Eisenbahn, an Kirchenmauern, in Kellern und übelberufenen Höfen, – kurz, an jenen Orten, wo sich das menschliche Elend beständig oder vorübergehend ein trauriges Asyl sichert, und es war, als ob er sich durch den Anblick von Schmutz und Verkommenheit in seinem Vorsatz und Eifer stärken wolle.

Er lebte ganz allein. Das weite düstere Haus, das ihm selbst nicht einmal in allen Winkeln bekannt war, sah nur zwei Besucher von Zeit zu Zeit: seine Nichte Käthe und Frau Gudstikker. Diese kam nur, um den Kopf zu schütteln, und alles, was Estrich tat oder sagte, unbegreiflich zu finden; Käthe lauschte begeistert den dürftigen Reden des Oheims und gab ihm zu erkennen, daß sie an ihn und sein Werk glaube.

Im Laufe von neunundzwanzig Jahren hatte er sein ganzes Vermögen an seine Träume gesetzt. Nun war er arm und litt darunter tief. Er konnte einen, wie er glaubte, letzten und entscheidenden Versuch nicht ausführen, weil ihm das Kapital zur Anschaffung eines seltenen und teuren Apparates fehlte. Alles, was er an barem aufbringen konnte, betrug nicht mehr als zweitausend Mark. Er wandte sich an seinen Bruder, im voraus überzeugt von der Fruchtlosigkeit dieses Schrittes, denn dieser Mann, der ihn verachtete und verspottete, würde eher eine Hand hingegeben haben, als Geld zu solchen Zwecken. Da trug es sich zu, daß Baldewin Estrich mit Nieberding bekannt wurde.

Es war in der Nacht ziemlich weit draußen in der Vorstadt. Schmerzlich grübelnd, gleichgültig gegen Menschen und Dinge, schritt Estrich seines Weges, als mehrere durchdringende Schreie hörbar wurden. Am hohen Bahndamm zog ein offenbar betrunkener Kerl ein Frauenzimmer an den Haaren nach sich. Sie lag auf der Erde und so schleifte er sie weiter wie ein Bündel Holz und erwiderte jeden ihrer Schreie mit einem Schlag seines dicken Spazierstocks. Fast in demselben Augenblick, als Estrich dies gewahrte, sprang ein Mann hinzu, stellte sich erregt vor den Burschen und forderte ihn auf, das Frauenzimmer los zu lassen, worauf ihm jener eine Flut von Beschimpfungen zubrüllte. Nieberding (dies war der junge Mann) wiederholte seine etwas pathetische Aufforderung. Der Bursche schlug ihn mit dem Ende seines Prügels vor die Brust, daß er zurücktaumelte. Jetzt mischte sich Estrich darein. Sein grauer Bart, eine gewisse Feierlichkeit seines Wesens und der Zorn, der seine Stimme vibrieren ließ, mochten Eindruck auf den Burschen machen, denn er befahl der Dirne, aufzustehen und sie gingen weiter, er fluchend, sie heulend.

Nieberding und Estrich blieben die ganze Nacht zusammen. Nieberding lauschte gierig den Ideen des Greises. Seine an Idealen so armen und ihrer so bedürftigen Sinne berauschten sich an der willkürlichen Umwertung der Materie, an dem alten und nun wieder neu gewordenen Glauben vom Urstoff. Die mittelalterlich-romantische Welt der Versuchsküche, das überzeugte und überzeugende Wesen des alten Mannes, der wie ein Magier sich inmitten seines Reiches bewegte, um beim leisesten Wunsch die Geister der Luft zu bannen, daß sie den leblosen Stoff durchdrangen und beseelten, all dies machte Nieberding zum Spielball einer aufregenden Vision. Und dann kam er Tag für Tag, blieb oft eine Nacht und einmal sogar zwei Nächte hindurch in dem düstern Bau, wo er in einem riesengroßen, halbvermoderten Patrizierzimmer übernachtete. Und nach zehn Tagen kam er und brachte Baldewin Estrich fünftausend Mark zum Ankauf eines elektrischen Apparats. Mit feierlichem Schweigen nahm der Greis das Geld, dann bat er den jungen Mann, ihn allein zu lassen.

Baldewin Estrich saß wie im Fieber vor seinem Versuchstisch, die fünf braunen Banknoten neben der Hand. Er konnte die ersehnten Apparate anschaffen und die Mischung, die jetzt im Tongefäß vor ihm stand, mußte ihm zeigen, ob sein Leben ein phantastisches Irrwandeln oder ein Schicksalspfad war. Sein Arm zitterte, als er die Hand vor die Augen legte; gleich Feuerkugeln perlte es hin vor den verfinsterten Blicken. Tiefes Schweigen herrschte in dem verödeten Haus. Die Galerien des Hofes versanken in die Dämmerung und eine blitzende Scheibe sah bisweilen aus dem Grund der Wandelgänge. Ein Kater, Estrichs einziger Gefährte während der langen, schweigenden Nächte, saß schnurrend an der heißen Glut des Kamins.

Plötzlich schreckte der Alte auf, machte Licht, – eine hektische Röte war auf seine Wangen getreten, – nahm das Tongefäß, betrachtete die weiß-schillernde Mischung, entzündete ein Drumondsches Kalklicht, hielt den Topf darüber und schüttete eine Säure in die kochende Masse, bis übelriechender Qualm den Raum erfüllte und den Chemiker in einer Wolke verhüllte. Dann nahm er eine pulverisierte Masse von violetter Färbung und schüttete eine Messerspitze voll in das Gefäß, das er hermetisch verschloß. Hierauf verlöschte er die Flamme, stellte den Topf ins Wasser, um ihn einem plötzlichen Erkaltungsprozeß auszusetzen und schritt unruhig, mit zusammengepreßten Lippen auf und ab. Als er nach einer Viertelstunde das Gefäß zertrümmerte und den erstarrten Inhalt prüfte, fand er ihn unverändert, außer daß die Farbe statt des reinen Weiß in bräunliches Gelb spielte. Mutlos ließ er die Arme sinken. Schließlich ist die ungeheure Hitze, die ich durch den elektrischen Apparat erzeugen will, gar nicht nötig, dachte er. Aber auch so sah er kein Ziel mehr. All die Säuren und Basen, Metalle und Metalloide nahmen für ihn das Wesen von persönlichen Feinden an, mit einer ausdauernden

Bösartigkeit begabt. Er zündete die Lampe an und sah in ihrem Schein das Zimmer noch erfüllt von dem unerträglichen Dunst. Er nahm ein Fläschchen vom Sims, das eine blauschwarze Flüssigkeit enthielt, die beim Licht herrliche Reflexe warf. Er öffnete das Glas, ging zum offenen Kohlenfeuer (immer noch hielt er fast krampfhaft das erkaltete Metall in der Hand) und wollte einige Tropfen auf die hochrot glühenden Kohlen gießen, um den schlechten Geruch zu vertreiben, als die Masse samt dem Glas seiner bebenden Hand entsank; auf den Kohlen zersprang das Glas und erschrocken bebte Estrich zurück, ging ans Fenster, öffnete es, und die milde Luft des Februarabends floß herein und streifte seine heiße Stirn. In tiefen Gedanken saß er am Fenster, fast zwei Stunden lang. Dann stand er schwerfällig und leise stöhnend auf um die Lampe zu füllen, die heruntergebrannt war. Seine Blick hefteten sich auf die halbverglommenen Kohlen im Kamin und unter den schwarzgewordenen oder noch düsterroten Stücken erblickte er einen großen, schwach glänzenden Gegenstand. Und je mehr er hinschaute, je mehr nahm der Glanz dieses Gegenstands zu. Seiner Wahrnehmung mißtrauisch gesinnt, hörte er nicht auf, starr in den Kamin zu blicken, bis ihn plötzliche Ungeduld und Erwartung näher treten ließen. Er zündete eine Kerze an, holte das gleißende Stück mit dem Feuerhaken heraus, nahm es in die Hand, schrie laut und durchdringend auf, so daß es in allen Teilen des Hauses widerhallte und sank vor Schwäche auf die Knie …

Gold!

Er hielt Gold in den Händen.

Es konnte ihn nicht täuschen in Form und Farbe. Er wog es in der Hand, und es war schwer. Er hielt es zitternd, mit überquellenden Augen zum Licht und sein Glanz schien den ganzen Raum zu füllen.

Gold!

Die Sehnsucht des Mittelalters war gestillt. Der Traum des modernen Forschers in Erfüllung gegangen durch die Hand eines Blinden, der nun auf dem Thron der Welt saß und die Menschheit seinen Knecht nannte. Der jeglichen Hunger enden, jeden Durst befriedigen konnte; für den es nichts Unerreichbares mehr gab im Reich der Träume. Welcher Zufall hatte es ihm geschenkt, das edle Geheimnis? Ein langsam glühender Kohlenhaufen, eine harmlose Tinktur, – bedeuteten sie mehr als ein Leben der Einsamkeit und des Nachdenkens?

Baldewin Estrich sank zusammen und weinte. Dann hielt es ihn nicht länger in dem öden Haus. Er nahm Hut und Mantel und stürzte fort.

Schon war er durch viele Gassen geeilt, als er innehielt, die Hand an die Stirn legte, zurückkehrte, die eiserne Truhe aufschloß und alles, was er noch an barem Geld besaß, in Gold und in Banknoten, zu sich steckte. Damit eilte er den Stadtteilen des Elends zu, den Herbergen für Handwerksburschen, den dachlosen Nachtquartieren im Norden. Und keine Stunde war verstrichen, als er zurückkehrte, – nicht allein. Eine Armee schreiender Männer und Frauen waren um ihn und hinter ihm, verkommene Gestalten, die den Tod auf den Wangen trugen oder das Verbrechen auf der Stirn, Gesellen in Lumpen, barfuß, mit bloßer Brust, keifende Weiber aller Lebensalter und aller Abstufungen des Lasters, Kinder mit den frühblassen Wangen der Not, – und diese entfesselte Schar schwoll und schwoll. Wo Baldewin Estrich die ersten aufgetrieben hatte, wußte er nicht, denn er handelte in einer Trunkenheit, die nach Taten verlangte. Er hatte Gold, Gold unter sie verteilt, immer mehr, und die Kunde davon eilte wie ein Lauffeuer von Straße zu Straße, so daß der Haufen zuletzt die ganze Breitegasse ausfüllte. In den Häusern wurden die Fenster aufgerissen, und lachende oder furchtsame Menschen schauten herab; die Polizei erschien in den Nebengassen und schickte sich an, das Militär zu alarmieren, aber das Ungestüm des Pöbels stieg ums hundertfache und war durch nichts mehr zu ersticken.

Am weißen Turm tauchte eine Abteilung des Reiterregiments mit blankgezogenen Säbeln auf, aber eher hätte sie eine Felsenmauer durchbrechen können als die dichtgestaute Volksmenge, die Kopf an Kopf stand, über die es hinwogte von Schreien und Zurufen und Hilferufen und Anfeuerungen und heiseren Lauten der Begierde. Alle drängten nach oben, wo Baldewin Estrich totenbleich in einem engen Kreis finsterer Burschen stand, die ihm näher und näher rückten, tobsüchtig gemacht durch den Geruch des Goldes. Mit den wildesten Drohungen drangen sie auf den Greis ein, der kein Glied zu rühren vermochte. Es war, als könne er nicht glauben, was um ihn her vorging. Ihm war, als seien es fürchterliche Traumbilder, diese von den scheußlichsten Trieben bewegte Masse, die um ihn wogte, ihn haßerfüllt anstierte, den kleinen Kreis um ihn verengerte und verengerte, als ob sie ihn erdrücken und ersticken wollte, die nach Geld schrie und heulte, nach Geld und nach sonst nichts. Ein stürmischer und geheimnisvoller Schmerz erfüllte seine Brust, und er erschien sich wie ins große Meer verschlagen, schiffbrüchig, dem Tod geweiht. Da nahm er sämtliche Banknoten in seiner Tasche mit einer leidenschaftlich verächtlichen Bewegung und schleuderte sie fort, hinein in das brodelnde Meer, den ausgestreckten Händen, den funkelnden Augen entgegen. Wahnsinnige Schreie erschallten, er fühlte sich fortgerissen wie in einem Strudel, dahingeschleudert, dorthingeschleudert, fühlte Stoß auf Stoß an seiner Brust, sah hundert Arme hoffnungslos ausgestreckt, und wieder andre, die mehr Geld wollten, mehr, da schwanden ihm die Sinne. Er erhielt einen schrecklichen Schlag an die Stirn, sank hin, wurde mit Füßen getreten, fühlte Blut an sich herabströmen, und doch schlossen sich seine Augen nicht, als wolle seine Seele gewaltsam wach bleiben und alles sehend erdulden.

Und der Strom, der nun einmal in Bewegung geraten war, wälzte sich weiter. Diejenigen, die Gold erhalten hatten, waren noch unersättlicher, als die andern. Ihr Geist befand sich in Raserei, und diese Raserei war ansteckend. Viele zertrümmerten die Fensterscheiben der Bürgerhäuser, Steine flogen in die Stockwerke hinauf; die Weiber benutzten ihre Schuhe als Wurfgeschosse. Die Rufe: Blut! Rache! Tod! Nieder! donnerten oder kreischten durch die Luft. Die Verkaufsläden wurden eingeschlagen und mit dem Schrei: nieder die Juden! erstürmten entfesselte Scharen die verschlossenen Räume, demolierten Tische, Fenster, Verkaufsgegenstände und manche reizten zu Brandlegung und Plünderung. An vielen Punkten gelang es dem Militär durchzudringen; einzelne Schüsse wurden abgefeuert, denen höhnisches Gebrüll folgte.

Während dieser Vorgänge war ein eigentümlich schwüler Wind durch die Gassen gefahren; erschreckend schwarze Wolken waren heraufgezogen und hatten sich im Norden getürmt, indes ihnen gegenüber ein Stück reinen Himmels lag, auf dem der klare Mond schwamm. Dann zuckten Blitze aus dieser Wolkenwand, deren beängstigendes Dunkel die Firste der Häuser seltsam bleich erscheinen ließ, leiser Donner rollte über die Dächer hin, allmählich anschwellend; die Blitze wurden fahler, zackiger, breiter, schneidender und tiefer, der Donner weniger schwerfällig, und das Februargewitter hatte sich drohend angesammelt, ohne daß in dem Tumult irgend jemand darauf geachtet hätte.

Die Soldaten begannen erregte Massen von Männern und Weibern vor sich her zu treiben. Ein vor Haß wütender Haufe von Männern stellte sich gegen eine ganze Kompagnie; die Leute an den Fenstern stießen Angstrufe aus; Steine flogen unter die Soldaten, aufgestellte Messer, Glasscherben von eingedrückten Fenstern, ja ganze Holzklötze, bis endlich der Kommandant der Abteilung zum Angriff überging. Alles wandte sich zur Flucht; ein panischer Schrecken verbreitete sich; nur noch verzerrte Gesichter waren zu erblicken; die Weiber stürzten hin und waren vor Entsetzen gelähmt, die Männer nahmen Kinder unter den Arm und eilten davon wie gejagt. Aus den ferner liegenden Straßen kamen Zuschauer herbei und, mitergriffen von dem furchtbaren Schauspiel schrien sie so laut sie konnten, ergriffen nach dieser oder jener Seite hin Partei, folgten entflammt den immer noch tätlich vorgehenden Soldaten, wurden jedoch von der nachkommenden Reiterkolonne in die Seitenstraßen vertrieben. Währenddem floh der geängstigte Volkshaufen in immer größerer Verwirrung und gelangte auf den Lorenzerplatz, wo die Türen der Kirche weit offen standen. Aus dem Innern, wie aus einer dunklen Höhle schimmerte das glührote ewige Licht, und die von den Soldaten wie Hühner vorwärts getriebene Menge flüchtete sich in die Kirche, drängte sich unter heiseren Schreien hinein, zum Teil mit emporgehobenen Händen, als ob sie beten wollten, was jedoch nur deshalb geschah, weil das unbeschreibliche Gedränge sie dazu nötigte. Zornige Rufe erschallten aus dem seitab sich schiebenden Publikum; Polizisten und Gendarmen versuchten umsonst sich Bahn zu machen. Die Soldaten schienen wie trunken von blödsinniger Kampf- und Verfolgungsbegier und hörten die Befehle ihrer Vorgesetzten nicht mehr. Die ersten Reihen wollten eben durch das Tor des Domes eindringen, als eine Gestalt vor ihnen in Wahrheit förmlich aufwuchs. Die Soldaten blieben stehen. Sie sahen finster staunend in das Gesicht dieses Menschen.

Es war Agathon.

Wie eine Mauer stand er da.

Auf einmal fuhr ein entsetzlicher Blitz herab, der den ganzen Himmel in Stücke zu zerreißen schien. Ein fürchterlicher Schlag folgte. Und darauf Totenstille. Plötzlich erschallte von draußen aus einer engen Nebengasse ein langgezogener Schrei. Mehrere Schreie folgten. Die Leute an den Fenster deuteten angstvoll in die Höhe und wandten die Blicke von dem Schauspiel auf der Gasse ab. Zugleich mit dem Blitz waren die elektrischen Bogenlampen an der Straßenkreuzung erloschen, so daß einen Augenblick lang eine drückende Dämmerung den Platz füllte, die durch den Wind auf- und abbewegt zu werden schien. Dann fiel eine schmale Feuergarbe aus der Höhe herab, ähnlich dem Aufflackern eines Strohfeuers, nur dunkler, purpurner, und zugleich wurde das Wächterhorn auf dem Henkerturm hörbar; die Menschen fingen an zu heulen, mit den Händen zu deuten, liefen dahin, dorthin, die Offiziere schrien, die Pferde der ausgerückten Eskadron begannen scheu zu werden. Eine grauenhafte Verwirrung entstand. Im Innern der Kirche hatte sich ein Knäuel von Menschen um den Altar gedrängt und starrte empor. Der Blitz war durch die Kirche gefahren und mehrere leblose Körper lagen auf den Steinfließen ausgestreckt. Das mystische Halbdunkel des Raumes begann allmählich einer satten Helligkeit zu weichen mit unruhigen, gespenstisch flackernden Schatten. Dabei blieben die bemalten Glasfenster dunkel, hinter ihnen lag graue Nacht, denn die Brandflut kam aus der Höhe. Viele zwängten sich mit Schreien und Rufen herein, riefen nach der Feuerwehr; dazu tönte schauerlich die Glocke vom brennenden Turm; es schien, daß der Glöckner, der keinen Ausweg sah, dessen Weg nach unten in Flammen stand, es schien, daß er mit der Anstrengung der Todesangst am Glockenstrang riß, während rote und trübe Flammen, Rauch und Funken um ihn emporschlugen.

Agathon stand totenbleich. Er streckte die Hände empor und von den mageren Armen glitt der Rockärmel zurück. Die am Altar gestanden, scharten sich bang um ihn, und jetzt kamen drohende oder warnende Stimmen, die Zurück und Hinaus riefen, auch hörte man das Gerassel der auffahrenden Spritzen, während die Glocke im Turm rasend wurde und lauter hell gellende Hilfeschreie von sich gab. Agathon blickte in das versteinerte Gesicht eines der Leblosen unter ihm und der Kampf der vergangenen Wochen wurde ihm in diesem Augenblick leuchtend gegenwärtig. Wie er in Winkeln und Verstecken die Nächte hingebracht; wie er einsam auf den Landstraßen geirrt, trank- und speiselos; wie er die stürmischen Tage an sich hatte vorbeisausen lassen; wie trotzdem mit unbezähmbarer Kraft seine Liebe zum Leben gewachsen war; wie seine Vergangenheit stimmenlos versunken war, ein Nichts; wie sein Auge schärfer wurde für die Zeit und für die Menschen; wie er überall Geducktheit und Unfrohheit gewahrte, Unoffenheit, Duckmäuserei, geheime Empörungslust. Und je einsamer er ward da draußen, je feuriger wurden seine Phantasien von einer gewaltsamen Wandlung, und er dachte, daß nicht nur das Alte stürzen müsse, damit das Neue komme, sondern daß es gestürzt werden müsse. Er dachte, daß die Städte zerstört, niedergerissen werden, verlassen werden müßten, damit der Mensch wieder sich selbst finde. Er schwelgte in glühenden Träumen, sein jugendlicher Geist saugte sich fest an den Brüsten des Lebens. Und wie er sich Herr über die Kräfte der Natur fühlte, empfand er auch Macht über die Menschen. Er dachte, als er jetzt eine bebende Menge sich um ihn drängen sah, daran, wie die Kinder aus den Dörfern ihm gefolgt, als wären sie durch einen Zauberruf angelockt, wie ihm die Bauern Essen und Trank gegeben, ohne daß er darum gebeten. So, voll von sich selbst, berührte er mit der Hand den Körper eines der vom Blitz Hingestreckten, während die Kommandorufe der Feuerwehrleute erschallten, das Militär dem Zudrang Neugieriger Einhalt tat, das Dach eines benachbarten Hauses vom Feuer ergriffen wurde, die Glocke des Turmes schwächer, gleichsam hinsterbend erschallte, die Dämmerung in der Kirche einer hellen Brunst wich und ein junger Priester in die Flammen stürzte, die auf den Altar herabgefallen waren, um das Allerheiligste zu retten. In diesem Moment bewegte der leblos Daliegende die Hand; Agathon, selbst bestürzt, wich zurück, Rufe wurden laut, die Kirche müsse geräumt werden. Gebrause und Zischen der Spritzen erschallte; da stieg Agathon auf eine Bank und gellte hinaus in den Raum mit einer Stimme, als ob es gälte, über den ganzen Erdkreis hinzuschreien:

»Laßt sie brennen, die Kirche!«

Er sah viele Gesichter unter sich verzerrt und lauernd zu ihm aufblicken, elende, sorgenvolle Stirnen, Munde mit kriechendem, fast flehentlichem Ausdruck, sogar Kinder, deren kranke Glieder er zu empfinden glaubte, und es war, als könne er durch das ganze Elend der Welt hindurchblicken, den verknoteten Knäuel des Daseins entwirren und er schrie noch einmal: »Laßt sie brennen, die Kirche!« Er hatte das Gefühl, 300 als schauten alle Menschen sterbend nach ihm, und er dünkte sich wie der Vater eines neuen, freien, Gott-losen Geschlechts. Der fanatische Priester stürzte auf ihn zu und wollte ihn herunterreißen; seine fahlen Wangen zitterten vor Zier, aber die Menge schützte Agathon. Die Gefahr nahm zu; Agathon riß eine brennende Leiste vom Altar, hielt sie hoch wie eine Fackel und wandte sich dem Tore zu, gefolgt und umringt von einem erregten Schwarm.

Die Glocke hatte aufgehört zu läuten. 301


# Fünfzehntes Kapitel

Agathon verschwand bald unter der Menge. Obwohl viele ihm nachstürzten, obwohl ein Offizier mit dem Säbel nach ihm deutete und ein berittener Gendarm das Pferd nach ihm lenkte, verlor er sich in fernere Gassen und war in Sicherheit. Sinnend ging er weiter, den Blick ins Unbestimmte geheftet, wie von einem Räderwerk fortbewegt, durch

Gassen, die er nicht kannte, die leer waren, in denen die Schritte hallten, an Häusern vorbei, die zu zucken schienen, sich zu besinnen schienen, ob sie ihm den Weg versperren sollten. Der Himmel war licht geworden; flimmerlose Sterne waren angeheftet wie Perlen, die Milchstraße war wie der Rauch aus einem Bäckerschlot, die Bäume der Allee standen wie Lanzen am Weg, erleuchtete Fenster im Weiten waren wie große Blutstropfen, durch die ganze Natur ging es wie ein Recken, Sichaufrichten. Dann lag die Stadt im Rücken, ein vielverzacktes Schattenbild, ein Knäuel Unglück, schwarz, ungeheuerlich starr, still, greifbar deutlich, in der Mitte ein glühender Fleck, eine beginnende Säule: der Brand, der im Verlöschen war, da oder dort ein Loch, da oder dort ein Fabrikschlot wie ein riesenhafter Finger. Dann nahm ihn der Wald auf; groß, dicht, leer von allen Geräuschen der Welt, eine drückende, zentnerschwere Finsternis. Hier atmete Agathon auf. Er legte sich aufs Geradewohl hin; obwohl es kühl und feucht war, verfiel er sofort in einen bleiernen Schlaf, schlief weiter, als der Tag graute, weiter als es Abend wurde und wiederum Nacht und tat erst die Augen auf, als ein klares, kleines Stück Mond im Herabsinken begriffen war. Er preßte die Hände gegen die Schläfen und meinte, vierzehn Jahre lang geschlafen zu haben, fühlte sich freier, mutiger, reicher an Hilfskräften, an Vertrauen, an Überzeugung. Er starrte eine Weile hinein in den Wald, empfand dann Hunger, erhob sich, erblickte bald das freie Feld, sah den Schmausenbuk unweit im bläulichen Nachtdunst und die Burg sich erheben über der Stadt.

Er hatte kein Geld, um in einer Schenke etwas zu sich nehmen zu können. Er hatte auch bisher kein Geld gehabt. Die Leute hatten ihm gegeben, mehr als er gebraucht, um satt zu werden. Sie wurden durch seine Person und sein Wesen in hohem Grade für ihn eingenommen. Er hatte eine außerordentliche Milde, zu lächeln. Er war schön und groß. Auch der einfachste Mann konnte seine tiefen Leidenschaften, sein mächtiges Herz, seinen überlegenen Mut, die Wildheit seiner Wünsche ahnen. Nie grübelte er, sondern träumte nur. Sein Blick hatte etwas von dem unbestimmten Blick eines Pferdes edler Rasse.

Er kam in die Stadt zurück. Wieder leere Gassen, dunkle Fenster und eine kaum wahrnehmbare Traurigkeit gleich feinem Reif über allem. Säulen mit Plakaten, verschlafene Schutzleute, hallende Stundenschläge, hallende Schritte. Eine Stadt ohne König, ohne Wille, ohne Kraft, ohne Leben, dachte Agathon, und er fühlte sich einsam. Er dachte an die Menschen hinter all den Fenstern, an die Art ihres Schlafes, ihrer Träume, an die Stärke ihrer Todesfurcht, an ihre Krankheiten, ihre Sorgen. Er kam in eine breite Straße außerhalb des Weichbildes, wo in einem Erd- geschoß drei Fenster erleuchtet waren. Gegenüber befand sich eine Allee, und am Wege war eine Bank. Agathon setzte sich, müde vom Schlaf, hungrig, durstig und doch erwartungsvoll, als ob er jetzt in ein neues Leben träte nach dem vierzehnjährigen Schlaf. Der gelbe Vorhang des einen erleuchteten Fensters färbte sich mit Bildern, schwankend und gleitend, die dahinglitten wie Wolken am blauen Himmel. Nebenan hinter dem Busch rieselte das Wasser eines Brunnens vertraulich und leise. Plötzlich erschien unter den unwirklichen, hingeträumten Bildern des Vorhanges ein Schatten, dann wurde der Vorhang aufgezogen, das Fenster geöffnet, und eine weibliche Gestalt trat in seinen Rahmen. Dann knirschte das Tor, die Gartentüre kreischte und ein sehr schlanker Herr, fest umhüllt mit dem Mantel, schritt über die Straße. Agathon hatte sofort die Gestalt am Fenster erkannt.

Die Luft war lau und unbewegt. Sie verkündete den Frühling. Sie schien aufzusteigen aus dem Erdboden wie ein warmer Brodem, umwand Baum und Stein, kroch an Häusermauern empor bis zum Mond. Agathon ging hinüber gegen das Fenster, das bei seinem Nahen geschlossen wurde, – langsamer als es geöffnet worden war. In diesem Augenblick fühlte er sich verlassen. Das Schließen des Fensters glich für ihn einer höhnischen Zurückweisung. Er blickte an seinen Kleidern herab, sie waren in schlechtem Stand; seine Stiefel waren zerrissen.

Er ging weiter und die Nacht erschien ihm tot, so daß selbst das Bellen der Hunde nicht mehr in ihr widerhallte. Nach einer Stunde kam er wieder an dasselbe vornehme Haus, vor dasselbe Fenster, und wieder war das Fenster geöffnet und Jeanette lehnte weit heraus, den Kopf auf beide Hände gestützt, spähte hinein ins Finstere, war unbeweglich, und ihr Gesicht erschien bleicher als die bleiche Mauer des Hauses. Agathon blieb stehen und grüßte hinauf. Sie fuhr zusammen, veränderte ihre sphinxhafte Haltung und stieß einen Schrei aus. Dann schlug sie die Hände zusammen und rief Agathons Namen.

Einige Minuten später war er im Zimmer. Sie selbst hatte ihm geöffnet und saß nun vor ihm, während er stand, seine Blicke in einen Spiegel geheftet hielt und über sein eigenes Gesicht erstaunt war. Jeanette blickte ihn forschend, überrascht, beinahe unterwürfig an.

»Wie geht es dir, Agathon!« fragte sie. »Was hast du getrieben? Großer Gott, wie siehst du aus! Wo kommst du her? Was hast du erlebt? Erzähle doch!«

Und Agathon erzählte. Er erzählte von sich und seinem Zigeunerleben und von dem Brand der Kirche so kühl und so gleichmütig, als ob er ein paar Seiten aus einer alten Chronik vorläse. Gerade dadurch vielleicht machte es auf Jeanette einen erschütternden Eindruck. Sie sah ihn an, ihre Augen flammten, ihr Antlitz wurde reiner und stiller. Als er fertig war, klagte er über Hunger und sie brachte ihm zu essen und zu trinken. Plötzlich erblaßte Agathon unter der Glut ihrer Blicke und ließ das Glas wieder sinken, das er an die Lippen führen wollte. Dies schien sie aufzurütteln. Sie lachte und erzählte von ihrem Leben in Paris; erzählte, daß sie in die Residenz gehen würde, weil der König sie zu sehen wünsche; daß sie inzwischen zu Ruf und Ruhm gekommen sei; erzählte Episoden, schien begeistert von dem heiteren, bunten Leben, das sie führte, das sich ihr täglich in neuen vergnüglichen Bissen darbot. Es war zuletzt, als ob sie phantasiere, so geriet sie in Hitze über das freudig Schäumende, Wohlschmeckende dieses Daseins. Dann ging sie plötzlich zum Klavier und begann zu spielen, leicht, duftig, aber auch leichtfertig, endigte mit Mißtönen, die klangen, als ob sich jemand auf die Tasten werfe, schlug krachend den Deckel zu und lachte mit ihrem knirschenden Lachen, nachdem sie sich auf dem Sessel umgedreht hatte. Plötzlich erschien sie wie eine abgehetzte Läuferin. Ihr Kopf war nach hinten gebeugt, ihre Lippen ein wenig geöffnet, die Adern des Halses klopften stürmisch, so lehnte sie gegen das mattglänzende Ebenholz des Klaviers, die Ellbogen nach rückwärts gestemmt und sah in die Höhe. »Bist du müd?« wandte sie sich zu Agathon. »Wenn du müd bist, kannst du in dein Zimmer gehen.« Sie schaute ihm fremd und befangen ins Gesicht. Agathon mußte aufstehen. Sein Herz wurde weit und weiter, hatte nicht Raum mehr.

»Ich liebe nämlich die Nacht,« sagte Jeanette. »So sitzt man da und denkt aller seiner Sünden. Liebst du nicht deine Sünden, Agathon?« Wieder traf ihn ein Blick, der gleichsam aus ihrer geöffneten und flammenden Seele zu kommen schien. »Weißt du, ich möchte dumm sein,« fuhr sie fort. »So dumm, daß ich nicht wüßte, wie man lügt; so dumm, daß ich Respekt vor den Männern hatte, so dumm, daß ich fromm wäre. Dann würde ich beten. Ich würde beten … na, das ist gleich. Nun will ich tanzen. Setz' dich dort in die Ecke. So.«

Sie tanzte, indem sie leise dazu sang oder vielmehr summte. Sie tanzte mit schwermütigen Bewegungen, die an das Hingleiten eines Körpers auf ruhigem Wasserspiegel erinnerten. Aller Spott war aus ihrem Gesicht gewichen, die Augen waren halbgeschlossen, beschattet durch die langen, roten Wimpern, die Arme hatten das Kleid gefaßt. Agathon schaute hin und ihm war, als müsse das Blut aus ihrer Brust sickern bei dem schmerzlichen und düsteren Ringen ihres Körpers. Plötzlich, der Übergang war so grell wie der von der Dunkelheit zur Feuerhelle, reckte sie sich auf; ihr Gesicht erhielt ein frivoles Leben und nun tanzte sie den Goignade, einen altfranzösischen Tanz voll wollüstiger Extase. Agathon biß die Lippen zusammen, ihn schwindelte. Als sie fertig war, lächelte sie flüchtig, nickte und sagte kühl, Agathon solle in das Zimmer nebenan, wo er schlafen könne. Damit ging sie. Agathon wartete, aber sie kam nicht wieder. Er betrat das Nebenzimmer, ließ jedoch die Türe offen, damit er das Licht sehen konnte, legte sich in den Kleidern aufs Bett, faltete die Hände unter dem Hinterhaupt und verblieb so mit offenen Augen, bis der Morgen anbrach.

Dann erhob er sich und trat zum Fenster. Er war beunruhigt, und mit 307 dem Wachsen des Tages nahm seine Unruhe zu. Er gefiel sich nicht in den kostbar ausgestatteten Räumen; es schien ihm, als sei seine Seele zusammengeschrumpft. Als Jeanette spät am Vormittag erschien, erstaunte er über die Veränderung an ihr. Sie war müde; die Haut ihrer Wangen war schlaff, der Blick hart, ihre Bewegung mühsam, ihre Worte kalt. Bisweilen brach die Erstarrung in einer heftigen Geste, in einem circenhaften Blick. »Hast du geschlafen?« fragte sie.

»Wessen Blut steckt eigentlich in dir?« fuhr sie unvermittelt fort. »Ich kenne keinen von den Leuten, bei denen du aufgewachsen bist, der mit dir zu vergleichen wäre. Und auch sonst –«. Sie stand auf, stellte sich hinter seinen Stuhl, legte beide Hände auf seine Schultern, so daß er den Kopf zurückbog, um sie zu sehen, und sie fragte lächelnd, indem sie ihre Augen tief in die seinen bohrte: »Hast du die Kirche in Brand gesteckt, Agathon?«

Agathon machte sich los und entgegnete, ebenfalls lächelnd: »Wolltest du, daß ich es getan hätte?«

Sie schwieg finster. »Es ist wahrscheinlich, daß es der Blitz getan hat,« sagte sie dann mit einem seltsam boshaften Ausdruck. Sie standen sich eine Weile stumm gegenüber, endlich meinte sie spöttisch lächelnd: »Aber du mußt andere Kleider bekommen, trotz alledem. Bist du zornig?«

fügte sie erschrocken und demütig hinzu, als sie die Röte auf seiner Stirn gewahrte. »Oder kränkt dich der Tag so wie mich? Dann werde ich die Türen zusperren, meine Dienstboten fortschicken, die Rollläden schließen und Nacht sein lassen.« Alles dies sagte sie fast kühl, hinwerfend. Agathon konnte nicht klug aus ihr werden.

»Daß wir beide Juden sein müssen!« rief sie aus, als sie sich in einen Winkel gesetzt hatte. »Ich fühle das ganze Alter des Judentums auf meinen Schultern und alle seine Verbrechen, alle seine Leiden. Ich habe alle seine Fehler in mir; ich bin der pure Verstand und die pure Schwäche. Ich bin grüblerisch und scheu, feig und frech, ich liebe die Nacht und das Orgelspiel und bin gern geistreich, wie du siehst. Und du, was bist du eigentlich? Wie kommst du zu uns mit deiner reinen Stirn?«

Plötzlich ging sie, nahm Agathons Kopf zwischen beide Hände, zog ihn mit einem gewaltsamen Ruck herab und küßte ihn auf die Lippen. Fast zugleich aber ließ sie ihn wieder los und starrte ihn an, bleich, mit weiten Augen. »*Diese* Lippen!« flüsterte sie bewegt. »Du hast noch nie ein Weib geküßt?« Langsam ergriff sie seine Hand, beugte sich und küßte auch sie. Agathon dachte an Monika, die einst ein gleiches getan. Warum?

»Was bist du? Was willst du?« fragte sie ihn nach einem langen Schweigen.

»Was ich will, das ist zu schwer für Worte. Was ich will … Den Menschen den Himmel nehmen und ihnen die Erde geben, Jeanette, das ist es, was ich will. Freilich, viele haben schon die Erde, aber nur die Erde ohne den Himmel, sie wissen, daß der Himmel fehlt. Verstehst du? Sie müssen die reine Erde haben, ohne Kreuz, ohne Abfall, ohne Verzicht,

ohne Abrechnung mit einem Droben. Sie haben bloß Genüsse und Schmerzen. Aber es ist wie mit dem Vogel im Käfig. Er hat keine Freude, auch beim schönsten Futter nicht und wenn es der bequemste, vergoldetste, mildeste Käfig von der Welt ist. So ist der Himmel ein Käfig für die Menschheit geworden. Und so lange schon, daß sie gar nicht mehr das Gitter gewahren und meinen, sie könnten fliegen. Aber solange ein einziges Gebet auf der Welt ist, können sie nicht fliegen. Ich will die Stäbe zerbrechen, Jeanette, oder nur einen, ein anderer nach mir zerbricht vielleicht mehr. Und wenn auch dann das Dach herunterstürzen und viele zermalmen wird, das schadet nichts. Nur die Großen, die Unterdrücker werden dann zermalmt, Simson der Täter und die Philister werden zermalmt, aber die Gefangenen werden frei und werden ein neues Geschlecht gründen. Freude wird sein.«

Sein bleiches Gesicht spiegelte sich strahlend in den Bewegungen der Seele. Jeanette sah ihn an und vergaß seine Jugend, wie alle, die mit ihm sprachen. Ein reiner Strom umfloß sie, der Strom reiner Gefühle. »Und was willst du tun für diese Idee?« fragte sie, mühsam lächelnd. »Sterben natürlich, wie alle diese Schwärmer.«

»Sterben? Nein, leben.«

Ihre Augen trafen sich. Agathon wandte sich ab vor ihrem Blick.

»Schwärmer! Schwärmer! Gütiger Himmel, wohin träumst du? Aber ich liebe dich, Agathon, ich liebe dich seltsam. Und was denkst du dir unter dieser ›Freude‹ da? Auch so ein Wort, wie viele Worte. Nicht?« <sup>310</sup>

»Es müßte ein Glanz sein, der von einem zum andern strahlt. Man dürfte nichts mehr verehren, nicht mehr die Natur, weil man selbst die Natur, selbst ein Stück Wald, ein Stück Meer ist, der Lehrer müßte Freund sein und vieles andere. Alles ohne Trunkenheit, verstehst du, Jeanette, ohne Gelehrsamkeit, jedes Ding eine Welt und die Welt ein Ding. Alle Juden müßten ausgerottet werden, nicht der Körper, aber der Geist, denn aller Glaube ist Judentum. Immer werden die Juden, auch die Christen sind Juden, immer werden sie neue Götter bringen. Immer werden sie eine neue Art von Heiland bringen. Warum lächelst du? Jetzt könnte die Menschheit ihre Kinderschuhe verlassen und könnte Gott eine andere Erde großsäugen. Dann ist das Leben nicht mehr wie ein unverdientes Geschenk oder wie eine unverdiente Strafe. Dann gibt es keine Todesfurcht mehr, kein Verbrechen mehr, dann wird alles größer, unermeßlich größer. Aber ich kann nicht das Eigentliche sagen, ich kann dir nicht das Bild schenken, Jeanette.«

Ein langes Schweigen entstand.

»Du meinst vielleicht, es ist Atheismus,« begann Agathon wieder. »Nein, das wäre borniert. Die Atheisten sind bloß ungezogene Kinder und sie wollen selber Papa spielen, wenn der Vater ausgegangen ist. Aber siehst du, Jeanette,« fügte Agathon etwas schüchtern hinzu und leiser als bisher, »etwas quält mich und ich weiß nicht was es ist. Es macht mich unruhig in der Nacht und quält mich bei Tag und es ist mir, als stünde ich vor einer Mauer.« <sup>311</sup>

Jeanette lag mit aufgestütztem Ellbogen auf dem Sofa, während ihre Füße den Boden berührten. Die Linien der Beine zeichneten sich durch den Stoff hindurch, und Agathon blickte wie gebannt auf diese etwas gewaltsam geschwungene Kurve, während ihn Jeanette mit einem heißen, träumerischen Blick gleichsam suchte.

Am Nachmittag wurden Kleider gebracht für Agathon, sowie ein Domino, denn Jeanette wollte, daß er abends mit ihr zu einem Karnevalsfest ginge. Er wunderte sich über ihr Wesen, das jetzt an Grellheit abgenommen hatte, über ihren Gang, der etwas Wiegendes, Zögerndes, Erwartendes hatte, über ihre Worte, die bald kühn, bald zaghaft, bald heftig, bald gedrückt waren.

Der Festsaal war groß. Die Galerien und Wandelgänge waren durch Glühlampen erleuchtet und glichen einem breiten Feuerband, das um eine milde Dämmerung geschlungen war, in der die Säulen silbern glänzten, die Guirlanden wie aus dem schwülen Duft herausgewachsen schienen, die künstlichen Rosen wie Blut schimmerten und der goldverbrämte Plafond einem glühenden Abendhimmel glich. Das bunte Treiben erweckte Agathon den Eindruck des Geräuschlosen, Zauberspielhaften; alle Farben flossen in ein Bild, alle Töne in einen Ton, alle Heiterkeit hatte ein Ziel, und dies wogende Murmeln war wie das ferne Branden eines Meeres, über dem der Tag aufgehen will.

Aber plötzlich, ganz mit einem Male und auf einen Anstoß wurde Agathon sehend. Und zwar in solchem Maß, daß er vor Grauen, Scham und Beleidigung wie verwundet war. Er schritt durch einen etwas abseits gelegenen Wandelgang, als er einen alten und ziemlich zerlumpten Mann an der Tür stehen sah. Der Alte spähte lauernd und unruhig in den Saal, legte die Hand wie einen Schirm gegen die Augen und murmelte. Bald darauf kam ein junges Mädchen, deren Bewegungen graziös und übertrieben kindlich waren, auf den Alten zu, und ihr Mund unter der Maske verlor sein Lächeln. Sie reichte dem Alten Geld; mit unbeschreiblicher Gier riß er ihr die Münzen aus der Hand und flüsterte ihr etwas zu, wobei seine Augen fast aus den Höhlen traten. Das Mädchen nickte und der Alte humpelte hinaus. Das Mädchen setzte sich auf eine Bank, drückte beide Hände gegen die Brust und atmete auf, dann warf sie beide Arme in die Luft, als wolle sie den Wirbelwind von Gedanken beschwichtigen und sprang wieder mit dem übertrieben-kindlichen Gebaren davon. Agathon suchte ihr zu folgen, verlor sie aber aus den Augen. Er sah statt ihrer einen befrackten Herrn, der zu Komplimenten verbogen war wie ein Fragezeichen, einen andern, der übernächtig fahl, von Säule zu Säule schlich in der Art eines Gewürms, lichtscheu, träg, voll Verachtung, Müdigkeit, Hinfälligkeit; einen dritten, dessen Lachen wie ein Schuß

312

war, der abgefeuert wird, um eine nahende, nagende Angst oder das fletschende Gespenst der Sorgen zu verscheuchen; einen vierten, der, künstlich und aufgeregt, geschäftig herumeilte und dessen Züge durch eine Aufgabe von eingebildeter Wichtigkeit bis zur wilden Erregung zerwühlt waren; einen fünften der grinsend und nickend durch die Reihen strolchte, der Zynismus in Person, mit einem von Lastern aufgepflügten, vom Unglück mit Narben gezeichneten Gesicht; einen sechsten, der voll Anstand, Schüchternheit und Zuvorkommenheit sich allenthalben überflüssig schien, um dessen Mund eine wachsende Bitterkeit lag, während in seinen Augen fast greifbar der Entschluß zu einem Verbrechen zu lesen war; ein Weib, das kichernd, sich drehend, mit erlogenem Lächeln, mit erstohlener Anmut, von einem Chor befrackter Bettler bezaubernd genannt wurde; ein zweites, das mit allen Kräften heimisch zu werden suchte in diesem Haus zusammengetragener Lustbarkeit; ein drittes, das mit geheimer Angst die Maskengarderobe aus dem Gewölbe des Verleihers einer öfteren Musterung unterzog und heftige Bewegungen zu vermeiden suchte; ein viertes, das mit erhitzten Blicken und eisiger Seele dasaß, während die Sorge um die Haltbarkeit der Schminke sie im Innern beschäftigte. Und hinter der Buntheit der Gewänder, der Höflichkeit der Worte, hinter den ziehenden Blicken, den vom Wein geröteten Stirnen und benetzten Lippen, was lag da? Agathon sah es. Hundert Schicksale öffneten sich ihm wie auf einen Schlag; auf einen Schlag wurde der Vorhang von hundert Bühnen, von hundert Augenpaaren gezogen, daß es vor seinen Blicken dalag wie ein schwärender Knäuel Jammer, ein ungesichtet zusammengeworfener Haufen Schmerzen, ein Mischmasch von Betrübnissen, Verbrechen, Betrug und Lügen. Jener dicke Herr mit dem gütigen, ehrenhaften Gesicht hält das Glück von Hunderten wie an einer Schnur, und er wird all dies Glück, das ihm anvertraut ist, morgen getrost an der Börse verspielen; den ungünstigen Fall erwägend, hat er bereits eine Schiffskarte bei sich. Dieser unwiderstehliche Stutzer, der so diskret lächelt, ist ein Arzt, der durch schmutzige Geschäfte in seiner eigenen Meinung längst der Schatten eines anständigen Menschen ist. Jene bleiche Dame mit dem schwermütigen Blick lebt nur, sich zu amüsieren, und es amüsiert sie, die Schwermütige zu sein; ihr Haus ist ein finsteres Bild der Verkommenheit, der Vernachlässigung, der Sittenlosigkeit, des geraubten, erborgten Prunkes, des versteckten Hungers; jener wohlwollende Graubart ist ein unentdeckter Bankdieb; jene pastorenhafte Gestalt schachert mit jungen Mädchen; jener imposante

Schwarzbärtige ist ein nichtswürdiger Wucherer; jener behäbige und joviale Greis ist ein gefürchteter Verläumder ... Und hinter ihnen, welch ein Chaos: verödete Stuben, tränennasse Betten, von Lastern bedeckte Hände, das wahnsinnige Geheul Unterliegender und Gefesselter, das verschwiegene Lächeln der Sieger, die erheuchelte Trauer, der verstellte Hochmut, der Hunger, die Schande, die Raserei der Liebe, Krankheit und Tod, eine Armee bis zur Tollheit verzerrter Gesichter, die im Geschwindmarsch dem Abgrund zueilten, eine ganze fallende, stürzende, vermorschte Gesellschaft und darüber, darunter – nichts.

Es war Agathon, als ob sein Körper durch die zermalmende Wucht der Visionen zusammengepreßt würde. Es war ihm, als dränge sich die gärende Masse des Unglücks, ein schreiender Haufen Verfolgter an ihn, erflehe Hilfe, Rettung, und gepeinigt floh er, erreichte die Straße, eilte weiter, ohne sich umzublicken und wußte kaum, wie er in Jeanettens Wohnung kam. Er hatte sie selbst, seit beide den Saal betreten hatten, nicht wieder gesehen. Das Dienstmädchen öffnete ihm, wollte Licht machen, aber er bat sie, ihn im Finstern zu lassen, fiel wie vernichtet aufs Sofa und krampfte sich zusammen wie ein Sterbender.

Lange mochte er so gelegen sein, als er einen Hauch an seiner Stirn verspürte. Er schlug die Augen auf; die Nacht kam ihm doppelt finster vor. Hierauf bemerkte er einen schwarzen Schatten, der sich nah an seinem Körper gegen das unsicher verfließende Licht des Fensters abhob. Erschrocken tastete er mit den Händen vor sich und tastete in knisterndes Haar. »Jeanette,« flüsterte er dumpf. Sie kniete bei ihm. Er glaubte, ihre Augen flammen zu sehen; es entstand eine Hitze um ihn, die aus diesen Augen zu kommen schien. Er wurde starr am Körper und seine Sinne badeten sich in einer Erregung, die seine Brust zusammenschnürte gleich einem Strick. »Jeanette,« flüsterte er, »sie brauchen *doch* einen Heiland.«

Jeanette zündete eine Kerze an und legte eine blutrote Orange neben den Leuchter. Ihr Gesicht war um vieles bleicher als sonst, aber von zitterndem Leben erfüllt. Sie stand an der mit purpurfarbenem Tuch verhangenen Wand und das meergrüne Kleid, das sie trug, warf Strahlen gegen diese dunkle Farbe. Ihr Hals, entblößt, leuchtete im Rahmen der Haare, und ihre Brust hob sich schwer. Einer warmen Welle gleich lief es von ihr zu Agathon. Er saß und blickte sie unverwandt an und glaubte, eine Stimme zu hören, welche ihn rief: wo bist du, Agathon?

Jeanette lächelte und trat an den Tisch. Er setzte sich zu ihr, so nahe, daß ihre Körper sich streiften, und Agathon wurde völlig ausgefüllt von

315

316

dem Bewußtsein dieser großen, und wie ihm vorkam, unverdienten Nähe; die Welt rückte dadurch in eine maßlose Ferne, versank in einen Abgrund. Jeanette schälte und zerlegte die Orange und Agathon erlebte jede ihrer Bewegungen mit, ja, es war ihm, als ob er selbst die Frucht zerteilte. Dann reichte sie ihm ein Stück und er aß. Er fühlte nicht die Süßigkeit der Frucht, es wurde ihm kaum bewußt, daß er aß. Sie beschäftigten sich damit, das Öl der saftreichen Schale in die Flamme zu spritzen; es knallte und zischte, beide lächelten. Agathon lächelte aber wie über etwas in einem andern Leben Erlebtes, er lächelte Jeanettens Lächeln mit, vielleicht aus Furcht, daß sie aufhören könne zu lächeln. Plötzlich machte Jeanette eine halbe Drehung gegen ihn; ihr Gesicht wurde beinahe steinern, ihr Blick verschlingend groß, unbarmherzig wild, und er sah ihre Zähne schimmern. Sie stand auf.

Die Kerze war erloschen. Agathon fühlte zwei Arme um sich geschlungen und an seinem Halse die feuchte Berührung eines Mundes. Seine Sinne schmerzten, daß er glaubte, es müsse mit ihm zu Ende gehen, daß er die Nacht verwünschte. Was er dann empfand, war eine sich ausbreitende Angst, das Gefühl, als ob das Zimmer luftleer sei, und endlich eine verzweifelte, brennende Begierde.

»Was zitterst du so?« fragte Jeanette leise. Dann knisterten wieder ihre 317 Kleider; es fielen ihre Haare herab und hüllten seine Hände ein. Er lag mit offenen Augen, die wie erblindet waren und fühlte die warme Haut ihres Körpers, und ihn schauerte bis ins innerste Mark seiner Knochen. Sie küßte ihn; er dachte, daß sie ihn besser hätte nicht küssen sollen, denn er glaubte zu ertrinken in einer heißen Gischt, sein ganzer Leib war ein zuckender Schmerz, der alles in einen übermäßigen Rausch versetzte, dann kam ein bewußtloses Versinken; das anfänglich blendende Licht verlor sich, und plötzlich fiel er wie zerschmettert nieder auf Steine und blieb liegen, voll von einem grenzenlosen, vorher nie erfaßten, noch geahnten Jammer.

Er wußte nicht mehr, wie er sich erhob, in die Kleider kam, wie er das Zimmer verließ, auf der Straße stand, die sich breit hindehnte in einen mühsam aufquellenden Morgennebel. Er sah einen Garten vor sich und sah das Tor offen; er streckte sich hin auf den Sockel eines Brunnens, der noch mit Stroh umwunden war; er streckte sich hin und legte den Kopf auf die Arme und begann bitterlich zu weinen.

Als er aufsah, war die Sonne emporgegangen aus der Umarmung riesenhafter Wolken. Ein Hahn krähte. Kräftige Frische lag in der Luft.

Jeanette schlief noch, als er zurückkehrte. Ihr Gesicht hatte etwas so Eisiges und Totes, als ob das Leben nie wieder die Züge bewegen könne. Auf den geschlossenen Lidern lag eine Müdigkeit, die an den vollen Tafeln des Lebens entstanden und genährt worden war. Durch die Spalten der Gardinen fiel ein schmales Sonnenband auf ihre schneeweiße Brust.

318

Als sie zusammen frühstückten, blickte ihn Jeanette scharf an und sagte: »Nun siehst du wohl, daß die Welt aus Schmutz besteht.«

Agathon schwieg.

»Du siehst, was ich bin,« fuhr sie fort. »Und du kommst und verlangst, daß wir nicht mehr glauben sollen. Das ist ja ohnehin unsere Krankheit, das Nichtglauben, jetzt ist deine Mauer gefallen, Agathon, und du hast dich überzeugt, daß sie dir nur einen Haufen Schmutz vorenthalten hatte. «

»Ist es nicht vielleicht deswegen Schmutz, weil wir es so wollen? Weil du es willst?« fragte Agathon. »Weil du dich der Stunde schämst, in der du dich hergegeben hast? Liegt nicht in der Vereinigung von Mann und Weib Unsterblichkeit und Unvergänglichkeit? Und nur darin? Warum sollte das Schmutz sein, was so erhaben sein kann?«

»Wirklich? Kann es das? Kann es so erhaben sein? Köstlich. Ihr Männer seid unverbesserliche Trunkenbolde.«

Dann fuhr sie mit starrem Blick fort: »Auch du, auch du, Agathon, mußtest fallen. Aber es ist mir klar, wozu es dich treibt. Du willst die Sinnlichkeit wieder auf den Thron setzen, den sie seit zweitausend Jahren verlassen hat. Das liegt in dir, spricht aus deinen Worten, strahlt aus deinen Augen. Aber eher kannst du dein Hirn verbrennen, oder du mußt neue Menschen formen. Das ist alles unanständig, was du willst, verstehst du, unanständig; das ist das Wort, das dich erdrosselt. Wenn du es aus
319 der Welt schaffst, dann glaube ich an dich. Ist es nicht unanständig, wenn wir die Kleider abnehmen und uns sehen? Ist es nicht unanständig, Kleider zu haben und an Liebe zu denken? Ach, nur die Kleider sind schuld, daß wir so krank lieben. Und dann bedenke, eine Religion, die nicht die Sinnlichkeit erstickt, schleudert die Könige vom Thron.«

Eine Zeitlang schwieg sie, dann stand sie so heftig auf, daß der Stuhl hinter ihr auf den Teppich zurückfiel. »Nun sollst du alles wissen. Damit wenigstens *ein* Mensch weiß, was ich leide. Nicht mich ruft der König, sondern ich habe alles daran gesetzt, um zu ihm zu kommen. Keinen Schleichweg, keine Hinterlist habe ich gescheut. Er soll mein letztes

Medikament sein. Vielleicht finde ich dort Heilung. Es geht ein Stolz und eine Hoheit von ihm aus wie ein Sturm übers ganze Land. Denn siehst du, ich langweile mich. Ich langweile mich, seit ich auf der Welt bin. Ich langweile mich bei Putz und Schmuck, beim herrlichsten Sonnenaufgang und beim schönsten Gemälde. Versteh mich recht, es ist mehr als die Langeweile, aus der müßige Frauen Ehebruch begehen, Dummköpfe zu Verbrechern werden, aus der die Hälfte alles Übels in der Welt geschieht. Nein, ich habe noch keinen einzigen *Menschen* kennen gelernt. Ich war in Paris am Herzen der Erde gelegen und habe gezittert mit den Pulsschlägen der Nacht, ich habe den vornehmsten Pöbel rasend gemacht durch den Tanz, ich habe jubelnd sämtliche Tugend zum Teufel gehen lassen, – aber ich habe mich gelangweilt. Ich habe mich in den Betten gewälzt, die Kissen zernagt und jeden Tag verflucht; ich habe um Krieg gebetet und ein grauenhaftes Kanonenmodell konstruiert, ich bin in die Berge gegangen und einsam geblieben; ich habe die berühmten Männer aufgesucht und fand sie so öde, daß mir war, als müßte ich sie in den Arm zwicken, damit sie wenigstens einmal schreien möchten, – alles war umsonst. Und was willst *du*, armer Agathon, hier! Geh fort, auch ich packe heut mein Bündel und fahre.« Sie ging zum Fenster, riß es auf und sog mit geblähten Nasenflügeln die Luft ein. Als Agathon ruhig blieb und sie beobachtete, stampfte sie mit dem Fuß auf und knirschte mit den Zähnen wie ein bösartiger Hund.

Ein leises, aber bald anschwellendes, helles Gemurmel wurde hörbar. Eine Prozession von Kindern zog die Straße herab. Die zuerst Kommenden beteten, wodurch das silbrige monoton gleitende Murmeln entstand; die letzte Schar sang. Alle Gesichter hatten eine so abenteuerliche Gleichgültigkeit, eine solch dumme und gequälte Feierlichkeit, daß es zugleich lächerlich und schrecklich war. Den Nachtrab bildeten sechs Ministranten in weißen Gewändern, einer trug ein großes, schwarzes Kreuz. Jeanette sah darauf, und ihr Blick war fasziniert. Sie schauderte.

Agathon wich zurück vor ihr und ging. Ihm war, als ob er eine Tote verließ, deren Seele man da draußen schon zum Grab geleitete.

Auf der Straße folgte er dem Leichenzug in der Nähe des Sargs. Es war ein Kindersarg, ein blasses und gebrechliches Häuschen und der Tod hockte mit einem Kranze darauf und sang im Chor. Agathon dachte den Tod um die Zukunft zu fragen, da das Leben so schweigsam war.

# Sechzehntes Kapitel

Nach dem unerwarteten Erfolg seines Buches hatte sich Stefan Gudstikker beeilt, eine vornehme Wohnung zu mieten. Er betrieb eine eigene Art von Leutseligkeit gegen seine Bekannten, die darin bestand, daß er seinen berühmten Namen, auf Visitenkarten gedruckt, häufig in ihre Briefkasten schob; er ließ das Haar ein wenig länger wachsen, den Bart ein wenig imposanter stutzen, ließ sich photographieren, und zwar in einem Gesellschaftsrock, mit einer Kravatte von durchbrochenem Rips, den Zylinder in der Hand, mit fest nach vorwärts gerichtetem, gleichsam unparteiischem Blick und etwas mitleidig verzogenem Mund. Nach solchen Vorbereitungen beschloß er, sich seinen Kollegen in der Hauptstadt zu zeigen und sprach gegen seine vertrauten Freunde stirnrunzelnd von den Kniffen, die er werde anwenden müssen, um gewissen Festlichkeiten zu entgehen.

Kisten und Koffer waren gepackt. Die Fenster standen offen, und ein würziger Strom Vorfrühlingsluft floß herein. Gudstikker war beschäftigt, seine Reiselektüre zu sichten, als sich die Türe öffnete und Monika Olifat hereinkam. Sie öffnete die Türe nur wenig und schob sich furchtsam durch den Spalt. Gudstikker war nicht angenehm überrascht, doch nahm er sich zusammen, ging hin und bot ihr die Hand.

Monika sah nicht, daß er ihr die Hand gab. Sie setzte sich oder sie sank vielmehr auf einen der herumstehenden Koffer, ließ den Blick unsicher umherschweifen und murmelte: »Du gehst fort, Stefan?«

»Aber natürlich, Närrchen, ich muß doch,« erwiderte Gudstikker. »Begreifst du denn nicht, daß ich muß? Willst du dich nicht lieber auf den Stuhl setzen?«

»Also du gehst fort,« wiederholte Monika mechanisch. »Du gehst fort.« Und sie wollte die Hand an die Stirn heben, ließ sie aber im Schoß ruhen. Beide Hände lagen da, schwer, aneinandergepreßt.

Gudstikker lächelte schnell unter seinem schwarzen, koketten Bart hervor. Dann nahm er ihre Hand und sagte: »Liebes Kind, die Pflicht ruft. Dagegen ist nichts auszurichten. Wer aber sagt denn, daß ich nicht wieder komme, nicht wieder zu dir komme? Angenommen auch, wir könnten uns nicht wieder treffen, selbst diesen Fall angenommen, bliebe uns nicht die köstliche Erinnerung übrig, dir und mir? Flammen in der Vergangenheit wärmen selbst die Zukunft, sagt irgendwo ein großer

Dichter. Ist es denn ein so großes Unglück, einmal vom vollen Becher des Lebens getrunken zu haben? Die Hauptsache ist, daß man einmal sich sättigt. Ich behandle ein solches Thema in meiner neuen Arbeit. Es ist außerordentlich interessant, sie werden Gift und Galle spritzen, die Herren Kritiker, aber das macht Spaß. Ich habe den Plan meiner Mutter erzählt; sie meint sogar, daß es ein ungewöhnlicher Vorwurf ist. Sie hat ihr eigenes Urteil in derlei Sachen, weißt du. Mein Gott, was hat sie aber auch durchgemacht! Bei solchen Leiden kommt man zur Philosophie, ohne es zu wollen. Nach dem Tod meines Vaters ist es ihr so schlecht gegangen, daß sie ihr Brautkleid, das Teuerste, was sie an Erinnerungen besitzt, ins Pfandhaus tragen mußte. Seit einiger Zeit kränkelt sie übri-  323
gens. Und nun, was ich dir anempfehlen will, Liebste, das ist: Ruhe, in-
nere und äußere Ruhe. Du mußt solche Ruhe bewahren, daß unser Kind einst der Abglanz unserer besten und tiefsten Stunden sein wird. Nur dadurch können wir uns vor dem Schicksal rechtfertigen.«

Monika hatte sich erhoben und starrte hinaus gegen den Himmel, in eine lange Linie rosenroter Wölkchen. »Nun ja,« sagte sie gepreßt. Das war alles. Ihre beiden einst so frohen, einst so frischen Augen glänzten verräterisch, und als sie mit kurzem Nicken sich zum Gehen wandte, perlte Träne auf Träne herab, ohne daß sie es zu hindern vermochte. Im Treppengang lehnte sie sich an einen Pfeiler und hielt ihre Stirn mit beiden Händen.

Es zeigt sich, daß zweihundert Jahre das Gemüt der Menschen nicht verändern, daß dies nur eine winzige Phase ist im Prozeß der Umwand-lungen. Es scheint, als ob Charaktere oder Seelen über Jahrhunderte hinweg in einer neuen Kette von Erscheinungen und Ereignissen zu neuem Dasein erwachen müssen. Es ist dann gleichgültig, ob dieser Wiedergekehrte Thomas Peter Hummel oder Stefan Gudstikker heißt.

Als Gudstikker das Haus verließ, stieß er so heftig mit einem die Straße heraufeilenden Menschen zusammen, daß ihm der Hut vom Kopfe flog. Zornig blickte er auf, da war es Eduard Nieberding, zu dem er in letzter Zeit in freundschaftliche Beziehung getreten war. Sie wech-
selten ein paar verlegene Redensarten. Nieberding schien nicht allein  324
zerstreut und abwesend, sondern auf seinem Gesicht spiegelten sich auch die Bilder aufregender Sorgen und um seinen Mund lag jener leise Ekel, in den sich bei schwachen Naturen so schnell jede Mißstimmung verwandelt. »Ich muß nach Hause,« sagte er und rannte davon.

Er war in fieberhafter Ungeduld, eine Nachricht, die er vernommen, der Schwester mitzuteilen. Er klopfte an ihre Türe, doch sie antwortete nicht. Er drückte auf die Klinke, doch die Türe war versperrt. Er pochte stärker und rief ihren Namen, umsonst. Er ging wieder in sein Zimmer und schritt unruhig umher. Seine matten Augen lagen tiefer als sonst; seine Hände schienen ein eigenes Leben für sich zu führen, schienen stets miteinander im Kampf zu liegen, sich gegenseitig aufzureiben, worauf sie wieder lange Zeit bewegungslos und müde herabhingen. Sie schienen begierig danach, sich im Gebet zu falten, begierig nach einem Leiden.

Nieberding hatte seltsame Gerüchte vernommen über Jeanette, die sich in einem der königlichen Schlösser aufhalten sollte. Überall im Volk gärte die Erregung über das Schicksal des Königs, eine Unruhe, die täglich zunahm, ein wachsender Haß gegen die Minister, gegen den Hof, gegen die Familie des Fürsten, denn das Volk liebte diesen Herrscher. Leute, die den König einmal gesehen, konnten ihn nie wieder vergessen. Der Eindruck seiner Person war so tief, daß, wer ihn sah, selbst ein Stück Adel in seiner Seele davontrug. Er stand so außerhalb des Gewöhnlichen und Menschlich-Alltäglichen, daß der Nimbus, der seine Handlungen umgab, ihn unantastbar machte für Kritik.

Als Cornely noch immer nicht kam, rief Nieberding die beiden Dienstboten. Sie wußten nichts. Da pochte Nieberding, von einer schmerzlichen Ahnung erfaßt, noch einmal so heftig er konnte an die Türe. Er lauschte und glaubte ein Seufzen zu vernehmen, das wie durch Tücher gedämpft herausklang.

Mit übermenschlicher Angst und Kraft stemmte er sich gegen die Türe und sie sprang auf.

Cornely lag mit nacktem Oberkörper ohnmächtig da, und Brust und Schultern waren mit Striemen bedeckt. Ihr Gesicht war entstellt, die Lippen zu einer schmalen Linie verzogen, die Brauen bogen sich angestrengt über den Lidern. Nieberding kniete nieder zu ihr, hob sie empor und legte sie aufs Bett. Bebend starrte er sie an, während sein Herz langsamer schlug.

»Cornely,« flüsterte er an ihrem Ohr.

Sie schlug die Augen auf. Dann zog sie voll Schrecken die Decke bis an den Hals.

»Was hast du getan, Cornely?« sagte Nieberding, in dessen Gesicht eine zunehmende Furcht sichtbar war.

Cornely richtete sich verstört empor und griff nach der Hand des Bruders. »Ich kann nicht mehr schweigen,« stammelte sie. »Ich habe dich geliebt, liebe dich, Eduard, es ist entsetzlich. Ich habe mein Blut gezüchtigt, den Leib gepeinigt, die Zunge wund gebissen, umsonst.«

»Schwester!« rief Nieberding und wich zurück.

»Warum mir ein solches Geschick?« fuhr sie fort. »Warum weiß ich es und kann es denken? Es gibt keine Rettung. Der Geist hat keine Ge- walt, nur auf den Tod ist Hoffnung.«

Vermehrte Furcht malte sich in Nieberdings Gesicht. Er nahm Cornelys Hand und tröstete sie, aber seine Worte waren so gewicht- und überzeugungslos wie die eines Menschen, der weder an sich selbst noch an die Zukunft, noch an das Leben überhaupt Hoffnungen zu knüpfen vermag. Deshalb atmete er erleichtert auf, als das Dienstmädchen eintrat und sagte, Herr Bojesen sei da und wünsche ihn dringend zu sprechen. Er ging rasch hinaus und stand alsbald vor Bojesen, dessen Kleidung solche Spuren geheimer und mühselig verborgener Vernachlässigung aufwies, daß, wer ihn früher gekannt, nunmehr Mitleid fühlte und noch mehr als das.

»Sie wissen nicht, wo Agathon Geyer ist?« begann Bojesen ohne weitere Einleitung als einen flüchtigen Gruß.

Nieberding antwortete verwundert, er kenne Agathon Geyer gar nicht. Er wurde immer mehr verwundert durch Bojesens ruhlos zuckendes Wesen. Zahllose Male fuhr Bojesen mit der flachen Hand über die Stirn und lächelte verstört in sich hinein.

»Ich habe ja nicht gefragt, ob Sie ihn kennen,« sagte Bojesen und blickte sich mit leeren Augen um.

»Aber was gibt es denn? Was haben Sie?«

»Entschuldigen Sie, daß ich komme,« murmelte Bojesen. »Entschuldigen Sie. Natürlich können Sie nichts wissen. Aber seit heute morgen renne ich bei allen möglichen Leuten herum, hier und in Nürnberg. Deshalb komme ich auch zu Ihnen. Kennen Sie die Schrift?« Er hatte einen verschlossenen Brief aus der Brusttasche gezogen, dessen Adresse er Nieberding hinhielt.

Nieberding erbleichte. »Es ist Jeanettens Hand.«

»Jeanettens Hand, sehr richtig,« erwiderte Bojesen mit einem hämischen Zucken der Mundwinkel. »Jeanettens Hand, die in meinem Haushalt das unterste zu oberst wirft. Ich glaubte schon Ruhe zu haben vor Jeanettens Hand. Aber das braucht Sie nicht zu interessieren. Es ist nur ein Fingerzeig für meinen Biographen. Er kann meiner Lebensbeschreibung den Titel geben: ›Jeanettens Hand‹.«

Nieberding, der feige vor den Herzensqualen seiner Schwester zurückgewichen war, sah sich hier einer neuen Verwicklung von Schmerzen gegenüber. Auch ihn hatte der Gedanke an Jeanette erregt, doch Bojesen erschien ihm so überlegen an Leidenschaft, daß er Angst hatte, ihn zu einem gewaltsamen Ausbruch zu reizen. »Und was will sie? Weshalb schreibt sie an diesen Agathon?« wagte er endlich zu forschen.

»Sie bittet mich bei allem, was mir heilig ist, als obs dergleichen noch gäbe, ich solle Agathon suchen und ihm den Brief geben. Sie wisse niemand, an den sie sonst schreiben könne. Ich solle keinen Schritt scheuen, ihn zu finden. Der Brief ist auf schwarzes Papier mit grüner Tinte in Eile hingekritzelt. Der Poststempel ist von einem Dorf im Hochgebirg. Gehen Sie mit mir nach Zirndorf. Ich kann jetzt nicht allein sein. Es sind so öde Strecken. Oder wir wollen einen Wagen nehmen. Bezahlen müssen Sie.«

Wie gebannt starrte Nieberding in das Gesicht des Lehrers. Fast willenlos nahm er den Hut und ging, sich von der Schwester zu verabschieden. Er fand sie am Fenster stehend. Befangen und schuldbewußt reichte er ihr die Hand und sagte, er komme bald wieder.

Sie schien zuerst nicht verstehen zu können. Dann nickte sie. Ihr Blick wandte sich fremd auf die dunkle Landschaft. Als Nieberding fort war, nahm sie ein Tuch, hüllte den Kopf damit ein, schlug mit einer krampfhaften Gebärde die Hände zusammen, dann legte sie einen Schlüsselbund und ihre Geldbörse auf das Bett und kurze Zeit darauf stand sie unter den noch kahlen Bäumen der abschüssigen Wasseranlagen. Sie beschleunigte ihren Schritt nicht. Sie ging immer langsamer, oft mit geschlossenen Lidern, mit einem Ausdruck im Gesicht, der ein Gemisch von Erwartung und Horchen war. Sie glich einer verwelkten Pflanze.

Sie hatte geglaubt, als sie von Hause ging, sie suche den Tod; aber jetzt bemerkte sie, daß es nicht der Tod war, den sie suchte. Das wurde ihr so jähe klar, daß sie fröstelnd stillstand und überlegte. Auf der Straße befand sich ein Lastwagen, und auf ihm waren trotz der Abendstunde, noch Leute damit beschäftigt, massive Eisenschienen auf Strohbolzen herabfallen zu lassen. Es gab ein hallendes Getöse, ein schrill-wuchtiges Klingen, das dem Geschrei einer fernen Volksmenge glich; in einer andern Straße spielten Kinder, als ob die Nacht gar keine Unterbrechung für ihr Spiel bringen würde; in einer andern Straße rauften zwei

Dienstmänner und brachten ein Droschkenpferd zum Durchgehen. Das war gewöhnlich, aber für Cornely war es Leben. Sie kannte solches Leben nicht; jetzt jedoch sah sie das Leben über die Schürzen der Mädchen huschen, die über das Pflaster liefen; sie sah es tropfen von den Balkonen, wo man die Zimmerpalmen begoß; es kletterte in Gestalt einer Katze über die Zäune, es bellte als Hund, es läutete als Abendgeläut.

Mit jedem Schritt klammerte sie sich fester an diese neuen Vorstellungen. Sie dachte an Jeanette, an die Spiele, die sie als Kind mit ihr gespielt, und bekam plötzlich Sehnsucht, Jeanette zu sehen. Sie vergaß, daß Jahre seitdem hingegangen waren, und es kam ihr vor, als könne sie Jeanette treffen wie damals, wenn sie nur das Löwengardsche Haus betrete. Als sie aber wirklich vor dem Gebäude stand, schämte sie sich und kehrte seufzend um.

Sie kehrte um, nach Hause, setzte sich in Eduards Zimmer und dachte nach. Sie grübelte über sich selbst und durch welche Umstände und Fügungen sie zu dem geworden, was sie eben war. Es schien ihr, als ruhte die Lügenlast von Jahrhunderten auf ihr und drücke sie nieder, ersticke jede Freiheit, jeden Willen zur Freiheit. Unter all diesen Gedanken war auch einer, der sie zittern ließ. Zittern vor dem Reichtum, vor der Fülle, die sie jetzt umgaben. Ihr Vater war Sklavenhändler in Amerika gewesen. Dies war genug für sie, daß sie die Seelen Hingepeitschter in den Polstern versteckt sah, daß die Luft um sie herum erfüllt schien von aufbewahrten Rufen des Jammers und des Schreckens. Unwillkürlich erhob sie sich, als fürchte sie die Berührung mit dem Stoff des Sessels könne sie beschmutzen und ihre Bedrücktheit stieg bis zu einem kaum erträglichen Grad. Von einem Abgrund zum andern getrieben, haltlos, voll mystischer Sehnsucht und sinnlicher Begierde, glaubte sie, das Herz springe ihr unter dem wachsenden Druck entzwei. Fast mechanisch, wie ein Fallender nach einem Halt greift, nahm sie ein altes Buch aus dem Regal, schlug die Blätter um und ihr Blick fiel auf ein Gedicht. Es lautete:

Sag' mir an, du trübes Gespenst,
was du Wissen und Leiden nennst?

Sag' mir, du ruhige Finsternis,
warum Gott seinen Sohn verließ?

Sprich, du Himmel ohne Gnaden,
weshalb hat mich der Freund verraten?

O sprich, du lange Einsamkeit,
was ist Tod und was ist Zeit?

Da begann das trübe Gespenst:
Was du Wissen und Leiden nennst,
das ist kraft eines deutlichen Traumes;
das ist Spiel eines bunten Saumes,
Saum vom Kleide der Ewigkeit,
Kraft eines langerloschenen Lichts,
dies ist Wissen, dies ist Leid
und sonst nichts.

Sprach die ruhige Finsternis:
Warum Gott seinen Sohn verließ,
das ist kraft seiner Lust zur Freude;
es ist Kampfspiel, das stets erneute
Hangen und Bangen am Lebensbaum.
Gott wünschte einen Sohn des Lichts;
seine Vaterliebe ist nur ein Traum
und sonst nichts.

Sprach der Himmel ohne Gnaden:
Mit Recht hat dich der Freund verraten.
Freundschaft ist zärtliches Betrügen,
Kopfnicken und Rückenbiegen.
Umklammert *deine* Faust das Schwert
dann freu dich du des Verrätergerichts;
entbehren ist, was dich der Freund gelehrt
und sonst nichts.

Sprach die lange Einsamkeit:
Frage nicht, was Tod und Zeit.
Tod bist du und Zeit bist du,
Rast und Flucht und Kampf und Ruh.
Aus dem Knäuel der Wirklichkeiten

wirst du am Tag des großen Verzichts
hin vor meine Füße gleiten,
und sonst nichts.

Als Cornely dies gelesen, schaute sie geraume Zeit mit staunenden
Augen ins Lampenlicht. Dann ging sie in ihr Schlafgemach und begann
sich mit träumerischer Ruhe zu entkleiden. Sie entfernte auch das Hemd
vom Körper und trat vor den Spiegel, um sich mit dem gleichen ver-
träumten, etwas staunenden und verlorenen Blick zu betrachten. Diese
Empfindung des Losgelöstseins und der Leichtigkeit hatte sie wünschen
lassen, nackt zu sein. Doch sah sie nicht den eigenen Körper, sondern
freundliche Gestalten umschwebten sie, deren Nähe ihr beglückend
dünkte.

332

## Siebzehntes Kapitel

Der flüchtige Traum von Frühling war schon wieder vorbei, als Agathon
an einem kalten Spätnachmittag nach Fürth kam. Er war ziemlich lange
umhergewandert, ohne daß er sich entschließen konnte, jemand von den
Menschen aufzusuchen, die er kannte. Es dunkelte schon, als er aus dem
ersten Stock eines kleinen Hauses zu seinem Erstaunen den wolligen
Kopf der Frau Olifat gewahrte. Im Nu hatte die lebhafte Dame auch ihn
erkannt und winkte ihm zu, er solle hinaufkommen.

Monika saß in einem Lehnstuhl und schaute mit einem haßerfüllten
Blick auf ihn, als er eintrat. Sie wehrte ihre Mutter von sich ab, die mit
schmeichlerischer Geschwätzigkeit auf polnisch in sie hineinredete, darauf
wandte sich Frau Olifat an Agathon und setzte ihm mit großer Zungen-
geläufigkeit, halb deutsch, halb französisch die Gründe auseinander,
weshalb sie in die Stadt gezogen sei. Dann klagte sie über Monika, die
den ganzen Tag dasitze, ohne zu sprechen, ohne zu essen, ohne zu lachen.
Und wieder ergriff sie Monikas Hände und redete auf sie ein. Doch das
Mädchen drehte mit einer bösartigen Gleichgültigkeit, als sei sie taub,
das Gesicht nach einer anderen Richtung. Die gequälte Mutter wurde
zornig; unerschöpflich entfloß ein Strom von Schmähungen ihren Lippen,
und sie erhob den Arm wie zum Schlag. Dann richtete sie sich gravitätisch auf, schritt zur Tür und warf sie dröhnend hinter sich zu.

333

Agathon sah sich mit Monika allein. Wieder fühlte er eine atemraubende Beklemmung ihr gegenüber. Er vermochte nichts zu reden. Ihre Wangen hatten sich, kaum daß die Mutter das Zimmer verlassen, mit einem brennenden Rot bedeckt, und ihre Augen glänzten feucht, – vor Scham und Verzweiflung. »Ich kann ja gehen, Agathon, wenn Sie nicht mit mir allein sein wollen,« sagte sie mit einer eigentümlich brüchigen Stimme, und um ihre Lippen spielte ein sinnloses Lächeln.

Gern hätte Agathon ihre Hand ergriffen, um sie zu bitten, sie möge wieder du sagen. Aber er konnte nicht. Unüberwindliche Scheu fesselte ihn an den Platz, wo er war. »Was hast du nun eigentlich, Monika?« fragte er ruhig.

Ihre Blicke begegneten sich zum erstenmal. Agathon hatte dabei das Gefühl, als schaue er in einen Raum mit kahlen Wänden.

»Ich weiß es, du hast Gudstikker geliebt,« sagte Agathon, »aber deshalb mußt du noch nicht am Leben verzweifeln, Monika. Du hast ja den Kopf immer hoch getragen. Und jetzt? Was ist mit dir? Ist denn das Leben für dich weniger groß und gut geworden? Viele haben geliebt und entbehren müssen, Monika. Nun kommt bald der Frühling, und du wirst dich freuen, wenn die warme Sonne auf dich scheint, und du wirst mit Esther in den Wald gehen und deine Wangen werden wieder rot sein. Und wenn der Herbst kommt, wirst du alles vergessen haben, Monika, diesen ganzen elenden Winter wirst du vergessen haben.«

Da richtete sich Monika auf, und über ihre Züge ging eine zuckende Bewegung. »O Agathon,« rief sie aus, »nie mehr können meine Wangen rot werden, nie mehr, nie mehr. Nie mehr kann ich in den Wald und die Sonne sehen, nie mehr kann ich vergessen, Agathon, nie mehr, nie mehr.«

Agathon näherte sich ihr, beugte sich herab, ergriff ihre Hand und schaute sie an. »Was hast du getan, Monika? Warum schweigst du? Warum verschweigst du mirs?«

Monika erhob beide Arme und legte die Hände um Agathons Nacken. So sah sie zu ihm empor mit einem feierlichen Blick, der etwas Drohendes in der Ferne zu erblicken schien und sagte, jede Silbe betonend: »Er hat mich betrogen. Geh hin und räche mich. «

»Monika!« flüsterte Agathon und machte sich los von ihr.

»Es ist so finster,« sagte Monika verstört und schauerte zusammen. »Es wird schon Nacht. Ja, ich habe mich ihm hingegeben, ganz und gar. Aber denke nicht schlecht von mir, Agathon, was wußte ich denn von solchen Künsten, wie er sie besitzt. Gehst du, Agathon? Jetzt willst du gehen? Bleib doch –!«

Als die Türe sich hinter Agathon geschlossen hatte, warf sie sich jammernd zu Boden. Aber bald darauf kam er wieder und fragte sie, die hilflos vor ihm lag. »Wo wohnt er?«

Monika, das Gesicht gegen die Dielen gewandt, nannte die Straße und das Haus.

Gudstikker war daheim, als Agathon bei ihm anklopfte. Er hatte seine Abreise verschoben. Er zeigte ein überraschtes und freudiges Gesicht bei Agathons Anblick und ging mit ausgestreckten Händen auf ihn zu, blieb aber auf halbem Wege wie angewurzelt stehen. »Was machen Sie denn für ein Gesicht, Verehrungswürdiger,« sagte er erblassend, halb scherzhaft, halb trotzig.

Agathon stand ihm gegenüber, und er fühlte plötzlich all seine Kraft wie verblasen. Voll von brennendem Zorn, der sein Herz zusammenzog, war er noch die Treppe heraufgekommen, aber sobald er in dies lügnerische Gesicht geblickt, war er entwaffnet. Es war die Lüge selbst, die ihm entgegentrat. »Ich komme wegen Monika,« das war alles, was er herausbrachte und Gudstikker nickte vor sich hin, als ob es ihn traurig mache, diesen Namen zu hören. Er ist eine jüdische Natur, dachte Agathon plötzlich, indem er das Wort in seinem häßlichsten Sinn faßte; Gudstikker schien ihm der jüdischste Mensch, den er je getroffen.

»Monika! Ein schöner Name, ein herrliches Mädchen,« begann Gudstikker, wie in Erinnerungen verloren und schritt langsam auf und ab. »Wir haben zusammen den Lenz des Lebens genossen. Sie hat mich über eine wüste Strecke meines Daseins mit Flügeln hinweggetragen. Ich danke ihr viel und meinem Herzen bleibt sie, was sie war. Sie würde es nicht bleiben, wenn ich kleinlich sein und unsere Schicksale auch weiterhin verketten wollte. Nach bürgerlichen Begriffen hätte ich vielleicht die Pflicht, es zu tun, aber meine Aufgabe ist es jetzt, mit den bürgerlichen Begriffen zu brechen, ja sogar sie als das zu zeigen, was sie sind, nämlich Gespenster, die den holden Tag des Glückes verfinstern. Der schaffende Geist muß frei sein. Was allen andern rücksichtslos erscheint, ist für ihn ein Naturgesetz und die einzige Möglichkeit der Selbsterhaltung.«

Erstaunt blickte Agathon auf diese redseligen Lippen. Er schwieg.

»Ja, eine gewisse Grausamkeit ist nötig, das wird mir immer klarer,« fuhr Gudstikker fort; »sie ist nötig, um die widerwilligen Dämonen des eigenen Lebens gehorsam zu machen. Nicht um schlechthin tugendhaft zu sein, sind wir da, sondern um aus unseren Gaben Tugenden zu machen. Sie, Agathon, sind ein wenig allzusehr reiner Idealist. Es fehlt Ihnen an Kenntnis des Lebens. Ich mache Ihnen einen Vorschlag: seien Sie einmal eine Nacht lang mein Begleiter. Lassen Sie mich von jetzt an bis zum Morgengrauen Ihren diable boiteux sein. Haben Sie schon zu Abend gegessen? Vortrefflich, dann kommen Sie.«

Wie gebannt folgte Agathon jeder Bewegung, jeder Geste Gudstikkers. Zugleich empfand er ein unheimliches Grauen vor seiner Zunge, die bisweilen hinter dem schwarzen Schnurrbart hervorblitzte wie ein Flämmchen. Er suchte sich all diesem zu entziehen, aber umsonst. Er folgte Gudstikker, der mehrmals kurz vor sich hinlachte, ins Freie.

Der Weg führte sie durch dunkle Gassen in die Vorstadt, wo verrufene Häuser standen, wo wenige Laternen ein dürftiges Licht spendeten, und wo Schutzleute zu zweien und dreien gingen, streng, finster, sorgsam spähend.

Sie kamen zunächst an ein einstöckiges Häuschen, über dessen Portal eine grüne Lampe brannte. Die Fenster waren dicht verhängt.

Als Gudstikker das Tor geöffnet hatte und in einen mit verblichener, gleichsam abgesessener Pracht ausgestatteten Raum getreten war, kam den beiden eine Schar von geschminkten Mädchen entgegen, die mit Gudstikker sehr vertraut taten, sich an seinen Arm hingen, lachten, trällerten, scherzten, nach Wein riefen und sich auf jede Weise geräuschvoll gebärdeten. Sie waren mit nichts bekleidet als mit einem Hemd und langen Strümpfen; ihre Augen glänzten krankhaft, oder schienen müde, ihre Bewegungen waren geziert, ihr Lachen übertrieben, ihre Scherze zynisch. Ihr Gang hatte etwas Schwankendes, das Spiel ihrer Hände und Finger etwas Gieriges und Abenteuerliches. Seltsamerweise beachteten sie Agathon gar nicht: manche blickten scheu nach ihm hin, aber taten dann wieder, als sähen sie ihn nicht. Bisweilen erschien eine ältere Dame und führte Reden, die etwas Anfeuerndes haben sollten; bisweilen auch läutete eine Glocke, dann verschwand eines der Mädchen lächelnd und die andern sahen teilnahmlos ins Leere, immer dieselbe auffordernde Miene beibehaltend.

Gudstikker benahm sich wie zu Hause. Gönnerhaft verabreichte er seine Worte, lehnte sich breit und behaglich auf den verschabten Polstern zurück, klatschte leutselig auf nackte Arme, schlug ein paar Takte auf einem schrillklingenden Klavier an, lächelte nachsichtig, wenn ihn die Mädchen neckten und den schwarzen Doktor nannten, doch bei alledem schwand eine gewisse ernste Falte nicht von seinem Gesicht und ein stechender Blick nicht aus seinen Augen. Bald ging er weiter mit Agathon in ein daneben befindliches Gebäude, und Agathon folgte, betäubt durch 338 eine beengende Erwartung, die er nicht deuten konnte. Wiederum sah er den verkommenen Putz erbärmlicher Prunkstuben, halberblindete Spiegel, von Staub zerfressene Goldrahmen; wieder sah er die für den Gebrauch der Nacht überschminkten Frauengesichter, in denen jedes Leiden, jeder Schmerz, jedes Nachdenken, jede Erinnerung, jede Feinheit verschwunden war, wiederum roch er die abgelagerte Luft von gestern, atmete den Rauch der Zigaretten, den Dunst der Weine und wurde behandelt wie einer, der nicht da ist oder den man nicht sieht. Er sah in dunkle Nebenkammern, wie man auf einer längstverödeten Straße Wagenspuren verfolgt; das heimische Laster hatte seine Spuren selbst in die Finsternis gegraben. Er sah in andern Stuben junge Männer lungern und sich erhitzen um einen Kuß, von dem sie vergessen wollten, wie feil er war und wie jedem er gewährt worden war. Er sah Spielkarten fliegen und hörte rohe Scherze durch die Wände dringen, Pfropfen knallen, Goldstücke rollen und glaubte zu erkennen, wie mancher seine Ohren verschloß gegen die Stimmen, die er nicht hören wollte, nie hören durfte, ohne den Verstand zu verlieren. Er erblickte die Kammern dieser Frauen und Mädchen, die von unsinnigem Zierat starrten, worin sie sich bei Tag einem bleiernen Schlaf überließen, worin ein rotes oder grünes Licht künstliche Schwülnis hervorbrachte und selbst den abgeschabten Stellen der Tapete etwas Schmückendes verlieh, gleich dem Märchen von der ersten Sünde und der poetischen Verführung, das die Bewohnerin in seinem matten Schein ersinnt und dem empfindsam gewordenen Be- 339 sucher verabreicht. Er sah die verschnörkelten, steilen Treppen, auf denen die Mädchen hinauf- und hinabeilten und dabei berechneten, wieviel sie noch verdienen müßten, um sich bezahlt zu machen dafür, daß sie hier in Hemd und Strümpfen sich mästen durften, ohne daß man mehr von ihnen verlangte, als daß sie lachten, lachten, immer lachten. Mochten sie fett oder mager sein, blond oder schwarz, alt oder jung, sie hatten keine Aufgabe, als die, zu lachen. Und jedes neue Läuten der Glocke brachte einen neuen Gast in diese Krämerei, wo lebendiges Fleisch verhandelt wurde: Junge Menschen, die mit zitternden Lippen und studiertem Gleichmut unter der Schwelle standen, um zu warten, was man mit ihnen beginnen würde; schiefe Greise, die einen letzten Funken ihres vergehenden Lebens anzufachen bemüht waren; Männer, von Langeweile und Gewohnheit hergetrieben, Knaben sogar mit den erschreckenden Zeichen vorzeitiger Fehltritte in den Augen, die sie wissend einem alles verschlingenden Abgrund zueilen ließen, Bräutigame, die ein Mittel suchten, die ideale Schwärmerei des Brautstandes zu überdauern, geachtete Bürger, die liebenswürdige und gute Frauen besaßen, Lehrer, Beamte, Studenten, Handwerker … Wie um Erbarmen stehend, suchten Agathons Augen diejenigen Gudstikkers und diese antworteten: Hier gibt es kein Erbarmen. Und Agathon verlor Ruhe, Kraft und Besinnung und Bild auf Bild in stummer Reihenfolge bedrängte ihn. Oft war es auch ein leidendes Gesicht, das er gewahrte, das mit hineingerissen wurde in den Strudel und versank. Erschüttert wollte er fliehen, doch schon war Gudstikker neben ihm, der ihn führte, – durch die menschenleeren Gassen der Stadt.

Warum, warum ist das alles? fragte Agathon flüsternd. Aber nichts gab ihm Antwort, während Gudstikkers Nähe mehr und mehr beklemmend auf ihn wirkte. Und er sah durch die Mauern der Häuser, armer und reicher Häuser; er hörte Angstrufe, Hilfeschreie einer versinkenden Gesellschaft, einer Welt, die wie ein Schiff sich langsam mit Wasser füllt, um unrettbar in den Abgrund zu tauchen. Bis jetzt war es nur das offene Spiel gewesen, das lediglich zum Schein den Stempel der Heimlichkeit trägt, und um jenen Anstand zu wahren, der noch die letzte Klammer der berstenden Wände bildet. Er sah, daß jedes Haus eine Wunde hatte, die unheilbar war; daß jede Tür eines jeden Zimmers mit unverlöschlichen Lettern das Gedächtnis eines schweren Makels aufbewahrte; daß jedes Glas eines jeden Fensters auf Dinge geschaut, die besser in dichtem Dunkel begangen worden wären; daß kein Schläfer unter allen so ruhig schlief, daß selbst seine reinsten Träume nicht durch den Nachhauch eines begangenen Frevels getrübt wurden, daß die Bereitwilligkeit, sich zu verkaufen, in keinem verschlossenen Haus geringer war, als in jenen öffentlichen; daß das Glück und die Ruhe aus den Zügen des Lebens verwischt waren und daß der Weinende wie der Lachende eine Maske trägt; daß die Händler des Fleisches und die Händler des Geistes bei Tag und Nacht, jahraus, jahrein durch die Gassen gehen und harmlos scherzend Gift säen; daß die Kaserne und das Spital, der Palast und das Gefängnis, die Kirche und das Wirtshaus, das Theater und die Schule von *einem* Schmerz gepeinigt, von *einer* Lüge erhalten, von *einer* Hoffnung betrogen werden. Und Agathon sah das Ziel in der Ferne zerstäuben zu nichts, die Fackel, die seinen Weg erleuchtet, langsam vergehen und erkannte, daß er gegen die gigantische Masse des Elends nichts war als ein Kind, das mit seinen Händchen Gebirge abtragen will. Und Jude oder Christ, was bedeutete ihm das noch gegenüber diesem heimlichen und lautlosen Kampf, der hier zwischen schlafenden Mauern geführt wurde? Jude und Christ hatten in gleicher Weise dazu beigetragen, das Jahrhundert dorthin zu führen, wo es stand, und ihre Todeszeugen fielen einander grinsend in die Arme und schlossen Bruderschaft.

»Gute Nacht, Bester«, sagte Gudstikker jovial, als sie vor seinem Haus standen. »Ich denke, meine Dienste haben Ihnen gut getan. Die Welt ist viel größer, als Sie glauben. Setzen Sie sich auseinander mit ihr, gute Nacht.«

Agathon nahm den Gruß verständnislos hin und blieb, als er sich allein sah, lange Zeit an derselben Stelle stehen. Mit dem Verschwinden Gudstikkers waren die Bilder und Gesichte vorbei. Agathon hatte kein Bett, keinen Zufluchtsort, begehrte keinen Zufluchtsort, begehrte keine Ruhe. Betrunkene taumelten an ihm vorbei, gröhlend oder still, begeistert oder trübsinnig. Alles was noch lebendig war auf den Straßen, wurde durch den Geist der Besoffenheit bewegt, der einen übelriechenden Dunst erzeugte. Dieser Geruch wird auch morgen das öffentliche Leben durchdringen und die Seelen der Besseren unmutig machen; er wird jede Frau, die schlaflos an dem Lager ihrer Kinder brütet, den Mann und die Liebe verachten lassen und wird alle Gefühle der Anmut und Frische zerstören, jede Vereinigung von Kräften unterwühlen.

Agathon war im tiefsten Herzen verzweifelt.

Vielleicht gab es noch eines, was ihn aufrichten konnte. Die Gestalt Bojesens erhob sich plötzlich aus der Vergangenheit, von einem übertriebenen Nimbus verklärt. Agathon blickte auf sie hin, wie auf eine tröstende Gestalt. Ehe er es überlegte, befand er sich schon vor dem Haus, in dem der Lehrer wohnte. Da das Tor bei der späten Stunde schon geschlossen war, ließ sich Agathon kraftlos auf die feuchten Steinfließen nieder, umschloß die Knie mit den Armen und wartete. Er wartete ohne Empfindung für das Vorbeifließen der Zeit. Im dritten Stock, wo Bojesen wohnte, öffnete sich bisweilen ein Fenster. Die Uhren schlugen eins, zwei, schlugen drei. Die Finsternis der Gasse schien klebriger und körperlicher zu werden.

Aber war das nicht Bojesen, der vor ihm stand? Diese etwas zusammengekrümmte Figur, die den Hut schief auf dem Kopf sitzen, die Hände tief in den Taschen vergraben hatte? Waren das nicht Bojesens

Züge? Agathon mußte unwillkürlich lächeln, daß dies seltsam abstoßende Bild eines Menschen, diese schwankende Nachtgestalt solche Ähnlichkeit aufwies. Aber warum starrte nun der Schein-Bojesen so? suchte in seinen Taschen nach Schlüsseln –? brummte, als er sie nicht fand –?

343 Es erwies sich, daß es mehr als eine bloße Ähnlichkeit gab zwischen dem falschen Bojesen und dem Bojesen in Agathons Erwartung. Schließlich erhob Agathon in stechendem Schrecken die Hände und öffnete den Mund zu einem Schrei, den seine Kehle ihm nicht bewilligte. Dann fuhr Bojesen, der seine Schlüssel noch immer nicht hatte finden können, zurück und lehnte sich stammelnd an den Laternenpfahl. »Ich – suchte – Sie – sch – schon – l – lange genug – Ag – Agathon,« sagte er.

Agathon stand auf und trat dicht vor ihn hin.

Bojesen zog mit einer mechanischen Bewegung den Brief aus seiner Brusttasche. »Da lesen Sie ihn gleich,« sagte er und war plötzlich wieder im Besitz seiner Sprache. »Sagen Sie mir, was es ist. Sagen Sie es mir. Ich vergehe sonst. Ja, ja, ich liebe dieses Weib, kann mich nicht losreißen, verbrenne mir das Herz dabei, verliere mein Seelenheil, mein Geistesheil, alles, alles. Ich bin hin, eine Null, ein hohler Stamm, ein mürbes Blatt, ausgeblasen, bankrott. Was weichen Sie zurück vor mir? Agathon, haben Sie Mitleid! Oder sind Sie die Tugend selbst, daß Sie mich verachten dürfen? Was weichen Sie zurück mit entsetzten Augen?«

Agathon wich zurück vor dem Schnapsgeruch, der aus Bojesens Munde kam. Bojesen hatte wie ein Fiebernder geredet, mit überstürzten Sätzen, purzelnden Worten und theatralischen Armbewegungen.

»Nein, nein, ich bin nicht betrunken,« fuhr er fort und ballte die Fäuste; »nur ein paar Gläser Grog, das ist alles für einen Bankrotteur.

344 Agathon lesen Sie den Brief (seine Stimme wurde heiser) und seien Sie aufrichtig mit Ihrem Freund –«

Da wandte sich Agathon, nachdem er den Brief an sich genommen und ging fort, so schnell er immer konnte. Und hinter sich hörte er den verzweifelten, ersterbenden Ruf in die Nacht verhallen: Agathon! Agathon! Als er die Wasseralleen erreicht hatte und den Fluß neben sich rauschen hörte, vernahm er es immer noch, dies: Agathon, als ob es aus dem Bett des Stromes käme.

Der Tag war für ihn beschlossen und das Jahr. Und viele Bauten, die unlängst noch prächtige Pforten vor ihm aufgetan hatten, schlossen diese Pforten von selbst wieder. Über der schier mit Händen zu greifenden Finsternis der Allee sah er eine brennende Stadt, ein brennendes Land. Erst brannte es sichtbar und lichterloh, dann war das Feuer unterirdisch und man hörte keinen Hilferuf.

Er kam an die Stelle, wo die Neubauten waren. Das Haus, in dem damals der Trockenofen gebrannt, war schon bewohnt. Aber daneben war noch ein anderer Neubau und heute brannte in diesem der Trockenofen und verbreitete seine düstere Röte in dem Gebäude und in dem Buschwerk der Umgebung. Nach einiger Mühe gelang es Agathon, sich durch das verrammelte Tor zu zwängen. Er legte sich vor den Ofen und bemerkte, daß seine Knie vor Kälte schlotterten. Doch er empfand es kaum. Sein bleiches Gesicht zuckte nur bisweilen unter der ungeheueren Bewegung seines Innern.

Schließlich, Stunden mochten verronnen sein, und die Hähne begannen schon zu krähen, erinnerte er sich des Briefes. Er sah ihn an und erkannte Jeanettens Schriftzüge. Er riß ihn auf und eine Banknote fiel heraus. Auf dem Papier stand mit gleichsam entsetzten und befehlenden Lettern nichts als eine Adresse der Hauptstadt und die Worte: Komme sogleich hierher.

345

346

## Achtzehntes Kapitel

Bevor noch der Morgen graute, stand Agathon auf dem Bahnhof und erfragte die Abfahrtszeit des nächsten Zuges nach der Residenz. Um ein Viertel nach acht Uhr sah er sich durch die Ebenen Frankens rasen, über denen ein milder Nebel lag, sah Flüsse unter sich und neben sich verschwinden, tauchte den Blick in die Nacht raschverfliegender Wälder, suchte das Bild von Dörfern festzuhalten, die sich ängstlich an sanft ansteigende Höhen klammerten, von Städten, die erst aufzuwachen schienen, und er glaubte, dies alles sei vorher gar nicht dagewesen, sondern sei um dieses einen Tages willen eigens für ihn gemacht. Dann kamen Mittelgebirgsländer mit der idyllischen Ruhe dicht-zusammenliegender Marktflecken, mit alten Steinbrüchen, tiefen Tälern, kahlen Hügelketten, vergoldet von der Morgensonne, die sich schlaftrunken aus umlagernden Wolken löste, dann ein Strom, breit und grün, dann wieder eine endlose, dürre Ebene, über der es zu regnen anfing, alles eine Folge von sich jagenden Bildern wie in einem Scheindasein.

In der Residenz angelangt, suchte er sogleich die Straße, die ihm Jeanette angegeben. Betäubt von Lärm und Getöse, aber ganz ohne Aufnahmefähigkeit für die Dinge um sich her, gelangte er endlich vor das Haus. Eine alte Frau öffnete ihm. Auf sein Fragen wies sie ihn ohne weiteres in ein längliches, etwas dumpfes Zimmer und bedeutete ihn, er möge warten.

347

So wartete er. Er hatte sich auf einen niedrigen Sessel gesetzt und blickte mit unbewegtem Gesicht vor sich hin. Er konnte kaum begreifen, wie er hierher gelangt war. Seine Wangen waren fahl, seine Augen erloschen, seine Haltung zeugte von einem sich verkriechenden Schmerz.

Plötzlich ging die Tür auf. Herein trat Jeanette. Sie warf Hut und Mantel achtlos in eine Ecke. Sie schien außer Atem, ihr Blick abgehetzt wie so oft und von trügerischem Feuer erfüllt. Sie hatte Agathon kaum begrüßt, als sie auf den nächsten Sitz sank, die Hände vor das Gesicht schlug und laut aufstöhnte.

»Warum bist du nicht früher gekommen, Agathon?« murmelte sie nach einer Weile. »Ich habe dich erwartet. Ich brauchte einen Menschen, ich brauchte dich, ein einziges Herz in dieser Wüste, ich wollte dich sehen, dein zuhörendes Auge sehen, den Rat hören, der in deinem Schweigen liegt, denn du bist klüger als du ahnst.«

Agathon stand auf und trat zu ihr. Als er sie berührte, sah sie zu ihm empor. Seine Berührung schien sie zu trösten. Sie drückte ihm die Hand. »Ich glaubte, ich hätte den Verstand verloren,« sagte sie und strich sich über die Stirn. »Setz dich zu mir, Agathon, ich will dir erzählen. Wie köstlich, wie gut, daß du da bist und ich zu dir reden kann!«

Und sie erzählte.

Sie war, wie schon vorher verabredet, auf eines der königlichen Schlösser gebracht worden, in dem sich der Fürst gerade aufhielt. Es war

348

ein unerhörter Glanz, der sie mitten im Hochwald empfing. Sie hatte den Eindruck, als verfolge man mit ihrer Person irgend eine Absicht bei dem Monarchen, der seit Jahren sich von allen Frauen ferngehalten. Sie sah also den König. Jene Leidenschaft, deren Gefäß sie von da ab war, erfüllte sie sogleich beim ersten Anblick. Er war von ziemlich fetter, aber zugleich riesenhafter Gestalt. Seine Schultern waren so breit und mächtig, daß sie für jeden, über den sie sich beugten, etwas Zermalmendes hatten. Sein Gesicht war außergewöhnlich bleich, sein Haar glanzlos, tiefschwarz und stand so dicht wie das Gras vor dem Mähen. Doch all das wurde belanglos durch die Augen. Tiefblau wie die Gebirgsseen, waren sie von einem hinreißenden Ausdruck, von einem heftigen Feuer erfüllt. Es schien, daß ihnen keine Qual erspart geblieben, daß sie keine Schönheit unwiderstrahlt gelassen. Niemand konnte ertragen, furchtlos in sie zu schauen. Seine Kleidung war die eines einfachen Bürgers. In seinem Wesen war wenig von Majestät. Ruhelosigkeit, die Angst des Verfolgten, machtloser Zorn, tiefe Bitterkeit beherrschten ihn.

»Es schien etwas Schreckliches im Werk zu sein,« fuhr Jeanette fort. »Das ganze Schloß, die Dienerschaft, die Offiziere, alles war in Bewegung, in Hast, in Erwartung. In der Nacht fuhr der König in sechsspänniger Karosse in die Residenz und Vorreiter mit Fackeln beleuchteten den Weg. Er verschmäht es die Bahn zu benutzen. Am Morgen, ich hatte nicht schlafen können, sondern war am Fenster gelegen und hatte in den Wald gestiert, am Morgen kam er wieder und die Unruhe, die ich an ihm bemerkt, hatte sich verzehnfacht. Ich beobachtete ihn vom Fenster aus und sah, wie sein gewaltiger Körper sich fröstelnd schüttelte, als er den Wagen verließ. Einen Augenblick lang kam es mir vor, als wolle er zusammenbrechen unter einer Last. Die Diener gingen hin und her, ich glaube, sie wußten nicht warum. Bald nach seiner Ankunft führte mich der Adjutant, der sein Freund und Vertrauter war, zu ihm, und ließ mich mit ihm allein.«

Jeanette schwieg lange. Dann begann sie mit etwas erhobener Stimme wieder. »Ich werde mein Lebelang diese Stunde nicht vergessen, Agathon, und wenn ich so alt würde, wie die Erde selbst. Als ich hineintrat in den Saal, der von Licht und Gold strahlte, wußte ich, daß meine Seele diesem Mann unwiderruflich angehöre, und ich küßte in Gedanken die geheimnisvolle Hand des Schicksals, die mich zu ihm geführt. Ich wußte, daß ich für ihn sterben könnte und sterben würde und sterben müßte und daß Sterben nichts bedeute gegenüber dem Glück seine Sklavin zu sein. ›Wer hat dich hereingelassen?‹ fragte er mich. Ich fand keine Antwort. Meine Zunge gehorchte mir nicht. Indem ich ihn anschaute, zitterte ich am ganzen Körper. ›Du bist Tänzerin?‹ – ›Ja, Majestät.‹ – ›Dann tanze.‹ Er stand auf und drückte auf einen elektrischen Knopf, und eine Musik ertönte, ebenso zauberhaft wie die Art, durch die sie hervorgebracht war. Es war, wie wenn ein ganzer Wald mit seinen Mysterien sich in die Höhe hebt und zu singen und zu jauchzen anfängt. Ich tanzte also. Anfangs kam es mir vor, als wenn ich mein Bewußtsein verloren hätte und leblos hinschwebte, aber dann ging eine außerordentliche Verwandlung mit mir vor. Ich spürte den Boden nicht mehr und nicht mehr die Luft, und obwohl es eine Musik war, nach der vielleicht niemand in der Welt sonst zu tanzen vermocht hätte, fühlte ich doch, daß alles was Nerv und Bewegung heißt, gerade in ihr lag. Der König schien überrascht. Das Höhnische, Verächtliche und Finstere verschwand von seinem Gesicht; zuletzt versank er in tiefes Träumen und seine Augen schauten schmerzlich in die weite Ferne. Als die Musik schwieg, stand er auf und reichte mir die Hand, die ich küßte. ›Wer bist du?‹ fragte er. ›Alles was Majestät aus mir machen will,‹ erwiderte ich. Er zuckte zusammen. ›Majestät, Majestät‹, murmelte er. ›Bald nicht mehr Majestät. Bald nur noch Hund vor dem Tor, bettelnder Hund. Majestät! Jedes Glied einzeln gebunden, jeden Finger verschnürt, jedes Wort beschmutzt, jede Tat bekläfft, das nennst du Majestät. Anfangs hab' ich dem Volk vertraut. Aber die Seele des Volkes ist so tief, daß man sie auf den Knien suchen muß. Ich habe mir den Kopf zerschunden an den Mauern dieses Landes. Alle diese Hände, die du um mich siehst, haben die Zeit wohl benutzt, mich zu verunreinigen. Um Land und Volk und Freund bin ich betrogen worden und muß schweigen und darf nicht einmal Frieden haben in der Einsamkeit. Ich bin um meine Würde betrogen worden und du nennst mich Majestät. Was ist Majestät heute, daß sie sich beugen muß vor einem Krämer, der in einer guten Stunde unter Beihilfe seiner Schwäger und Tanten Minister wurde und zufrieden das christliche Hausbrot ißt? Eine schöne Majestät, die sich der Kirche opfern soll und keine Hand rühren darf ohne den Pfaffen. Wäre ich doch jung gestorben, damals als ich noch glaubte, König zu sein, ein Volk zu besitzen. Wäre ich doch gestorben! Geh' fort, Weib, verlasse mich.‹ Das waren seine Worte, Agathon. Zuletzt war seine Stimme heiser geworden vor Zorn und Scham. Seine Augen hatten sich noch vergrößert und die Brust arbeitete so heftig wie unter anstürmendem Wind. Ich konnte nicht mehr hören, nicht mehr sehen, ich folgte seinem Wink und eilte hinaus.

Ich sah im Saal, der gegen den linken Flügel führte und als Audienzraum benutzt wurde, sechs bis acht vornehme Herren mit feierlichen Gesichtern, auch einige Offiziere. Sie betrachteten mich voll Staunen. Es war die Deputation des Adels, die Abgesandten vom Hof. Sie wollten den König ›zur Vernunft‹ bringen, Agathon. Bald darauf geschah etwas Schreckliches. Der Adjutant erhielt den Befehl, niemand vorzulassen und stand mit gezogenem Seitengewehr vor der Flügeltür. Er verweigerte der Deputation den Eintritt. Mitten in dem heftigen Hin- und Herreden erschien der König unter der Türe. Er hatte die Schloßwache und die

Diener herbeigerufen. Ein Diener sagte mir, daß der Ausdruck seines Gesichts so schrecklich gewesen sei, daß niemand mehr zu atmen, geschweige denn zu sprechen gewagt habe. Mit vernehmlichen Worten befahl der König den Soldaten, die Abgesandten zu binden und ihnen die Augen auszustechen. ›Noch bin ich der König!‹ rief er aus und erhob die Hand. Die Abgesandten wurden von unbeschreiblicher Furcht gepackt. Die Soldaten wagten sich dem Befehl nicht zu widersetzen und wagten nicht zu gehorchen. Der König war seiner nicht mehr mächtig. Er lief auf und ab wie ein wildes Tier, erhitzt und schnaufend, ballte die Fäuste, rollte die Augen, bis es seinem Adjutanten gelang, ihn in eines der Seitengemächer zu führen. Aber der König ließ die drei Saaltüren versperren und vor jeder Türe zwei Posten mit aufgepflanztem Bajonett patrouillieren. Die Deputierten schwebten in Todesangst.

352

Nun verstoß der ganze Nachmittag, ohne daß irgend etwas sich ereignete. Man sagte mir, der König liege wie gebrochen auf einem Ruhebett. Am Abend kam eine berittene militärische Abteilung mit einem Oberst. Er hatte ein Dekret, das ihm Zugang zum König verschaffen mußte. Ein Arzt begleitete ihn. Die Abgesandten wurden befreit. Kurze Zeit darauf bestieg der König den Wagen, und in Begleitung der Berittenen wurde er als Gefangener nach Schloß Berg am Starnberger See gebracht. So ist es zugegangen, Agathon. Ich bin nicht mehr, was ich gewesen bin, ich habe mich verloren. Ich weiß nicht mehr, was ich denken soll, was ich tun soll, mein Hirn ist wie zerfressen. Daß dieser Mann verbluten soll, werde ich nie verwinden können. Er war zur Größe und zum Licht und zur Schönheit geboren und alle Dämonen der Finsternis haben sich geeinigt, ihn in den Schmutz zu zerren.«

353

Agathon starrte in das dunkler werdende Zimmer. Auf einmal trat er einen Schritt zurück, streckte die Hände aus und lispelte verstört. So stand er und seine Gestalt schwankte. Er sah den König mit dem düster flehenden Blick eines gehetzten Tieres vor sich stehen und erkannte ihn, obwohl er ihn noch nie gesehen, außer auf schlechten Bildern. Agathon wollte reden, doch er kam nicht dazu. Jeanette stürzte auf ihn los, packte seine Hände, erhaschte seinen Blick und wie durch ein wunderbares Zeichen verstand sie alles, sah selber hin und ihr war, als würde sie gerufen; mit fieberhafter Eile schlug sie den Mantel um und stürzte fort.

Agathon faßte sich, seufzte tief auf und ging. Auf der Straße standen überall Gruppen und flüsterten und beratschlagten. Vor den Zeitungsredaktionen warteten Hunderte auf Nachrichten und achteten nicht den Regen, der sie durchnäßte. Viele Tausende drängten sich vor der Residenz und keiner wich nur eine Sekunde lang von seinem mühsam eroberten Platz. Dabei wußten alle, daß der König nicht in der Stadt war. Die Behörde hatte bekannt gemacht, der König habe seines Amtes entkleidet werden müssen, da er bedeutsame und zweifellose Symptome der Geistesstörung gezeigt habe. Aber das Volk glaubte es nicht. Agathon erfuhr bald alles, und ein wilder und phantastischer Entschluß erwachte in ihm. Er ließ sich von Arbeitern den Weg erklären, der zu jenem See hinausführte und machte sich ohne Zögern, obwohl er an diesem Tag noch keinen Bissen Nahrung zu sich genommen hatte, auf die Wanderung. Er dachte nicht daran, die Eisenbahn zu benutzen oder ein anderes Beförderungsmittel. Er hatte das Gefühl, als müßten ihn seine Füße viel schneller dorthintragen, als jede Dampfmaschine es vermocht hätte. Außerhalb der Stadt fragte er noch Handwerksburschen oder Bauern um die Wegrichtung und obgleich die Dunkelheit schon angebrochen war, erschrak er nicht vor der Nachricht, daß es mehr als fünf Stunden zu gehen seien. Das Mühsame des Marsches kam ihm nicht zu Bewußtsein, er wurde nicht müde. Die Glut seiner Sehnsucht war auf eine Tat gerichtet. An der Grenze alles Denkens und der Überlegung angelangt, beherrschten ihn nur noch Gefühle, dumpfe, doch gewaltige Regungen. Er wollte die Bauern führen am Morgen und den König befreien; nie zuvor hatte er zweifelloser die Fähigkeit empfunden, alle, die sich ihm nahten, von *einem* Trieb entflammen zu lassen.

Die dunkle Nacht ringsum nährte seine Phantasien. Nirgends war ein Licht. Die Landstraße war nur durch einen schwachen Schein kenntlich. Der Regen plätscherte unaufhörlich herab. Schweigend lagen Felder und Wälder. Oft gelangte er an einen Kreuzweg, aber kühn und unbesorgt schritt er weiter. Er wußte, daß er nicht fehlgehen würde. Stundenlang wanderte er durch einen Wildpark, wo oft ein geheimnisvolles Murren und Rascheln hörbar wurde, aber nichts konnte ihn ablenken oder ängstigen.

Endlich tauchte in der Tiefe ein oft unterbrochener Kranz von Lichtern auf; es waren die Seeufer. Agathons Augen wurden naß vor Freude. In kurzer Zeit war er im Tal angelangt. Alle Bewohner des Dorfes, das er betrat, waren in Bewegung. In jedem Haus brannte noch Licht. Er betrat die nächste Schenke, die voll war von leidenschaftlich disputierenden Bauern, während Weiber und sogar Kinder auf der Straße standen. Beim

Anblick der vielen Menschen, der sich anscheinend zwecklos drehenden und windenden Körper, des Rauches, der aus Pfeifen quoll, der von der Zeit gleichsam gerösteten Bilder und Wände, fühlte Agathon plötzlich die Übermüdung seines Körpers in einer schrecklichen Weise. Es war ihm, als ob sich seine Haut löste. Dabei glaubte er fortwährend zu sinken, durch zahllose Wiederholungen desselben Raumes zu fallen.

Die Bauern wurden aufmerksam. Sein totenbleiches Gesicht übte auf sie den Zauber einer Erscheinung. Sie standen alsbald um ihn her, und einige, die höhnisch gelächelt hatten, lächelten nicht mehr, als er zu sprechen begann. Seine hohle und erschöpfte Stimme klang gedämpft und füllte trotzdem den Raum, sie hatte etwas Klingendes und Messerscharfes. Seine Rede schien von einem unsichtbaren Wesen zu kommen, das ihn umfangen hielt, denn er blieb so bewegungslos, als ob seine Glieder gefesselt seien. Es war der Schmerz und der Zorn des Königs selbst, der in geheimnisvollem Bündnis mit dem Redner zu stehen schien, dieses Königs, der ein Märtyrer seines Amtes und dessen Geist nicht, aber dessen Herz wahnsinnig geworden war.

Die Wirkung von Agathons Worten, die für ihn selbst einem Fiebertraum glichen, war auf die Bauern eine wahrhaft beängstigende. Sie schrien, tobten, stiegen auf Tische und Bänke, fuchtelten mit den Händen umher, zerbrachen Gläser und Fensterscheiben, hoben Agathon auf ihre Schultern, daß sein Kopf an die Decke stieß, schlugen den Wirt nieder, der sie besänftigen wollte, und in kurzer Zeit hatte sich die Furie eines tierischen Rausches durch das ganze Dorf verbreitet. Ein alter Bauer, dessen eines Auge verklebt war, fluchte und heulte beständig, eine Art Hausierer oder Kärrner schwang eine Sense, versammelte die jungen Leute um sich und wollte mit ihnen über den See nach dem Schlosse fahren. Agathon, nicht mehr fähig, zu gehen, zu sprechen oder zu handeln, war dem Gewühl entflohen und saß mit leeren Augen in einem Winkel der Schenke. Er war verwundert und hatte fast Angst wegen dieser grundlosen Verwunderung. Er starrte hinüber ans andere Ufer, das weit entfernt war und von dem spärliche Lichter durch den allmählich aufdämmernden Morgen flimmerten. Er sah auch Lichter, die in beständiger Bewegung von Punkt zu Punkt huschten wie Fackeln, die man hin und her trägt. Da erschallten im Innern des Dorfes durchdringende Schreie, die sich wiederholten und fortpflanzten und an Stärke zunahmen. »Der König ist tot!« gellte plötzlich eine Stimme dicht vor dem Fenster, an dem Agathon saß. »Er ist ertrunken!« schrie eine andere, und »im

See ertrunken!« eine dritte Stimme. Agathon erhob sich, fiel aber gleich darauf wie ein Stock zu Boden.

357 Der angebrochene Morgen sah das Landvolk in hellen Scharen gegen das königliche Schloß ziehen, und man erfuhr, daß die Leiche des Königs erst vor einer Stunde im See aufgefunden worden war. In allen Dörfern der Umgegend läuteten die Glocken. Tausende von Bauern standen am Ufer und vor dem Schloßpark. Viele schrien um Einlaß, und als niemand erschien, erbrachen sie das Tor. Eine furchtbare Erregung hatte die Gemüter ergriffen; mit Sensen, Knütteln, Schaufeln und Hacken organisierten sich ganze Haufen, um nach der Hauptstadt zu ziehen und die Residenz zu stürmen. Am Mittag rückten einige Regimenter Infanterie aus der Stadt, um die Ordnung herzustellen. Ein hünenhaft gebauter Kerl, der sich auf unerklärliche Weise den Wortlaut einer Proklamation verschafft hatte, die des Königs letzte Niederschrift war, lief damit von Dorf zu Dorf, von Weiler zu Weiler, von einem Wirtshaus ins andere, und wurde nicht müde, sie aus der Abschrift immer wieder in einer rührenden und schlichten Weise vorzulesen. Diese Proklamation war das Glänzendste und Bewegteste, was jemals die verzweifelte Seele eines Fürsten geschaffen. Sie ist unbekannt geblieben, und es gab Gründe, ihre Verbreitung nicht zu wünschen. Ihre Sprache war einfach und klar, jedes Wort ein Bekenntnis, eine Klage, eine Anklage. Sie war von einer bitteren Ruhe diktiert, und ein kraftvoll gebändigtes Feuer war in ihr und niemals ward dem Thron ein besserer Dienst geleistet, als durch die Verheimlichung dieses gefährlichen Dokuments, das auf dem Thron entstanden war.

358 In der Stadt waren alle Beziehungen der Gewerbe und des Handels gelöst. Kaufhäuser und Schulen, Krämereien und Fabriken waren geschlossen. Trauerfahnen wehten, vierundzwanzig Stunden lang tönten ununterbrochen die Glocken in einem niederdrückenden Konzert. Aufgeregte Menschenmassen füllten Plätze und Straßen und Kirchen; an den Fenstern sah man heulende Weiber; aber auch Männer schämten sich nicht zu weinen. Der König, der seit fünfzehn Jahren sich nicht mehr öffentlich gezeigt, dessen Leben für alle ein Geheimnis war, dessen Stolz bis zur Schroffheit ging, dessen Menschenverachtung am Hof gefürchtet war, er hatte die Liebe seines Volkes in unvergleichlichem Maße genossen.

Agathon ging durch die Straßen der Stadt, einsam und verlassen. Er fühlte sich krank und wund. Ihm schien es vergeblich, zu leben, zu fühlen, zu wollen wie er gelebt, gefühlt, gewollt. Ihm war, als trage er sein Herz ausgebrannt in der dunklen Brust und in einem andern, zermalmenderen Sinne nahm er an der Trauer des Volkes teil.

Da ging er an einem Haus vorbei, in dessen Erdgeschoß ein Fenster offen stand. Verdrossen und trotzig blieb er stehen, und nach einer Weile blickte er hinein in ein ärmliches Zimmer. Drei Kinder saßen darin und spielten, drei schöne Kinder. Sie spielten ein gewöhnliches Spiel und waren allein. Aber wie sie sich dabei benahmen, wie sie nicht etwa jauchzten, sondern innig froh waren, wie ihre Augen glänzten, wie sie miteinander und mit sich selbst zufrieden und befriedigt waren von dem Gang des Spiels, das sich doch wenig unterschied von allen Spielen aller andern Kinder, darin lag etwas so Warmes, Gutes und Befreiendes, es stand in so leuchtendem Gegensatz zu der Welt da außen, daß es wie ein Stück Zukunft in der Gegenwart berührte.

Daher atmete Agathon tief und lange auf; sein Körper begann zu zittern wie unter Wellenschlägen neuen Lebens, und lächelnd setzte er seinen Weg fort.

# Neunzehntes Kapitel

Sommer und Sommerwinde! Blüten an allen Ecken der Welt! Ein tiefes Grün auf den Feldern, die schmeichlerische Stille der Wohnlichkeit unter den Bäumen des Waldes! Flockige Wolken, die wie Schiffe über den strahlenden Himmel ziehen, und Rosen an den Gärten und Wicken in den Hecken!

»Ich wußte, daß Sema Hellmut dem Tod verfallen war,« sagte Agathon zu Monika, als sie vom Vestnerwald herab gegen Zirndorf wanderten. »Er ist mit dem frühen Tod geboren worden.«

»Mit dem Tod geboren?« fragte Monika, leise staunend.

»Ja. Er war schon zu alt, als er geboren wurde. Seine Seele hat Jahrtausende gelebt, eine echte müde Judenseele.«

Sie schwiegen lange. An einer einsamen Stelle im Feld blieb Monika stehen, umarmte Agathon mit leidenschaftlicher Bewegung und stammelte: »Wie dank ich dir, daß du mich liebst. Du hast mir das Leben wiedergeschenkt, Agathon. Du hast es nicht geachtet, daß ich gesündigt habe, du bist groß und mutig, Agathon.«

»Es ist kein Zufall, daß alles so gekommen ist, Monika. Nun bist du eine Kämpferin geworden. Die Zeit geht nicht mehr über dich hinweg, sondern du gehst vor der Zeit einher.«

»Und was willst du tun jetzt, Agathon?«

»Warten. Ich will den Acker meines Vaters bestellen. Für mich und dich wird es Brot geben. Und die Mutter hat ja das Vermögen des alten Enoch.«

»Warten, Agathon? Worauf?«

Agathon schüttelte lächelnd den Kopf.

Als es Abend war, standen sie im Garten und bewunderten die farbigen Gluten des Himmels. Monika stand unter einem Apfelbaum und wiegte ihr Kind im Arm. Esther saß singend mit Mirjam vor dem Tor, Frau Olifat und Frau Jette unterhielten sich flüsternd auf einer morschen Gartenbank nahe der Laube.

Monika blickte hinauf in den Baum, wo die Äpfel hingen, purpurn bestrahlt von der Sonne. Sie kniff die Augen zusammen und sagte begehrlich: »Ich möchte gern einen haben, Agathon, einen Apfel von da droben.«

»Du mußt warten, Monika.«

»Immer warten! Worauf denn?«

»Sie sind noch nicht reif, Liebste.«

»Das dauert aber noch lange ...«

»O nein, zwei gute Sommerwochen und sie sind reif. Laß sie erst reif sein, Monika.«

Und Agathon küßte die junge Mutter auf die Stirn.

*Ende*

# Biographie

**1873**  *10. März:* Jakob Wassermann wird in Fürth als Sohn des jüdischen Spielwarenfabrikantes Adolf Wassermann und dessen Frau Henriette, geborene Straub, geboren. Als seine Fabrik einem Brand zum Opfer fällt, muss der Vater als Versicherungsagent arbeiten.

**1882**  Tod der Mutter.
Jakob Wassermann besucht die Realschule in Fürth.
Anschließend soll er in die väterlichen Fußstapfen treten und eine kaufmännische Laufbahn einschlagen. Er beginnt daher in Wien eine Lehre bei seinem Onkel Max Traub, einem Fächerfabrikanten.

**1889**  Wassermann bricht seine Lehre ab, um Schriftsteller zu werden.
In Würzburg leistet er seinen einjährigen Militärdienst.
Danach ist er kurzfristig als Versicherungsangestellter tätig.

**1891**  Wassermann verlässt die Versicherung, begibt sich auf ziellose Wanderschaft durch Süddeutschland und lebt in ärmlichen Verhältnissen.

**1894**  In München wird Wassermann Sekretär bei Ernst von Wolzogen. Dieser erkennt Wassermanns schriftstellerisches Talent und macht ihn mit dem Verleger Albert Langen bekannt.

**1896**  Langen verlegt Wassermanns erstes Buch »Melusine. Ein Liebesroman«.
Wassermann wird Mitarbeiter und Lektor in der Redaktion der Zeitschrift »Simplicissimus«.
In seiner Münchner Zeit schließt er Freundschaften mit Rainer Maria Rilke, Thomas Mann und Hugo von Hofmannsthal.

**1897**  Der Roman »Die Juden von Zirndorf« wird ein voller Erfolg.
Wassermann beginnt, Feuilletons für die »Frankfurter Zeitung« zu schreiben.

**1898**  *Mai:* Im Auftrag der »Frankfurter Zeitung« geht Wassermann als Theaterkorrespondent nach Wien.
Hier findet er Anschluss an den Kreis des »Jungen Wien« und macht die Bekanntschaft von Richard Beer-Hofmann und Arthur Schnitzler, mit dem er sich anfreundet.

**1899**  Wassermann schreibt nun für den Berliner Verlag S. Fischer.

| 1900 | Der Roman »Die Geschichte der jungen Renate Fuchs« erscheint. |
|------|---|
| 1901 | Wassermann heiratet die exzentrische Julie Speyer, Tochter aus wohlhabendem Wiener Hause, mit der er vier Kinder bekommt. Die Familie lässt sich in Grinzing nieder. |
| 1903 | Wassermanns Roman »Der Moloch« wird veröffentlicht. |
| 1904 | »Die Kunst der Erzählung« (Essay). |
| 1905 | »Alexander in Babylon« (Roman). |
| 1908 | Der Roman »Caspar Hauser oder die Trägheit des Herzens« erscheint, verkauft sich allerdings nur schleppend. |
| 1914 | Nach Ausbruch des Ersten Weltkrieges will sich Wassermann freiwillig zum Militärdienst melden, wovon ihn seine Frau jedoch abhalten kann. |
| 1915 | Der Roman »Das Gänsemärchen« beschert Wassermann endlich den erhofften Erfolg. Wassermann lernt die sechzehn Jahre jüngere Schriftstellerin Marta Stross, geborene Karlweis, kennen und verliebt sich in sie. Er will sich ihretwegen von seiner Frau Julie trennen, doch diese zögert die Scheidung durch ständig neue Geldforderungen und Prozesse noch jahrelang hinaus. |
| 1919 | »Christian Wahnschaffe«, ein zweibändiger Roman, wird veröffentlicht. Wassermann verlässt seine Frau und zieht mit seiner Lebensgefährtin Marta nach Altaussee in der Steiermark. |
| 1921 | Wassermann verfasst den autobiographischen Essay »Mein Weg als Deutscher und Jude«. |
| 1923 | Veröffentlichung des Essaybandes »Lebensdienst. Gesammelte Studien, Erfahrungen und Reden aus drei Jahrzehnten«. |
| 1925 | In dem Roman »Laudin und die Seinen« verarbeitet er die komplizierte Trennung von seiner ersten Frau. |
| 1926 | Erst jetzt wird die Scheidung von Julie endgültig und Wassermann kann Marta Karlweis heiraten. Wassermann wird in die Preußische Akademie der Künste aufgenommen. |
| 1928 | Wassermanns berühmtester Roman, »Der Fall Maurizius«, erscheint. |
| 1929 | Er schreibt eine Biographie über »Christoph Columbus«. |
| 1931 | »Etzel Andergast« (Roman). |
| 1933 | Wassermann veröffentlicht seine »Selbstbetrachtungen«. |

Er tritt aus der Preußischen Akademie der Künste aus, um seinem Ausschluss durch die Nationalsozialisten zuvor zu kommen. Im selben Jahr wird er Mitglied im Ehrenpräsidium des »Kulturbundes deutscher Juden«. Seine Bücher werden verboten, was Wassermann in den finanziellen Ruin treibt.

**1934**    *1. Januar:* Jakob Wassermann stirbt verarmt und gebrochen in Altaussee.

Posthum wird der Roman »Joseph Kerkhovens dritte Existenz« veröffentlicht.